掌控者

下

无间

姜振宇 著

四川文艺出版社

目录
CONTENTS

— 第三卷 — 无间

43 难猜的祸福 002
44 完美的助攻 016
45 福坤的怀疑 031
46 爷爷的教诲 044
47 少爷的考验 064
48 阴森的窥视 083
49 无孔不入 097
50 恐怖的陷阱 116
51 断根的疼痛 134
52 信任的萌芽 148
53 纷争的乱局 165
54 刘备的赵云 182
55 对叛徒的审讯 199
56 决绝地分手 219
57 垂老的叮咛 233
58 该死的病人 249
59 侍魔或礼佛 267
60 二心重臣 284
61 红颜的薄命 301
62 嗜血的陷阱 318
63 戾气的源头 333
64 肖依的磨难 348
65 大结局——惩戒无间 365

第三卷 无间

43 难猜的祸福

开篇语：

猜对他们的心思，计算"合理"的表现。深入"敌营"纵使危险，也值得尝试。但是，没想到他们用来迎接我的是生理考验。真疼啊！算了，太危险，容易失控，我打算放弃了。

By 华生

失控的危险

那个阴冷的年轻人听华生这么挑衅，从牙缝中阴森森地挤出几个字："我怕失控？你也配？！"

赵乾暴起大吼一声，几步冲过来，腾身而起，顶出的双膝像两段粗壮的木桩，自空中呼啸着砸向华生盘坐在地上的身躯。

他的动作太快，声势迅猛，迅猛到华生无暇思考接下来会发生什么事情。

电光石火之间，华生做出了决定，他决定放弃。

他要放弃自己准备已久的计划。

不能赌！不能把运气作为选择生死的依据，失控了就要放弃。

因为，在华生看来，赵乾猛兽般的进攻并不可怕，可怕的是旁边那个人的目光，以及他藏在目光之后的想法。华生摸不透那人的意图，但能闻到浓浓的危险的味道。他的动物属性本能让他感觉到，此刻自己正踏在一个巨大的旋涡边缘，那旋涡中央，是充满吞噬感的无尽黑暗。

什么都不知道就跳进黑暗的旋涡，这样太冒险了。

赵乾已经呼啸而至，华生当即向后团起身体快速滚动，动作快得有点狼狈。赵乾的第一个进攻力道消耗殆尽的同时，他也已经一边后退一边站起身来，大声喊道："你们要干什么？"此刻，华生放弃的心思已定，特意在脸上加入了惶恐的表情，甚至连声音都有些发颤。

赵乾一击未中，身形再次暴起，拳腿密集地朝着华生的下巴和耳侧倾泻而出。这种重量级的组合打击只有一个目标，就是一击K.O.（击倒）。无论是下巴还是耳侧的神经丛遭到打击，华生都会立时昏厥，那之后的结局就不用心存侥幸了。

华生没有训练过太多站立打击技术，根本无法硬接赵乾暴风骤雨般的拳脚，只好降低重心，屁股坐在地上，一只手撑在身体后，另一只手张开做防守，把头远远地躲在后面，只用双脚变换着躲闪移动的方向，像一只蜘蛛。这是巴西柔术的一种标准防御姿势，看似简单，却把杀气腾腾的赵乾隔离在极为安全的距离之外，除非他也主动降低身架到地面来，否则什么拳腿进攻都没甚大用。

赵乾又攻了两轮，旁边那年轻人冷着脸观望得越来越不耐烦，赵乾则更显得进退两难。进攻徒劳，毫无进展。华生的表情害怕得要命，惶恐的目光在几人脸上闪烁，委屈地大声喊道："你们要杀人吗？也太开玩笑了！还有没有法律意识？我怎么你们了？"说到这里，他的双眉向上蹙起，眼睛睁得大大的，甚至用袖子抹了一下眼睛，不知道是不是擦掉了眼泪，倔强地吼道，"老子不干了！不干了还不行吗？"

年轻人听到这话，鄙夷地一笑。他对华生无所谓，只是觉得这人说话讨厌，他从小到大最不喜欢的就是失控，华生却偏偏要说他"怕失控"，即使这样，也不是一定非要杀人。但赵乾的表现实在让他生气，他脸上的肌肉颤了颤，双眼死死盯着赵乾，目光狠得像是能剜下一块肉来。

赵乾感觉到了那目光的危险，只能低吼着要扑上去拼命。就在这时，一个娇小的窈窕身形挡在他的身前，赵乾硬生生地停下挥动的拳头，满脸的惊诧："九儿！"

小九儿的十字固

短发姑娘忽闪着大眼睛，对着赵乾一扬下巴，浅笑道："赵老虎，你这样不行。让我玩儿会儿？"她说最后这句话的时候，眼睛却是望向旁边那个年轻人，似乎在征求他的同意。

赵乾从她的笑容中看到了戏谑，但也心存感激。赵乾此刻才敢望向那个年轻人，见他的脸色逐渐从鄙夷的扭曲变成些许笑意，尽管那微笑不是给自己的，也不由得心中一松。小九儿的插手，在某种程度上缓解了赵乾的尴尬。

福坤见小九儿出面，竟然也笑了，眼睛在镜片后面眯成一条线，笑容里有些宠溺。

这诡异的场景，华生都留心看在眼里。他一时之间想不明白，面前这窈窕的姑娘到底有什么魔力，能让杀气腾腾的几个男人都笑起来？

年轻男子点头，赵乾退到一边。小九儿朝着华生走过来，见他还保持着那个蜘蛛一样的防御性坐姿，便用脚踢了踢他的脚底，若无其事地问道："欸！吓坏了吧？"

华生没有答话，他还在观察。

小九儿干脆蹲下，再问道："巴西柔术练得不错啊！你什么带色了？我不骗你哦，刚才那一位，可是打死过好几个人的！"说的时候一脸认真，俏丽的眉毛也跟着竖起来，既像真的在威胁，又像是在开玩笑，见华生还一脸认真地看着赵乾，一瞬间又化作满脸的烂漫笑容，露出整齐的牙齿道，"他肯定打不死你，他地面没你厉害！我试试，看看你死不死得了。"小九儿脸上依旧笑吟吟的，却逐渐透露出了一丝危险的凶狠。

当小九儿说出最后五个字时，整个人瞬间就向华生扑了过来！这突如其来的纵身扑击把华生吓了一跳，他连忙向后挪动身体，但随即心中暗道："不好！"

小九儿用的是纯熟的地面缠斗技术，一扑之后先抢骑乘位，发现华生防御良好，一招不成便当即变换，立刻借着向前扑的力量抓住华生的脚踝，把重心压在华生的腿上，动作衔接转换得极为流畅。

华生脚踝被抓，被迫躺倒躯干，连忙用脚找对手的胯位，试图蹬踏以控制距离，而对手的身体重心一压上来，平日里训练出的肌肉记忆立刻就开始接管大脑的工作。华生能感觉到，这个短发姑娘的技术水平非常高，压上来的体重像水一样四处流转，寻找着华生防御中的破绽。华生本想将她放在全封闭防守的位置，用双腿控制住她的移动。但那股水流般的平衡突然向左一倾，吓得华生立刻调整自己的身体紧随着向左移动。不承想，这一瞬间的流动是个假动作，小九儿竟然借着华生移动身体的力量，将身体陀螺般逆向旋转一周，躲过了华生两条腿的防御范围，直接落在他身侧。

侧压！

侧压成形对华生来讲是一个高度危险的位置。华生初学巴西柔术的时候，无数次地在这个位置上被肖依戏谑和"折磨"，所以小九儿的身体刚刚压到他胸口上的一瞬间，他的第一感觉竟然是有点熟悉。同样的柔若无骨，同样也有淡淡的清香和温暖。只一瞬间的恍惚，华生便惊醒过来，因为他的肌肉感觉到对方没有像肖依那样停在那个位置，而是马不停蹄地继续变换着重心，立刻转入了南北压制。

华生的身体刚刚做出反应，对手动作又变了。她太快了，给华生的感觉是一股黏稠的力量，像浪潮一样卷着他的身体向右侧涌去。华生立刻做出反应侧身，结果左边肩膀刚刚离地，下面就被牢牢地挤入了一只膝盖。那股本来向右涌动的力量竟然突然逆转，出现在他身体的左侧。电光石火之间，这女孩子竟然做出了两次欺骗动作！

华生中招了，他的肩膀不能平坦地着地，也就露出了大破绽，更麻烦的是，左臂竟然也不知什么时候被对方牢牢控制住。华生知道对手要做什么了！连续几次行云流水的身形转换和假动作，为的就是现在这个控制位——十字固！

小九儿身体的动作丝毫未停，微微抬高身体重心轻轻一迈，整个身体的重量也都压在华生的肋骨上。虽然只有八九十斤，但肋骨这个没什么肌肉支撑的部位被压，也让华生难受得窒息。小九儿的另外一条腿迅捷地从华生肩下抽出，像餐刀给面包抹黄油那样，细密无隙地从华生脸上滑过，双腿一夹紧，华生的肩头已被牢牢控制在双腿之间。

两人都明白，控制位形成了，而且控制得很紧。华生能清楚地感觉到，小九儿的技术比肖依还要精湛。

其实，说实话，小九儿腿过头的那一瞬间，华生是有机会逃掉的。但经过这番打斗，就在那形成控制和可以逃脱的一瞬间，华生改主意了！他不知哪里来的灵感，竟然一瞬间重新思考了整个局面，然后快速做了决定。

他要利用小九儿的出现，再次入局！

伤重入局

几乎在同一时间，华生的大拇指被小九儿掰得朝向了上方。如此一来，华生是完全没有机会逃脱了。小九儿乘势向后挺直躯干发力，利用躯干的力量猛地拉直华生的手臂，两条腿夹紧向下压住华生的躯干和头。

十字固可以反关节掰断对手的手臂，造成严重的伤害。倘若是柔术比赛，这一刻，小九儿已经赢了，要么裁判已经给分，要么华生会拍地认输。华生暗中咬紧牙，准备忍受即将到来的剧痛。这就是他的新计划。他能感觉到，小九儿和赵乾完全不一样，赵乾要杀人，小九儿却很有分寸，技术水平也高，完全没有伤人的冲动，和平时训练一样。所以，华生想，如果能输在这姑娘手里，也许还有机会不必退出。

他打算拼着受伤，故意让小九儿取得控制位，故意输给她，看看局面是否能有变化。

但小九儿的动作却停了下来，只是牢牢地控制着，并没有掰断他的手臂。她扭头朝着年轻人问了一句："搞定了。你要怎么处理？"

华生心里忐忑，不知道自己刚刚重新做出的决策是福是祸。

华生所处的角度看不到年轻人什么表情，也没有听到他说什么，却听小九儿扭回头玩笑似的"劝"道："以后，不准你再用那个态度跟我家少爷说话了，好不好？"声音颇为动听。

一片阴影压来，那年轻人的声音在身旁问他："你刚才说我'怕失控'？"他蹲在华生的另一侧，脸上闪着隐隐的狞笑。

华生的手臂在小九儿手里，她还没有动手，所以华生还没有开始疼。

华生再次有机会近距离观察那个年轻人。这一次，他没有在对方的眼中看到之前那种轻微的不安，正是那不安的眼神让华生灵感迸现，说出了"怕失控"三个字。现在，年轻人的脸上已经没有了不安，取而代之的是按捺不住的兴奋和得意。

华生有点害怕了。刚才的狞笑，现在的兴奋，都不是什么好事，尤其是对待笼中的猎物还要用这种积极的表情，那就意味着猎物很危险了。

年轻人大概是嫌蹲着太累，干脆盘腿坐下来，眼神却始终没有离开华生的眼睛，耐心地逼视道："你为什么这么说呢？"

华生很清楚，年轻人现在的心里是激动的，因为他有掌控感。捕猎者在猎物面前心态很强势，如果这时候顺从地要什么给什么，就会让对手觉得没意思，要么随随便便地杀掉，要么毫不在乎地丢弃。

为了让自己的对手更兴奋一点，让他对猎物印象更加深刻也更加重视，华生用眼神甩了甩小九儿，然后问年轻人："咱俩就这么聊吗？"

小九儿也问年轻人："你俩就这么聊吗？"

年轻人有点不耐烦了，他闭了一下眼睛，仿佛有点疲劳，朝着小九儿轻轻吐出一句："你先掰，完了我们再聊。"

小九儿笑吟吟地轻答了一声："好的。"同时，突然向后仰倒一挺胯！

劲儿很脆，疼痛来得太突然。这个姿势华生至少经历过上千次，但没有一次真的被掰伤过。尽管此前已经做好受伤的心理准备，但没想到竟然这么来不及防备。

第三卷·无间

剧烈的疼痛像电流一样，瞬间击穿了华生的大脑！然而疼痛还不算最恐怖的，比这更可怕的是华生清晰地感觉到肘关节已经被折到最大角度，自己却无力阻止它超过那个生理极限。瞬间的失控感击碎了所有中枢神经的控制，他当即张开嘴大声嘶吼，尖厉的声音宣泄可以减少被击穿的痛楚。他不顾一切地想要把手臂从小九儿的"十字固"中摆脱出来，全身的能量瞬间爆发出来，做出了剧烈的挣扎动作。

那个年轻人，此刻鼓着掌，笑得很开心。

就这么聊？

所有的挣扎不到三秒钟就全部停了下来，只剩下"嗞嗞"的吸气和咬紧牙关。豆大的汗珠渗出来布满额头，脖子上的血管和肌肉膨胀着，仿佛随时都会爆开。华生不敢再动了，因为"十字固"这个动作的设计就是让人无法逃脱，固定肩肘的杠杆会克制住所有的徒劳挣扎。尤其是在手臂受伤的情况下，越是挣扎，受的伤就越重。

华生感觉到自己的肘关节已经脱位了，那感觉非常可怕，就像吞咽下有腥味的金属粉末，再加上一排利刃刺破皮肤和肌肉。但小九儿手里的控制一丁点儿都未曾放松，双腿还是夹得很紧。她复又坐起身，没有再次发力，脸上依旧笑吟吟的，仿佛在欣赏华生痛苦的神色，看样子对自己的这幅作品很满意。她见华生不敢挣扎了，就朝着年轻人笑道："这家伙还挺聪明的，老实了，你们聊吧！"

年轻人也把华生的一举一动都看在眼里，亲眼见他受伤后的疼痛反应、强忍着剧痛的呼吸以及满脸的不服气，年轻人笑了，挥挥手，让小九儿松开手。

小九儿的手一松，华生立刻翻滚身体坐起来，捧着自己受伤的肘浑身发抖。那是真疼啊！但此刻，华生看到了年轻人的变化：他从刚开始对自己的不安和厌恶，变成了现在的安全和满足。华生知道这个受伤给自己赢得了很大的变数。

还是那个原则，你要什么，我就给你什么。Be water, my friend.（像水一样吧，我的朋友。）

这个时候一定要表现得是个普通人，才能填补年轻人那份满足的欲望。于是华生抑制着疼痛和愤怒抱怨道："你们怎么真下手啊！有没有训练的规矩？你们是不是变态？我要报警！"

外强中干的猎物比萎靡颓废的猎物，更能引起猎手的兴趣。

年轻人看他这个样子，轻蔑一笑道："你觉得我现在有没有失控？"仿佛一个好奇的小学生。

华生扶着手肘，忍着疼横道："你是不是有病？我哪知道你是谁啊？牛哄哄地进来看我一眼，就说不要再看到我。老子愿意来'极斗'干，那是给你们面子，不是来讨饭吃的！"他一边说，一边疼得直吸气。

赵乾听他这么说话很生气，怕冒犯到年轻人。但年轻人不但没有什么不悦，反倒觉得有趣。华生看他的神色，知道自己的策略是对的，便继续道："这是在你的地盘，周围都是你的人，你说不想再见到我，那只有两种可能啊！一种是看不上我，另一种就是看到我心里不安。我难道还自己说'你是不是看不上我'这种话吗？赶紧放我走！神经病！"

听到最后一句"神经病"，赵乾当即就要动手揍人，他不允许别人对少爷有这等不敬。华生激灵一下连忙往后退。没想到，少爷却摆手示意赵乾不必计较，自行站起身来，整理了一下衣服，笑道："有意思！又尿又犟。"说完，在口里喃喃地重复着，"一种是看不上，一种是怕。一种是看不上，一种是怕……有意思！"

少爷忽然转头问赵乾："你刚才说他是博士？来应聘的？"

赵乾点头，毕恭毕敬道："是，心理学博士。但之前是个搞格斗比赛解说的网红，来应聘运动员经纪人。"

少爷的兴趣

少爷深深地看了福坤一眼，见福坤点头会意，这才转过头来，打量了华生一眼，呵呵冷笑道："心理学博士？应聘经纪人？你觉得正常吗？"

他这句话问的是华生。

华生猜，对方这是在给自己心理施压了。从他之前任性随意的交谈过程来判断，他在谈话控制方面是没有受过专业训练的。此刻的加压，应该就是聪明人的本能。对方所等待的，是自己在回答这个问题的时候，会不会有什么可疑的慌乱。其他人肯定会回答"这有什么不正常的"或者"我觉得很正常啊"之类的表白，这些话再配合上他们的神色，提问者心里也就有数了。基层的派出所里询问那些没有犯罪经验的人，通常也是这么开场的："你觉得自己做什么坏事了？"

华生答道："正常吗？我觉得太不正常了！"

他的这个回答，让所有人都很意外。少爷的兴趣提升得尤为明显，他不由自主地问道："哦？"

华生在扭曲的表情里狠狠地龇了一下牙，半蹲下去扶着肘关节，满脸痛苦道："遇上一群'神经病'！找个工作弄断我一只手，你们觉得正常吗？赶紧放我走！"脸上的疼痛倒也不用伪装，因为本来就很疼。

说完这句话，他极快地看了一眼赵乾和小九儿。小九儿听他又说"神经病"这个词，脸上便又笑起来。福坤的视线快速地从小九儿的脸上跳跃回华生的脸上，在他的镜片后面不仅仅有疑虑的神色，还有一丝嫉妒。

华生未作停留，最后故意恨恨地瞥了一眼满脸好奇的少爷，便头也不回地往外走，大声喊道："老子不干了！"弯曲的背影步履蹒跚，但劲儿劲儿的。

赵乾和小九儿同时望向少爷，只要他一句话，两个人就会冲上去。少爷却难得一见地展开笑脸，看着他的背影突然放大声音喊道："喂！博士，你留在赵乾这儿！做'极斗'的赛事总监。"

赵乾颇为意外！

小九儿一怔，看了一眼少爷，旋即莞尔一笑。她明白少爷的心思了。

福坤的视线始终盯着华生，没有表情的变化。他一直在思考。

华生听到少爷的话停下脚步，背对着这些人没有回头。几秒钟后，他转过头来问："工资给多少？"

少爷嘴角一歪，不再搭理他，带着小九儿和福坤径直往室外走去。赵乾快速走到华生面前看了半晌，回道："工资回头跟你谈！"眼神闪烁了一下之后，又补充道，"你今天运气好……"后半句话没有说完，便招手叫来一个人，吩咐他送华生去医院先治伤，然后转身快速跟上少爷的脚步。

万幸

肘关节损伤是非常可怕的伤害，尤其对于练武术的人来讲更是如此，搞不好这条胳膊就废了。

陪同华生来看病的小哥在医院里帮着跑前跑后的，殷勤周到。照了CT之后，骨科的医生问："咋弄的？"

小哥在一旁只尴尬地笑，却并不回话。

华生自己说："训练受伤，让陪练给掰的。"

医生说："幸亏你同伴下手有分寸，要是再猛一点弄成骨折，就必须手术了。"一边唠叨着，一边开始给华生做肘关节复位。这个过程更加痛苦，尽管明知是好意治疗，但那种挪动骨头往关节里塞的感觉，不断拨弄、拉扯和蹂躏着华生的中枢神经，让他再次大汗淋漓，忍不住发出了几声低吼。

医生复位完毕后，华生才感觉心里踏实了些，刚才那种滑脱的疼痛也变成了肌肉的疼痛，不再像拨弦一样撩动神经。

然后，医生立即开始进行肘关节稳定性的评估，从各个角度检查华生的肘关节在伸直位或外翻应力时是否会出现半脱位和脱位。这一次，华生的感觉没有那么痛苦了，虽然肿痛依然难以忍受，但比起前面那种心悬在半空的敏感脆弱好受多了。

打完石膏，医生嘱咐道："所幸没有骨折，只有韧带和软组织受伤。打上石膏好好休息，短期之内不要让这个胳膊受力。小伙子体格不错，但我得提醒你，如果休养期不注意，很有可能造成终身毛病，肘关节僵硬、前臂旋转受限、不能承重等，懂了吗？"

听到这里，华生心里颤了一下，对自己之前的决定暗暗感到后怕，当然也暗自庆幸。毕竟现在看来，这一步还是有点冒险了。不过，想到姜老师的眼睛和背后那人的狂妄，华生还是把这些都咀嚼吞咽下去，盘算着自己之前还有没有其他疏漏。

华生的复盘

华生回想着那几个人的表现。

小九儿是个很有意思的女孩儿，她竟然能让三个男人都笑起来。赵乾有点怕她，可能是出于少爷的缘故吧。少爷明显很宠她，但又没有暧昧和骄纵，两个人之间似乎是一种牢固的信任。福坤那目光什么意思？他那么阴沉的一个人，为什么看到小九儿会笑？

肘间的疼痛提醒了他另外一件事，小九儿绝不是一个普通的漂亮姑娘。她缠斗的技术很好，下手又狠又准，表面上谈笑风生甚至还满是天真烂漫，骨子里却对疼痛、伤害甚至生命都根本不在乎。

这个"少爷"又是谁？他是最有意思的人。之前查过的企业信息里，有没有他？

他一开始微微闪烁的目光里，为什么会有不安？

几乎可以确定，是看到我之后出现的不安。但看到我被控制之后，他的不安就消失了。

关键是，这是为什么？我们一定是第一次见面，此前没有过任何交集。难道他从我的眼神里看到了什么让他不安的东西？我当时只是很镇定，尽管冒着被赵乾虐杀的危险，尽管见到了期待已久的福坤，但我和他对视的那几秒钟，内心几乎是空的，不可能有什么疑点。

他会被"怕失控"三个字激怒，而且指派赵乾来杀我！要么是他的情绪管理能力极差，要么是他对生命没有任何敬畏。这两者并不矛盾，表面冷静的人，内心的情绪也可以跌宕起伏。无论如何，我的"怕失控"三个字的确戳疼了他。

他的愤怒不是冲着我，因为我这条命在他眼里根本算不上什么。

他的愤怒是冲着"怕失控"这三个字的评价，这就意味着，他不希望别人认为他"失控"，他不喜欢失控，但他就是会失控！**想控制好又做不到，是典型的愤怒来源。**

对了，小九儿是不是手下留情了？这一点很难确定。

刚才医生说"幸亏你同伴下手有分寸"，但我并没有感觉到她发力的那一下有所保留，掰的动作特别快，没有丝毫犹豫，直接掰断了才停手的，这不是有所保留的表现啊！

不知道她能不能感觉出来在对我做十字固的过程里我有故意的让手。她降伏动作控制得很周密，但说掰就掰断了，让放就放手了，很随意，感觉根本就无所谓。也许，仅仅是因为很听少爷的话？

好矛盾啊！

少爷应该不喜欢不被尊敬，从他手底下那几个人的反应可以很明显地看出来。我每次话粗一点，他们都很紧张，区别在于，赵乾要杀人，而小九儿则是警告我。不知道她那副纯真的笑脸背后到底藏着什么隐秘的深渊。

按道理来说，我只是来参加一个普通的格斗赛事招聘，老板再野，也不会随意伤人。他们却要打我，甚至要下杀手。我之前的表现不算夸张吧？我应不应该报警？是不是应该报警才显得够严重？

我让了一只胳膊给他，伤很明显，疼得也够厉害，这个局应该是有效的，他很得意。

但我手臂受伤之后愤愤离去，仅仅表示不要工作了，但不报警，打算不了了之，是不是稍微过了一点？

少爷为什么会给我工作，让我留在赵乾身边？

他的转变，来自什么逻辑？

他能看到我很不服气，对他们随意出手伤人不服气，对他要求的"尊重"不服气，这是正常人应该有的反应。他也能看到我很害怕，因为我表现得的确很害怕，这也是正常人应该有的反应。他能看得到赵乾打不倒我，但小九儿能制服我，这个实力水平对一个陌生人来讲，刚好是可以放心的区间，不会瞧不起，也不会提防警惕。他最感兴趣的仿佛是那两个判断，"一种是看不上，一种是怕"，这句话为什么能入他的心？

最后他问我心理学博士来应聘选手经纪人是不是正常的，这也是我最担心的薄弱环节所在。整个局有两个敏感的弱点，这是其一。另一个是我和戴猛、姜老师的关系。好在有一只断手可以作为掩饰，我要走，而且是愤愤离开，带着恐惧离开，是非常正常的反应。从某个角度来讲，这只手的受伤是个好运气，暂时遮挡了这个敏感的"不合理"。谁知道这位少爷会突然出现呢？之前只想到了最坏的情况，就是福坤会调查和怀疑我。这样一来，当着少爷的面受了伤，还是在他的控制之下受了伤，一步到位倒也省心。

但是他答应给我工作的原因，绝不会是我受了伤。按照他原来的意思，很有可能即使打死我也没什么大不了。他不会是补偿心理。他决定留下我，只有两种可能：一种是我对工作来说有意义，另一种是他对我这个人有兴趣。前面一种的可能性建立在他目睹了我和赵乾、小九儿动手的过程，觉得我的学历、功底都够，但这不是他应该关心的事情。如果是后者就麻烦了，他对我的什么感兴趣呢？我留给他的都是正常人的反应，没敢表露什么特别的东西。如果说有特别之处，也是特别怕疼、特别尿。奇怪！

想不明白就先不想了

想到这里，华生发现自己并不能梳理出一条清晰的思路，反而越来越混乱了。

他开始担心最后自己突然问工资的表现会不会显得刻意，也开始打量身边的小哥是否可疑。好在手肘的疼痛真实存在，脸上的表情也就无须做戏和伪装，刚才那些快速的思考应该没有露出什么痕迹，不至于引起小哥的疑心。

既然想不清楚，就先什么也不想了。华生决定把自己脑子里装载的那些"本领"全部撤掉，伪装成一个普通人，随波逐流地边走边看。华生开始和小哥有意无意地聊聊天。伤治好了，痛楚降低了，危机感和大脑负荷都减轻之后，应该出现一些八卦心。毕竟华生现在已经是"赛事总监"了，少爷说这话的时候，小哥在场，所以总监找手下聊天，手下也就尽全力恭维。

鉴于对方身份不明确，毕竟是赵乾指派来陪同治疗的，所以华生没敢问他太多敏感的问题，只是随随便便问些关于"极斗"赛事的内部情况，还有这个小哥自己的情况。小哥憨憨的，只说自己姓吴，负责照顾选手们的训练和衣食住行，属于后勤部门。刚才看到赵总和华生打架的声势吓坏了，以为赵总是真急了。他从来没见过那三个人，还说没想到华生这么壮的身体会被小姑娘打伤，是不是让着她了，等等。

华生注意到，这个姓吴的小哥在讲话问答过程中，**视线分布跟问答焦点同步，没有多余的打量，没有心慌的跳转，没有狡黠的隐藏**，便知道这人没有危险，真的就只是个干活儿的。

当他们走出医院大门的时候，华生看到赵乾的车正等在门口。

赵乾在车上朝着华生招手道："张大总监，少爷要开会，让你也参加。"

44 完美的助攻

开篇语：

有个蠢蛋总想和你作对怎么办？三种选择：远离他，干掉他，还可以把他踩在脚底下当垫脚石。

By 华生

别拿对手当敌人

由赵乾开车，两人又回到体育馆。

赵乾告诉他，少爷特意等他到了才开始。

二楼的楼梯口站着一个人。那人见赵乾来了，忙上前两步，点头示意、躬身行礼，笑容里有些轻微的谄媚。华生看得出，那人把自己控制得彬彬有礼。赵乾只是点点头，便领着两人来到一间会议室门口。

敲过门之后，赵乾推门先行进去，刚才那人扶住门，伸手客气了一下，示意华生先进门。恰好华生也在客气，两人做了相同的动作。那人见华生也礼让，便直接迈步先行进门，把华生留在身后。

被赵乾、福坤称作"少爷"的年轻人和小九儿都在，福坤却不在。少爷两只脚搭在桌子上，躯干仰倒在座椅里，正在翻看手机。小九儿站在窗口，见有不认识的人进来，便走到少爷身后，打量着进屋的几个人。

见赵乾身后跟了一个不认识的人，少爷只抬眼瞥了他一下，微微皱了皱眉。看到华生也进来时，少爷的眉头竟然展开了，嘴角微微一抿。华生注意到，那个笑容里面掺杂的轻蔑让人感觉有点邪性，华生不知道那份轻蔑到底是冲什么。

按理说，30岁左右的人不应该像青春期小孩儿那样什么都看不上吧？

赵乾坐在少爷对面，让华生坐在自己的左侧，让那人坐在右侧，汇报道："少爷，人齐了。"

华生明白了，看来开会的原本就是这三个人，年轻人、赵乾和那个表面上很有礼貌的人。

没想到，少爷用手指着那个人，眼睛却看着赵乾问道："他是谁？干吗的？"语气里有点不高兴。

赵乾忙介绍道："他是'极斗'赛事的运营副总监李彬，是我叫他来参加会议的，之前跟您请示过。我是想，有需要的话，他可以把具体情况汇报得更详细些。"

李彬很有礼貌地从椅子上站起身，向着少爷微微一躬，脸上给出一个成熟的微笑。尽管对面的少爷刚刚的几句问话听着不那么客气，但李彬依然保持着良好的风度，只是鞠躬行礼，并没有乱说话。

小九儿站在少爷身后，从华生进来到现在，她并没有看过他一眼，仿佛已经忘了自己刚刚掰断了他的胳膊。听见李彬的身份，又看到他有规矩的样子，小九儿便自行走回窗口，斜倚着墙望向窗外。少爷的眼睛只是看着赵乾，神色间的不悦浓了起来。

赵乾看到少爷的脸色，心里一紧，解释道："呃，具体情况他更熟悉一些。您没有说不行，我就让他来了。"赵乾躲了一下少爷的目光，补充道，"我想，之前您刚刚任命了张华生做赛事总监，今天是个好机会。李彬之前一直负责细节，正好借着开会的机会，能让他俩认识一下，'极斗'赛事的基本情况也对接一下。"

李彬当然能感觉出来少爷对自己不太待见，可是对方地位高，让赵乾如此恭敬，他也不能怎么样。他的脸上立时显露出些许尴尬。当他听说跟着赵乾来的年轻人被委任成赛事总监的时候，不由得望向华生的方向，神色很奇怪。

华生看到他的表情，一瞬间解读出惊讶、愤怒和轻蔑的复合情绪。他大概明白了对方的感受。华生再转眼看向少爷的时候，见他脸上闪过一丝厌烦。不知道那厌恶是因为看到了李彬的神色，还是因为赵乾带这人来参加会议。

赵乾见少爷没有再质问的意思，心里松了一口气，让李彬坐下，准备开始汇报。李彬轻咳了一声，挪了挪屁股调整自己的坐姿，打开电脑里的PPT准备汇报。

少爷却直接开口道："我们简单点。今天我过来就一件事，爷爷让我问，你这比赛什么时候能盈利？"讲这句话的时候，他脸上的桀骜减少了很多，认真的神色显现出来。在讲到"爷爷让我问"的时候，他的坐姿都调整到和衣着一样的讲究，看不到丝毫的懒散或者随意。

这个问题是抛给赵乾的。

可是，赵乾听到这个问题之后迟疑了一下，扭头看向李彬。李彬操作电脑的手当即停下，看了看赵乾，又看了看少爷，微张着嘴怔在那里，有点不知所措。很明显，少爷的突然提问打乱了他准备的节奏。赵乾伸出手在他肩膀上用力拍了拍，告诉他："你有什么观点，尽管说出来。曲总既然问了，有什么困难，有什么成绩，都说说。"

李彬表情有点为难，但反应还算快，只思量片刻，舔了舔嘴唇，微笑着向少爷道："曲总您好！非常荣幸能认识您。"

少爷闭上了眼睛，轻轻握了一下拳头，控制着自己的耐心。

李彬继续道："我现在负责的是选手配对、比赛日程和现场督导，都是执行层面的事务。今年我们的计划里有32场比赛，涉及大概400名选手。要到全国6个一线城市、12个二线城市和4个旅游区城市。所有比赛都由网络全程直播，其中16场已经签订了合同，卫星频道直播——"

少爷用鼻孔长长地呼出了一口气，缓缓地睁开眼睛盯着赵乾，打断李彬的话问道："爷爷让我问你，'极斗'什么时候能盈利？"

赵乾见状，知道少爷不耐烦了，赶忙说："曲总，您知道的，上一轮董事长答应增加投资的时候，给了我3年期限，允许我最多再亏损3年。这才过了一年，'极斗'已经做到了国内第一，我觉得还是很有希望实现目标的。"

少爷一笑:"这不就行了吗?我回去就原话转达给爷爷听,还要两年是吧?"他眼光移向别处,噘起嘴沉吟了几秒钟,似乎在思考什么。这个噘起嘴的动作告诉华生,他脑袋里思考的东西并不像他所说的话一样那么轻松,反倒是一件费神费力的麻烦事。

少爷又说:"其实,公司账上那几千万资金一共也没多少,就算3年都烧光了又能怎么样。"不知道这话是不是说给赵乾听的。

李彬这时插话道:"曲总,其实公司现在的钱,再撑两年是没问题的。"

少爷瞥了他一眼,没有说话。

李彬似乎得到了鼓励,继续汇报道:"我想汇报一下目前'极斗'比赛的财务收支状况。现在我们做一场比赛,总的支出是300万左右。其中包括选手的出场费和奖金,大约150万;所有人的交通、餐饮和住宿费用,大约30万;铁笼、灯光、舞美、现场租金等费用,大约50万;拍摄和后期制作的费用,每期50万左右;如果要上星,还需要单独按场次缴纳占频费;最后,比赛前后的宣传、推广……"

少爷的脸上泛起了笑容。他把目光移动到李彬的脸上,就那样安静地看着他自顾自地说话,没有打断的意思。华生却在那个笑容里看到了危险,因为那笑容里戏谑的轻蔑正在逐渐加深,尽管嘴角上扬得越来越高,但嘴唇却越抿越紧,嘴角还出现了向下的角度。脸颊上的"苹果肌"的确越来越饱满,普通人一定会被这两团隆起的肌肤误导为这是张笑意盈盈的面孔,但如果仔细观察,就会发现他眼睛周围的肌肉并不是松弛的,上下眼睑因为肌肉的收缩而紧紧地收敛,包拢着双目中厌恶的目光。

华生的心跳得有点厉害。他一直在仔细地观察着每个人的一举一动。少爷并不喜欢李彬。这个笨蛋貌似训练有素,对业务也算熟悉,但实际上还不知道自己快触到霉头了。赵乾是很紧张的,他似乎能察觉到少爷的情绪变化。很明显,对面的少爷情绪控制力很不稳定,尽管一直在进行自我抑制,但遇到一点颠簸碰撞就很容易擦枪走火,就像之前只听到"怕失控"就发狠要杀人一样。现在这个倒霉蛋还在絮絮叨叨，不知道会不会引发什么祸事。戴猛之前所做的心理画像特征，一条一条地逐渐出现在少爷的身上。

少爷脸上的"笑容"涨到饱满逐渐凝固在那里的时候，李彬还在认真地一笔一笔地算细账，赵乾觉出了不对劲儿。少爷的拳头猛地一紧，赵乾几乎同时出口喝道："好啦！这些小钱跟我说就好！"

华生没有听到赵乾说的是什么，因为当时**他正在考虑怎么给自己加分**。看到少爷脸色一变、握紧拳头的那一瞬间，他脱口而出："收入呢？收入有多少？"

华生的声音和赵乾的声音叠在一起，让李彬吓了一跳，他不明白为什么两人同时大声朝自己说话。他眨着眼睛不解地看着赵乾，不确定自己是不是做错了什么，再看向华生的时候，脸上不由得带了些愤愤然，撇撇嘴没有作声。

少爷松开了拳头，眼睛扫视了一下屋里的人，拍了拍小九儿刚刚放在他肩膀上的手，突然哈哈一笑，舒服地展了一下脊背，继而十指交叉叠在腹前，保持着摊开的舒服姿态，用下巴示意李彬："回答他的问题。"

少爷让李彬回答华生的问题。

李彬的脸色变得不太好看，舔了舔嘴唇，又吞咽了一次口水，启齿非常艰难："每场差不多能有小 200 万的收入。"虽然是回答华生的问题，但眼睛却怎么也不愿意看向华生，似乎只要目光一接触，就会丢大了人、吃大了亏。

华生倒不在意这些，因为李彬根本就不是他的目标。

华生掰着手指头自言自语："冠名商大概每场 50 万。地方上大大小小的企业如果要贴铁笼广告，平均一家 10 万，算 50 万。卫星电视频道不会分成广告收入，这一块不给人家交钱就算好的。网络直播平台上 6 块钱一个账号，平均每场 1 万人左右付费观看，再算上 6 万。最关键的是，没有任何现场观众的售票和周边衍生产品售卖的收入。这么算来，举办一场比赛，运气特别好的情况下，能有 100 万左右的收入。我不知道啊，都是瞎猜，实际情况可能会多一些，但我估计也很有限。"

李彬的额头开始冒汗了。华生说得越多，李彬额头的汗珠就越密集。少爷脸上的戏谑笑容越来越强烈，两条眉毛变得一高一低，邪气渐盛。

震荡着驯服

华生不想让情况变得太坏，话锋一转："李总，赵总，这只是我近一年来收集的国内赛事的基本情况，不是特指哪一家，当然大家都差不多。'极斗'是所有国内赛事里规模和名气最大的，也许情况比我刚才说的好一些。具体的数据，以李总说的为准。目前赛事收入方面最缺的就是现场售票的收入，以及衍生产品的售卖收入。据我所知，'极斗'也还没有涉及这两块，不知道对不对？"

不知不觉，华生把他从姜老师那里学来的震荡给用了出来。先是暗指李彬的数据有问题，让李彬的心理压力值骤然上升，这就验证了他的确心里有鬼。然后不等矛盾爆发出来，也不给对方解释的机会，突然自行降低压力。不过这话分谁听。心里有鬼的人自然知道深浅，能听得出对方手下留情；不明所以的人则会觉得刚才那一番话风平浪静，一切都很合理。当然，倘若遇到那些不知好歹，或者压力一小倒骄纵起来的不知感恩的家伙，就需要最后再把刀架在他们脖子上，重新把压力值再调回去，省得对方上蹿下跳地龇牙。

李彬是聪明人，听得出华生话里的锋刃，只好点头附和道："张总……张总说得对，一听就知道是内行，国内行情大体如此。"眼神里似乎流露出些感激，也有微微的惶恐。毕竟，没有当面戳穿他的话，是很明显的手下留情。

没想到，少爷却不肯丢掉这个话茬，继续追问道："所以，'极斗'现在每场的具体收入组成是怎么样的呢？别人家都只有100万，你这200万是怎么凑出来的？"

赵乾笑着看向李彬，笑得很尴尬。这件事本是他负责的业务，而他对这些细账不能解释清楚的话，不知道少爷后面会怎么对他发飙。本来以为李彬跟着二虎直接负责这些业务，能说个一二三出来，没想到一开口就被张华生扒了皮。现在被少爷追问起细节，赵乾答不出来，看李彬那个紧张兮兮的样子，估计回答得也好不到哪儿去，他不由得异常别扭。他一紧张，浑身上下就会立刻涌满控制不住的能量，肌肉会自行开始收紧，恨不得举起杠铃来疯狂操练一番，或者是跟谁打上一架才能把血压降下去。但现在万万不是时候，想动也不能动。虽然是在笑，赵乾脸上的肌肉却在一颤一颤地抖动。

华生很好奇，为什么赵乾对钱的事情一点都不上心呢？

李彬本来先看向赵乾求助，结果发现自己老板的脸色奇怪得很，便知道情况不妙，壮着胆子朝着少爷看去，发现这位祖宗笑得很邪，不由得清了清嗓子。他故作镇定地抽出一张纸巾，一边擦着额头的汗，一边看向华生，发现对方扬了扬眉毛微微点头，不但没有恶意，反而有让他放心的暗示之意，便迅速堆砌了一套说辞，向少爷汇报道：“曲总，这个具体的收入我还没有经手过，之前都是虎总直接负责。刚才我说的大体收入，都是听虎总说的。"讲这句话的时候，他眼睛一直看着少爷，怯怯的，但一直努力在看，讲完之后，看少爷没什么不好的表情，吞咽了一次口水，视线下移，似乎在看着桌面，继续道，“在公司，我负责预算怎么花钱，虎总负责批准花钱还有跟赞助商们收钱，这一点赵总是知道的。我已经好久没见到虎总了，不知道他最近去哪里了。如果您需要收入的明细，我想还是得找虎总来向您汇报。”

少爷不置可否，脸上的戏谑淡了些，看起来是接受了李彬的说法。他把目光转向赵乾，问道：“这个虎总是谁？人呢？”

赵乾心里一抖，敷衍道：“原来的赛事总监，帮我跑生意的。最近我也没见过他，我回头找他来详细问问。”他一边说，一边闪避着少爷的目光，眼神略显慌乱。他可以告诉少爷实情，现在当着外人却不能明说，只希望少爷不要再谈论这个话题，更不要现在就要求找人。

好在，少爷没有再纠结这个人，只是淡淡地说道：“你不用找他了，直接通知他，他被开除了。张……”

赵乾提示道：“张华生。”

"嗯。张华生从现在开始就是新的赛事总监了。"说完，少爷有意无意地看了李彬一眼，很舒服地把身体窝在椅子里，然后把目光转向华生继续道，"你有什么想法，说说看。"说完这句话，竟然闭上了眼睛，呼吸也变得温和起来。小九儿在他身后给他按摩肩膀，脸上挂着浅浅的笑。

华生并没有着急发言，他先看了一圈。李彬的脸上没有再出现厌烦的表情，只是又抽出一张纸巾，缓慢地、一下一下地擦拭着额头的汗，用嘴悄悄地向外呼出一口气。华生知道，那个动作的频率和稳定性，代表他现在暂时觉得很安全，因为焦点已经不在他那里了，压力自然就暂时轻了很多。至于他是完全服帖吗？当然也没有，如果是完全服帖，就不会有这种幸灾乐祸的轻松。

赵乾松了一口气，雄壮的身体里似乎还是藏着某种不安，尽管脸上始终是一副刚毅的样子，但只要目光一接触少爷的方向，就显得虚弱而不能自已。

华生的想法很简单——要有用。不但要让少爷觉得自己有用，还要让赵乾知道少爷觉得自己有用，这个李彬恰好是个神助攻。他想了想，缓缓地开口道："曲总，赵总，我心里惦记的是这么几件事。电视台能不能分成，冠名广告商和赞助广告商能不能提价，比赛的水准能不能始终远远超过友商，观众有没有可能买票，还有就是……"

他的这几点说完，李彬用口型轻轻说了四个字："老生常谈。"

赵乾这时候最关心的是少爷的心情，他偷眼看了一下少爷，发现少爷保持着舒服的姿势，没有什么变化，就暗暗松了口气。当然，以他对少爷的了解，暂时的平静不代表没事，有的时候恰恰相反。他总是很难读懂少爷的脾气，所以总是会在少爷发脾气的时候高度紧张。但是此刻，少爷的平静总好过不耐烦，毕竟开会是要一段时间的。无论会议本身是否有益，撑的时间越长，对他就越有利。赵乾便把注意力集中在华生身上。

华生也在读取少爷的表情和姿态。他同样发现，少爷的那个窝在椅子里的舒服姿势是没有变过的。更关键的是，他读到了对方全身上下的肌肉，包括躯干的肌肉、臀部和腹部的肌肉以及腿的肌肉，没有做出任何调整性的动作，始终是松弛而悠闲地摊开在那里。在那张年轻的面孔上，双眼的肌肉同样没有丝毫紧张，上眼睑甚至还有些低垂，比刚才遮住了更多的虹膜，看起来像是懒洋洋的，有点困倦，这绝对能够说明他处于神经系统松弛的状态。除了右侧嘴角微微有些上扬，不见其他表情的痕迹。那一抹不屑，是始终存在的基线特征。

这说明，华生说的话，他能听进去。

但是这还远远不够，还需要说更多、更有意思的话，引起他的兴趣。

华生话锋一转："我刚才听曲总说，您的爷爷很关心'极斗'比赛的盈利计划，恐怕这才是曲总最关心的事情，也是赵总和我们最应该关心的事情。"

少爷眼睛亮了一下，不经意地直起了身体。小九儿见他认真起来，便不再按摩，自行回到窗边。

华生继续道："卖票挣钱，广告赞助，都是做的单笔买卖，就算是殚精竭虑地拼了命，做到每场能营收几百万，按照300万一场的成本，这种生意的利润率也只有一两倍。电视台若肯广告分成，还可能一年收入个几千万，但是现在的局面就不用想了。综合格斗毕竟是小众项目，影响力远远不如唱歌跳舞和明星真人秀。只有收视率超高的现象级节目才可能和电视台提对赌分成。"华生顿了顿，看到少爷的目光炯炯，双手十指交叉地握在一起，知道他来了兴趣，便继续加大话题的分量，"既然老先生关心盈利的问题，曲总又是'极斗'赛事的投资人，我想您两位对这种一两倍的营收，根本不会看在眼里。"

少爷开心地笑了起来，华生的话听着很舒服。他问华生："你觉得赚多少我会满意？"

华生觉得，少爷背后的老头子觉得赚多少，才是他真正在意的，便道："10倍以上的投资回报率，才能勉强及格吧？"

李彬和赵乾第一次听说这个观点，不禁咋舌。"极斗"赛事烧钱烧了一年，预期的目标就是不亏本，每一场能靠赞助赚一点，也好对投资人有个交代。但华生刚才的一番话，一下子把所有的希望全部打碎，10倍的利润率就意味着花300万做一场比赛，要赚回3000万。这怎么可能？两人根本不敢想象。李彬低声道："观众根本就不成熟，没有市场的。"

少爷的眼睛却再次亮起来，开始一下一下拍起手掌，声音脆响。他的表情有点夸张，睁大双眼哈哈一笑，道："那你说说：有什么好办法实现这个目标呢？"

华生不确定他的夸张是在表演还是性格使然，但无论怎样都没关系，你提问我就给回答。谁是钩、谁是鱼，现在还言之过早，但至少可以明确，华生肯定不是鱼，肯定没咬钩，少爷更加不是手提鱼线的那个人。

华生细细说道："比赛的质量是关键。比赛质量上去了，宣传到位就能形成口碑。口碑是什么？口碑就是主流评价观点。无论是观众、电视台、赞助商还是投资圈的其他基金，都会受到主流评价的影响。简单来说，声势浩大口碑好，名就是钱，名越大，钱越多。"

少爷听到"投资圈的其他基金"，眼皮跳了一下。

李彬听到这里，心里开始骂华生是骗子，因为在他听来，华生说的都是废话，是多年来萦绕他耳边的废话，他已经不屑于说这些初级水平的所谓"建议"了。碍于少爷在，也因为之前华生解了他的燃眉之急，所以他强管住了自己的嘴，但表情上的不屑和厌恶却毫不掩饰。

华生希望这个时候不是只有自己说话，那样太傻了。他需要在这个时候有个人托一句。

李彬脸上的强烈厌恶，正好是让他托一句的好机会。

华生问："李总是不是觉得这些都是常识？"李彬脸上的不屑出卖了他的想法。

李彬没想到华生会当面点破，不由得一怔，赶忙收敛了自己的表情，讪讪笑道："哪里，张总说的都是金玉良言。只不过，我负责'极斗'赛事的选手配对，可以保证每场比赛都是全国范围内最高水准的选手对决。当然，我见识少，不一定能保证在国际上也是超高水平。对赛事的质量，我有把握。"

华生听得出来这是在表面上谦虚，实际上还顺带着夸自己，便决定给他点压力，省得他又把尾巴翘起来。华生伸出右手的食指连连摇动，同时说道："不不不，李总，您没明白我的意思。两方面——一是口碑不仅仅来自选手打得怎么样，二是运营选手的方法是不是真的过硬。"

李彬听到最后一句，立刻拧眉立目逼问道："你什么意思？"

华生见他眉眼间的那一点运动，心中暗暗一乐，知道自己之前的猜测应该是对的。"运营选手的方法是不是真的过硬"是个刺激源，激出了李彬的轻微愤怒，说明这件事有可能就是他心里的敏感点。现在，只需要不慌不忙地挖个坑，看看李彬是不是那个跳坑的人！梳理清楚思路后，华生道："你先别急。我想问一下：原来'极斗'的中量级冠军王决现在去哪儿了？"

公开的黑幕

李彬一怔，不明白华生问他这话的意图，但听华生提到王决这个人，心里却像踏空了一步似的，不知道华生为什么会单单点这人来问。不过，自己刚才已经摆出了气势汹汹的质疑样子，如果这时候退兵服软，输得未免太过难看。他想，无所谓，这种事情，怎么解释都能解释得通，还怕了你不成？随即便开口应道："上个月开始，这小子背叛我们，去打'唯一冠军赛'了。"

见李彬如此"配合"，华生心下大乐，开足火力道："王决是目前国内综合格斗界排名第一的明星级选手，更重要的是，他可是从农村，经过赵总挖掘，一步一步走上来的明星级选手。他在社交媒体上的'粉丝'量，比其他前10名的选手的'粉丝'量之和还要多。又帅，又有励志故事，打比赛又好看，3次卫冕金腰带的比赛，网络观看总量达到500万，弹幕可以铺满整个屏幕。"

说到这里，华生发现少爷有点无聊了，因为他的眼睛不再持续关注自己，而是开始无聊地玩手指。华生意识到自己细节讲得有点多了，便抛出一个重要的话题："现在，王决居然去了'唯一冠军赛'，这不是抽'极斗'的脸吗？那可是赤裸裸的竞争对手啊！"

果然，"抽脸""赤裸裸""竞争对手"这样刺激性的字眼，立时让少爷回过神来，屏息凝神听李彬怎么解释。

赵乾也适时搭话："那小孩我记得，拳法一般，但腿踢得相当不错，摔跤也有天分。应该是去年在东京打中日争霸赛，高鞭腿 K.O. 了日本选手之后，成为新一代偶像的。他签约'唯一冠军赛'是什么时候的事情？我怎么不知道？"最后一句问向李彬的时候，脸上已经带有愠色。

这一下，李彬的脸开始发白了。他没想到华生可以如此轻松地点起一把火烧向自己。他打起精神汇报道："曲总，赵总，今年'唯一冠军赛'发展得很快，据说是拿到了一笔 1000 万美元的风险投资，到处挖人。王决这小孩不地道，拿了冠军之后有点膨胀，看人家给钱多就跳过去了。选手在各大赛事之间流动很正常，走了这个，我还有更好的。我觉得这不是问题。不知道张总什么意思，要专门提到这个小孩儿。"

一般的动物在听到危险声响的时候，都会往相反的方向跑，使劲儿跑，它们以为这样能安全一点。但动物们不知道，在相反的方向，正有捕猎的兽笼等着它们。这就是人类捕猎的策略。

华生打开了"笼子门"："不知道曲总当初给'极斗'投了多少钱？国内还能有比'极斗'更有钱的比赛吗？'唯一冠军赛'什么体量？拿了谁的钱……"说到这里，看了一眼少爷的脸色，知道自己赌对了，便继续道，"我想曲总一清二楚。王决的出走根本就不是给钱多少的问题。您说呢，赵总？"

赵乾深以为然："当然啦！我一手把他捧起来的，哪能为了几万块钱就扔给对手用。我记得他前不久刚刚跟'极斗'签了合同，出场费应该有 30 万了吧，再加上胜赛奖金，打一场挣 60 万已经很不错了。我就不信'唯一冠军赛'能翻着倍地给钱把他拉过去！就算真的是出场费翻倍，我们的情分还在，王决也绝不会走！过年的时候他还带着爸妈来，非要请我吃饭呢！"

少爷没有说话，两只眼睛紧紧盯着李彬。他感觉到了，华生有话没说，李彬也有话没说。

李彬的脸色变得难看，但他还想坚持自己的说法。

华生不再给他躲避的空间了，开口质问道："赛事方有人吃选手的血汗钱，几乎是这个行业里公开的秘密。说好一场给30万出场费，赢了应该给60万，但暗中却和没钱没势的运动员谈好，所有个人收入对半分，否则就不给安排比赛。对半分，据我所知还是有良心的，更有甚者会要求三七开，甚至更高，大多数运动员只能忍气吞声。底层选手谋求发展，反正钱也不多，扣点就扣点。明星级的选手是稀缺资源，对于整个国内市场而言供不应求，再这样对人家，当然会伤了人家的心，会逼走人家，会让友商有机可乘。我们辛辛苦苦种的庄稼，被别人割了穗，着实令人心疼。"

说这些话的时候，华生的目光始终在三个人脸上依次审视。

李彬的身体姿态僵直地保持斜倚在桌子上的样子，用肘把躯干支撑在桌子上，另一只手紧紧地握住放在桌子上的那只小臂。华生心中暗暗一笑，保持这个看起来很轻松的姿势，其实还挺费劲儿的。再看他的脸上，尽管笑容很明显，但华生知道那是狞笑。脸上是愤怒，身体是恐惧，看来华生的话对他有效果，而且是绝佳的效果。

赵乾扭回头看着李彬，一副严肃的审视表情。粗壮的双臂抱在胸前，使得他魁梧的身体看起来更加像座山，而且是充满暗涌能量的火山。也许正是这样的审视，才让李彬脸上必须挤出笑容。华生暗道："看来赵乾对我说的这些并没有太大反应，反倒是在不断观察李彬。也许他并没有参与黑钱这件事。"

当看到少爷的时候，华生知道这个年轻人对之前说的那些细节不甚在意，他轻微摇晃着头，一会儿看看李彬，一会儿看看华生。看来，选手拿多少钱，有人黑多少钱，这种业务层面的信息对少爷来讲还不够刺激。华生寻思到这里，就加上最重的一个砝码："那些赛事方掏出的钱，本来应该给运动员，结果却这样进了私人腰包。更准确地说，股东投入的钱，应该用于吸引优秀的运动员，高额雇用优秀的制作团队，用于宣传、运营，打造最好的赛事和口碑。这些本钱不应该给工作人员发高额工资，更不能随便报销吃喝。可偏偏有些人就动了歪主意，中饱私囊、黑心暴富。比赛在持续烧钱，经手人却暗中富得流油，这局面实在让人无奈。"说完，还轻轻叹了一口气。

这句话一下子戳到了少爷的痛处！什么人几十万收入不重要，运动员跑了也不重要，就是这赛事苦哈哈地挣不到钱也没什么。但敢黑老子的钱？绝不能接受！少爷双眉倒竖，眼睛一瞪，手掌拍在桌子上发出一声脆响。小九儿当时就贴到了少爷身边，伺机而动。

赵乾和李彬是在听到拍桌子的声音之后同时动起来的。李彬吓了一跳，身体向后仰，赵乾在他还没靠到椅背之前，一把揪住了他的领子，又把他给拽了回来，一只手的力量竟然把大活人从椅子上拎了起来。赵乾逼视着李彬的眼睛，逐字逐句地问道："张总说的这些，你知情吗？"声带的摩擦活像在撕咬猎物。

关心你最关心的

少爷在那一瞬间的确想冲上去像赵乾这样质问李彬，甚至更加凶狠。只要他一动，小九儿必然会紧随左右也冲上去。但他转念一想，又很快冷静了下来。一方面是因为赵乾已经就近替他做了这件事，他要等等看李彬怎么回答；另一方面是对面的这个张华生，让他感觉有点匪夷所思。这个心理学博士控制节奏控制得也太好了！他说的每一句话都有用，每一句话都能把事情向前推一推，每一句话都能让人心里一紧或者一松。毕竟，今天是和他第一次见面，这家伙还只是一个纯粹的陌生人……而且李彬这种不入流的角色，也轮不到自己动手，刚才两次都有点冲动了。

李彬完全没有想到赵总竟然当着这么多人的面，毫不留情面地拽着领子质问自己，心里的慌乱又瞬间达到峰值。他惶恐地看着赵乾狰狞的表情，只觉得全身的血液正在变凉，赶忙大呼道："没有，赵总！没有这回事啊！我不知道！就算是有也是虎总操办的，我不知情啊！"

把责任往不在场的人身上推，是个聪明的主意。华生心里一阵冷笑，从刚才的一系列反应来看，他说没参与，恐怕只有鬼才信。华生只是不想现在跟他计较，因为这并不是他此刻的目标。真要较起真儿来，这种事情很容易查证的。

见赵乾还紧紧抓着李彬的领口，少爷轻声喝道："老赵，松开！"赵乾一把把李彬扔回椅子里，吓得李彬直喘气。见他松了手，少爷才继续道，"你别老那么猛，动不动就吓唬人。李总也是辛苦干活儿的人，要好好对待。就算真有问题，也不是你这个处理方法。"

他说这些话的同时，华生看出来他是在控制自己的情绪。他已经从刚才的震惊和愤怒中重新找回了自我控制，而且神情当中又重新出现了戏谑。少爷能够这么快地转变自己的状态，华生也暗自吃惊。

只听少爷继续吩咐道："老赵，你去找找那个什么虎总，问问他有没有黑过选手的钱。另外，张总，你的话还没说完，有了明星选手又怎么样？真需要的话，几十万块钱的小事儿，我们可以再把人挖回来。"

华生点头，热忱地道："指望现场售票，三年内不可能，中国的观众只习惯看免费电视。指望电视台分广告费，三年内希望渺茫，毕竟钱不能随便分。销售衍生品可以，但跟俱乐部培训市场一样，都是小钱，连本都回不了。格斗比赛要想盈利，拼尽全力也许能保本不亏，但若想让公司股东的投资翻个几倍、十几倍，单靠这么苦哈哈地干就太困难了。我想，我们要调整一下战略目标。"说到这里，他故意停顿了一下，见只有小九儿还是百无聊赖地看着窗外的风景，其他三个人的目光都集中在自己脸上，便继续道，"把公司放到风投市场上开B轮融资，把估值做到十倍，两年就能做到！"

就在这时，会议室的门开了。

从屋外进来的是一辆轮椅，轮椅上的人正是福坤。

福坤自己推着轮椅，缓缓来到少爷的旁边，先是朝小九儿笑了笑，然后转头向少爷耳语了两句。那张年轻的面庞上立时皱紧了眉毛。少爷的视线朝着华生这边一翻，冷笑一下，回头对小九儿说："小九儿，你去看看张总的胳膊是不是伤得很厉害，给人家道个歉。"

45　福坤的怀疑

开篇语：

我知道你会去调查我的。我的确有小尾巴怕被抓到，所以我要好好想一想，一旦你查到了，怎么解释才能过关。以你的能力和思路，一定会查得到，也一定会问我。现在的局面是，你不知道我已经知道你知道我那些不能被你知道的事情。有趣吗？

By 华生

福坤来了

小九儿并不知道福坤和少爷说了什么，但听到少爷吩咐，便笑吟吟地绕过桌子走到华生身旁，抱着手臂用眼神打量华生的石膏手臂。

赵乾似乎明白了少爷的意思，他立刻叫李彬起身，带着李彬快速离开了会议室，根本不理会李彬的一脸错愕。

华生像动物一样本能地感觉到了危险的味道。

华生心里很为难。

他不能不防备，也不能防备得太好。在那个年轻人的眼里，他应该是一个普通人，是一个怕疼的普通人，所以面对威胁不能太镇定自若，应该有反抗和逃避。偏偏这件事的更大难点却在于，他又不能表现得真的完全像普通人一样。一旦完全地拒绝、挣扎、自卫和抵抗，对面的那个年轻人是否还会接受自己，就成了未知数。这可是终极目标，不可以被愚蠢的决策所破坏。

福坤摘下眼镜，一边擦拭镜片一边冷冷地问道："你之前是做什么的？"

华生决定，在大脑中开启一套程序来应对目前的状况。

他需要赌一下，这是他目前唯一能做的事情。至于结果，想不清楚就先不想了，时间不够。于是，华生警惕地先是看了一眼福坤和少爷，然后向旁侧翻起眼睛，用更为警惕的目光瞥了小九儿一眼，随后便显得并不把她放在眼里。他先用这几个眼神把顶撞的态度清晰表达出来，然后开始回答福坤的问题："我的资料，应聘的时候提交过了，赵总那里都有。"

赵乾恰好推门进来，正听到这句话，以为是普通问答，便说道："之前他是个网红，在网上做赛事解说的自媒体，很有名……国内能排得上前三吧！"最后一句话，是看到少爷的脸色，迟疑了一下之后加上去的。

福坤显然对赵乾的插话很不满意，因为他之前的问题是有驾驭性的，无论华生怎么回答，都能看到他的表现，能获取更多的信息。赵乾代为回答，就把他建立起来的主控权冲淡了。他只好继续追问华生："做网红之前呢，为什么辞职？"

华生一下子明白了福坤的目标，以及他大概做了哪些调查。从被小九儿弄伤，到去医院的这段时间，料想福坤也不会有太多详细的信息用来作妖。华生心里定了定，目前的局面他之前无数次在心里模拟过，只是没想到第一天就来真的了，便坦然地讲道："哦，你是说我在华兴公司的工作经历啊！不提也罢。"说完，撇了撇嘴。

少爷扬了扬眉，嘴角一笑，觉得这个回答很有意思。

小九儿见到少爷的表情，突然往华生的左肩膀上一拍，又像劝说又像威胁地道："欸！我跟你说，这家伙可不好惹，他问你问题你得好好回答，要不然会烦死你的。"语气恰如她的表情，根本看不出有什么敌意，但那一拍却绝不是随意地触碰，而是下了重手。

华生很疼，固定在石膏里的肘关节被那一拍震动得厉害，让华生全身的肌肉一阵缩紧，瞬间冒出一身冷汗。华生怒目相视，却只看到一张天真无邪的笑脸，无论如何也找不到恶意，便不好发作，只是用右手保护好受伤的肘部，防止再次受到攻击。然后，他决定反制一下，便开口向福坤问道："你是谁？我为什么必须回答你的问题？"

向福坤问完这句话之后，华生也不等他反应，立刻向少爷问道："这人是什么身份？重要吗？"

他赌少爷不会耐心地给他解释福坤的身份，更不会说出"重要"这样的评价，所以才把问题抛向这两个人，因为福坤此时是不能越位先行回答的。

果然，福坤被迫停在那里等待。如果少爷不表态，福坤就无法继续要求华生回答问题。他的心里一阵别扭，总觉得节奏被干扰了，却又不得不等着。

少爷笑眯眯地看了华生一眼，用手指先指向华生，再指向福坤，开口轻轻命令道："回答他的问题。"他绕过了华生设置的坑。

华生心下一阵兴奋，每次遇到对手他都有这种感觉，这种感觉很美妙。他点头表达了自己的服从和真诚，认真说道："好吧，听您的。博士一毕业，我就应聘到了华兴公司，在人力资源部负责员工的入职和离职。后来被调到内审部做副主任，负责IT系统建设。"

华生说的都是实话。

福坤见节奏回来了，追问道："为什么辞职？那个职位级别很高啊！"

华生翻了他一个白眼，说道："你有没有遇到过特别讨厌的领导？"说完这句话，眼睛盯着福坤，故意留白了几秒钟。

这句话在心思剔透的人听来，有可能是暗指福坤是"特别讨厌的领导"，也有可能是暗指福坤的领导——同样在场的少爷，这个问题的意思就变得复杂起来。所以大家都在关注福坤的反应，就连小九儿也都盯着福坤的脸。这可是不常发生的事情，福坤注意到小九儿的笑容和目光，便忍住没有拉下脸，反倒是迎着她笑了笑，随即又立刻把视线转移回华生的脸上。他很不乐意节奏被华生再次打乱。

而就在刚才那短短的几秒钟，华生努力地观察福坤的微反应。他看到了那个迎合小九儿的笑容，也看到了瞬间有点慌乱的视觉逃离，最后看到了福坤眼中并没有对自己轻蔑的杀机，而是想听自己怎么说的迫切。没有杀机，说明决心还没有下；有迫切，说明他需要更多的信息来做判断。

华生心里踏实了些，接着回答道："待遇不错，但领导总是强迫我做一些我不愿意做的事情。我是负责设备采购和系统集成的，偶尔会因为相关的案子去审查一下公司里的人。但不知道为什么，我们那个主任……"

福坤插口道："华军？"

华生故作惊讶地道："对。你怎么知道？哦，好吧，看来你做了些背景调查，还查到了华总那里。他怎么说我的？估计没什么好话。我的博士专业是研究人脑决策机制，他就顾名思义地认为我可以搞明白别人在想什么。不怕你们笑话，基本上很多无知的人都会认为，搞心理学的人能搞明白别人的心思，越是级别高的心理学家，越是猜得准，而且我还是个博士。"讲到这里，华生觉得自己抖了一个挺好的包袱，所以稍微顿了顿，但他立刻发现，屋里的人根本就没理会他的包袱，他只好继续道，"这是天大的误会！华军非让我参加很多内审谈话，熬夜加班是常有的事情，但又不能多拿加班费。我的兴趣根本不在这里啊！我喜欢摆弄摆弄设备，搞点数据统计，我根本不喜欢研究人的想法。当初我的博士毕业论文写的是《基于脑电节律特征优化与同步性的脑决策机制研究》……"

听到这里的时候，福坤阴恻恻地看着手头一张纸上的内容读道："是《基于脑电节律特征优化与同步性的脑决策机制比对研究》，里面研究了人类大脑的逻辑决策、情绪决策和遗传决策过程中的脑电信号差异。"

华生没有想到，福坤连这个也认真查了，心里颤了一下，但表面上却异常兴奋："哟！你可以啊！这都能查到。论文你看了吗？我大概能猜到你什么专业了，肯定是计算机之类的，学位也不低。现在看来，我那篇论文通篇就是弄了些实验数据和结论，脑电这东西在业界根本就不被认可。但是，外行不懂啊！华军就非说我是心理学高手，越是那些不好搞的案子和人，他就越喜欢让我参与。我是真不爱跟人谈话，特别没意思，特别不痛快，特别不健康。解释过多少遍了，但那老头就是不听。一怒之下，我辞职了。没前途，也不高兴。"

华生这一番话里，夹枪带棒地做了很多掩护，把自己的能力很好地藏了起来，而且埋了很多小话题，随时可进可退。

福坤没管这一套，继续追问道："你审过很多人？"

华生知道，关键的威胁要来了，便故作无所谓地道："对啊！什么人都见过，什么人都审过。"

少爷听到这里，眼神陡然一亮，似乎想到了什么，开始皱起眉头盯着华生，看起来在认真地思考着什么问题。

福坤决定拿出"撒手锏"："你审过那么多人，有没有跟警察合作过？现在为什么要到刚猛体育来？"

他手里拿着华生被市公安局聘为顾问的聘书复印件，那是从华兴公司内部数据库中搜到的一份资料，并没有花费太多时间。

二次伤害特别疼

华生辞职之前，检查过自己在公司人力系统中的信息，知道数据库里有什么资料留存，就是为了以防万一。他仔细模拟过，如果真的面对这样的质疑会有什么风险，应该怎么样应对才能平滑地处理过去。他对福坤的黑客手段评估结果是深不可测，所以这些自己没有权限删除的资料，都必须做好充分的解释准备。

福坤一问，华生就知道了他的意图，以及他手里拿着什么样的"致命武器"。

华生哈哈一笑："你问题好多啊，逻辑上也不怎么搭。不过，曲总让我答，我就尽量跟上。公司内部有很多'犯罪'的人，他们大多是侵吞公司财产或者出卖公司机密信息，尽管我不愿意干，但还是审过很多这样的人。有些，我们部门能把证据整理齐全，或免职或调离，交给集团领导做最后处理；有些，我们收集不到足够的证据，人搞不定，事又太大了，就必须移交司法机关。所以，市公安局是我们公司，不，我前公司常年的合作伙伴，我经常亲手往经侦支队送人啊！我们内审部所有副主任以上级别的人，都被市局发了顾问聘书！牛吧？"

讲完这些话，少爷仍旧皱着眉盯着他看，但微微偏了头，不太想得明白华生的表现。福坤手里的王牌却被悄无声息地废掉了，他没有了之前的凌厉，感觉一时找不到华生身上可以继续进攻的弱点。

通过两人的神情，华生看得出来他的预案生效了，但危机并没有解除。他耸耸肩道："这都是表面光鲜。那张狗屁证书有什么用？不能顶替加班费，反倒是累赘，给我带来更多的加班熬夜！真的没意思。这就是我辞职的原因。我喜欢自由，我喜欢自己支配自己的灵魂和时间，我喜欢放纵身体里的欲望，所以我喜欢格斗，这多有意思啊！哎，对了，你刚才第二个问题是什么来着？"

福坤没能让那张顾问聘书成为"撒手锏"，听见华生问，便回答道："你为什么来刚猛体育？"语气竟然弱了一些，不过从他的神态来看，心里并没有完全采信华生的说法。

华生扑哧一笑，心里知道福坤没有接受过审讯或者谈话的专业训练，现在这一问，完全是把优势问题递给了自己。既然这样，华生决定干脆热闹一下。他扭头望向赵乾问道："赵总，我还需要再说一遍吗？"

随便一脚，把球踢给赵乾，让他来处理，这样就可以把局面搅得更加尴尬。

赵乾先看向少爷。他是了解少爷的，目前这局面颇有点耐人寻味的意思，如果处理不好乱讲话，自己很有可能会倒霉。福坤见华生把问题抛给了赵乾，心里一凉，特别怕赵乾直性子，直接就开始详细描述华生求职的来龙去脉，要真那样的话，自己再次完败！

少爷却直接挥了挥手，示意赵乾不要说话。他看了一眼小九儿，小九儿就明白了少爷的意图。她俯下身把身体依偎在华生的椅子靠背上，缓缓把手伸进了华生的左手大臂内侧，轻轻握住。华生感觉到一阵温热传来，他诧异地看着这个奇怪的女人，她好像小女孩撒娇一样，依旧笑吟吟的，还微微吐了吐舌头。这举动只让华生的身体感觉到了亲昵，但他的大脑反馈出来的，却是非常可怕的危险。

正在华生不知所措的时候，少爷开口问道："如果一个人知道一个秘密，但他不肯告诉你，你怎么让他开口？"神情异常正式。

华生也端正作答："先知道他想要什么，再知道他怕什么。"

少爷很满意，继续问道："如果他有恃无恐，对我无所求，也不怕我呢？"

华生略作思考，答道："如果你是他的敌人，对你无所求很正常。既然有恃，不怕你也很正常。在普通人看来，这样似乎是无解的。但其实不是，他心中的那个'所恃'，就是他怕的东西，怕误会、怕嫌弃、怕不被信任、怕辜负期望。特别忠诚的话，还会怕给自己的老大带来麻烦和危险。人这种动物，可以很坚强，但越坚强，就越脆弱。"

这番话让少爷眼中精光四射，能看得出来他变得极为兴奋。他扭头望向福坤，用眼神和福坤交流了一下，福坤的眼神很复杂。少爷又盯了一眼赵乾，但见赵乾只是一副木然的表情，想到赵乾应该听不懂华生刚才说的那些话，不由得觉得扫兴。

少爷内心的兴奋却越来越强烈，强烈到难以抑制。他闭上眼睛，双手握紧拳头，眼球在眼皮下快速转动，呼吸也逐渐急促起来。华生觉得，小九儿的手在微微用力握紧。

突然，少爷嘴角一阵狞笑，睁开眼睛向前猛地探身道："那你害怕的事情是什么呢？"

就在少爷睁开眼睛的瞬间，小九儿发动了！她揽直华生受伤的那条手臂，身体轻盈地屈膝一跳，将右腿从华生头顶跨过，左腿却从胸前直插而过，在空中一拧身——飞身十字固。

华生是一直在防备的，但他也一直在犹豫。他不断地提醒自己，自己应该是一个普通人，看不到他们脸上的表情意义，猜不出背后的情绪变化，不知道接下来会发生什么，因此不能提前做好所有的防备，否则，自己的周密就会变得非常可疑。

尽管他一直在警惕，但少爷情绪变化得太突然了！小九儿发动得太快了！

华生连人带椅子都被小九儿放倒在地上，而且因为身体被拘束在椅子里，没法随意逃脱。他大声喊出来："你干吗？"

小九儿这一次是下了狠手的，没有像之前那样只是掰直手臂等着少爷，因为她能明白少爷的表情是什么意思。她在夹紧手臂拿到位置之后，毫不停歇地直接挺胯发力！华生手臂上的石膏以及手臂里的关节，同时发出了"咔"的脆响。

立谈之间，钻心的疼痛直接刺到了华生大脑的深处，他此时没有任何想法了，头颅里似乎被一颗闪光弹爆开，耳边一阵鸣响。"啊"的一声惨叫之后，他逐渐清晰地感受到疼痛自肘尖传来，更可怕的是新伤未愈再次被折损的恐惧感，那感觉像吞了一勺水银似的腻歪和恐慌。

福坤嘴角露出一点笑意，这才是他认识的少爷，刚才一度让他以为自己输给了这个心理学博士。

赵乾被吓了一跳，他不明白少爷到底是怎么想的。他替华生疼，他知道那条胳膊基本上算是废了。他听到了骨折的声音，肘关节这种尺度的骨折，恐怕一辈子能恢复成普通人的样子就算好运气，打拳健身练格斗，是基本无望了。

华生的大脑从眩晕和剧痛中慢慢冷静下来。他强迫自己忍住疼痛，想清楚目前的处境，尤其是少爷为什么突然发作。是危险来了吗？现在左手断了，应该怎么办？

眼见少爷起身向自己走来，福坤摇着轮椅跟在身后，华生朝着小九儿大声喊道："你他妈给我松开！有病吧你！"

小九儿只是稍稍手中拉动一下，肘关节的脱位和骨头的刺痛立时就让华生噤了声，她居然还是笑盈盈的，柔声道："别那么凶，好好说话啊！"手里却一点松开的意思都没有。

少爷蹲下，笑眯眯地看着华生，声音异常动听："你怕什么呢？你怕不怕疼？"

华生的目光中充满怨恨，他不知道自己刻意加进去的那一点恐惧是否自然，是否到位，但他已经尽力了。他抑制着内心的愤怒，咬着后槽牙道："你让她给我松开！你们是不是有病？不想让我干就直说，干吗要弄断我的手？！"

少爷看他的样子，不但没有生气，反而哈哈一笑："那我问你几个问题，快速、简单地回答我，不要有任何犹豫，听懂了吗？"说完，把手伸向后方，福坤递上一沓纸。

华生给了他一个厌恶的白眼。

小九儿看他那么凶地对少爷说话，现在是又大不敬的神情，便在手中微微一加力，威胁道："好好说！"华生顿时疼得咬紧了牙齿，额头上冷汗又渗出了一层，忙不迭地道："轻点儿，轻点儿，我说。"

少爷一边翻看那沓材料，一边开口发问："你为什么没买车？"

华生的额头冒着豆大的汗珠，快速答道："没用。"心里却暗暗后怕，如果自己买过车，那么出行的轨迹恐怕会暴露出非常大的破绽。

少爷继续问："微博账号是什么？"

华生快速答道："看看你能有多 low。"

少爷笑得更厉害了，接着问道："密码多少？"

华生一怔，没有立时回答，小九儿便手中一紧，一阵疼痛袭来。华生疼得叫了一声，赶忙答道："letthewholeworldknowhowlowyoucanbe,bitch!"

有用和有把柄

少爷哈哈大笑，笑得不行了，眼角挤出几滴眼泪。他擦掉泪花之后，指着华生说道："难怪没破解出来，居然还严格地带有标点。"福坤的嘴角也不禁撇了撇，尴尬地笑笑。

少爷快速扫着那页纸上的内容，一边笑一边干脆坐在地上，用脚踢了踢华生的屁股，说道："看看你微博里都写了些啥？这哪里像心理学博士，哪里像500强高管？没看出来，你吐起槽来嘴挺损的啊！"

华生心里悄悄松了口气，庆幸自己不是深度用户，没有啥都往微博上写。当时开这个账号，没有做实名认证，是为了训练自己提问的思路，都是对热点事件和人物言行的调侃评价，追求犀利而有趣。他甚至可以从别人的社交媒体上获取信息，公司里已经有好几起案子是从当事人的社交媒体发言中找到线索的。这种低级错误，到今天还有人在不断地犯，华生也是乐得旁观。没想到今天，自己的微博账号也被人查了个底掉。

少爷逐渐收敛了笑容，继续问华生道："你是今年才开始练习巴西柔术的？"

华生也正经道："是。"

少爷问："为什么？"

华生忍着疼，耐着烦答道："这还有为什么？喜欢呗！"

少爷问："就这么简单？难道不是出于什么人的缘故吗？"嘴角再次若隐若现地露出了狞笑。

这笑容让华生心里"咯噔"一下。肖依是自己整个计划中绕不开，偏偏又最不放心的地方。少爷的这个笑容，映射了他内心的凶狠，这股凶狠和刚才的那个问题同步出现，很明显，他们已经注意到了肖依的身份。这就说明，福坤在道馆里也进行了初步的调查。这个人太可怕了！现在怎么办？撒谎是肯定不行的，只能先说实话，过了这个坎儿再谨慎应对吧。

想到这儿，华生腼腆了一下，回答道："我女朋友先去练的。她老嫌弃我，我就开始练了。"

少爷的脸松弛下来，揶揄道："你俩谁厉害？"

华生想了想："那肯定是我啊。"华生不想让他们对肖依感兴趣。

小九儿突然插话道："那就是说，我比她厉害，对吧？"

华生希望尽量弱化肖依的存在，所以只好点点头，道："你比她厉害多了。"

然而，小九儿却依然兴奋地说道："你们这种臭男人太不要脸了。身高体重都压上去，占那么大便宜也就能打赢个姑娘，还好意思说什么'厉害'。我收拾你们太没意思了。哪天把你女朋友叫来一起玩玩儿啊？"

这让华生心里一沉。小九儿在这几个男人面前是很特殊的。她如果感兴趣的话，局势不好判断。华生想立刻断开这个话题，便不耐烦地朝着少爷央求道："还有没有问题？你们到底要干什么？赶紧送我去医院！"一边说一边试图挪动被控制得牢牢的手臂，但小九儿见他一动，立刻又发力拉伸，一阵疼痛袭来，让华生倒吸一口冷气。此刻，他真的体会到了什么叫作无奈尽头是恐惧，一切都不由自己掌握的恐惧。

少爷站起身，俯视着他，沉默了一会儿，一字一断地问道："如果我让你帮我审讯一个人，你能把他搞定吗？"

这是华生完全没有想到的问题，看少爷的神色，他似乎对这件即将要做的事情非常忌惮。华生不确定自己现在处于什么位置，是否已经获得了对方的信任和接受。他用极快的速度梳理了一遍之前少爷的种种反应，并没有得到清晰的结论。机会转瞬即逝，而且也没有其他选择，他释放出极为疼痛的样子，低吼道："你先让她放开我的手。我糊里糊涂地被你们两次折断手臂，回答了一大堆不知所云的问题，现在还要帮你们'审讯'？"华生留了个白，眼睛望着少爷，看他怎么接。

少爷神色凝重，很认真地看着华生，思考片刻，朝小九儿示意。小九儿立时松开了华生的手，竟然还扶着他站起来。赵乾帮忙扶起倒地的椅子，让华生坐回去。小九儿这次用指尖轻轻地在华生肘关节表面摩挲了两下，柔声道："别生气啊，一会儿送你去医院，有最好的医生。你先回答他的问题。"这样的声音和语气，华生是第一次听到，心里不禁一动。

少爷用期待的目光看着华生，安静地等待着他的回复，表情里没有愤怒，眼神里没有威胁。华生看到他两只眼睛内侧上眼睑的皮肤微微向上、向中间皱起，知道了"迫切"的存在。尽管他的眉毛没有明显上蹙，表面上看起来是一如平常，但那两道皱起的微小褶皱，却说明了恐惧类情绪的存在，非常轻微。他在提这个要求的时候，是心存压力的，是担心的，是弱势的，他希望得到来自华生的帮助！

第三卷·无间

华生说："我不能保证什么。我可以帮你做这件事，但我需要知道三件事。"他顿了顿，看到少爷眼中流露出希望的光芒，便依次伸出三根手指，要求道，"告诉我前因后果。告诉我你要审讯的人有哪些特点，越详细越好。另外，告诉我规则边界，也就是如果他配合，你们能给他什么承诺，如果他不配合，你们要怎么收拾他。"

少爷双手一拍，兴奋道："成交！一言为定！你先在'极斗'里待着，职位就是我们说好的赛事总监，所有比赛需要用到的花销你一个人说了算，直接向赵乾汇报。工资的话……"少爷问赵乾，"刚才那个家伙你给他多少钱一年？"

赵乾答道："李彬？年薪税前20万。"

少爷也同样依次伸出三根手指，面带不屑地对赵乾吩咐道："第一，他的去留张华生说了算；第二，他的年薪减半，爱干不干，不要让他再经手钱，人怎么用也是张华生说了算；第三……"他指向华生，"他的薪水给5倍，年薪税后100万。"赵乾一一点头称是。

少爷对华生说："你先在'极斗'里干着，我去准备你要的东西。准备好了，随时叫你。钱的话，目前只是赛事总监的薪水，如果你干得了我要做的事情，就是另外一个价码，OK？"

华生觉得，自己回应得相当不错。这个问题之后那场不到10秒钟的戏难度真高！又要表示被信任和被薪水拍倒的服从，又要表达骨子里的不屑和桀骜，又要掺杂手臂骨折的疼痛和怨恨，又要流露出对未来权力和职位的少量贪婪。那个舔着嘴唇的复杂讪笑，他自己都觉得可能是自己一辈子里的演技巅峰了。

他在应承了少爷之后，若无其事地快速扫了一眼其他人。福坤面无表情，脸上冷冷的，不见喜悦不见鄙夷，只是镜片后的目光总像针一样刺过来。华生知道，他还没有放弃，今天这个短兵相接，并没有让福坤放心。赵乾则是完全放松了下来，已经拿华生当成了自己人的样子，他本来也没有什么敌意，都是听命而已，现在少爷亲自委任一员干将给他解决问题，对他来说应该是件好事。小九儿还是笑盈盈的，看看少爷又看看华生，仿佛在他们两人身上找到了什么有趣的事情。她笑起来的时候，露出整齐而洁白的牙齿，显得很灿烂。

这笑容让华生想起了肖依，因为肖依的笑容就不会这么灿烂，总是略有矜持。但肖依对他的举动，都是敞亮而自然地毫无娇柔。不像面前这个小九儿，什么时候都可以笑得那么灿烂，即使是突然动手掰断你的手臂时，脸上也还能带着笑。

少爷跟赵乾说："立刻派人把他送去做手术，找最好的医生。"赵乾点头称是，打电话安排车辆。福坤自己摇动着轮椅，跟在少爷和小九儿身后，保持着和小九儿的距离。小九儿突然转过身来，吓了他一跳，他赶忙尴尬地停下。小九儿嫌弃地看了他一眼，并未理会，抬头跟华生笑着说："有机会把你女朋友带来找我玩儿啊！"

这话，让福坤的镜片后寒光一闪，也让华生的心里打了一个冷战。

46　爷爷的教诲

开篇语：

说话很容易，也很难。在艰难的环境中，每个人都心思缜密，一句话就可能事关成败生死。第一句话怎么说？难度其实非常大。

By 华生

肖依下班的时候，华生刚刚做完手术，还出不了院，只得给肖依打电话。肖依一听华生在医院做手术，立刻打车往医院赶，满心的焦急写在脸上，连连催促出租车司机，又不停给人家说好话。

当她看到躺在床上的华生时，眼泪扑簌簌地就掉了下来，也不敢着急问，就只是哭。后来见华生脸色还好，才稍稍放了心。麻醉药劲儿一过，持续传来的疼痛时不时让华生嘴角抽动一下。肖依的手在华生的左手边摩挲，始终不敢触碰那被白纱布层层包裹的地方，这才问华生是怎么受伤的。

华生心里纠结，只跟她说了下午去找工作很顺利，但对练的小孩儿下手没轻重才受的伤。恨得肖依咬牙切齿的，非要去教训那个"下手没轻重的小孩儿"。

本来，如果把赛事总监的职位和百万年薪的事情告诉肖依的话，倒是个不错的消息，能让两人这么长一段时间以来因为日子紧巴而积累的情绪舒缓舒缓。但华生真的不愿意把白天的经历讲给肖依听，所以也没提这些"好消息"，而且对招聘的过程和受伤的过程语焉不详。肖依只当他是受伤之后又疼心情又不好，便也不多问，去医生那里问了详细的伤情之后被吓了一跳。尽管医生没说有多糟糕，但肖依知道，如果不能恢复到正常人的手臂发力，华生一定会非常难过。

她也不知道该怎么办才好，只得有说有笑地陪着华生吃了晚饭，直到探视的时间结束，才依依不舍地回家去。华生一个人在医院里，终于可以长长出一口气，有时间思考一下自己的处境，以及未来可能面对的局面。

背景调查

接下来的一周住院时间，华生几乎没有闲着。他按照自己得知的线索，非常详细地查询了亿通集团董事局的资料，获得了很多关于曲杰的信息。

不算阿拉伯、俄罗斯那些石油、军火大亨的话，亿通集团的董事局主席曲健云是亚洲位列前茅的富豪，今年已经77岁了，传说他个人资产累计有3000亿左右。华生仔细查了一下所有关于亿通集团的公开信息，发现坊间流传着很多关于他的传闻，有好有坏，但时至今日，仍然是很多年轻人和中年人谈论成功时的必备话题。

在亿通集团的董事局里，还有两个姓曲的股东。其中一个叫曲思的女人，今年36岁，是曲健云大儿子留下的孩子，持股12%；另外一个叫曲杰，也就是福坤他们口中的少爷，是曲健云小儿子留下的孩子，今年28岁，持股5.5%。至于曲健云的两个儿子和儿媳，传闻很多，主流的说法是在一场海外的轰炸中死去了。

而奇怪的是，网上关于曲家姐弟的公开信息和传闻并不多，孙女曲思还有一些出席企业活动的公开报道，曲杰在互联网上几乎像不存在似的，华生查来查去，除了亿通集团自己公开的有限信息，其他一无所获。上市公司必须披露的信息里可以查到，曲杰3年前从美国排名第一的医学院辍学回国，爷爷和姐姐分别转让给他4%和1.5%的股份，他就这样成了亿通集团最年轻的董事局成员。

看到这里的时候，华生想：3年前？这个时间点很有趣。

华生还搜索了相关关键词，发现在网络上公开的信息中，3年来并没有类似的案件被报道出来。不知道公安的内网中有没有什么更加隐秘的信息，不过这个时间点也不便让戴猛帮忙查询，以防因小失大。假设姚大广案是曲杰他们的第一次，那么造成这样一个富豪子弟频频作案的刺激源又是什么呢？

曲杰回国后在亿通集团下属的保健品公司工作，只用了3年的时间便已经一枝独秀，独家专利的一系列中医药保健品在市场上一马当先，把竞争对手甩得远远的。每年光是这一家公司的营收，已经超过了几十亿元。看来曲杰虽然辍学，但在自己的专业领域还是很有建树的。

他除了这一个强劲的赚钱机器，还涉足了影视、艺人经纪、社交软件、网红直播、游戏电竞，还有赵乾的格斗比赛，业务非常庞杂。这些公司的数据大都很漂亮，但实际上的营收却不得而知。

有时候华生会想，命运其实就是不公平的，按照账面值来算，曲杰只有28岁，却已经身家百亿了。按理说，华生也是这个社会的中产阶级和精英阶层，但他根本无法代入式地想象拥有百亿资产的人是如何看待这个世界的。他对照之前的笔记，逐条思考着戴猛曾经做过的犯罪心理画像，越想越觉得有趣。同时，他也对自己这个"有趣"的想法而感到些许恐惧。

另外一个让他在住院期间反复思量的事情是，自第四具被暴露在报社门口的尸体之后，媒体上就再也没有报道过类似的案件，戴猛那边也没有相关的消息更新。不知道是嫌疑人没有再次作案，还是公安内部的消息流转不畅。按照变态连环杀人犯的一般心理规律，这些变态一段时间不进行犯罪升级就会心瘾难捺，所以犯罪会越来越密集，犯罪手段的恶劣程度也会越来越严重。如果之前的案件是这一组人干的，那么他们怎么能安安静静地待了近半年时间呢？

和戴猛之间的信息传递，也被迫停了一周，华生希望他不会着急。华生想，自己受伤的事被戴猛知道，他会很焦虑。不过肖依的平静肯定会让戴猛猜到华生没有大碍。在华生受伤之前，最近一次两人传递的信息中，戴猛告诉华生姜老师的眼睛已经好了，但不再参与市局的侦查行动，并且启动了保护机制，这让华生感觉放心很多。

赵乾给华生找的的确是最好的骨科医生，当天的手术进行得很成功，住院期间的用药和饮食照料也都是顶级的配置。肖依每天都会来探视，颇为好奇这是怎么回事。华生便告诉她，他老板的老板的老板，是亿通集团的董事局主席，惊得肖依睁大了眼睛，掰着手指头算了半天华生和亿通集团老大之间的关系。见待遇这么好，聊起工作又都是些比赛的资料整理和收集，关键是见华生情绪很好，伤势恢复得顺利，肖依这才慢慢消了气，不再追究华生去的这家新公司的责任。

小九儿悄然出现

华生出院后，仍需带着夹板石膏，把左手吊在脖子上。尽管是这副打扮，他还是坚持在第二天一早陪肖依坐地铁去上班。经过人民路站的时候，看到那么多的人流换乘、出入，华生想起了查办二虎手机时跟踪监控录像的过程，心里逐渐产生了一个解决方案。

遵照医生的嘱咐，6到8周之后才能开始恢复关节的活动和屈伸训练，所以华生原来的训练基本上废了，最多练练腿上的肌肉，还不能负重太多。华生干脆在家里好好整理李彬寄送过来的选手资料和比赛计划，给"极斗"做好明年的日程和预算。令人没想到的是，李彬这家伙还挺配合。

曲杰、福坤、小九儿在这段时间里，就像消失了一样，没了任何联系，只有赵乾会每周打来电话，询问下恢复状况，又说不便多打扰，说少爷吩咐他伤没好之前不能给加担子，让华生安心休养。

虽然这样，工资却已经开始发了。第一个月打到华生工资卡里的钱，竟然有14万，说是其中包括了医疗补贴的几万块钱。肖依的反应很复杂，看得出来她非常开心，跳着蹦着叫着，不敢相信，忘形到差点碰到华生的伤手。也怪难为这姑娘的，一个人的工资撑了两个人那么久，对她来说，这是真正的"守得云开见月明"。不过，肖依毕竟不是小孩儿，她对华生的变化只是没有多嘴，却都静静地看在眼里，记在心里。现在华生受了这么严重的伤，却找到了薪水这么高的工作，无论如何都是不正常的现象，肖依不由得有些担心。她好几次想问清楚，但华生前后几次的回答都完全一样，就是找到了一家欣赏他解说水平的公司，愿意高薪聘请他做赛事总监，并没有什么不妥之处。肖依也留心看过华生经手的业务，的确都是各国选手的资料、比赛日程和商业计划等。既然没有发现什么奇怪的地方，肖依也就慢慢放下心来。手头富裕的直接结果，就是生活质量大幅提高，吃穿用度都精致起来，肖依便慢慢感受到了其中的幸福。

而华生，却觉得有个黑洞，正在慢慢地牵引着他，向着看不清的深渊缓缓移动。

6个星期后去复查，医生便允许华生恢复肘关节的活动了。华生制订了详细的恢复计划，包括伤手的，也包括全身的。这6个星期不能动，几乎活活憋死了他。见华生这么生龙活虎的，肖依也开始恢复自己的训练。虽然前面一心一意安心陪着他养伤，但心里还是总惦记着训练的。两人都很高兴，似乎生活即将步入一个更加美好的阶段。

这一天晚上，华生正躺在床上读美国经纪人发来的选手资料和合同，突然电话响了，是一个从来没有见过的号码。他接起来一应，听到的是一个女孩的声音，娇媚而动听："喂，怎么样啊，听说已经开始恢复训练了？"

华生反应了一下，立刻知道了对方的身份。他朝着卫生间的方向快速望了一眼，压低声音道："小九儿？你怎么会打来电话？"

电话里的声音简单干脆地说："少爷让我通知你，明天早晨7点半，会有车在你家楼下接你，少爷要带你去开会。第一，你要准时上车；第二，你要穿套装，不要随意。"

华生心念流转，这种事情，怎么会是小九儿通知？便说道："我记下了。开的是什么会？需要我准备什么材料吗？另外，还有谁参加？赵总去吗？"

电话里小九儿的声音依旧娇媚："我哪儿知道那么多啊！少爷就说让我给你打个电话，我就照说，其他什么也不知道！不过，你很聪明嘛！这的确是我第一次通知人开会。往常，福坤那边的事肯定是福坤通知，赵乾这边的事肯定是赵乾解决，我可不管这些。得了，我通知完了，明天见啊！"

华生点头称是，正准备挂电话，突然听到小九儿又说："欸！忘了跟你说，你女朋友水平真不错啊！你福气不小。"说完，那边挂了电话。

华生的五脏六腑仿佛被最后一句话狠狠地震了一下，几乎不能呼吸，脑袋也有点发麻。肖依洗漱完，贴着面膜走进房间，见他拿着手机发呆，便问："怎么啦？谁的电话？"

华生赶紧关闭了手机屏幕，手指在平板电脑的触屏上胡乱划拉几下，若无其事地答道："刚接到通知，明天早晨7点半去开会。"眼睛却不敢看肖依。

肖依坐在华生身边，看了一眼屏幕上的内容，知道又是拳手的信息和经纪合同，便安了心道："不是还没完全恢复吗？医生说你这个伤要完全康复，运气好也要半年，这才一个半月就拉人去上班？我看你这年薪百万也是苦命钱。"语气里其实并不生气。

华生担心的根本就不是这件事，随意搭话道："天底下哪有免费的午餐？都是苦命钱！求老婆赶紧发财，赶紧包养我，不要让我再受这些人的欺负了。"说得肖依脸上一红，娇嗔道："不要脸，哪有让老婆包养的？有本事你找个别的女人包养吧！"

华生就嘿嘿笑着，也不多说话。他努力又看了两眼邮件，发现已经不认识那些英文单词了，满脑子都是小九儿最后的那句话，想不了其他事情。华生关上笔记本，摆出一副锻炼腹肌的平衡姿态，他需要用肉体上的痛苦来让自己冷静下来。

肖依见状直笑，推了他一把说道："哎呀！好了，这么晚别练了，都要睡觉了。你不是明天一早还要赶去开会吗？别急别急，恢复身体也是要循序渐进的啊！乖！"

华生继续保持着姿势，等着自己的腹肌发抖和酸胀。

肖依又说道："对了，今天晚上馆里去了个漂亮小姐姐，技术可好了！等你完全恢复了，再回馆里训练的时候，我介绍你俩认识啊？"说完一脸认真地审视着华生的反应。

华生一下子就松散了身体的劲儿，全身跌落在床上之后立刻翻身坐起，异常认真地问道："真的？那女孩长什么样子？"

肖依立刻皱起鼻子，用左手把华生的头揽起，右手比成刀刃状放在他脖子上，佯装凶狠道："我就知道你肯定会感兴趣！还没见人呢就这么兴奋，你想造反吗？"

华生却不跟她玩笑，推开肖依，从她怀里挣扎出来，用右手捧住肖依的脸，认真地问道："真的，不开玩笑，你跟我讲讲，那个女的长什么样子。"肖依被他的眼神吓到了，她很久没有见到华生如此认真，甚至认真到有点凶的样子了，便没再开玩笑，而是狐疑地看着华生，开口回忆道："短头发，小脸，牙齿很整齐很白，一笑就露出来，眼睛弯弯的，看起来总让人觉得是在笑。"见华生听得异常认真，没有流露出开玩笑的神情，或者是花痴的猥琐，便继续道，"你知道的，练巴柔的女生其实很多都挺好看的，馆里也有不少。但这个小姐姐五官很漂亮，馆里那帮大老爷们儿或多或少都有偷看。"

华生却不在意这些，转而问道："你们俩打实战了吗？你刚才说她技术很好？"

肖依被这个话题调动得兴奋起来，连珠炮般说道："一开始训练我就注意到她了！可不是因为人家漂亮啊！她明显功底很好，不知道之前在哪里练的，却只系根白带。要我看，远远不止，至少是紫带的水平。别看今天的基础课教的是蝴蝶扫和膝固，但就是这些基本的动作，高手做起来也是不一样，一板一眼又行云流水，看起来真是赏心悦目啊！实战的时候，我去找这个小姐姐对练，她特别开心地答应了，我俩玩儿得很爽！哈哈！"

这时候，华生已经可以确定，那就是小九儿了。他似乎感觉到左手肘关节在隐隐作痛，背上和额头悄悄冒出一层冷汗。他抓住肖依的手臂上下审视，问道："你有没有受伤？"

这下肖依可不乐意了，一把甩开华生的手，拉下脸来嗔怪道："你这人怎么这样？什么叫我有没有受伤？我能随随便便受伤吗？那姑娘水平是高，可我也不低啊！我俩实战了20分钟，谁也没有做成终结动作，光玩控制了，太过瘾了！她好像更擅长体位的转换和寻找，我的控制和防守更稳，旁边的人都看呆了，老教练都直竖大拇指呢！你老婆我行走江湖，靠的就是一个'稳'字，哪能随随便便让人占到便宜。不过，现在想想都觉得意犹未尽啊！"说完，不禁有点神往当时的情景。

华生不想再纠缠这个问题了，他要思考对策了。这件他最担心的事情，终于还是来了。

跟少爷去开会

第二天一早，一辆奔驰商务车停在华生家的楼下，司机给华生发短信告知已到。华生看了一眼表，车辆提前15分钟到位。他几乎一夜没睡，一直在分析最坏的可能性，大概凌晨4点的时候，已经暗暗打定了主意。然后，他就开始琢磨在整个计划中会生出哪些枝蔓，越琢磨越兴奋。

肖依也凑过来看这辆车，轻轻拍华生的肩膀道："可以啊！这个车看起来不错。你今天去哪里开会？"

华生的眼中，这辆车很扎眼，纵然阳光很明媚，从车上反射出来的光却不知怎的，让华生觉得扭曲了周围的时空，让周围的空气变得阴冷凝重。华生不由得转头望向肖依，眼神里闪出一点疼爱和不忍。他还不想现在就开始自己的计划，只能开口说："去哪儿开会没跟我说，我也不知道啊！回头你查查这辆车多少钱，喜欢我们也买一辆，不喜欢咱们就买辆更好的！"

肖依愣了一下，她没跟上华生的思路，不过，她很担心地跟华生说："到哪儿开会都跟我说一声，如果不方便，就给我共享个你的位置信息，别让我担心。这么神秘兮兮的，别今天回来又弄断一条腿。"华生看她的神情，知道她是认真的，只不过尽量把话往有趣了说而已。

华生拿出套装，肖依从后面帮着他穿在身上，又绕到他身前，把手放在西装的驳头上，微微摩挲了一下，把脸贴上去，蹭了一会儿道："我家老张有点变了。"

华生心里一凛，仍笑着问她："哦？有吗？哪儿变了？"

肖依仰起头，闪烁着目光道："不知道，觉得变得更让我喜欢了，不太舍得你出门呢！"

华生听这话，心里泛起一点点苦，耳口鼻中却都是肖依的香，一时间又犹豫了，不敢相信自己今晨竟然做出了那样的决定。恍惚间，突然觉得驳领一紧，看到肖依一脸小凶样地威胁道："这么帅可不能乱勾搭人啊！什么人都不行！要是让我知道了，哼哼……"

华生不由得一乐，用手拍了拍她的屁股，说道："小样儿！赶紧吃早饭吧，我先走了。"

肖依在他脸上飞快一吻，然后替他打开门，欢蹦乱跳地说道："奋斗去吧，老张！注意安全就好！"说完自己乐得不行。

华生知道她的"注意安全"是在打趣自己，但这句话对此刻的华生却显得非常重要。踏出这个门，华生真的不知道会有什么在等待自己。

在没有拿到任何有效证据之前，华生不能做出任何"出格"的事情，只能用非常隐秘的方式跟戴猛联系，打听一些事情，也传递一些信息。现在身边的肖依成了华生最为纠结的一点，华生决定不能再这样下去了。

上车之后，华生很礼貌地向司机问好，发现司机不是赵乾公司的人，只是听吩咐来接华生去开会。华生再问去哪里开会的时候，司机很平静地说："亿通大厦。"

这让华生放了不少心。亿通大厦是亿通集团的总部，在城市的核心地带，是地标性建筑物。周围就是鼎鼎有名的"核心商务区"，养着全市最多的精英人群，自带的"国际化富庶高贵"气质让普通人都不太敢在那里逗留太久，每栋建筑都有很多保安很有修养地盯着你看，检查你是不是那种会冒犯这里的不速之客。

这样的区域相对安全很多，万一真的出现了失控的情况，也会被各方面的力量迅速控制住，局面不会太惨。之前华生想象过，少爷派辆车带他到荒郊野外，然后想了一大堆乱七八糟的可能性，后来发现自己在这样的道路上越想越乱，越跑越偏，便阻止了自己的无效思维。

车直接进了亿通大厦的地库，司机把他送进了电梯，并没有跟进。华生明白，这是直达电梯，楼上会有另外的人接自己，因为电梯里只有一个高层的目标按钮，59层。

电梯门一开，只见一个朴素而干净的前台姑娘，几乎让华生以为自己走错了地方。空间并不奢华，前台的风格也和华生的想象相去甚远。姑娘微笑致意，跟华生确认道："您是张华生先生，对吗？"

华生点头。

前台姑娘请华生先坐在边上的沙发里等，因为他是第一个到的，其他人还没有来。她端来一杯水给华生后，便自行忙着什么，不再理会华生。小九儿并没有告诉华生具体几点开会，开什么会，甚至有什么人参加。在一无所知的情况下，华生只能等待。

时间距离9点还有15分钟，电梯门开了，华生站起来迎接。出乎他意料的是，从电梯里走出来的是个女人。这女人年龄大概三十出头，保养得很好，很自然，并不夸张，头发、妆容和身上的套装，都很精致干练。用华生的眼光看来，这种程度的装扮才是最费心费力耗心神的，因为它需要长期的保养和修炼才能控制得如此自然随身，而不是简单地名牌奢华堆砌和花时间描眉画目。

曲思

那女人见有陌生人在，微微一怔，随即很大方地微笑起来。她竟然向前走了几步，来到华生面前停住，伸出右手道："你是……小杰那边的工作人员？"她身上淡淡的香水味很好闻。

华生赶忙站起来，轻握对方的手，礼貌地浅躬一下便松开，询问道："您好！您是说曲总吗？"

女人微微一怔，很快把这两个称呼联系在一起，又恢复了优雅的笑容，说道："对，我说的就是曲杰。你就是刚猛体育新招的那个博士？"眼神中亮了一下。

华生当然知道，对面这个人就是曲杰的姐姐——曲思。华生稳了稳心神，应答道："是，我在刚猛体育上班。曲总通知我今天来开会。"

曲思又笑了起来，温和道："小杰可能搞错了，今天的会应该跟刚猛体育没有太大关系的。不过既然来了，那就劳你在这里先坐着等一下，有什么需要就跟前台说。"见华生答应着，便优雅地转身向里走去。

电梯门再次打开的时候，从里面出来了一个老人，华生一看就认出大名鼎鼎的曲健云。他的头发白得很自然，还带有银色的光泽。从走路的姿势来看，身体很健朗，膝关节竟然没有颤巍巍，腰和脊背笔直，虽然脸上的皮肤避免不了有很深的褶皱，一双眸子里却蕴含着能量。华生甚至有一种错觉，曲健云似乎并没有动眼睛，却能够在一瞬间就掌握视野范围内的所有信息。

老人的目光没有在华生这里停留，脚步也同样没有停留，只是在前台妹子躬身行礼时，向她几不可见地点了下头，便直接向走廊深处走去。华生不由得回忆刚才闪现的那张面孔，眉头的纹路最深，那是常年皱眉形成的印记。另一处非常深的皱纹，则是下唇的两侧，华生猜，那是常年严肃留下的威严。

曲健云的身影刚刚进去没多久，曲杰就从电梯门里冲了出来，额头上微微有汗，脚步也显得慌乱。赵乾和小九儿跟在他身后，也急匆匆的。他看到华生已经在沙发旁起立，微微调整了一下脚步的节奏，一边接过小九儿递上的纸巾，一边控制着速度向里走去,没跟华生搭话。小九儿留在前台,视线跟随着少爷的背影。赵乾跟了进去,在斜后方拘束着步子跟紧少爷,两只拳头握得很紧,脸上的神色也一直是紧绷绷的。

一直到看不见少爷,小九儿才转过身来和华生打招呼:"你来得早哦!"

尽管她已经尽量装作若无其事,但华生见过她往日真笑起来的样子,相比之下,今天的笑容太勉强了。华生不由得好奇,但又不能表现得太通透,便也若无其事地笑笑,玩笑道:"你们可是最后来的。今天开什么会?怎么会叫我来?"

小九儿坐在沙发上,眼睛还是不放心地盯着走廊尽头——虽然什么也看不到,心不在焉地答道:"我也不知道。你是我见过的第一个'其他人',之前要么是赵乾,要么是福坤。"

华生加了一句:"你怎么不进去?"

小九儿眼神冲华生凶了一下,没有答话。

见她忧心忡忡的样子,又对自己很凶,华生便知道她很担心里面的状况。刚才曲杰和赵乾的状态,也都显现了同一点可能性。华生暗自思量,那就是说,今天的会对曲杰来说,压力很大,大到他们都有点害怕。可是,曲健云和曲思刚刚他都见过了,一个是亲爷爷,一个是姐姐,有什么可害怕的呢?

华生在斟酌,要不要趁着小九儿心乱,问问她是什么情况。但是他发现,前台的姑娘总是会在不经意间将目光扫向两人,看起来很有礼貌地微笑,却又在被发现的时候快速将目光闪回。再看到屋顶的摄像头时,华生仿佛看到了福坤的脸和眼睛,便放弃了这念头,只规矩坐着,安心等待。小九儿也不说话,就只站着,手里不停地摩挲旋转着一支笔。

时间过了40分钟,小九儿突然从原地弹起向门禁闪去,惊得前台姑娘赶忙站起欲做阻拦。小九儿行动时用手拍了一下华生的手臂,嘴里轻声唤道:"赵乾出来了!"声音还在耳边,身影却已经快步迎了上去。

华生看她的样子，也跟着紧张了起来。只见赵乾眉头紧锁，并没有理会小九儿冲上去的焦急询问，眼睛却一直盯着华生，走近了招招手，示意华生过去。见华生起身了，才跟前台姑娘知会一声："董事长叫他进去。"前台姑娘点点头。

小九儿见赵乾不搭理她，有点急了，毕竟赵乾和福坤不一样，他是把什么都写在脸上的人。小九儿跟着两人往里走了几步，追问着赵乾："都还好吧？"却被前台姑娘走过来微笑着拦在身前。赵乾只好对小九儿说："没事，放心。"

华生瞥见那神色，知道他没有说实情。

跟着赵乾走到了最里面，一间不起眼的会议室门打开之后，华生看到了围着桌边坐的曲家祖孙三人。爷爷的脸上是明显的愤怒，完全没有抑制的愤怒；姐姐的脸上是焦虑，一会儿看向爷爷，一会儿看向曲杰；曲杰则微微低着头，眉头微微拧着，眼睛向下，谁也没看，看不清他脸上是厌烦还是惶恐。

见赵乾和华生进来，曲杰抬起头，深深地看了一眼自己的姐姐，然后挤出一个微笑，朝着爷爷的方向微微躬身道："董事长，这就是'极斗'新聘任的赛事总监，我想让他来给您汇报一下刚猛体育的一些具体细节。"他用食指向自己身后的华生指了指。

赵乾先是毕恭毕敬地向着曲健云鞠了躬，又向曲思浅浅一躬身，自行站在了少爷身后，留华生独自站在那里接受审视，有点尴尬。

曲健云没有说话，甚至没有看华生一眼，只看着曲杰，眉宇间怒气依旧很浓。曲思看看爷爷的样子，又打量了华生尴尬而不知所措的表现，便向爷爷笑笑，然后冷了脸，用手做了一个"请"的手势，指向远端的座位，对华生说："请你坐在那里。董事长有话问你。"虽然她在笑，但神色中有一股让人立刻听命的力量。

华生没有动，而是望向曲杰。曲杰看着姐姐的眼神有点复杂，他回头时见华生正在看自己，竟然略微慌乱地甩甩手道："坐那边说。董事长问的问题，你要清楚、简单地答好。"

华生走到远端椅子边，镇定地转身，学着赵乾刚才的样子，先是端正地向曲健云鞠了一躬，然后依次用浅一点的躬身，向曲思和曲杰分别示意后方才坐下。他能从大家的神色间体会到曲健云对曲杰有非常不满意的地方，也看得出曲杰很心虚，这可是他前所未见的奇怪状态。只是曲思脸上的表情耐人寻味，她看起来既担心爷爷的情绪，又担心弟弟的状态，还有些其他情绪从眼神中流露出来，一时间还不能全猜透。

曲健云的眼睛是盯着曲杰的，但开口的问题却是问向了华生："小张是吗？辛苦你跑一趟。我不知道曲杰会把你叫过来，实际上没有什么必要。不过既然你来了，曲杰又一定要让你进来汇报，那么我就问你一个问题。"老爷子看起来非常生气，调整了很久的气息，才勉强用平静的口吻问出那个问题，"你来说说，刚猛体育还有没有必要存在？"

这是一道选择题，只有两个选项：是生还是死？

如果按照常规的逻辑，必然要从中挑选一个答案，而且大多数人必然是要挑选"生"的方向，再伺机准备进言解释。然而华生看到曲健云的神情，尤其是他望向曲杰时，是非常愤怒的质疑和责怪，华生便不能按照这个逻辑答题了。因为他觉得很奇怪。按照亿通集团的实力，之前融到的1.2亿的注册资金就算都亏光，也只是九牛一毛，根本不值得曲健云如此愤怒。也就是说，刚猛体育的生死存亡，不是他愤怒的原因。

那能是什么？

这样一想，回答就很有难度了。因为华生知道，老爷子心中其实是有答案的——刚猛体育没必要继续存在了。如果对方心里已经有了答案，还怎么劝？说得越多，可能死得越快。所以，华生想，刚猛体育的生死根本不是关键，回答问题的关键，则必然不要聚焦于此。

主意打定，华生恭谨地回应道："董事长，您先别动气。"

只这一句话，曲家三个人都齐齐把目光转向他。曲健云和曲思还好，曲杰却不知出于什么缘故一改常态，竟然把惊讶的表情凝固在脸上迟迟未消退，和他平时那副玩世不恭的样子相差极大。

润物细无声

见大家如此反应，华生放慢语速，稳稳地说出了第二句话："我认为刚猛体育接下来还要不要继续做，这件事不是很重要。曲总所做的尝试和开拓，其实是最重要的。"

生死不重要？尝试和开拓更重要？

普通人听到这样的回答，一定会自动追问一个问题：为什么？这就是华生故意给出的留白，就是用来引发听者好奇和跟随的——无论你对他的结论是否认同。那边的祖孙三人，也是这么想的。

华生之所以用这种方式来接话，是因为他心里始终在嘀咕，老爷子究竟在气什么。如果这个拿捏不准的话，恐怕说什么都解不开当前的重压氛围。他想增大信息的交互量，用来做出更准确的判断。因此，必须激发对方的沟通欲望。

老爷子脸上的愤怒并没有加强，这让华生放下一些心。先开口询问的是曲思："小张，以你的职位，其实不合适说这样的话。不过，我还是想听你解释，为什么会这么评价你的老板。"

曲健云插话道："听他讲。"

华生控制着自己的表达，字斟句酌地应道："要讲纯赚钱，地产、金融、酒店、IT、保健品，集团里的其他业务比'极斗'拳赛容易挣钱得多，也多得多。"华生提到的这些领域，有很多是曲思分管的产业，只有IT是归福坤管，保健品公司归曲杰自己管。这一句话夸了曲思，夸了福坤，也夸了曲杰，作为讲道理的前提条件，是很不容易被敌视的。

曲思眨了眨眼睛，抿起嘴唇微笑了一下。曲健云的嘴角还是向下的，只有眼轮匝肌不再那么紧锁，视线柔和了些。

华生继续道："我的想法比较幼稚，心里很是忐忑。不过，我猜董事长您当初能够答应投资这个领域，也不仅仅是想挣一倍的纯利，这不是您的眼界和胸怀。之所以让曲总来开拓这个新的产业方向，我觉得其实是您想在这个新时代尝试一下。至于要尝试什么，我不敢猜测，肯定不是我这种职级和视野的人所能理解的。刚猛体育要不要继续把'极斗'拳赛做下去，关键是看它能不能实现您的战略目标。"

曲健云脸上的神色松了些许，曲思的表情露出了鼓励的微笑，反倒是曲杰的眼神，紧紧地盯着华生，又微微有些闪烁，华生不能确定他在想什么。

华生的策略其实特别简单，先把屋里紧张得要撕裂的气氛轻轻挑破，因为所有人的紧张都来自老爷子的愤怒和威严。一句"先别动气"，让聪明的人心领神会，也让当事人迅速被共情。然后，华生给出的补充说明，没有一丝一毫强调它是"自己"这一方的看法，全部都围绕着老爷子的目标来谈。此时此刻，即使你再有理，只要和老爷子的情绪指向不一致，也不可能说服他同意。办不办都行，看它能不能让你满意，这样一个看似开放的回答，其实却悄悄抛了一个悬念给曲健云——"真的可以实现我的目标吗？"

曲健云的神色松了下来，虽然没有笑，但嘴角不再向下。但是，当他看向曲杰的时候，眼神里的愤怒就又恢复回来，眉头也皱紧了。虽然只有眼轮匝肌的一点收缩，但还是让华生意识到那不再是质疑"你能不能搞好"，而是对曲杰的某种责怪。

不过，曲健云可是沉浮商海这么多年，手里统筹着千亿的资源，政商皆通、心思通透的人，他一瞬间又恢复了没有表情的"扑克脸"，转向华生，淡淡问道："哦？你说说看，我的战略目标是什么？"语气里既有轻蔑，也有威慑，让人摸不透。

华生倒是有把握，淡定地望向曲杰，仿佛用目光在请示他的同意，这样的表情只需要把眉毛微微扬高就好。曲杰到底是聪明人，只一怔，便立刻点点头，仿佛同意华生说出他的想法。这样一来，无论华生说什么，在曲健云那里看来就都是曲杰授意之后的看法了。

华生站起来，双手并拢手指贴在大腿两侧，用非常恭谨的姿态和极为诚恳的目光，恭敬答道："董事长，我想您现在最想做的，应该不再是低买高卖的那些简单生意了……那些自然有人会给您做好。"

曲思的视线低落下去，脸上一笑，又抬眼看着华生，听他继续说。

曲健云那张苍老的面孔上，则是上眼睑微微一扬，目光一亮之间又快速消失了凌厉，没动声色，只有呼吸略微停住了片刻。

曲杰的拳头攥得紧紧的，探了探身，又挪动了一下坐姿。他感觉此刻自己的命运仿佛被捏在华生手中，关键是他根本不知道华生接下来要说什么。

华生接着说道："我斗胆想，如果我将来做到了您今时今日的格局，应该只对资源置换感兴趣，而不会在意一城一池的得失。"

听到这句话的时候，曲健云的目光中再次闪现了凌厉，这次有点凶狠，甚至连嘴角也微微抽动了两下。他很快地先望向曲杰，见曲杰一副紧张兮兮的姿态，便显现了厌恶的表情，只不过这一切都很快，没有被其他人留意到。当他望向曲思的时候，华生却看到了不一样的神情，那是一种掺杂了些许无奈的悲伤，也许是怜悯，也许是失落，这悲伤究竟源于什么，令华生很难一瞬间想明白。

当曲健云开口向华生说话的时候，他脸上的神色已经恢复了常态，甚至还有点慈祥流露出来："张华生是吗？坦率地讲，现在像你这个年纪的年轻人，已经很难让我对你们说的内容感兴趣了。你还不错，有点想法，你可以继续说。"

这句话一说完，曲杰明显一下子就松快了。他满脸的轻松，还有了笑容，端端正正往椅背上一靠，眼睛看着华生，目光里没有表扬，也没有之前的好奇和警惕，只是空空的，仿佛一瞬间灵魂升腾出了体外。他自己甚至都没有注意到，这样明显的变化，已经被爷爷和姐姐都看在眼里。

华生赶忙把两人的目光拉回到自己的脸上，虔诚道："董事长，您过奖了。在您面前，我有点忐忑。我只是纸上谈兵，如果说得不对，还请您海涵。"这是他们那个时代的语言特征，应该不算怪异，华生继续道，"如同足球和奥运会一样，体育是个大产业，除了钱多市场大，还具有强大的文化共识性，这一点是普通物质类商品生意所不具备的特征。体育比赛里，有价值观、有立场、有输赢，而且是每个人都会有，上至天子，下及百姓。我想，这就是您进入体育产业投资的初衷。"

这番话说得倒是流利，只是听起来意思断断续续，要表达的东西似乎极为隐晦。曲思皱了皱眉，她觉得自己可能理解了，但又不确定猜的是不是对的。屋里的人只有老爷子的嘴角和眼角都微微扬了起来。

华生乘胜追击："所以，我从心底深深地敬佩您的战略眼光。"这一句话说完，举办格斗比赛的事情，就成了老爷子要做的事情了，悄无声息地把马鞭递到了老爷子的手里，准备再次策马扬鞭。

曲思这时才听懂了华生所说的前后意思，看到爷爷脸上的表情，她知道爷爷被眼前这个年轻人说动了心思，甚至可能改变了之前的决定。这是从未有过的现象，从华生进屋开始到现在，一共也没有10分钟！

曲健云收敛了笑容，把脸转向曲杰，严肃道："小杰，你听明白了吗？"

曲杰的反应很奇怪，他只是挤出笑容望着自己的爷爷，也不说话，那份乖巧很生硬。曲健云倒也没有在意，继续说道："你要是真能明白我当初投钱支持你搞这个体育公司的意思，也不枉我把你送去美国读书那么多年。你在美国学的是医学，也许没机会参与体育公司的管理，但是耳濡目染那么多年，至少对美国的体育产业也算有所感受吧？中国有中国的国情。刚猛体育给你做，的确是试水，但也要好好弄，不要不在意，不要老做那些你控制不好的事情。"

听到"控制不好"这几个字的时候，曲杰的身体微微一震。

赵乾在这个时候不经意地把十指交叠在一起，而且竟然暗中用力，手指都被挤得发白。曲杰的表情和他的这个动作提醒了华生，千万不要犯冒进的低级错误。毕竟，他不是真的来谋求职业宏图的。赵乾的不安和对抗心态，恐怕和少爷现在貌似严肃的表情一样，生怕他在曲健云面前一飞冲天。一瞬间，华生便暗中嘱咐了自己好几遍："我的天花板现在是曲杰，是曲杰。"

曲杰的表情里有为难、恐慌和故作镇定的掩饰，他明显感受到了压力，因为爷爷话锋一转，突然把矛头指向了他，姐姐的目光也跟着转过来了，这种被灼烧的感觉，真的不好受。在华生进来之前，他已经被狠狠批评过，倘若现在爷爷再问他具体怎么经营，恐怕会更加不堪。曲杰眼角的余光突然看到华生望向自己的目光，想起了之前华生在会议室里说过的策略，心里安顿了些，回应爷爷道："是。"

老爷子听他答应，满脸的责问一下子就消失了，他一改之前的威严，叫了一声："小杰啊！"然后顿了顿。曲杰应了一声"嗯"，抬起脸迎接爷爷的目光，眼睛却不大敢一直看爷爷的眼睛。

老爷子继续道："这孩子不让人别扭。"他指的自然是华生，眼睛却看的是赵乾，话语中便有了深意，"思路清晰，说话也清楚，不讨人厌。你有什么想法，可以多和他沟通。你说呢？"

曲杰答道："是。"看起来很诚恳。

老爷子继续道："赵乾之前做的那些比赛，捧明星、打日本人、打韩国人，我看不行。网上的网友管这叫什么？叫'刷小怪'，丢人！不打硬仗练不了队伍，夺不了江山，树不了威名。赵乾还是不懂我的意思。你就是养10个超级明星在国内称王称霸，一年能给公司挣多少钱？1.2亿能回本吗？再说，老百姓就真那么好骗？靠打假比赛，挣1个亿又有谁稀罕？"

没想到，老爷子一旦来了兴致，竟然会说这么多话。他一边说，华生一边暗自思量，老爷子的意思其实很明白了，当下便已经知道应该怎么做了。

曲健云最后说了两句结束了这个话题："刚猛体育可以考虑继续融资，'极斗'赛事继续做，但要往正的方向做，要让更多人看到'极斗'的威风。具体怎么做，可以多跟小张商量。"

曲杰依旧点头称"是"，没有多余的表达。此刻的他，脸上也没有什么表情流露，倒是赵乾的窘迫，清晰可见。

曲思跟着爷爷的话说："既然董事长定了，下一步的融资计划有什么我可以帮忙的，小杰你尽管开口。外面应该有很多基金等着投我们的项目，钱不会是问题。小杰，希望你不要再让董事长着急了，好好做点成绩出来。其他闲事，你就不要去招惹麻烦了，好吗？"

曲杰点了点头，但没有发出声音，脸上冒出了不耐烦的神情，尽管低着头，眼神里的怨毒还是被华生看到了。华生不太能理解这个变化。

曲健云也看到了这个神情。他用食指的指尖连续敲了6下桌子，力度不大，频率却很急，一边敲，一边忍着脾气教导道："曲思在帮你，你知道的吧？所有人都在帮你！她帮你，你应该说什么？"

曲杰深深吸了一口气，尴尬地抬起脸，朝着姐姐换上笑脸，不断点头道："姐，谢谢！你真好。"

曲健云抑制住自己急促的呼吸，对着华生说："小张，谢谢你来开会。刚猛体育的事情，就谈到这儿。后面你配合曲杰，哦，还有赵乾，把这一摊子事弄得像样子一点。你可以出去了。"

华生快速瞥了一眼曲杰和赵乾，没有发现什么有价值的信息，便欠身离开座位，毕恭毕敬地向曲健云鞠了躬，又对着曲思和曲杰浅浅一躬，向门外走去。

房门关上的一瞬间，华生似乎听到曲健云在说："以后绝不允许再出现像上次炸鸡协会那样的事情……"但他的声音随着房门的关闭而消失了。

华生刚一转出走廊，便见到小九儿腾地从前台的沙发上弹起来，快步向自己迎来。他心里笑了笑，不慌不忙地，慢慢悠悠地，一步一步地走出来，对着迎上来的小九儿说："没事，应该不用担心。"

47 少爷的考验

开篇语：

生理疼痛，心里憋屈，环境危险，未来惶恐，究竟哪一个更让人发狂？前面的路根本看不清楚，只能摸着周围棱角尖锐的石块，小心翼翼前行。坚持住！

By 华生

诡异的行为

华生和小九儿在前台又等了大约半个小时，才看见一行人出来。曲健云走在最前面，后面依次跟着曲思和曲杰。

曲思依旧是端庄大方的干练样子，曲杰跟在她身后，简直就像个典型的坏学生代表，虽然已经在努力挺直腰杆好好走路，但全身上下没有什么积极的阳光气息，向下的视线和木然的表情让他显得神经兮兮，嘴里好像念念有词，精神也不太集中。看起来就让人担心，不知他什么时候会失控。

华生想：曲杰已经在尽力控制自己了，但还是这么不稳定，现在观察这家伙，戴猛所做的犯罪心理画像就完全对不上了，他哪儿还有什么精致的控制能力啊？

曲健云看到华生的时候，顺便扫了一眼旁边的小九儿，眼神冷冷的。他在华生面前站定身体，特意转身正面朝向华生，嘱咐道："今天时间紧，改天我们详谈。回去以后，你多帮助曲杰，踏踏实实把事情做好，亿通和我都亏待不了你。年轻人，我等着看你的表现。"讲完这番话，曲健云便径直走进了电梯，看也没看曲杰一眼。在华生看来，这种不给曲杰留个眼神的嘱咐，是非常尴尬的。

曲思很自然地转身跟着曲健云走进电梯，华生看到曲杰的脸色果然更加阴沉，僵硬的微笑挂在脸上，向着正在关闭的电梯门微微一躬，向爷爷和姐姐道别。

等电梯门完全闭上，闪烁的红箭头示意开始向下时，他才收起笑容，仰起头收紧脊背的肌肉，长长地舒了一口气后躯干一阵轻微地颤抖。小九儿快步走上去扶住他的臂膀，轻轻推了推，示意他赶紧离开这里。但曲杰停在那儿没动，转身回头召唤华生道："你跟我们一起，坐一辆车走。"

华生没能判断出他究竟是什么心情，便点点头，一行人乘坐电梯到达地下车库。赵乾亲自开的车。曲杰上车之前挥了挥手指，让华生坐在副驾，自己和小九儿坐进后排。车轮发出一阵急促的摩擦声，驶离这座让曲杰感到非常压抑的建筑物。

车上没有人说话，只能听到曲杰的呼吸声，非常粗重，非常明显，似乎还存在某种规律。华生仔细听，应该是9次快速的呼气加上1次深长的吸气。慢慢地，后排的呼吸声恢复了平静。小九儿这才发声问道："没事吧？"伴有手掌在衣服上轻轻摩挲的声音。

曲杰没有说话，小九儿也就没再说话。华生的位置看不到后面的情形，他只好不动声色，假装在关心路况。但身旁的赵乾却朝后视镜望了一眼，然后扭头看了华生一眼，脸上并不轻松。他的这个神色让华生有点警惕，他很想知道后排的曲杰现在是什么样子，为什么让赵乾这么紧张。

突然，曲杰在后排座椅上很大动静地折腾起来，衣服和真皮座椅之间发出了难听的摩擦声，似乎还很急迫。华生不能回头看，因为赵乾也没有看，他甚至双手用力握紧了方向盘，两只眼睛非常专注地看着前方不动。

曲杰在后面折腾了一小会儿，华生听到"噗"的一声闷响，似乎有什么沉甸甸的东西掉落了，车子里立刻弥散出轻微的尿骚味！耳边传来的，却是曲杰的一次长长的呼吸，似乎刚才的一番折腾费了他好大气力。华生很想回头看看后面到底发生了什么，如果真是他所猜测的那样，曲杰的精神状态就不堪设想了。

华生把车窗开了一条小缝，刚有清新的空气丝丝缕缕流入，赵乾便立刻关闭了车窗。华生有点尴尬，忙脱掉外衣，解释了一句："有点热。"赵乾的额头上也有汗，不知那是热的，还是其他原因造成的。他只是微微点了点头，没有作声。

下车的时候，华生借机扫了一眼车后，发现小九儿手里果然拎着一个纸尿裤。看来他的猜测是对的，这局面就有点诡异了。正思量着，曲杰盼咐华生一起上楼，声音冷冷的，全然不似之前在亿通大厦时的慌乱。现在他的声音里，有一股让人不敢违命的力量。

华生跟在他和小九儿的身后，小心观察着他的身体和行动，发现他的确像变了一个人，从精神状态、眼神，再到行走的运动幅度、速度和频率都控制得很稳定，没有一丝慌乱或散漫。华生不由得感到奇怪，那么他之前在爷爷面前的精神状态，到底是真的，还是演的？如果是演的，纸尿裤的环节设计太过复杂，也不可能给曲杰带来任何好处。他满脑子地抽丝剥茧，却又一时之间理不清楚头绪。

办公室里的兔子

在少爷的办公室里，率先进入华生视野的，是整整齐齐地装满一面墙的笼子，里面喂养着几十只雪白的兔子。少爷嘴里念叨着数字，打开了一个笼子的门，从里面抱出一只肥硕的兔子，一边抚摸着它的皮毛，一边坐到了沙发上，脸上没有表情。

小九儿站在他身后，就这么看着华生。从她的目光中，华生察觉到了一丝紧张。

少爷让华生坐在对面的沙发上，翻着眼睛看了看他，沉吟了十几秒方才开口道："张华生，你觉得我爷爷喜欢你，是吗？"

华生被问得一愣，习惯性地回答道："不管老人家是不是喜欢我，我只对您负责。"还想继续说下去的时候，被少爷不耐烦地打断："不要跟我绕！我问你的问题，你直接回答，你觉得'是'，还是'不是'。"

华生能够感觉到他的敌意，便仔细想了一下，然后犹豫着回答道："我是觉得，老爷子还不会考虑喜不喜欢我这个层次的人。对他来说，也许我只是一个工具，最多是个转移情绪的对象。他只会关心您这个层面的人和事情。"

这句话让少爷停下了手里的动作。他注视着华生，问道："为什么说你是转移情绪的对象？"

华生耸耸肩，继续解释道："因为他老人家一共也没和我说几句话。我其实还认真准备了些具体的运营策略备答，至少在我原来的单位，向领导汇报工作是要求言之有物的。但是，他其实并不关心我负责的这些细节。我觉得，老爷子只关心您的'成败'。"

之所以用"成败"这个词，是因为这个词会让所有心怀敌意的人都立即敏感和好奇起来。

少爷当然也不例外，当即追问道："我的什么'成败'？"脸上同步流露了明显的惊讶。

这个惊讶的表情，说明华生的套路不仅成功了，还押到了宝。

华生道："曲总，前面的会我没有听。我被叫进去的时候，董事长看似在问我，其实是在问您刚猛体育和'极斗'赛事的生死问题，还要不要继续办。至少，我觉得您聘用我做新的赛事总监，上次我们又讨论过赚钱赚规模的问题，我猜您是希望继续的。但以您的身家地位，这区区几千万的投入和接近零的产出不算什么，您心里惦记的也肯定不是比赛赚钱的事。我猜，也许您心里头希望做成的事情，也正是董事长看重的事情。他希望您能成功。"

最后一句话，让曲杰立刻变得满脸鄙夷和不屑，已经毫不掩饰了。他歪着嘴角笑笑，揶揄道："他盼着我成功？呵呵。"冷笑过后，又接着说，"你是怎么让他在那么短的时间内信任你的？"

一个"呵呵"的冷笑还没理解透，这个新的问题又问得华生一怔。

华生迅速回忆了一遍自己开会时说过的话，斟酌着答道："老人家对我，谈不上信不信任，我觉得他老人家对我说的那些话，只是不想在我这里多费时间而已。他的身份和年龄代表着过往的经历和积累，所以他老人家一定在意'资源置换'这四个字。在董事长的位置上，会特别强调高效率，因为大脑中要盘算的资源太多，所以不可能对细节感兴趣，甚至可能连战略思路都不感兴趣。我看过很多美国总统的传记，还有拿破仑和希特勒的心理分析，发现他们身居高位之后，最常做、最爱做，也不得不做的一件事，就是判断这件事做还是不做，如果做，能够置换回什么资源。"

少爷一边听一边仔细思量，缓缓地点头，抚摸兔子的手也慢慢停了下来。

这时，门外传来敲门声，是赵乾。他小心翼翼地进了门，转身把门关上，抬眼一看，发现少爷怀里抱着兔子，眉毛瞬时一紧。他看到华生坐在少爷对面，便停在门口，等候少爷的吩咐。

赵乾的出现让原本已经变得平静的少爷脸上一沉！他用低沉的声音问道："赵乾，你说现在怎么办？"

华生不知道他问的是什么，却见赵乾向前一步停下，双手压在两侧的裤线上，把头低下去，没有作声。见他只低头不作声，少爷本来在抚摸兔子的那只手突然一把抓紧，疼得兔子四条腿乱蹬，从喉咙里发出吱吱的惨叫声。这个突变让华生一惊，小九儿也不知道究竟发生了什么，赶忙把手轻放在少爷的肩膀上。少爷停住了动作，松了手，拍拍小九儿的手说："不怕，没事。"然后生硬地去抚摸那兔子，但其实并没有多少耐心，便把那兔子放在了地上。

他的气息还没有调整好，愤怒的冲动依旧要冲出身体。终于，他还是没能控制住自己的情绪，大吼道："现在爷爷和曲思都拿这件事压我，让我解决，我怎么解决？你说，我当初是怎么吩咐你的？"

赵乾依旧低着头，脊背有些颤抖，声音也微微颤道："您当时吩咐我，找两个狠点儿的、嘴严点儿的去闹一闹，还嘱咐我不怕闹大一点儿。"

曲杰没有想到赵乾竟然敢拿自己当初的话顶撞回来，气得脸上发青发白，手臂不断哆嗦。他瞬间全身肌肉绷紧，高高抬起右脚，一脚踹在赵乾的肚子上，大吼道："Daniel!"

小九儿本以为没事了，听到少爷这一声吼，又立刻回身，眼神中充满惊慌。

本应温驯的大丹

华生正惊诧间，突然听见一声低沉的狗吠，不知从哪里蹿出一条巨大的黑色身影，朝着几个人的方向扑来。华生慌忙向后翻起，利落地躲在沙发后面。待他定睛看清楚时，赵乾已经双膝跪在地上，面色发灰，脸上全是汗，身体微微抖动着。一条巨型黑色大丹犬，就对峙在他面前，趴低了身子，龇着牙，喉咙间摩擦出阵阵低吼，眼睛里的光似乎能吞噬掉人的灵魂。

少爷看赵乾跪下了，一脚把刚才那只兔子踢到大丹犬的鼻子底下。那犬嗅了嗅，抬起自己的头，克制地舔了舔舌头，一双眼睛却始终望向少爷。

少爷踱步到赵乾的面前，拍了拍那犬的头以示嘉许，方才开口对赵乾道："爷爷最近半年几次因为这件事向我兴师问罪，你到今天都还想不清楚，做不到断、舍、离？标准化炸鸡协会那个老东西通过高层给爷爷施压，如今走到了这一步，你觉得还能保得住你那两个小朋友吗？折腾多久了，还不放手？"

赵乾把头埋得更深，深深地吸了一口气，仿佛鼓足了勇气似的，向前挪动了一下膝盖。那犬低吼一声，作势就要扑过去，被少爷喝住。少爷俯视着赵乾，吐出两个字："你说。"

赵乾抬起头，和少爷对视着。这大概是他第一次这么长时间地看着少爷的眼睛讲话："少爷，这两个是我战场上留下来的小兄弟，身手好，人又机灵。他们真的只是做了我让他们做的事情，而且他们很讲究，所有人都是轻微伤，所有动作都是正当防卫的后置反击动作，公安的监控和鉴定书都是可以做证据的。我真的舍不得啊！他们真要是因为这些垃圾而遭到打击报复，我赵乾心里一辈子也过不去啊！"说到这里，偌大一条汉子竟然哽咽起来，脊背剧烈地抖动。

少爷却没理会赵乾的眼泪，只冷冷问道："看看你这点修行！你的'大日神脉'最近凝聚不起来，不就是因为心神不纯而耽误精进了吗？爷爷今天已经明确要求，让我不要再管，让我交人，我能做什么？你这么多屁话，怎么当时不跟老头子讲呢？你觉得讲了他会念你的难处吗？为了这件事，爷爷骂我多少次了！耽误我多少事了！"

赵乾又往前挪了一下膝盖，悲愤交加地恳求道："但是，他们是为了我们的事情啊！少爷！"

那犬见他又动，低吼着龇出了牙齿，也向前移动了一步。这一次，少爷没有管他的狗，只是俯视着赵乾的身形，不解地摇了摇头。

赵乾目光旁落，盯了那犬一眼。华生看到，那眼神中根本就没有恐惧，而是一种麻木。他不怕那狗，他对少爷的冷漠感到无望，近乎麻木。但一头巨兽这么近地威慑着，不由得让华生为赵乾捏了一把冷汗。

华生知道标准化炸鸡协会那个案子的背后，是赵乾在操纵那两个退伍的特种兵，现在听了他们的对话才知道，赵乾的背后是曲杰在指使。不过这背后的暗流涌动是华生没有想到的，标准化炸鸡协会竟然通过高层的力量给曲杰的爷爷施压，难怪今天早晨一见曲健云就看到了盛怒的面孔。生意做得大，锦衣玉食，高朋满座，声名显赫，貌似处处风光、资源甚多，但这世界哪能允许如此单纯的优越存在？生意做得越大，制衡的势力越多。哪条线搞不好，都有可能造成塌陷似的伤害。

这种事对曲杰来说，甚至是对曲健云来说，都是麻烦，但对华生来说，却是机会。

他在沙发后缓缓举起手，小心翼翼地发声："曲总，曲总。"

曲杰这才发现躲在沙发后面缩成一团的华生，忍不住皱了一下眉问道："你干吗呢？"

华生颤声答道："我怕狗。"

曲杰看他的样子，突然仰天大笑道："哈哈！你个心理学博士，也有这么狼狈的时候？哈哈哈哈！"他盯了一眼赵乾，拍了拍狗的脖子，对着小九儿说，"你看着Daniel，别让它咬着我们的心理学博士。"小九儿吹了声口哨，做了一个命令的手势，那条大丹犬立刻俯首帖耳地走到她身边，服帖地坐下。

华生这才从沙发后站起，眼睛里的恐惧依旧在那犬的身上闪烁。曲杰问他："你怕成这个样子？放心吧，它不咬人的。你本来想说什么？"

华生说："我不知道赵总犯了什么错误，但我觉得，应该能有办法解决吧？"

赵乾是所有人当中对这句话最感兴趣的，似乎看到了什么救命的稻草。他虽然没作声，但是脊背立刻挺直了，膝盖挪了挪，朝着华生的方向，眼睛看向华生，目光充满了希望。

曲杰听到这句话之后，仿佛有那么一瞬间有点出神，他微皱眉头侧脸相望，眼神中更多的是怀疑和警惕。正想着，鼻头动了动，似乎闻到了什么味道，便立刻厌恶地用手掩住了鼻孔，问小九儿道："兔子流血了？"

小九儿这才看到，兔子雪白的皮毛上有一小片血迹，答道："可能刚才太生气了吧！"赶忙拿出湿巾过来检查他衣服上有没有沾染。少爷吩咐她说："你不要弄了，回头交给其他人洗干净就好。"又看了看正在舔舐自己嘴唇和牙齿的大丹犬，便用目光示意那犬，招呼一声，"去吧。"

话音未落，巨大的黑色身影悄无声息地蹿至兔子的旁边，竟然一口吞掉了兔子。一时之间，只有骨骼碰撞的脆响声隐在口腔与食道包裹卷入的吞咽和呼吸声中，让人不寒而栗。这大概就是兽性中自带的原始力量吧！只几口，一只肥肥的兔子就不见了，那大丹犬已经抬起头，开始舔自己嘴边的残液，恢复了不可一世的神情。

看着自己的狗意犹未尽的样子，曲杰满足地转过头来，问华生道："你怎么知道是什么事情？"

华生还在想，用活兔子喂食大丹犬，这人真是变态得厉害。听曲杰问话，他一边留神地看着狗，一边怯怯地答道："我不太确定，但听到的大概是董事长因为一件事怪您,您在怪赵总,赵总似乎很心疼两个人,因为那两个人很不错,不舍得丢弃。我在想,没有什么事情是死棋,总能盘得活。嗯……尤其是在董事长心里,如果能盘活,也许会比简单执行命令更好。"

华生故意在最后留了一句话给曲杰,引导他去想"盘活"这个概念。最后一句话让曲杰似乎在迷思中听到了一声磬响,突然感到了透彻和精神。他一声口哨,那大丹犬恋恋不舍地看了他一眼,自行向回走去。原来它竟是被养在一间一人高的小间中,不仔细看,会以为那是个储物间或者装饰用的壁炉;而且,那里面竟然还有一条几乎一样的大丹犬,迎出来用鼻子闻了闻同伴嘴边的血腥味,便和同伴一同隐入了黑暗中。

曲杰让赵乾起来,自己坐在沙发上,用消毒泡沫习惯性地搓起了手,问华生:"如果我告诉你这件事的来龙去脉,你有没有把握帮上忙?"讲这话的时候,虽然双手还是在若无其事地轻轻搓动,眼睛却仿佛牢牢抓着华生的面孔,似乎想要看穿他的大脑。华生注意到,他的黑眼球下边缘一瞬间转向上方,脱开了下眼睑的遮挡,这个违反基线的微小变化让他知道了曲杰心中的敌意。

这说明,曲杰并不是在关心或者询问,这更像是某种特殊的测试。

的确,在曲杰的心里,已经千回百转了好多细碎的思考。他从上次华生提到"审讯"就已经动了心思,在心里寻思着能否完成一个冒险的计划。今天,爷爷再次因为标准化炸鸡协会的事情向他加压,而且是最后通牒,再加上曲思的暗中逼围,一度让他以为自己脚踏悬崖,根本没有后退的余地。但华生刚刚的话,却瞬间在他脑海中激活了某种希望。

曲杰很想从华生那里获得支援,因为他有困难,这困难是福坤和赵乾解决不了的。他能感觉到华生身上有一股奇特的力量,总能想到新奇而有效的思路,总能抓住自己找不到的重点,总能很快和人聊天聊得舒服。但是,因为目前的敏感环境,他对自己这种需求和青睐本能地产生了警惕。他不希望自己按照直觉立刻就信任眼前这个陌生人,越是喜欢他,就越要警惕,否则又会重蹈当年的覆辙。更重要的是,无论是"审讯"那件事,还是爷爷交办的标准化炸鸡协会这件事，都是不可告人的秘密，不能就这样对一个还没有"纳投名状"的家伙坦承。

必须先百分之百地信任他！必须先考验他！必须先收服他！正如当年收服赵乾一样。所以，在问出"你有没有把握帮上忙？"的时候，曲杰的心里已经妥妥地想好了一个主意。

青蛇的考验

他不知道的是，对面的华生已经看穿了这场考验的本质——要想知道标准化炸鸡协会的内幕信息，必然先取得信任，因为这是暗黑事实的共享，而且是破冰的第一步，一定要付出代价。曲杰既然问出了这个问题，华生之前又是建议姿态，当然没法退，只能沿着这个方向回答。在说出心中的"告诉我"三个字之前，华生暗暗做好了心理准备。可怕的是，到目前为止，他还不了解曲杰这个人，这个让他捉摸不定的人。

华生说："我需要您先告诉我事情的前因，才敢试着帮您梳理一下。"

曲杰示意他坐下，坐在自己身边，随后侧过身来凝视着华生的瞳孔，眼球微微地左右转动打量着华生的双眼。不知道换作普通人，此时此刻会不会心里慌张。但这样的实验，华生早就已经烂熟于胸，这是他玩剩下的把戏，他是不会因为这样的凝视和打量而心慌的。他也知道，做出认真努力的样子，表达一个"承受"的姿态，是对方期待看到的表现，便咬紧嘴唇，用眼睛坚强地看着曲杰，迎接着他的考验，并随着时间的延长，加深了皱眉来表达重视和认真。如果是他在审讯单位里那些犯了错的人，用到这一招的时候，已经能看出对方是表演还是情绪反应了。

曲杰并没有看出什么异样，便坐回自己感觉舒服的姿势,向后仰倒在沙发上，闭上眼睛，悠悠地说道："这本是个秘密，不能跟外人说。不过既然你感兴趣，我可以告诉你，因为我需要你出点力。你告诉我，我怎么才能相信你是自己人。"

最后的尾音透着轻蔑，恐怕连他自己都不信。

华生心里"咯噔"一下，暗道关键的时候来了。他微微一笑，镇定地答道："此时此刻，一切听您吩咐。"

少爷也微微一笑，对小九儿说："九儿啊！带他去见见小青，让小青看看他。小青认他，我就可以告诉他了。"

小九儿不似平常那样，听到曲杰的这句话后，她脸上的笑容立刻消失了，连一旁的赵乾也屏住了呼吸。

小九儿走到华生面前对他说："跟我来吧。"眼神里有明显的不安。华生不知道小青是谁，但既然曲杰说了，小九儿又动了身，他只好站起身来跟着小九儿往里间走去。

打开门之后，华生的瞳孔立时放大了。这间屋子里的空气冰凉，气味里渗透着些许腥味。总共有八个硕大的玻璃缸摆放在屋里，每只缸里都布置有沙土和浓密的植物。每只缸里，或盘旋或舒展的是各色鲜艳而诡异的蛇。

小九儿用鼻孔轻轻呼了点气，带着华生走到一口缸前，弯下腰在植物丛中寻找。没多久，她便指着叶子中的一点翠绿告诉华生："喏，这就是小青。少爷让我带你来看的就是它。"

华生也俯下身去，沿着小九儿手指的方向，看到了那条通体翠绿的蛇。

那小家伙个头并不大，目测也就半米来长，两根拇指粗细，但三角形的头部明显大出很多，一双血红色的眼睛怎么看都感觉得到邪恶的气息。尽管它用橙黄色的尾巴把自己盘在枝上，身子伏低，安静地一动不动，却依然让华生毛骨悚然，尤其是看向那两道狭窄的竖线状黑色瞳孔时。

华生稳了稳心神，向后退了两步直起腰，习惯性地用右手护好左肘后，闪烁着疑惑的目光开口问小九儿："曲总这是什么意思？"

小九儿看到他的动作，忍不住有了些笑容。她用手扫了一圈屋里的玻璃缸，介绍道："这些都是少爷的宝贝，有烙铁头，有蝮蛇，还有金环和银环。这一条最漂亮，脾气也最好，有个很美的名字叫'竹叶青'，所以少爷叫它'小青'。

说实话，我也不知道少爷什么意思，但你也不用怕成这样吧？是怕我，还是怕它啊？"说着，用手指了指华生的左肘，眼中闪过一抹得意。

华生没有办法判断小九儿说的"实话"是不是实话，因为那份轻蔑可以有多种解释。他哪有闲心跟她逗趣，只追问道："曲总说让'小青'见见我，就是指的这家伙？"

小九儿"嗯"了一声。

华生问："然后呢？要做什么？"

小九儿一耸肩，道："现在见过了。至于要做什么，你自己去问他吧。赵乾也见过小青的。"说完，便自己走在前面带路。华生惴惴不安地跟着她走出了蛇房。

曲杰正在沙发上悠闲地看着两个人。等小九儿走近，便问："小青怎么说？"

小九儿笑道："说啥？它动都没动。"

曲杰假装正色道："小青看到他了吗？没有反应吗？没有表态，那我怎么知道他行不行？"

华生观察着曲杰脸上的一举一动，他发现曲杰在藏着笑，且藏得很深，但脸颊的微微饱满隆起还是暴露了他得意的情绪。华生可以肯定，这个隐藏得很深的笑容能代表他的愉悦。但是，这愉悦是来自玩弄人于股掌之间的得意，还是来自诡计即将成功的收益感呢？很难判断啊！不过，华生安慰自己，至少他不是在发狠，不是那种阴冷的威胁，也许并没有自己想的那么糟糕。

正琢磨着，只听曲杰说道："华生，你去把它拿出来，我问问它，看它什么反应。这家伙，被我惯坏了，不见面不表态啊！懒！以后得教训教训它，改改这毛病。"

他的脸上还是那种无所谓的神情，这话却让华生打了个冷战，脑海中当即浮现了那双邪恶的蛇眼。华生脱口而出道："你说什么？！"

曲杰淡然道："你去把它拿过来，我有话问它。"

小九儿和赵乾神色肃穆，没有任何表情可供解读。

华生飞速地思考着这诡异的局面，很后悔没有学习过冷血动物类的表情和行为习惯。他完全没有办法确定曲杰的"真"和"假"，生理上对蛇的排斥和恐惧甚至让他无法多想一步。他不愿意多想，或者更确切地说，是不敢多想，如果自己真的听话了去拿那条蛇会是什么结果。

与此同时，他还在担心另外的问题。一个普通人，在这个时候会怎样表态？会害怕是肯定的，但怎么表态呢？是拒绝，还是接受？需要气急败坏地发飙吗，还是战战兢兢地服从？对于华生而言，现在肯定是一个非常难得的好机会，而且难得是从见到曲健云就开始了。这么多偶然叠加在一起才有了现在的局面，如果放弃或者被抛弃，恐怕就再也没有下一次这么难得的运气了。

可是，究竟要怎么做呢？直接去拿吗？这么好的服从性会不会让曲杰怀疑自己的动机？

最关键的是，没有时间让他安静地分析，反应和决策要快。

华生在大脑中快速闪现了曲杰的得意，以及赵乾和小九儿的肃穆，他有了答案——必须为难，但最后必须服从。为难是为了满足曲杰的得意，服从是因为赵乾和小九儿的肃穆。他俩那种肃穆显然是知道这件事的严重性：没有恐惧，说明结果不会太坏；没有惊讶，说明之前见过类似的场面。也就是说，曲杰的要求，绝不是突发奇想的第一次。

他当即摊开双手表达了难以理解的困惑和恐惧："曲总，您这是什么意思？那蛇是三角头，恐怕是毒蛇吧？您确定要我去拿过来吗？"

他的表情和语言，已经把"毒蛇"这个最令他担心的事情摆在台面上说了。这就是传说中的"以攻为守"。

曲杰见他这反应，不禁扑哧一笑："你紧张什么？蛇是很有灵性的动物，古希腊人奉为医药神的埃斯科拉庇俄斯就擅长用蛇治愈人类的疾病。虽然这家伙命不好，救了那么多人的命，最后还被雷劈死了，但从那时开始，毒蛇盘绕的权杖就成为西方医学的象征。不过，你们这些普通人会害怕蛇，这也很正常，有些人说对蛇和蜘蛛的恐惧是刻在人类的DNA里的。呵呵，愚蠢的人类。你要是自己人，小青自然不会咬你，它只对叛徒和敌人有兴趣。去把小青拿过来，你要相信自己，也要相信它，不会咬你的，因为我也很希望你可以是自己人。"

曲杰也把话摆在了台面上，只不过用的是模糊的"自己人"。这三个字，任何人都可以用，当官的、做生意的、犯罪的，但对每一类使用这样字眼的人而言，这三个字又都显得异常神秘和敏感。

既然曲杰已经挑明，华生要做的，就只剩下一件事——最后再矫情一下。

他苦笑了一下，甚至从嘴里无奈地扑哧了一口气出来："老大，你是开玩笑的吧？这都什么时代了，还相信动物的灵性啊？我就是想帮您出出主意，也不至于用这么恐怖的方法来验证我吧？"

曲杰觉得这一声"老大"叫得有意思，但他没动声色，而是用目光逼视着华生，问道："我需要信任你。你也应该相信我，对吗？"

蛇吻的平方

曲杰这样说，华生不能再迟疑，只好下定了决心。

他表现得很犹豫、不知所措，他用视线向赵乾求助，也向小九儿求助，但浅尝辄止之后，他把最后的话说给曲杰听："曲总，我感谢您赏识我！说实话，我也觉得今天能被董事长召见很荣幸，但不希望这件事情成为您的心病。我真心想替您解决问题。我相信您，请您不要让我死得太冤。"说完，便握紧两个拳头，狠狠地走向蛇房，打开门，低吼一声给自己鼓劲儿，走到小青的玻璃缸前，深呼吸了好几次，始终不能下决心伸手进去。

这些都不需要刻意表演，只要将心底的真实情绪释放出来就好，毫无破绽。

曲杰冷笑着听他说的话，心里不以为然："你以为我是嫉妒才惩治你？笑话，你算个什么东西，怎么会值得我嫉妒？正如你所说，爷爷根本就看不上你这个层级的人。还什么心病？自以为是的家伙。看看你去抓蛇的尿样！心理学博士聪明是聪明，也只不过是普通人，有杂念就过不了这一关。过了这一关，才算你服帖。这点事都下不了决心的话，就别指望我相信你了。"

他不知道的是，华生说出那句跟曲健云有关的话，正是为了让曲杰这样想。人在聚焦于一种可能性的时候，就很难同时深入思考另外一种可能性了。

蛇屋里其实是阴冷的，华生却觉得周身燥热，他挽起袖子、屏住呼吸，拼命抑制住向后退的本能，反复深呼吸好几次才一咬牙，打开缸的盖子，把手伸进去触摸那条翠绿色的小蛇。他已经做好了最坏的打算，但他希望自己对那三个人的分析是对的，不会有什么意外发生。当他触摸到那冰凉的躯体时，手还是向后缩了一点，身体也不禁发抖。那蛇似乎不太愿意离开绿荫，华生只得憋住一口气，用手指握住蛇的身体并缓缓加大力度拉扯，他能感觉到那蛇的鳞片在手中轻轻蠕动，也能感受到它的尾巴纠缠在枝上不愿意分离。他松开手，大着胆子去寻找离蛇头更近的位置，以便抓得更加得力和安全，却只见绿影一闪，小臂上感受到了一股轻微的刺痛。

最坏的结果发生了！

他大叫一声，只觉得手臂上被咬的地方开始火烧火燎地疼，只得咬着牙捏住了蛇的身体，奔到曲杰面前，什么话也说不出来，眼中的仇恨和恐惧似乎要迎面给曲杰几拳暴击。曲杰见他这个样子，倒是坐在那里没动，只是舒了口气，笑了笑，把身体窝进了沙发靠背，很松弛的样子。

赵乾飞快地拿出一把刀，小九儿赶在他前面冲上来一把捏住蛇的颈部，把那蛇牙硬生生地拔出，几下盘了蛇快步将它放回缸中。赵乾熟练地扯下自己的领带勒紧华生的肘关节，然后用刀在那两个齿痕间一划，暗黑的血液瞬间流了出来。从伤口到四周，赵乾有序而用力地挤，仿佛要把华生整条小臂中的血全挤出来，连每一个指关节都不放过，这套动作很明显是非常熟练的。没过多久，地毯已经被污血浸得透了，华生感到一阵头晕，不知是毒性还是疼痛所致。华生忍着疼，一边用怨毒的眼光盯着曲杰，一边努力地深吸着气，嘴里骂着脏字来减轻钻心的疼痛。

见赵乾处理完毕，小九儿拿来一种紫红色的液体给华生的伤口消毒，随后在他的手臂上注射了一支针剂，对他说："'竹叶青'的毒是血循类，毒量小，死不了人。这是少爷自己研制的抗毒血清，特别管用。你放心，后面就不会有事了。"最后又拿出外用药膏给华生抹上并包扎好。一通忙活都弄完了才喘了口气，安稳了下来。

华生能感觉到自己的手臂在肿胀疼痛，但莫名其妙地觉得并不是很难受，甚至还隐隐有一种快感在内心中升腾。他觉得手臂上的疼痛异常清晰，但还带来了耳清目明的清爽和源源不绝的动力。他不知道自己为什么会有这样的感受，不由得回想起曲杰之前说过的话，但此刻却不容许他享受那种内在的快乐，只好做出一副非常厌恶曲杰的样子。他一屁股坐在地上，毫不掩饰地说："这下你满意了吗？你是觉得非常有意思吗？先弄断了我的胳膊，现在骗我被蛇咬？"眼中的怒火也不需要加工和伪装，就连那一丝担忧和害怕，也恰到好处地流露了出来。只不过，他所担心的除了生命安全，还有被怀疑和失去信任，好在这两者都只是担心，不继续纠缠细细分辨的话，谁也不可能分清楚。

曲杰却只一笑，开口道："我可没有骗你。动物就是这样，你惹它，它就会报复你。你对它好，它也会信任你……要是人都和动物一样简单，这个世界也就简单了。"说到这里，曲杰看着华生的眼睛，用戏谑的表情对他说道，"华生，小青居然咬你了，我想你还不能帮我的忙。"

华生看到曲杰的眼神，心里又紧张起来，因为那个眼神里闪烁着些许狡诈和凶狠。他颤声愤怒道："你！"这声音根本不需要控制。

曲杰看到他的样子，哈哈大笑起来，笑得全身都在发抖，仿佛有什么极为得意的事情发生。良久才道："其实，我特别想告诉你这件事，也的确想听听你有什么好的建议。只是，你不是我的人，我不会跟外人讲这些事。我是认真的，小青信任的，我才能信任。"

华生心里一凉，脸上几乎要露出杀人的悲怆，脱口而出："随你的便！"

好在曲杰并没有给他这个时间，他抢在前面翻起眼睛看华生，阴恻恻地说道："这样吧，你再去把它拿来，我问问它，刚才为什么咬你。按理说不应该啊！

你是爷爷看得上的人，也算是有点本事的聪明人，我想让你继续给我干活儿。好朋友，这次它要是说你没事，你就是我的自己人，我就可以放心跟你说了。"

又是二次伤害！

华生听他说要再去拿小青的时候，立时感觉脑子被电击了一下，感觉刚刚被蛇咬的伤口一阵刺痛传来，深入骨髓。那种令人发抖的恐惧感和寒冷直接蹿入大脑，几乎冻住了整个身体。华生终于意识到了曲杰那个轻蔑而得意的表情背后究竟隐藏着什么样的阴毒。他太狠了，单次伤害如果只是出于意外或冲动，重复伤害则必然是扭曲心理支配的折磨。

对刚刚受过伤的人而言，二次伤害根本就不是简单的加法，而是几何级爆发的伤害。因为二次伤害不仅是增加一分疼痛，还会摧毁人的心理，全面性地摧毁！

华生想都没有想，脱口而出吼道："还要我去拿？这算怎么回事？你是不是有病？你们是不是都有病？老子不伺候了！"他看了一眼赵乾，见他脸上没有任何敌意，反倒是一脸关心的惶恐，便一挺脖子，吼道，"赵乾，有种你就杀了我！"

说这句话的时候，华生全身爆发着愤怒的力量，毫无矫揉造作地在吼。旁人看起来那是愤怒，只有他自己知道那是恐惧。他真的不想再去靠近那条阴森森的绿色的蛇，更不敢想象它的牙齿再次嵌入自己身体的恐惧感。他的身体和脚步朝着门的方向，也正是赵乾所在的方向大步迈出。不管赵乾会不会动手，不管曲杰会做出什么反应，这一刻他真的只想逃。

但是，就在这情绪爆发的瞬间，却发生了很多微妙的变化。

首先是华生自己的情绪因为瞬间爆发出来，使得原始的冲动大幅减低，他在做出动作的那一瞬间就已经恢复了理智。他知道，自己前面的反应应该没有问题，怎么才能扭转回来却成为难题。他知道，自己必须留下来，必须从这里切入，这个机会太难得了，虽然那条蛇是那么让人心悸。

就在同一瞬间，小九儿眉毛一竖，身形立刻朝着华生的方向闪电般地移动过去。她见华生的身形没有停止的意思，腰间一旋，长长的右腿便横扫向华生的头部。

也是在同一瞬间，赵乾见华生急了，忙张开双手向前一步，拦在华生身前。小九儿的腿太快，"砰"的一声闷响，踢在了赵乾的肩胛骨上。赵乾根本就没在意这一腿，而是抓住华生的两个肩头，带着乞求的目光向华生道："兄弟！你别急，少爷不会故意伤你的。"

小九儿的决绝，是华生万万没有想到的。之前去见小青，华生还从她的表情中看到了怜悯与不舍，当他要走的时候，她竟然下狠手！而赵乾的表现却恰恰给了他一个台阶。他停下步子，仿佛是被赵乾的巨大力量给逼停。他缓缓地回过头，半信半疑地质问着曲杰："我不干！要不你让他俩杀了我！"

曲杰还是那样盯着他，叹了口气："唉！看来你还是不太相信我啊！本来挺好的一件事情，看看你吓成什么样了？当初小青咬了赵乾，使他的修为提升了很大一程。这是福气，对吧，赵乾？"

华生在心里360度地骂了曲杰一遍，对这种逻辑混乱和自相矛盾的浑蛋，他是没什么更好的办法了。

赵乾抓住华生的两只大手收得紧紧的，让华生感觉到伤口有些疼，他流露出的表情早已不是微表情，而是真真切切的悲伤乞求："少爷说的是对的。你相信我，兄弟！你帮帮我。"

华生很纳闷赵乾在修炼什么，从刚才就开始好奇了。只不过，现在不是思考这件事的时候。他转眼望向小九儿，突然发现小九儿的表情不似自己想象的那么无情，那张没有笑容的脸上，也流露出一丝期待。

华生看到了这么多的情绪，知道自己该怎么做了。逻辑混乱的浑蛋，不用跟他讲逻辑，只需要满足他的需求就行了。其他人也一样，满足他们的需求！

他突然大力地扭转身体，朝蛇房走去。当他再次打开小青所在的玻璃缸盖子时，觉得自己全身的血液仿佛都凝固了。他咬紧牙关伸手进去，一把抓住盘绕在树上的青蛇头部的附近便往回走，也不管那蛇是否在手臂上挣扎和缠绕。

华生走到曲杰面前，把那蛇往他身上一甩，开口道："就算是为了赵总吧！我，你爱信不信，但这是最后一次，以后不要再搞这些无聊的测试！**用生理威胁换不来你想要的信任和忠诚。**"

曲杰看到他的反应，先是不慌不忙拢住那蛇，然后才开口道："人和动物很像，不是吗？我对你好，你就觉得我好。我对你不好，你就会很生气。对吧？"他亲了亲那蛇的头顶，轻抚两下继续说道，"这次小青说你没事，我就可以放心了。你说得对，生理威胁换不来信任和忠诚，但过不了这一关，这两个词提都不用提。有空你给我讲讲，什么能换来这俩词。"讲完这句话，他正色道，"张华生，现在我告诉你炸鸡协会的事情，你来说说怎么盘活。"

48　阴森的窥视

开篇语：

第一次获得机会，表现得好，也许能够突飞猛进地融入。什么才是好的机会呢？对方并不有求于我，并不需要我，甚至是提防和排斥我的。给我机会说话了，我应该从哪个角度切入？价值观！价值观的认同，会产生强大的心理推动力。

By 华生

优秀倾听者

曲杰说完这一句，并没有再观察华生的反应，而是继续自顾自地说道："张华生，你知不知道，在这世界上，总是有些人特别讨厌？他们愚昧无知、野蛮落后，明明自己又蠢又坏，却喜欢把自己包装成神佛般高尚。他们还总是拿那些毫无道理的破规矩逼别人遵守，有敢不服从的就用最凶残的手段消灭掉。"

讲到这里，曲杰的胸口出现起伏，很明显是在克制自己的情绪。

华生很认真地在听，没有说话。

曲杰看着华生的眼睛，若有深意地继续讲道："你记住，我特别不喜欢这样的人。自己爱干什么都行，但不能欺负别人还觉得理所应当！"语音有点发狠，曲杰缓缓收回了自己的目光，恢复了正常神态，"标准化炸鸡协会你知道吗？"他只是自说自话，并没有等华生回答，就继续讲下去，"他们就是这样的浑蛋！我不喜欢他们很久了。全国那么多炸鸡店，只要不是他们的人，他们就派人堵门不让营业，不让客人进门吃东西，你说他们是不是欠收拾？这种事之前在全国各地也发生过很多次……"

华生插话道:"我知道。"

曲杰意外地看了他一眼,继续说道:"之前那些就算了。最近一次,也就是半年多前,他们在我眼皮底下又用围攻的方式为难一家炸鸡店。不凑巧……这一次我就没再忍住,闹了点动静,呵呵!"

华生睁大眼睛,脱口而出:"阿里兰炸鸡店?"

曲杰脸上闪过一丝微笑,但他的表情里没有惊讶,只有得意,问道:"哦?你知道这事?"

华生加大音量,激动道:"阿里兰炸鸡店门口的那个案子,是你让人去搞的?"

他那一脸的仰慕,被曲杰和赵乾看得清清楚楚。小九儿见了华生的样子,不禁笑得露出了整齐的牙齿,是很开心的笑容。曲杰和赵乾对视了一眼,赵乾便说:"怎么,你知道那个案子?"

华生的仰慕其实并不需要伪装,因为他心里的确很佩服那两个特种兵。现在自己面对着操作者赵乾,还有幕后发号施令的曲杰,只需要把心里的认同释放出来就好。他在脸上给出了难以置信的表情,压低音量道:"这可是个名噪一时的大案,所有人应该都知道吧!实不相瞒,看到新闻的第一时间,我的感觉是真扬眉吐气。真没想到,真没想到……"说到这里,忍不住龇了一下牙,被蛇咬过的地方火辣辣地疼。

赵乾和曲杰也都笑了,那是由衷的、得意的笑容。

曲杰笑着说:"没想到什么?"

华生收敛了一些,他觉得这时候应该收敛一些,因为自己应该是个遵纪守法的人,即使在和这个游走在边缘的黑暗中的"英雄"对话,也不能太过倾慕。他正色道:"没想到这件事是您安排的。我看专题里披露的细节,由衷地佩服那两个小伙子,要是当时再过分一点儿,他俩就变成打架伤人的坏人了,我看报道里写的手法,简直控制得太棒了!既惩罚了那些臭不要脸的坏蛋,又让他们怕得要命！哈哈！"他在眉飞色舞，但身边其他人却都意识到，目前的难题还没有解决，想得意也得意不起来。

曲杰的鼻子和嘴一起微微出了口气，轻蔑道："对，那是我让赵乾干的。当时把那帮土鳖吓坏了，哈哈！赵乾找的那两个人干得不错，动静闹得也大，说实话，我是很满意的。那两个人也很好，的确是人才，很精准地遵守了法律规定，手底下的活儿控制得好，脑子也清楚。笔录我看过了，说得多好！把公安局那几个小警察问得都不知道该怎么接话！本来……应该没有问题的。"

赵乾的嘴角微微一颤，眉头皱了起来。

华生斟酌着说："当初网上全是讨论这个案件的声音，后来不知道为什么没消息了。那两个人后来怎么样了？"

曲杰没作声，眼睑微微眯紧，只从鼻孔里呼出一口长气。赵乾看了曲杰一眼，似乎征得了他的同意，方才讲道："公安抓起来后不放人，说是案情重大，先是拘留，再是逮捕，现在已经移交给检察院准备公诉了。什么案情重大、影响恶劣。以为我不知道，都是炸鸡协会在后面使劲儿，明里暗里地威胁要弄死我那俩兄弟。"

华生惊讶道："那些人不是都没受重伤吗？这最多只是治安案件啊。怎么现在？唉！要是真犯了罪、杀了人，也就罢了，现在这两个英雄……可惜了！"

曲杰听到这话眉头一皱，赵乾在那边偏又重重地砸了一下扶手，一脸痛苦的样子。曲杰盯着赵乾问道："你还在怪我是吗？这是我不肯帮忙吗？我给他们找了最好的律师，不是吗？"讲到这里，曲杰停下来闭上了眼睛，胸口的起伏又明显起来。

华生知道他又激动了，很显然曲杰对炸鸡协会的势力感到愤怒，即使不关心赵乾两个手下的生死，他也不想让炸鸡协会在这个暗斗的局面中占便宜。华生不由得把曲健云早晨的愤怒联系起来，斟酌着追问道："律师没起作用？"

赵乾愤愤地答了华生的问题："鉴定结果都是轻微伤，而且监控录像里可以看得到是自卫反击暴徒，按正常处理流程，人早就应该出来的。但是公安局的人说，伤的人数太多，社会影响恶劣且复杂，是不是正当防卫他们也不能定，要到法院才能有结果。所以，刑拘期间的努力都没有用，最终还是批捕了，目前检察院已经准备提起公诉了。"

赵乾说的这些，华生都已经知道了，而且还知道，赵乾已经换过了一批律师，但仍然没有起到有效的干预作用。他快速想了一下，作为一个完全不知情的陌生人，应该怎样表现才能不让曲杰他们起疑心。当他发现其实也没有什么特别之处需要注意时，心里也就放松了下来，便有点愤愤地说："有这么多证据在，有监控在，还有鉴定结果，都不管用吗？守着法律而不去遵守，这些人为什么要这样做？"

曲杰陡然睁开了眼睛，坐直身体深深地看了一眼愤然的华生，目光中有一丝欣喜。他不屑地吐出一句话："法律是一群文人定的愚蠢规则，惩治不了真聪明的人。"

听到这句话，华生变得更加谨慎了。因为曲杰这句话点破了边缘，既是"是"与"非"的边缘，也是"善"与"恶"的边缘，更是决定和华生"亲"与"疏"的边缘，甚至是他"安"与"危"的边缘。他正努力地想该接什么话，因为他不确定普通人在这个时候应该用什么立场表达什么态度。这样的分析太难了，因为他自己不是那个普通人。赵乾恰好在这时接话道："要不是炸鸡协会那个会长拼命地施压，也不至于这么难。他们势力的确大，连市里的领导都让他们三分。"

曲杰一皱眉，轻轻说了句脏话。

华生提出了一个新的问题："公安局和检察院会不会查到你这里？"

问题是给曲杰的，加上略微担心的神情，让曲杰轻轻一笑，应道："哈哈，怎么查？那两个人连赵乾的名字都没提过，公安凭什么查到我？律师是赵乾出面请的，公安也只是找赵乾谈了话，最后也没怎么着。虽然律师很努力，道理都在我们这边，但仍然没能按照法律的规定办下来。公安那帮人你了解吗？他们只管干活儿，炸鸡协会一施压，什么法律不法律的！"他的神色间突然浮现出一点点无奈。

华生问道:"刚才你跟赵总发那么大的火,是因为这件事?"

赵乾有点尴尬,眼睛不太敢看曲杰,目光闪烁了几下之后,又抬起头来望向华生,充满了希望。

曲杰的目光也聚焦在华生的面孔上,那目光中的闪烁也许还透露着警惕和犹豫,他凝重道:"公安能不能查到我不重要,他们要遵守法律。但是炸鸡协会显然已经怀疑到了我头上,并且暗中给爷爷施加了压力。爷爷老啦……"他长长地出了一口气,握紧拳头舒展了一下身体,继续道,"我就不明白,这些垃圾有什么好怕的?他们能掀起多大的风浪?我一直以为爷爷是所向无敌的。但是,为了这么件破事,爷爷先后几次问我、批评我,让我服软。爷爷的意思,就是不让我再干预这个案子,今天上午给了我最后通牒,命令我撤了律师,由着炸鸡协会和法院去判。他说,对方知道那两个人跟我有关系,再胡闹下去,可能会影响集团的生意。"

赵乾进了一步道:"少爷!"后面的话没有说。

曲杰不理他,似乎还是很生他的气,只问华生:"事我讲完了。你有什么好主意?"

华生沉吟了一阵,曲杰和赵乾都没有说话,小九儿只是看着他,也没有说话,他皱眉道:"现在我既然知道了是什么事,就更加确定,一定有解决方法。"他的眼睛猛地一亮,问向曲杰,"你觉得董事长希望看到什么结果?"

曲杰略微思考,回应道:"他应该是希望炸鸡协会会长不再因为这件事情而给集团施压,不影响他的生意。当然,他也老说我太幼稚、太冲动,容易失控……"最后一句话没说完,硬生生地停住了,语气中的犹豫意味深长。

华生点头,快速再问:"曲总,我也想知道你的目标是什么。"

华生的好主意

曲杰有点意外，但还是直接回应道："我吗？我想，第一是教训一下这些人渣，让炸鸡协会那帮人收敛一点，以后不要这么跋扈，不要再欺负人。第二个目标……"他略微沉吟了一下，目光扫了一眼赵乾，继续道，"如果赵总的那两个人可以出来，就最好了。"

华生思考着他的话，问道："你觉得炸鸡协会那些人会因为这次案件而收敛吗？"

曲杰不说话了。

华生再问："倘若市里再开一家类似阿里兰炸鸡店那样的新炸鸡店，没有征得炸鸡协会的同意，那帮人还会去围堵闹事吗？"

曲杰依旧不说话，眼睛抬起来，盯着华生不动，目光里闪烁着炯炯的愤怒。

华生说："其实，我想你有答案了。简单地说，我们不管，炸鸡协会就没事，但那两个小兄弟就麻烦大了；我们继续管，炸鸡协会就可能会找集团的麻烦。这两件事是天平的两端，非此即彼二选一。"

曲杰不耐烦了，阴恻恻地问："你说的这些我都知道。你究竟有没有好办法？"

华生坦然道："有一个办法，其实很简单，但不知道能不能成立。"

赵乾本来听华生分析清楚局面后已经绝望了，因为他知道少爷会做什么样的取舍，但现在听到华生说竟然有办法，立刻抢着道："你倒是快说啊！"

华生缓缓问道："我们把当前这个二选一的简单局面，加一个角色进去。我想问：有没有什么势力可能会让炸鸡协会'顾忌'？"

曲杰是非常聪明的人，听到这里立刻大致明白了华生的策略。他深深地吸了一口气，身体靠在沙发上摊开四肢，眼睛望着天花板，一边思考，一边说："那其实挺多的。"说到这里，他"扑哧"一声笑了出来，继续道，"其实，只要对手狠一点，敢拼，这个屁炸鸡协会就会立即尿下去。在美国，没有一个炸鸡协会敢去惹贩毒黑帮，更不敢惹警察，甚至连黑人、墨西哥人之类的少数族裔都不敢惹。只是在我们国内被惯坏了，才会产生这种小人得志的局面。呵呵！"

华生听懂了，他说出自己的完整策略："那我们这样办。第一步，赵总让律师撤出来，表面上不再由集团聘用律师来干预这个案子，这样炸鸡协会就没有借口来难为集团，董事长那边就好解释。第二步，找到一个势力，委托他们聘用律师，原因随便找一个就好，要保证炸鸡协会不敢惹这个势力，甚至不敢深究原因。第三步，找找炸鸡协会的小尾巴，看看他们手底下人有没有犯罪的、犯错的，往疼了捏一捏。最后一步，曲总，要麻烦您一趟，亲自去拜会一下炸鸡协会的会长，表面上跟他言和，甚至恭维一下。"华生一边说，一边看曲杰的反应，斟酌着说道，"如果您能跟那老东西认个错，就太完美了！"

这话说得曲杰眉头一皱。

赵乾紧张地看了曲杰一眼，没作声。

小九儿却清亮地喊了一嗓子："认什么错？放屁！"

曲杰一摆手，示意她不要说话，用力闭上眼睛努力地控制着自己的呼吸，以至于眼睛周围的血管清晰迸出。显然，他在努力地思考，试图用理性思维战胜自己的情绪。华生等着他，等他自己想明白。

过了两三分钟，曲杰的呼吸渐渐平复下去，慢慢睁开眼睛，眼神却凶得很。他对华生说："你说得对！我听你的，去找那老东西道个歉，顺便近距离接触一下，看看他究竟是什么货色。"他讲这话的时候，轻蔑的神情一览无余。

赵乾和小九儿同时轻唤一声："少爷！"赵乾满是感激之色，而小九儿则是受了委屈的模样。华生惊讶地发现，小九儿的感受和曲杰的感受竟然是完全同步的。

华生没有说话，只是竖起大拇指，冲着曲杰向上扬了扬，脸上流露出敬佩的神色。

曲杰被华生的认可激起了兴致，吩咐道："赵乾，第一步我们先找找关系，看看谁家愿意掺和这事，出面雇律师。花钱什么的不是问题，关键是主顾得不好惹，顶得住炸鸡协会的压力。明天之前解决这个问题。对方要什么条件，我觉得都可以先答应下来。第二步，只要人一找到，你就把现在的律师给我撤下来。第三步，我就用这个借口约见那个老王八蛋，登门请罪的事情也蛮有意思的，看看我演技够不够，到时候华生你跟我去。最后一步，我去见他之后，立刻就安排新律师顶上去，气这老王八蛋一个跟头翻不过身来。"说完，竟然哈哈大笑起来，开心得像个孩子。

华生暗中思量，曲杰的计划非常周密，时间节点衔接得恰到好处。最关键的是，他竟然肯答应去给会长道歉，这份野心着实让人刮目相看。一直以为面前这位少爷情绪不稳定，现在看来只要他愿意控制，就能够做到缜密而周到。华生心中暗暗提醒自己，曲杰并不是之前感受到的那么冲动。

曲杰低下眼睑，头部微微晃动着思考了一会儿，脸上又现出得意，继续吩咐道："我也再想想别的办法，几步棋齐头并进，旱涝保收。让这个老王八蛋出出汗，骂骂娘，干着急！哈哈！"

华生看到了那个思考之后明显的得意与轻蔑的表情，尽管曲杰说的是再想想其他办法，但华生认为，曲杰实际上已经想好了那个"别的办法"，只是没说出来而已。

曲杰走过来，拍拍华生肩膀，并没有说话，而是用一种非常奇怪的眼神看着华生的眼睛。

华生能确定的是，那个表情并不自然，很明显，有一部分是故意做出来的样子，但不能确定他心里究竟在想什么，尤其是那长达12秒的盯视，显然表演的成分更多。这是故意在给他心理施压？他只好做出一副受宠若惊又有点心慌的样子，先是避开那个眼神，又抬起眼睛望向曲杰，闪烁着目光，还特意轻轻咬了咬下嘴唇。他心里不太确定，这个表现会不会太过夸张，但有的时候，夸张表现其实是很难被破解出真伪的。

曲杰盯了他半天，终于开口说话："华生，你是真的不错！能够看清楚这个迷局，头脑清晰。不过，今天不好意思，小青应该是误会了你，让你带了伤。"

说完，他扭头望向小九儿问道，"蛇毒处理得还可以吧？"

小九儿点点头，眼睛看着华生回答曲杰的话："你放心，又不是第一次了。愈合得快着呢！"

曲杰问华生："忙活一早晨，要不要一起吃午饭？"

华生心里不太确定是要留下来继续"培养感情"，还是应该找借口撤离。他快速闪了一眼，发现小九儿并没有流露出什么期盼，赵乾竟然微微皱起了眉头，仿佛有点为难的样子，便知道不必留下来。于是，华生用手捂住伤口，把微弱的疼痛感释放在脸上，对曲杰说道："谢谢您的信任！我觉得我有点头晕，不知道是吓着了还是伤口的问题，我就不留下来吃午饭了。您也是一早就开会到现在，比较疲劳。"他看到曲杰脸上的舒缓，知道自己猜对了，便继续道，"曲总，我还是向您请示一下，我想去医院再让大夫看看这个蛇咬的伤口，防止感染什么的，可以吗？"

曲杰还没说话，小九儿在旁边翻了个白眼，嘴里"喊"的一声轻咤。

曲杰满不在乎地挥挥手，吩咐道："小九儿说了没事就肯定没事，瞧你那样子！你愿意去就去吧，惜命也是好事。之后去见炸鸡协会会长，我还得用你，好好养着。"说罢挥挥手，似乎有点疲劳，转身向内室走去。小九儿紧跟在身后，也不理会华生。

赵乾送华生出门，并安排车辆送华生回家，随后便匆匆进入曲杰办公室的里间。

欺骗肖依

右臂上的伤口被医院重新包扎之后，华生感觉好了很多。华生跟医生讲了自己被包扎的过程，还有注射针剂之后的那种舒适和兴奋的感受。医生说从没听说过，但更惊讶的是居然有人常备蛇毒血清。医生仔细地看了血检的结果，告诉华生说，没有什么指标异常，华生这才略微放了心。准备离开之前，他特意去卫生间把缴费明细和病历本撕碎，扔在垃圾桶里。

华生回到家的第一件事，便是煮了开水，泡了杯浓浓的普洱茶，然后淋洒在开会时穿的西装和衬衣的袖子上，在裤子上也弄了一点。他一点也不想让肖依知道自己经历了什么，因为被蛇咬伤是需要费很多口舌才可能解释清楚的，而在这件事情上，华生希望肖依完全不被浸染一丝一毫。

把那两件衣服放在洗衣机上后，华生就按捺住内心的兴奋，着手搜集关于炸鸡协会会长的相关信息。今天的进展委实比自己预料的快，下一次和曲杰一起见会长的时候，争取能再进一步。

肖依下班到家，便看到了他的右小臂上包扎的白色绷带。她惊叫一声，赶忙扑上来责问道："这又是怎么了？怎么左手还没好，右手就又伤了？"

华生赶紧摸摸她的头，又随意摆动了几下手臂，笑道："哎呀！看把你紧张的。没事，没事。今天开会的时候，茶杯突然炸了，一点点皮外伤，连血都没怎么流。放心。"又把她抱在怀里安抚一阵，才过了这一关。

肖依一脸不情愿，嫌弃道："你们这什么破公司啊！怎么茶杯还能突然炸了划伤人呢？太不让人放心了。"

华生说："我的伤是小事，就是那套西装，被茶给泼了，不知道会不会毁掉。"

"哎呀！一套衣服而已，你人受伤了才更严重。我送去干洗店，他们总有办法的。"肖依嗔怪道。

华生接道："那可不行！那是我媳妇儿给我买的，我最喜欢的一套衣服，千万别毁了。"

说完这句话，两人都笑了起来。华生笑起来的时候，故作轻松地拍了拍肖依的屁股"命令"道："快去给我弄一杯咖啡，我想这一口可是想了一整天了。"肖依宠爱地看他一眼，高兴得一颠一颠地蹦向咖啡机。她心里泛起一小股母爱一样的暖流，明知道那胶囊咖啡谁做都是一个味道，但就是喜欢听华生说爱喝自己做的咖啡。

华生凝视着肖依的背影，心里泛起的却是一腔苦味。他提醒自己，刚才那种话以后要尽量少说了。

只一会儿，肖依便端着咖啡回来，递给华生，莞尔一笑，道："快尝尝，今天的味道有什么特别的地方？"

华生抿了一小口，闭上眼睛，缓慢地一点一点吞咽下去，长长呼出一口气，非常享受地正要胡说八道，却听见肖依的手机响了起来。肖依一接起来，对方就挂了。肖依看了看号码不认识，耸耸肩，嘴里冒出一句："估计打错了。"正要放下手机的时候，却又看到有信息传入，顺手点开一看，神色立时像变了一个人。肖依开始聚精会神地摆弄着手机，双指放大，贴近并审视着屏幕里的东西。

那是一张照片。当肖依认真地看完照片上的内容之后，她抬起眼睛盯着华生看，脸色沉沉的。华生从刚才就觉得不对劲，现在可以确认她是真生气了，不是那种气鼓鼓的搞笑伴装，而是真的很生气。

肖依把手机递给华生，说道："你老实讲，手上的伤是怎么弄的。"

华生接过手机，首先看到了医院的字样，然后看到了自己的名字，他已经知道这张支离破碎之后又被拼合的病历的照片意味着什么，后背上一阵冷汗，情不自禁地扭头向房间屋顶的几个角落里扫视过去。

肖依看到他的反应后，气不打一处来，提高音量问他："你的新伤到底是怎么弄的？为什么要骗我？"

华生腾地从座椅上弹起来，快速在房间里走来走去，检查几个隐蔽的角落。肖依就那么盯着他奇怪的举动，一言不发，只气哼哼的。

半晌，华生理顺了思路，才走过来想拉肖依的手。肖依就让他拉起来，看他搞什么鬼。华生心里立时就松了口气，这状态说明肖依的生气也是在关心之下的生气，并不是敌对的生气。他温声道："我要告诉你一件事，你不许叫、不许急、不许生气。"

肖依下巴微微一扬，嘴巴撇了撇，示意他快说。

华生跟她说了"实情"，当然是部分实情："今天我去开会，表现很不错。

参加会议的人不多，一个是我老板的老板，一个是我老板的大姐，还有一个是我老板。我虽然是个不起眼的小角色，但是表现很好，老板的老板很喜欢我，嘱咐我老板多听我的建议。我老板不知道是高兴还是嫉妒，让我跟他回办公室之后，带我参观他的宠物俱乐部。也怪我自己手欠，非得去摸那条漂亮的小蛇，结果被咬了一口。它看起来很温驯也很漂亮，跟我小媳妇儿一样，谁知道它就突然翻脸了。"讲完这话，华生憋着一脸坏笑。

华生是故意的，对他来说，这个坏笑的表情并不好演，尤其是在现在这个时机，尤其是心里还吊着一个巨大的恐惧。

肖依并没有被他逗笑，小脸依旧绷得严肃，盯着华生的脸一动不动地看，仿佛要寻找出什么破绽。良久，见华生也收起笑容，才正色道："你不要扯开话题，我也不会被你逗笑。我不知道你说的是真话假话，我现在很担心你。你的新工作太奇怪了，先是断一条手臂，然后今天好好地出门，回来竟然被蛇咬。更关键的是，你还要骗我！我想不明白，这有什么可骗我的，为什么要骗我？"

自己的女人只要同一件事愤怒地重复好几遍，华生便知道，肖依这是钻到牛角尖里去了。这是情绪，是之前被骗的愤怒混合了担心、心疼、恐惧，被强烈释放出来的情绪，根本不是想讲道理。华生只好弱弱地回答实话："我怕你担心。"

这一句话松了肖依心里的结，她挥舞起拳头，朝着华生的肩膀和胸肌砸过来，流着眼泪一下一下地砸，泣声质问："你骗我我就不担心啦？你受伤了我还不能担心？你受了伤还不跟我说实话，我是不是更担心？你怕我担心什么？我傻傻的什么都不知道你就不怕了是吧？我还是不是你的聪明媳妇儿？你干吗不跟我说实话，还要把病历撕碎了扔掉？"

一句一句，砸到后来自己心里的劲儿过去了，肖依才轻轻捧起受伤的手臂，一边擦眼泪一边柔声问："到底怎么回事？我看那病历上说，是被毒蛇咬伤的。你老板是不是变态啊，怎么办公室里还养毒蛇啊？你平常没有这么不小心的，今天发什么疯，非得去摸那些危险的东西？现在还疼吗？"

华生把她搂在怀里，心里乱作一团，只能紧紧地搂着，嘴里重复着："赖我赖我，不哭了，下次不会了。今天本来挺好的，当时就是一时蒙，也没想到那条蛇会突然发飙。我想着，你要是知道了我被蛇咬伤，肯定就不让我再去上班了。好不容易找到的工作，一年好多钱呢！其实当时把我老板也吓了一跳，赶紧把我送医院治疗。他本来还说请我吃中午饭呢，也没吃成。"

肖依突然身体一怔，从华生的怀抱里挣脱出来，拿起自己的手机再次仔细审视。华生心里一紧，暗道不好，自己刚才的最后一句话本来想用来缓和情绪，但忽略了时间上的衔接细节。如果是中午吃饭之前发生的咬伤，那么和病历上的时间相差太多了。他慌忙开始思考弥补的理由。

但肖依其实没有那么缜密，对时间的问题并没有提出什么质疑，而是问华生："这人是谁，你认识吗？为什么会给我发信息？而且这张病历是你撕碎的，那么他干吗要费劲儿地补好，再给我发过来？好奇怪啊！"

华生见肖依没有再追问自己编的谎话，才把精力集中在这个问题上。这个关键问题如同乌云一样，聚集在华生的头顶。这时，华生才感觉到有些呼吸困难。

他仔细看了那个号码，完全没印象。用自己的手机也输入了那个号码，没有存储过。两人一脸茫然。华生心里知道大概是来自谁，因为也只有他可能有这样的手段。

肖依看见华生的神情，不由得担心起来，小心翼翼问他："我觉得这里面有点诡异啊！你感觉是谁？"华生摇摇头，故作轻松一笑，说道："我也觉得诡异，想不出来是谁要这样对付我。难不成有人暗恋我？"他知道自己这个玩笑开得并不好，只好硬着头皮继续道，"想不清楚就不想了，反正我没有干亏心事，以后也多小心一点。"

肖依翻他一个白眼，追问道："还有呢？"

华生不明白："还有？"

肖依凶狠了一小下："嗯？"

华生看这个可爱的表情，立时就明白了："哦，哦，还有最重要的，以后绝不跟我的聪明媳妇儿撒谎！"一副庄严神情之下藏着笑。

肖依也笑起来。两人彼此看了看对方的眼睛，又都避开彼此的视线继续笑。

华生道："那衣服我得赶紧拿去干洗了，现在特别愧疚，不敢耽误。"

肖依用手指摇晃着指点华生，"哼哼"冷笑道："看看你这小心思啊，还要故布迷阵，连我给你买的西装都豁出去了！下次再有这种事情，看我饶不饶你！"

华生心里长出一口气，暗道肖依这边应该暂时过关了。他拿起衣服换好鞋，出门去干洗店。他不敢再继续留在房间里，那么有限的空间里两人再相处多些时间，指不定又会发生什么事情。出门透透气，也顺便理理思路，心头的那个恐惧感究竟是谁在操弄。

刚出门没多久，华生的电话就响了起来，看号码并不认识。他仿佛感受到了什么危险，本能地往前后左右扫视一圈，没见可疑的人，方才按下接听键，放低声音问道："哪位？"

电话里传来一个阴冷的声音说："我是福坤。"华生当即停下了脚步。

福坤的第二句话是："张华生，你挺有本事的嘛！"

49　无孔不入

开篇语：

年轻人，不要心慌，不要害怕。你有什么不可告人的秘密？不要怪我老是盯着你、防着你，因为我现在根本没有理由相信你。我的确在不断地寻找着你的破绽，但这对我来说，不是应该的吗？我为什么要喜欢你、宠着你，一切都相信你呢？你要自己扛过去。

By 福坤

句句惊心

只这一句话，就让华生遍身的汗毛都竖了起来。

他警惕地反问道："福总，您这话是什么意思？"

福坤依旧是有点懒洋洋的俯视语气，电话里的声音阴恻恻的："怎么，你听起来好像有点生气？是跟女朋友吵架了吗？"

淡淡的一句话，瞬间就击中了华生的中枢神经，华生的后背"唰"一下涌出一层密密麻麻的汗珠，大脑和脊髓中所有负责警戒的中枢神经细胞瞬间惊悚起来，传递着恐慌的信息，以至于一时间没有办法回应福坤的挑衅。他再次不由自主地转动着身体，神经质地注视着楼门口的公共摄像头，还有远处草坪和道路上空的几处公共摄像头。微凉的风穿透衣衫，也似乎穿透了他的胸膛，那层汗很快退掉，才让华生的大脑从混乱的心惊中冷静下来。

华生特别想直接质问福坤："那张照片是你发过来的？"

这是长期训练的谈判策略，华生第一时间产生的反应模式就是"绝不能把对话的主控权交给对手"，转换话题、开门见山、以攻为守等基本谈判策略已经形成了自动响应程序。

但是，华生非常艰难地忍住了这个接近本能的反应。

这么问，会是什么结果？对方只要一个"是"字回应，就毫发无损地继续控场。即便华生追问"为什么？""怎么搞到手的？""你有什么目的？"等来继续寻求主动，也依旧在对方的控制之内。所有的原因，是华生没有可以主动的发力点，他现在要完成的任务，可不是简单战胜对手或者反抗求生，他此刻的境遇更麻烦，他要让对手感觉到自己是在控制之下的，是可以信任的。他必须憋住呼吸深深地潜入这个可能让他窒息的泥潭。

因为，此刻他不仅仅是要"赢一局"这么简单，他给自己的任务是减少怀疑，更加顺畅地融入曲杰的身边。所以，他不能是他，他要让福坤接受他扮演的角色，至少让福坤不那么怀疑自己的角色，以避免不必要的麻烦。可是，华生给自己的角色设定这个时候应该怎么办呢？比如，要不要生气，要不要强势？

这是一个华生还想不明白的问题。

对所有设计好的角色而言，"理论上"的应该怎么做，只能是单方面的逻辑自洽。这些设计好的表现一旦交到对方那里去判断，结果就可能出现千差万别的意外变化，更何况这个对手还是福坤。

既然想不清楚，可用的时间又很短，华生的大脑就自动选择放弃设计"合理"的表演策略。此刻，他只能在翻滚的思绪中牢牢抓住一个策略——**强不过又不能弱，乱！**

就是这灵光一闪的瞬间决定，让华生开口回应道："和女朋友吵架还能算本事大吗？让福总笑话了。您在医院看到我了？"

第一句示弱，且让福坤没法接话。第二句抛出一个示弱的问题，却在试图引导对方回答和纠正，因为福坤显然不是"看到"这么简单。**占据优势位置的人，遇到对手的愚蠢错误，总是希望得意扬扬地显摆自己的优势**。正如电影中坏人总会得意扬扬地讲述自己的所作所为和心路历程一样，那是他们内心强烈的诉求,不说不痛快。当然,坏人也总是死于事成之前的话多。

然而,福坤居然没有上这种当。

他呵呵冷笑一下,揶揄道:"张博士,你就别给我下套了。你的本事我心里清楚,做了什么我也基本都知道了。我之所以说你本事大,是真心夸你。坦诚地讲,到现在我还没有找到什么有用的东西,这让我非常惊讶。嗯,你做事情很干净。今天我发照片过去,其实是好意……"话说到这里,福坤似乎有点迟疑,几秒钟之后,才又一字一顿地说道,"我并不愿意做伤人的事情,没有时间,也没有兴趣。"

华生完全能听出对方话里的敌意和威胁,他甚至一度感觉自己嗅到了血腥味。但最后的那句话,他竟然觉得福坤很认真。他感觉目前这个看似不起眼的时间节点其实非常关键,便紧紧咬住道:"福总,我的本事的确就那么点,都在您眼皮子底下了。您的本事我却仰视着摸不到边际,深不可测。我有点小洁癖,做什么事情都愿意收拾得干干净净的,不恶心自己,更不给别人添堵。不过,我是真的没想明白,刚才那张照片是您发的?"

一语双关,再语双关,三语双关,最后再示弱,引导对方的回答方向。

这次,福坤跳进坑来了。因为他本就想给华生点颜色,对方又一再配合地撅起了屁股准备挨揍,这一巴掌是必须得拍下去的。福坤的声音变得发紧,听起来像两块玻璃在摩擦:"你为什么会到赵乾的公司里打工,我们心里彼此都一清二楚。坦白地讲,我看你还算是条好的性命,自己应该知道珍惜。我再强调一遍,我不愿意做伤人的事情,你也不要非把自己逼到坑里去磨得粉身碎骨。哼哼,连被蛇咬伤去医院包扎这种小事你都要瞒着她?你心里装着什么隐秘的东西,要不要小心到这个程度?知难而退最好。你是聪明人,自己掂量掂量,就你这个水平,后面在我面前肯定演不下去的。"

华生竟然再次感觉到了福坤的语重心长!尽管这语重心长中包含着明显的轻蔑和赤裸裸的威胁,但华生能感觉到福坤是很真诚地在说这些话,很用心。这些话和这些语气,其实是在摊牌了,福坤直接把自己手里的大牌讲出来了,希望华生知难而退。

一般的牌局玩家，此刻会有两种选择：理性派的会算牌，发现毫无胜算便心生退念；赌性大的会拼命，提前把桌子掀翻，试着靠运气拼个你死我活。说实话，这两种策略都输了，无论是哪一种，都是赢家想看到的局面，要不然人家干吗要把底牌说出来呢？

好在，华生不是一般的牌局玩家。他在入局之前便仔仔细细盘算过自己的牌和对方的牌。

首先，华生反复确认过，福坤应该无法确定自己和姜老师有什么深交。

他按时间倒推，自己和戴猛去姜老师实验室的录像不会存在。他特意问过实验室的博士生，确认了那些监控里录制的分析视频不会留存作为研究数据。那些日常访客和工作人员的记录分析，只是给普通的监控加装了表情分析程序，用来内部测试，既没有情境规则，也没有刺激源关联，更不要说双盲或单盲的严格条件限定，所以和普通监控一样，一个月后会被自动替换。

其次，华生相信福坤应该不知道自己究竟擅长什么。他知道自己是心理学博士。以福坤的本领还会知道，自己的确参与过公安机关办案，但这些在第一天见到曲杰的时候，已经放在台面上说过了，也就没有那么重要了。福坤知不知道自己参与过姚大广以来的数起案件侦办？应该没有什么信息源知道这件事。除非，警方内部的信息有外泄，这也应该是福坤怀疑和敌意的来源。

但是，他能知道多少？

最多，福坤只能知道有这么个人参与过案件，而不太可能知道这人的细节。华生仔细回忆自案发以来自己的每次参与，并没有一次说出过什么专业分析，尤其是没有发表过跟表情相关的分析意见。是姜老师和戴猛提供了非常多的专业建议，这也是他们会弄坏姜老师眼睛的原因。

那么剩下的，福坤最怀疑的，应该就是他和戴猛的同事关系了，而且他俩曾经非常亲近。

如果是这样，福坤这次亮底牌，其实并不能确定什么，否则依照他对姜老师的所作所为，不会只停留在警告一下。这次刺中肖依这个点，与其说是亮底牌，倒不如说更有可能是深度试探。把人吓跑了，对福坤没有什么损失；如果人没有吓跑，既然要留下来给少爷和老爷干活儿，当然要立个下马威！尤其是这臭小子还这么顺利，短短时间之内获得了所有人的认可，必须杀杀他的威风，捅一刀，顺便看看有什么异常反应。

华生暗中思量，福坤心思深沉如此，让人害怕。

精致的传密设计

华生当然是在赌，但他只能赌，而且只有这一种赌法。所以当他对福坤的诡异行为做出了明确判断之后，心下释然，恭恭敬敬地回应福坤："福总，我一直很佩服您的思维缜密，但是，这一次您真的是想多了。这件事情不告诉她的原因，以您的智商怎么会想不明白呢？告诉她实情的必然结果，就是她大惊小怪地责怪公司、责怪曲总。然后呢？我要么说服她，我在一个变态的公司里给变态的老板打工；要么辞掉这份工作。"

福坤呵呵一笑，打断了华生的话："我就知道你会这么解释。随便你承不承认，但其实你的所作所为和那点小心思已经昭然若揭。如果你还要坚持，最后难受的不会只有你一个人。你应该不会这么愚蠢吧？"

华生认为他说的"愚蠢"是在虚张声势，干脆耍起了无赖："福总，您别这样吓唬我，我有点害怕了。我的目的有什么不能承认的，挣钱啊！一年100万，还能干自己感兴趣的事情，又能帮着曲总和赵总解决些小问题，我为什么不努力？我知道福总你手段高明，可以知道我的一举一动。我就是想搞点什么小动作，能瞒得过你吗？您不要太敏感，今天早晨开会见到董事长，他老人家也说以后要专门找时间跟我聊聊，我心里是又忐忑又兴奋！曲董事长，谁人不知？我不但有幸见到了，他还要专门找我聊聊，换成是你，你开不开心？我原来可只是想做个运动员经纪。您说我有目的，这些事情我能控制得了？我不跟女朋友讲奇怪的事情，就是因为没必要啊。"

这段话里的暗示，只有局中人才能一下听懂。那些插科打诨并没有扰乱福坤的思路。

福坤沉吟了几秒，说道："呵呵，你很会说话。当然，我知道这是你的研究专长，不出意料。我也很欣赏你的另一个研究结论，就是那句'**不要信对方说什么，而要看究竟发生了什么事实，以及事实背后的逻辑**'。你是这么说的吧？哈哈哈哈。另外，我可以明确地告诉你，炸鸡协会会长那里，你不用跟着少爷去了。你还是想办法注意自己和身边人的安全吧。"说完，电话便挂掉了。

福坤最后的话，让华生已经湿透的衣服再次瞬间被冷汗浸透，凉风吹过，引起一阵寒战。倒不是他威胁的话，而是那个"**不信表达，只重事实，辨析逻辑**"的研究结论只在两个地方出现过，一个是在自己的笔记本里，另一个是在自己和戴猛早期的电子邮件往来中。对于是否删除最早的那些与案件无关的邮件，华生是犹豫过的，因为做得太干净本身就是疑点，会让多疑的福坤完全把自己挡在外面。他真的没想到福坤会看得这么细！

华生在决定到刚猛体育入职前，已经反复检查并筛选过自己的电脑和网络中存储的信息，保证自第一起三环抛尸案之后，没有存储任何关于案件的讨论内容和资料。而且，公安系统的案件研究要求保密，本来就基本没有相关内容。正因如此，华生才敢做出这个先接近赵乾，再接近曲杰的决定。他知道福坤的可怕，而且他特意放大了福坤的可怕，以便让自己始终保持警惕和对抗的占先。但今天听到福坤念叨自己研究初期引以为傲的心得时，心里哆嗦得厉害，那是一种极强的恐惧感。

华生觉得自己大意了，低估了福坤的敌意。

查不到涉案信息，只能保证对方没有证据，但这些研究心得，却会让福坤始终保持最大的敌意。

华生拎着衣服站在那里，一瞬间陷入了遍布阴霾的沉沦。他感觉有点头晕。尽管周围的光线足够亮，但双眼仍然看不清周围的环境，只有灰蒙蒙的团团簇簇。

思维停滞的同时，身体也产生了严重的生理凝滞，他感觉到自己的肌肉和血液沉重而黏稠，大脑里的所有神经细胞似乎一下子被搅浑了，辨不清方向，也不知该怎样挪动身体。

虽然这个混乱的过程很短，但对一向头脑清晰的华生而言，却不知过了多长时间。再次把他唤醒的是肖依的电话。手机一振动，扯得手臂上的伤口神经质地跳了一下，疼痛如同一把锋利的匕首，剖开了包裹和吞噬华生的那些混乱，让华生感觉到了自己的呼吸，大脑在疼痛和氧气的双重刺激之下被重新激活。

肖依让他顺路在超市买点干果回来。华生看了下时间，大约过去了20分钟。他深深地吸了一口气，知道自己被福坤的策略深深扰乱，甚至可能被植入了些更深的干扰信息，只是现在还不得而知，却已经乱了方寸。他赶忙停止无效的思考，快步跑去送洗了衣服，然后又买了干果急匆匆回家。他要停止自己的胡思乱想。在思考不清楚的时候，尤其是越思考越沉沦的时候，必须及时停止。

这是华生给自己的一项准则——想不清楚就不想了。

这准则既是大量理论学习的结论，也是在无数次实践的磨炼中沉淀出来的有效的自控方式。

人类总是试图用逻辑来思考问题。逻辑的本质是对大量前提信息进行关联处理，再按照特定规则推导出所谓的"合理"结论。一旦大量前提信息的处理出现了障碍，不但推导过程会出现停滞，连大脑都会产生负面情绪，更加降低信息处理的效率。如果再迟迟不能产生所谓的"合理"结论，大脑就会在本来已经乱成一锅粥的状态下，自行加入更多的恐惧、懊恼、急躁、臆想等"噪声"，让人进入加速坠落的低效状态，还可能因为时间急或者情绪糟糕而做出严重错误的决定。想要避免进入这种无效甚至有负面效果的思考状态，方法很简单，就是命令自己停止思考。因为在有意识停止思考之后，其实大脑始终会在后台保留一个工作线程，不断地暗中处理前面的那个任务，每次处理一点点，因为负荷小，效率反而会高起来。

晚上，华生和肖依两个人说说笑笑的，一如往常。在肖依帮华生做完左臂的康复训练之后，华生竟然主动提出要和肖依看《中国蓝调》，这让肖依大为吃惊！之前这位爷可是生拉硬拽都不肯看的！华生总是说，现在没什么真正的蓝调了，不但蓝调，还有摇滚、说唱、爵士，都是无病呻吟，完全生扒了形式再硬套词句，没有基于生活的感悟作为核心，矫揉造作得令人作呕。再加上一帮五音不全的小孩儿在台上怪声怪气的，更惹得华生厌恶。可是肖依特别爱看，尤其爱看那些新生代偶像的表演，觉得入眼入心。华生还因为这个取笑过她。今天这是怎么了？

肖依看的时候，依偎着华生，满心欢喜。

华生看的时候，搂着心爱的女人，满腹心事。

肖依一边看，一边指手画脚地点评着喜欢这个，不喜欢那个。华生嘻嘻哈哈地应对着，大脑里却在复盘之前和戴猛的通信方式。今天福坤的威胁，让他觉得必须再小心一点。

他和戴猛都是小心的人，也都是聪明到通透的人。从辞职开始，华生就已经断掉了和戴猛的电话、邮件、聊天软件的直接联系。按照对福坤技术手段的估计，只要手机和电脑是联网的，对他而言，就像在那里敞开了一道大门，随时可以悄无声息地进出。监控也极有可能是福坤的天下，所以华生和戴猛也不会在公共场合见面。哪怕是在路口停车的时候扔个字条这种传统方式，也有可能被监控拍到。毕竟，他们没有办法确定福坤的覆盖能力究竟有多强，只好采取最保守的方式——地铁的公共厕所。

这是那天送肖依上班途经人民路地铁站的时候，华生临时想到的。他在肖依的手账小本上写了几句话，嘱咐她当面交给戴猛。为了防止肖依警觉，还在下面胡编了些账号、密码之类的信息，说是公司里几台服务器的权限交接。

肖依不太能看得懂，但戴猛可以。

每周都会有一天，戴猛的车会按照尾号规定被限行。那天早晨，华生会在8点左右进入10号线上最大的换乘站，先上趟厕所，再买点早餐，然后继续搭乘 10 号线。上厕所的时候，华生会在最外侧隔间的门把手附近用铅笔写上"+3"或者"-2"之类的数字，简单得很。

因为那天限行，所以戴猛也会坐地铁。大约一个小时之后，戴猛也会在那个换乘站上厕所。他会很顺利地找到那个不起眼的数字，并轻轻擦掉。然后在微博上发布一下当天的天气，说明一下限行和不能开车的郁闷。华生看到那条微博后，便知道戴猛已经收到位置信息。

由于全球的格斗比赛多如牛毛，各路高手的训练视频和真人秀节目也层出不穷，有了互联网，格斗爱好者可以 7 天 × 24 小时地挑选内容看。华生每天都会推介一些好看的内容给大家。那一天的微博上，华生依旧会发一条关于比赛的预告，比如，他会写道："本周六晚 7 点，请大家准时收看美国第二大综合格斗赛事 BMF，世界上最无聊的规则尽在这个比赛！感兴趣的在此条下评论留言。"戴猛看到之后，便会在当天晚上下班后按照华生预告的时间安排下班的点，再按照"+3"或者"-2"的指示，在换乘站前 3 站或者后 2 站下车，去厕所。那里的垃圾桶黑色塑料袋的外侧会贴有简短的字条，字条上会写有诸如"中国小将已经见过美国教练""中国小将训练受伤，无大碍，勿念""中国小将见到美国赛事总裁"等内容，所有需要传递的信息都在那上面。

晚上的那段时间地铁站里人很多，不但监控很难跟踪，而且，保洁大叔也已经交班完毕，不会再去换垃圾袋。

这一套复杂的传密方法，是华生和戴猛的得意之作。他们没有使用任何电子设备传递信息，却借鉴了计算机存储文件的索引方式。这样一来，即使福坤会专门通过监控或手机定位盯着华生，工作量也是巨大，几乎没办法准确地找到那张字条，更何况还要跟准戴猛才能确定两人有联系，才算是"人赃俱获"。

第三卷·无间 105

暗流汹涌

但是,"几乎没办法"不代表"绝对没办法",华生总觉得还是有破绽。如果福坤的监控系统有面孔识别的自动追踪功能,那么他和戴猛每周总有一天有两次会出现在相同的地铁站厕所,这是一个非常明显的数据特征。华生经过今天的事情,真的不确定福坤会使用什么手段,也不能确定他的技术能力已经到达什么高度。

他决定要改,改掉这个点对点的信息传递方式。

既然点对点的交互有破绽,就只能用广播的方式了。广播有点像收音机,信息的传播是单向的,一个人说话,千百人都可以听到。至于你能从里面听出什么,可就千差万别了。只要商量好编码方式,这千万人里,就只有一个人可以得到指定的信息。其实这种方式并不新,相反却很古老,解放战争时期的地下工作秘密电台发报机,信号是公开的,敌我双方都能收取,但是加密和解密方式只有自己人知道。只不过那时候用无线电,每次能传递的信息量很小,所以每个字都显得很宝贵,不能发太多冗余信息。而且每次发报都得偷偷来,谨小慎微地传递几十个字就冒了大风险。现在可以用互联网,文字、音频、视频、图像,随便敞开了传播,大家也敞开了看。仿佛你什么都能看到,其实呢?什么也看不到。

想到这里,华生很兴奋,一套通过互联网来传递机密信息的方式在他头脑中快速成形。他赶忙下床,拿出纸和笔写写画画,盘算着怎么才能完善广播信息的加密方式,以及最终实体数据的储存和交接,因为只有最后的犯罪证据,才是真正有价值的信息传输,无论曲杰犯什么案,无论是照片、视频还是音频。但只要一想到最终要传输的证据是数码照片或者录像,思路就总是卡在福坤那双阴沉的眼睛上,仿佛他就在那里凝视着自己,很难再往下推进。

华生有点绝望——就算真的拿到了证据,该怎么交给戴猛呢?用跑的吗?

肖依见惯不惊,自己接着看节目。其实也没看多久,两人就都停下了手里的事情，因为他们的手机信息提示音此起彼伏地响起。这大半夜的，难不成又是有人捣乱？

当他们分别拿起手机查看时，发现是被同一段视频刷屏了。

不同的群里，都反复转发着相同的一段视频，只有10秒钟的内容，却让人极度压抑愤懑。视频中，一个瘦弱的女孩子被抱坐在一个肥胖的身体上，不断地抽泣，一边哭一边用手推搡，并央求道："我还在上学啊！求求您不要……"10秒钟的视频镜头稳定，播放到结尾戛然而止，显然没有结束，最后的镜头里并没有出现那个肥胖男人的嘴脸，但清晰可见是在车里拍摄的。

几乎所有的群里，都在传递着相同的信息，指明那个猥亵女孩的家伙是标准化炸鸡协会的会长！

肖依一开始看到女孩的无助和哭泣特别生气，恨恨地骂了几句。但后来发现相同的内容出现在自己不同主题的群里，感觉颇为奇怪。当她看到华生的好几个群里也都大量转发了一样的内容，便知道事有蹊跷。华生去其他媒体平台上看，果不其然，这段10秒的短视频瞬间成为引爆全网的热点，不但引发了公众的愤怒，更有不同网友通过分析汽车内饰、取景角度、两人的口音和穿着，把矛头一致指向炸鸡协会的会长。

华生突然想到，也许这就是福坤下午打电话的时候说不需要自己跟着曲杰去探访会长的原因吧。

他一点都不想把福坤扯进来，所以在肖依跟他探讨幕后推手的时候，有一搭没一搭地应付着，满脑子想的都是一个新的问题：如果曲杰在这个问题上不需要自己了，那么好不容易取得的信任可能就白白丧失了，下一步该怎么办呢？还有那个福坤，阴魂不散地纠缠着，又该怎么破解这个被动的局面呢？

10秒钟的视频，并没有像往常那样迅速过气。视频曾经一度被删，但那些转发过视频并大加批判的意见领袖们对自己的踏空感到莫名其妙，进而引发了新一轮的阴谋论猜测。然后，视频又浮出水面，成为新的热搜话题。坚持不了多久，又是全网消失，但针对炸鸡协会会长的各种爆料起底却不可遏制地开始疯狂生长。偶尔有人会把自己保存的10秒钟视频再发上来，也是一瞬间被删除，不知这背后是一只多大的手在操控着网络上呈现出来的异象。就这样起起伏伏地传播了3天，整件事情才在另外一件明星出轨的热议中渐渐消失了踪迹。

到第四天，华生一早起床再看手机的时候，他惊奇地发现互联网上所有关于那段10秒钟视频的信息已经被删除得干干净净了！网络上一片八卦狗血，都在讨论明星出轨的花边新闻，仿佛从没有发生过那件群情激愤的爆炸性事件。

华生正琢磨着，电话响起，竟然又是小九儿："喂！今天下午出来上班啊！下午在你家门口，赵乾派车去接你。"

华生有点意外，问道："知道是什么事吗？"

小九儿简单干脆："少爷带你去见人。"

肖依在旁边听到是个女孩子声音，问道："谁啊？"

华生微微皱了皱眉，觉得很难解释小九儿的身份，便答道："这是老板的老板的秘书，之前开会的时候留了电话。刚才她通知我说，老板的老板今天还要我过去。"

肖依眯起眼睛一笑，拉长声音："老板的老板的秘书……嗯，那你应该不感兴趣。今天过去不会再有什么意外发生吧？你可千万别碰他养的那些东西了。不知道为啥，每次你一去上班，我都心慌，老觉得你那个新公司从上到下地透着股邪气。"

华生没有接这话，只宽慰道："哪有邪气！就算是邪气，也是邪不胜正，看看我的阳气多旺！"说完，习惯性地弯起手臂展示肌肉。这时他才意识到，自己右手新伤未愈，不敢使劲儿，而肘关节受伤的左臂，则因为长时间没有训练负荷，变得细瘦了一圈。他心里一酸，忙道："我不手欠就是了，放心。据说今天是'老板的平方'要带我出去谈判，我还挺期待的。毕竟，做解说是兴趣，心理学还是我的老本行，要是能在这方面有发展，我估计薪水还得提高！"

混混杂杂，华生有意无意地把话题分解出了很多角度，让肖依不再揪住一个问题不放。不过肖依还是最担心他的安全，见他举手臂的时候一龇牙，知道伤口疼了一下，忙制止道："行啦！别逞强，别手欠，我不指望你再多挣多少钱，每天能平平安安地回来最重要。说实话，不管你干什么，最重要的是安全，然后才是舒服，最后才是薪水。你现在的工资涨得太快，我心里不踏实。"

华生不能再多说什么了，只好笑笑，摸摸肖依的头发，柔声道："知道啦！我漂亮媳妇儿最疼我了。肯定没问题,平平安安的。我努力工作，也努力恢复身体，再过一两个月，把那个威武雄壮的好老公还给你用啊！"

肖依脸上一红，白了他一眼，笑着撇了撇嘴："谁稀罕！"

不入虎穴

中午的时候，天上开始下起雨来，而且越下越大。

等到下午3点多，小九儿给华生打电话，告诉他车已经到楼下了。华生赶忙下楼，见还是上次那辆奔驰，另外还多了一辆奔驰在前面开道。只见赵乾坐在商务车的副驾上跟自己打招呼，华生颇为惊讶。赵乾示意他上车，脸上表情看似平静，却透着一股兴奋和期待。华生一拉开车门，更是惊讶，曲杰也坐在车上！

曲杰脸上笑意非常明显，冲他招招手，让他上车。华生上车后和曲杰坐在中排，见小九儿坐在最后排，也一脸笑嘻嘻的。他不确定这几个人在高兴什么，先向曲杰和赵乾规规矩矩问好，然后也跟大家一起，露出微笑的表情。

车子掉头的时候，曲杰从窗户中探出脑袋，朝着华生家望了一眼，脸上依旧带着笑，也不看华生，只问道："你家就住这里啊？女朋友上班去了？"

华生对他的那个神情感觉不舒服，仿佛是身体被青蛇缠绕蠕动却又尚未下口的那种敏感和畏惧，只好喏喏答道："是。小地方，让您见笑了。"

曲杰果然抿起嘴角一笑，问道："准备什么时候结婚？"

华生心思一动，把涌到嘴边的话咽了回去，因为他不知道福坤知道多少，跟曲杰说过些什么，便讪讪答道："这得听家长的。"

曲杰听他这么说，没有再说话，关好深色的车窗，靠在自己的座椅上，把墨镜戴上，仿佛是心里一件小事安稳了。华生觉得他应该要跟自己说什么，便侧着身等待。没想到小九儿突然从后排凑过来，抱住华生的座椅头枕，有点兴奋地对曲杰说："他女朋友特别可爱，巴西柔术的功夫又好，我都羡慕得慌，是吧？"

曲杰侧过脸来，看了华生一眼。虽然硕大的墨镜挡住了他的眼睛，但华生似乎能看到他的目光，能感受到那目光中有什么锋芒若隐若现。

小九儿的一句话，曲杰的一个眼神，让他一瞬间如同身堕冰窖，浑身的皮肤被冻得渐次轻微地炸裂开。他忙向斜后方转过脸去，在面向小九儿的同时，把身体往远离小九儿和曲杰的方向拉。

华生嘴里"哦，哦"地勉强应着，按捺着自己疯狂的心跳，不再接话，只在脸上挤出笑容，把身体转回到正常位置。他的脊背靠在座位上之后，小九儿也坐回自己的位子，两个人似乎很有默契，都没有继续谈论刚才的话题。

还好，曲杰也没有继续谈论跟肖依有关的话题，而是带着惯常的戏谑表情开口道："今天要仰仗你帮忙啦！我带你一起去见见那个炸鸡协会的老头。"说完，他嘴角露出一抹坏笑，递过一部手机给华生。华生一看那画面便知道，正是前几天全网疯传的那个10秒钟猥亵短视频。曲杰问他："看过了？"

华生点头，应道："网络上都传疯了，每个群都在传，在每个网站上都是热点。不过今天早晨的时候已经没有了。"

曲杰点了那视频的播放键，那段可怜的求饶声和淫邪笑声又传了出来。曲杰的双眼藏在墨镜后面，看不到神色，只听他说："这几天我给老东西弄了点热身运动，今天再去当面见见，看看老家伙是不是已经出透了汗。"

华生大大地吃惊，问道："这事情是您搞的？动静太大了！那死胖子是不是就是炸鸡协会会长？好多人这么说。"

曲杰不禁得意起来，抿着嘴角笑道："想跟我斗！他那个位置，怎么可能干净得了,我随便一查,就发现了个'炸药包'。估计老东西这几天吓也要吓死了!哈哈!"

华生试探性地说了一句:"前几天福总给我打过电话,当时说炸鸡协会的事情不用我去了,是不是当天您就已经查到这件事了?"

曲杰没有直接回答他的问题,只悠悠道:"老变态这次会很惨的。你看了什么感觉?"

华生发自内心地有点咬牙切齿:"这老王八蛋太可恨了!要是我,我就阉了他!"

小九儿狠狠地拍了一下他的肩膀,一脸赞许地竖起了大拇指。

华生又问:"福总不是说不用我去了吗?"

曲杰当即接道:"那怎么可能?要解决这个事情,你可是很重要的角色。对了,华生,你的属相、生辰、星座,告诉我一下。"

"这什么意思,封建迷信吗?"华生暗道,不明所以。反正这些信息也没必要造假,华生便告诉他:"我属马的,据我妈说是凌晨3点生的,应该是丑时,射手座。"

曲杰点头道:"嘿嘿,当牛做马,辛苦命啊!像我这种人,又属龙,又是辰时生人,还是狮子座,你天生就该听我的。福叔嘛,远远轮不到他替我做决定。我让你去,自然有我的道理,没有你我还怕搞不定那老东西。我带你见世面,你教我心理学的技术,将来咱俩一块儿打猎,一块儿分肉吃。"说完,脸上挂着那个坏笑,头靠在头枕上,不再说话了。

见曲杰没有再说话的意思,华生便安静下来。车内只剩下了贝多芬的降E大调第三交响曲《英雄》在低音量地铿锵。

曲杰的表演

车行至金鸡街,赵乾和前面的安保车辆通话,告诉他们进入炸鸡协会势力范围后，要提高警惕，也要少惹事，不要鸣笛，不要引起不必要的关注。赵乾的反应让华生也不由得紧张起来，曲杰倒是没有变化，不知道是不是依旧闭着眼睛。

华生向窗外望去，这条街两旁的建筑物高低错落、大小不一，但都有着明显的统一特征——尖尖的鸡冠形屋顶扣在每个建筑物的上面，有的金，有的银。天空灰蒙蒙的，毫无生气，大雨中的那些屋顶却仿佛闪烁着某种圣洁而刺眼的光芒。这些建筑物里有很多小铺子都是炸鸡店，无一例外地悬挂着标准化炸鸡协会颁发的"好炸鸡"标志，这让华生感觉似乎隔着车窗都能闻到浓郁的炸鸡味道。很多人戴着金色鸡腿帽，不紧不慢地做着手里的活计，看到有陌生的车辆进入领地，便停下来，用警惕的目光审视着车辆。那些目光有点呆滞，和他们的肢体动作是协调一致的风格，但华生还是从他们紧绷的下眼睑和上翻的黑眼球，察觉到了随时可能爆发出来的凶狠。

华生不知道这帮人心里的凶狠从何而来。整条街上两侧的人用相同的目光和动作，追随着车辆的行进，让华生感觉有点诡异。他从侧后方向赵乾看去，发现赵乾的下巴也悄然绷紧，很明显的蓄势待发，随时响应可能出现的意外状况。

曲杰和小九儿倒是很安逸。

车辆一前一后地驶入一个大院，远远便望见这座大院的建筑物和教堂一样高大，巨大的金色鸡冠顶耸立得也最巍然，必须仰视才可以看全。大雨滂沱之中，院门口已经左右排开了两列共八个人，都戴着金色鸡腿帽，举着伞，神情木讷，脸上挤着笑容，眼神却和之前街边的人们一样呆滞，也藏着凶狠。

车辆驶进大院，华生从车窗里看到，一个肥胖的长者在两个年轻女人的搀扶下，远远站在楼门口廊厅等候，华生在车里看不清长者的表情。他的身份并不难猜，虽然这是华生第一次见到炸鸡协会会长本尊，但只看那个身影一眼，华生便几乎可以确定，他就是录像中的那个可怜女孩苦苦哀求的男人。

门口迎接的八个人已经聚集在长者和女人身后站好了。

曲杰并没有让车辆停在楼门口，而是特意嘱咐赵乾找到停车位后将车辆停稳。前车四个保安先行下车，一个人给赵乾打开车门，另外三个撑开伞，列队站在曲杰所在的车门外等候。赵乾绕过车头，亲自过来给曲杰打开车门。

没想到，车门刚一打开，曲杰便一下子急匆匆地钻出了车辆，也不等身后一众人等，伞也顾不得打，双拳抱握在胸口，大踏步地向楼门口躬身跑去。脚踩在雨地里，溅起一连串水花，慌得赵乾在他后面领着一众人赶紧追赶。小九儿被曲杰突然的动作吓了一跳，急得从后面拍了一下华生肩膀，喊他道："喂，你还愣在这儿干吗？赶紧下去啊！"说完自己也弯腰下车，朝着曲杰的方向淋着雨跑过去。

华生注意到之前一个瞬间的细节。刚才的曲杰在等人给他开门时，右手手指有节奏地逐一敲击着扶手，那个稳定而缓慢的频率说明曲杰下车之前心里根本就不急。这么积极的表现，而且还是弓着腰、淋着雨，恐怕是曲杰故意的吧？既然对方一众人在廊厅下身形不动，又是列队等候，很明显是在讲排场，或者叫作立规矩。对方特意讲究的这个排场，是为了从一开始就给曲杰摆摆威风啊！

不过，曲杰为什么要表现得这么卑微，却叫华生摸不透他的心思。

那为首的老头子一直等到曲杰快跑到跟前了，才缓慢地向前迈步移动身体。在社会上混得久了，这个距离、这个时间、这个顺序，对于他来说很熟络了，掌握得恰到好处。他的脸上满是得意的笑容，但那笑容在普通人看来，会觉得很慈祥。

见领导动了身形，那胖老头身后才有人快速跑出来，给曲杰撑好伞，挡住雨水的泼洒。曲杰也恭恭敬敬地缓下脚步，稳稳地拾级而上，站到马会长面前。

马会长看着他狼狈的样子，笑笑道："小曲啊！急什么，伞总是要打的呀。"

曲杰身体里的热情爆发出来，如同孩子看到玩具般大笑着，整个身体向前弹出两步，张开双臂，热情到夸张的程度："马老！怎么敢劳您大驾出来接我呢？这么大的雨，您在办公室里等我就好了！"一边说，一边很虔诚地躬下身，取代一个女人搀扶着老头子的右侧手臂，满脸的笑意和恭顺。小九儿紧步跟随，脸上跟曲杰一样带着笑容，却悄悄挤在曲杰的身边，一双眼睛机警地关注着周围的一举一动。

马会长看到曲杰的表现后，脸上又松快了些，摆出非常慈祥的笑容，客套道："小曲你年轻有为，这次要给炸鸡协会捐款，帮助协会搞建设、搞发展，老朽不得不另眼相看啊！我和你爷爷相交甚久，没想到他孙儿比他当年还厉害，还要有手段，还要有魄力！好！我们这群老家伙，可以放心养老了。"说这话的时候，马会长脸上的神色一点异常都没有，仿佛真的安心享受身旁这个年轻人的孝顺。只是在说话的过程里，马会长不由自主地转睛看了一眼小九儿，视线贪婪地在她脸上舔舐，足足有两秒钟才恋恋不舍地离开。

小九儿的神色没有发生变化，曲杰依然弯起嘴角笑得开心，用洪亮的声音非常热情地说道："马老，您可别夸我了。爷爷没少骂我，以后您可得替我多说几句好话。来，我搀着您，咱们一起上楼。"

马会长脸上还保持着慈祥与和蔼，点头附和着曲杰的话，拍了拍他的肩膀表示赞许，顺便又飞快地瞥了一眼跟在曲杰身后的小九儿。这一次，小九儿迎着他的目光笑了起来，笑的时候露出了一点点整齐的牙齿，让本就俏丽的脸看起来神采飞扬，惹得马会长脚下一停，脸上神情恍惚了一下才又转过头来跟曲杰寒暄，继续迈步向前，但已听不进曲杰在说什么，只是痴痴地点头。

两人并肩在前面同行，曲杰一边搀扶着，一边请示道："马老，今天我来，除了商议捐款的事情，还有另外一件要紧的事向您汇报，所以……"说到这里，他目光扫了一下尾随的那些人，没有再说下去。马会长听说是"另外一件要紧的事"，不由得皱了皱眉，用目光表示询问，因为并没有在之前的电话中沟通过还有一件什么事。曲杰只是非常诚恳地点了点头，等候着他的同意。马会长略微思考了一下，指向八人中的一个中年人，吩咐道："既然这样，老白，你跟我一起，其他人负责招待曲总的同事。"

马会长做了决定,曲杰也回头吩咐道:"赵乾,你带其他人都留在楼下等着,不用跟我上去。"说完用手一指华生,"马老,我带个人来向您汇报那件要紧的事,他需要跟我一起上去。"

50　恐怖的陷阱

开篇语：

马老您好！终于见到您了！之前您不是对我颇为不满吗，我今天来送钱、送人，您可一定要赏脸啊！是时候把您之前做过的事都好好反思一下了！

By　曲杰

马老您好

马会长听到曲杰这么说，看了看华生，微微点了点头，狐疑地看着曲杰说："不妨事，一起吧，一起吧……"当他的眼睛看向小九儿的时候，脸上却绽出了笑容，朝着小九儿扬了扬下巴，视线立刻若无其事地从小九儿的胸部和腰肢扫过。

小九儿见他那样子，只是眼睛微微一瞪，没有多说话。没想到这一瞪让马会长笑得更"慈祥"了。

曲杰当然知道他的意思，微微一颔首解释道："马老，您别见怪。这是我的小妹妹，走到哪里都带在身边，您不问我也要跟您说明的。您放心，自己人。"他一边说，一边搀着马会长进了电梯。

马会长听曲杰说那是他的妹妹，连声道："好，好。"仿佛更开心了。狭小的电梯里一下子站了七个人，有点拥挤。马会长居前站在正中，右手被曲杰搀着，肘尖却有意无意地往后挪了挪，想要触碰小九儿的身体。小九儿眼中闪过一道寒光，微微向后缩了几厘米，依旧没有作声。

进了屋，关上门，偌大的贵宾室中七人分左右落座，曲杰和马会长坐在中间的两个沙发上，颇有点外交会面的架势。马会长的右手边坐了老白，两个女人则坐在他身后的瓷墩上，给马会长轻轻捏着后颈和肩膀。老东西面色微红，很是享受的样子，肥大的身体窝在沙发里，一呼一吸都显得有点吃力。

曲杰的左手边则只坐了华生。小九儿不愿意坐得这么拘束，就走到华生身后的窗边，斜着身体把脸探向窗户，似乎在非常认真地观察着窗外的大雨。她的侧影轮廓和脸庞映在马会长的眼中，让老东西清晰地感受到了自己的血液在变热。

老白见她没规矩，扬起眉毛刚要问，便被马会长虚按右手止住了。马会长又朝身后摆了摆手，两个女人训练有素地停下了动作，矜持而坐。他这才笑眯眯地看着小九儿，话说给老白听："曲总的妹妹，不是外人，再说岁数还小，不要跟小孩子摆规矩。"说完，又问曲杰，"还没问过小妹妹叫什么名字呢。"

那一副垂涎的样子几乎是不再遮掩了，猥琐得让华生觉得恶心。

小九儿好像没听见似的，根本就没搭理，只是看着窗外的大雨，翘起鼻子闻了闻，也不知道嗅到了什么味道。曲杰倒是完全不在乎，哈哈一笑道："您是她爷爷的辈分了，她哪能是什么'小妹妹'呢？您叫她小九儿就行了。"

马会长一听，微微一怔，旋即哈哈大笑，说道："这名字有意思。清朝同治年间，西安就有一个很有名的妓女叫小九红，据说长得国色天香……"讲这话的时候，他的视线又开始在小九儿的身影上来回舔舐，声音也越发无耻，"可惜后来西安沦陷，那个小九红被起义军搞得生不如死啊！"满脸的肥肉因为笑得开心而堆积在一起，显得特别猥琐。

这么露骨的话，让华生感觉到非常别扭，但他侧脸望过去时，却发现小九儿只是笑笑，竟然没有生气。曲杰也是跟着哈哈大笑，嘴里连道："有意思，有意思！马老您博闻强识，真是德高望重的老前辈！"

笑容渐渐退去，曲杰一脸虔诚地向前挪了挪身体，恭敬道："马老，这次来，其实您知道我的难处。之前我年轻不懂事，没有管好手底下的人，惹了祸，也给您添了麻烦。我这次来，就是负荆请罪来的，诚意满满，很希望当面向您求得原谅。"

华生看着曲杰的表现，心里暗暗给了赞许。从眼神到动作，从语气到卑躬屈膝的姿态，他真的是把卑微表演到了极致。

马会长听到这话，不由得仰起了脸，用手指梳理了几下自己乌黑的头发，神色变得冷漠桀骜起来。曲杰见他的样子，心里一阵冷笑，但依旧再弯下一点躯干，凑得更近一点说："那俩伤人的王八蛋就是闲的，非得去吃那家阿里兰炸鸡。不过他们之前是我手底下赵乾的战友，赵乾这种莽夫，不懂轻重不看大局，非得执拗着要保人。我已经骂过他了，现在除了开车，也不让他管别的事，算是一种惩罚。那俩浑蛋，我肯定不管了，来之前我就已经把律师撤了。对您来说，他们现在就是蝼蚁，杀剐存留就是您一句话的事情。此外……"曲杰拉长声音，观察着马会长的神色，拿捏自己的语气道，"为了表达诚意和歉意，我决定向炸鸡协会捐款1000万，作为协会内部的建设经费。对外的名目，您怎么方便，我这边都配合。"

曲杰话说到这里，马会长才缓和了脸色，身体也挺了挺，调整了一个舒服的姿势，斜着眼睛望向曲杰的方向，但其实并没有把他放在自己的视线里，说道："小曲啊！这话说得就见外了。还不要说我和你爷爷的交情，就是单冲你这么懂事，知错能改的豪爽，我也不能太过为难你。只不过，那两个人出手太过凶狠，伤了我大量无辜会众，在社会上造成了极恶劣的影响，我协会上下感受到了巨大的侮辱和挑衅。所以，我才会跟曲董事长表达了我的不满，而且这两个人我是要定了。呵呵！至于你嘛……只要你不是故意跟我、跟我们炸鸡协会作对，不必如此忧虑。就算没有捐款，也是可以商量的。再说，这笔捐款也不是我个人要的。协会收到如此善款，必将提高内部凝聚力和外部的发展能力，开发出口味更好的标准化炸鸡，开设更多标准化炸鸡餐馆，造福市民。"

两边都是聪明人，话说到这里，基本上就算达成一致了。曲杰的表现很好，没有让马会长过分地耀武扬威，很快解决了核心矛盾。华生再盘算着马会长前后的种种表现，总觉得他之前的立规矩，见到曲杰之后的轻蔑，还有谈起案子的愤怒，不应该这么顺利地就松口了。不知道是什么原因让老家伙这么痛快就放过了曲杰。也许，是钱和面子起到了巨大的作用。

正思量着，就听马会长拉长声音，而且声音竟然有点发颤："不过……"他没有继续说下去，"不过"两个字之后，就等着曲杰自己追上来问。

曲杰很配合，忙问道："您说！还有什么条件，您尽管说。"话依旧很弱势，但语气已经有点硬了，不似之前那么谦卑。

马会长的眼睛再次盯着小九儿的曲线不舍得离开，喃喃了几个字，好像有点犹豫，又好像陷入了某种痴态，半晌才端起姿态说道："几十名伤者，还有上百名伤者的家属，心情很不好，情绪很不稳定。要说服他们放弃仇恨，还需要我亲自做很多工作。你知道的，虽然我身体不错，精力旺盛……"讲到这里，不怀好意地朝着小九儿笑笑，继续道，"但毕竟年龄大了，这么多事情要我亲自处理，还是会疲劳。身心俱疲的时候，需要人体贴、照顾，以便尽快恢复身体和心情。这个嘛……"

他话讲到这里，那两个坐在他身后的年轻女人知趣地凑上来，一个给他捏肩，一个给他捏手臂。倘若是平时，马会长便会安然由着她们捏弄，但此刻他却非常嫌弃地抖落了两个女子的手，并责怪道："谁让你们多事！滚出去！"

两个女人一怔，手停在半空，呆在原地不知该怎么办。这个表现让马会长更加生气，不禁大力一拍皮沙发的扶手，站了起来吼道："这里有你们什么事？你们怎么还站在这里？多余不知道吗？滚！"

老白早就明白了马会长的觊觎，见他失态，忙起身把两个女人推出房间，口中责怪道："还不赶紧出去，不要惹会长生气。"送她们出了门，才向马会长一躬，坐在沙发里不再说话。

三道保险

马会长这才缓过脸色，对着曲杰的方向笑道："让你们见笑了，不懂事的人留着没有用。"话说着，眼神又黏在小九儿脸上，笑得更加巴结，一时竟忘了坐下去。

小九儿见他那副失魂落魄的样子，不禁展颜一笑，露出整齐而洁白的牙齿。她这一笑，马老头更加兴奋，口中竟然结巴起来："不知道，呃，不知道……这个……"

曲杰看到他这神色，心中狞笑了一下，面上却殷勤道："马老，您坐，您坐。您可真是不辞辛劳，这么多繁杂琐事都要亲力亲为，着实让人敬佩。要不，我让小九儿过来跟在您身边，负责在这段繁忙的善后工作过程中，协助您、配合您、照顾您？"

马会长见他这么懂事，抑制不住地得意大笑起来，拍着曲杰的手连声称赞："好孩子，好孩子！无论如何，你有这份心意，真的很让老夫感动。工作上的事情，都好商量，什么形式的配合或者协助都可以。只是不知道小九姑娘愿不愿意，为不为难？千万不要让孩子为难。"嘴里客气，眼色中却火急火燎地满是期待。

华生万万没想到这个老色鬼真敢打小九儿的主意，也没有想到曲杰和小九儿会是这样的反应。他不禁担心地望向小九儿，却见小九儿竟然离开了那扇窗，袅袅婷婷地走到马会长身后，也不说话，就坐在刚才那两个女人坐过的小瓷墩上，两只手开始缓缓地捏着马会长的后颈。那个肥胖的色老头脊梁一阵微微抖动，闭上眼睛，喉咙间发出享受而欢愉的轻声呻吟。华生赶忙看向小九儿，他看到了笑容，只不过笑的时候，嘴唇抿得很紧，咀嚼肌也微微隆起，又快速恢复了平静。

华生再看曲杰的时候，也看到了笑容，而且笑得很得意、很开心，只是右手拇指和食指在搓动着沙发扶手上的布艺，搓得很用力，连指甲都变白了。华生心里有数了，也笑笑配合着大家。

待马会长那一连串丑态结束，曲杰才开口道："小九儿跟我的亲妹妹一样，您喜欢她是她有福气。她能在您身边侍候，跟着学办事，别人求都求不来的机会，哪会有什么不愿意呢？是吧，九儿？"

小九儿没有停下手里的动作，继续捏弄着，听到曲杰问话，轻笑了一声，好似银铃，甚是动听。

马会长陡然睁开眼睛，肥大的手掌一把拍在沙发上，大声说道："好孩子！好孩子！那我们就这么说定了！你的事情你放心，我不会再追究责任了。那两个人就放心交给我。既然是你手下的战友，那么我会看在你的面子上，不让他们在监狱里太受罪。钱的问题和合同的问题，老白负责跟你对接细节。嗯……等……等过几天吧，你送小九儿来，她就负责陪着我去挨家挨户地走访，到时候起居住行我都会安排好，你尽管放心就好。"说罢，他回过头去，用那肥大的手掌轻轻拍了拍小九儿的手背，想要把她的手捏在自己手中，脸上露出了复杂的笑容。小九儿忙把手抽开，脸上竟然露出了羞涩的神情，但还是在笑。这个矜持的反应，挠得老头心里甚是痒痒。

曲杰听到他说"过几天"的时候，微微眯了眯眼睛，向前凑了凑身体，巴结道："谢谢马老宽宏大量！您这么辛苦，我们这边随叫随到……还要过几天吗？"一边说，一边观察老头的神色。

马会长又抿紧了嘴角，皱起眉头道："其实，依我的脾气，我倒是希望今晚就可以……就可以到那些受伤的会众家中一一拜访，把这个好消息带给他们，让他们放心。只是，眼下正有其他事情要办，必须尽快了结。"他扭过头去看小九儿，讨好似的问道，"小九儿啊，你等不等得及呢？"说这话时，他的眉毛扬得老高，眼神中闪动着期待。

小九儿低下眼帘，仿佛羞红了脸似的笑笑，没有答话，只是手上更加用力地捏弄。马会长感受到了指尖的温暖和力度，便回过头，喃喃道："好孩子，好孩子。"

曲杰有点着急，完全不似他平常那副玩世不恭的样子，把十指交叉握在一起，探身道："呃，这样吧，马老，如果有什么我能帮忙的，您尽管吩咐，不必跟我客气。今晚我想请您喝酒，小酌几杯，毕竟了结了我一桩心事，又达成这么大的投资合作，肯定要庆祝一下。您看可好？"语气非常虔诚。

但马会长不太积极，似乎有心事。曲杰便又说道："今晚您就放松一下嘛！给我个面子。再说，小九儿将来能跟着您，是她的福分。一会儿我让她先回家里收拾行李，晚上喝完酒之后就都听您的安排。她连男朋友都还没交过，但做起事情来很不错。您看，这样可好？"

马会长眼睛都亮了，看着曲杰的神情，听着他话中的谦卑，得意的笑容再次在脸上堆了起来，只是并没有答应。他沉吟了一下，还是咬了咬牙说道："今天晚上我的确有事情要忙。等忙过了这阵，我做东吧，单独请你和小九儿，好不好？"

华生知道曲杰和小九儿之所以这样做，肯定有他们的目的，只是一时还猜不透他们有什么计划。正想着，曲杰却突然一指华生，向马会长介绍道："马老，我不知道猜得对不对。您心中所烦闷的事情，也正是我想向您汇报的另外一件事。我听说您最近几天遇到了点麻烦，我特意带他过来，不知道您是不是用得上。"

一提"麻烦"二字，刚才还慈眉善目的马会长脸色立刻变得阴沉，眼睑一收缩便形成了凶狠的三角眼形态。坐在他身边的老白也突然警惕起来，向前挪动了半个沙发的距离，用手指着曲杰道："你指的是什么麻烦？"

曲杰要的就是他们这样的反应，看了老白一眼并没有理会，而是宽慰马会长道："马老，我们都是自己人，您就不必藏着掖着了。三天来，全网疯传一段视频，还有人恶意将矛头指向您，网上还有很多分析和所谓的黑料，估计给您添了点恶心。不过，以您的体量和胸怀，真的不必放在心上。您的事情就是我的事情，所以我这几天也没闲着，让所有我们有股份的互联网公司日夜不休地屏蔽帖子。今天是不是情况好点了？这还不算什么。这不，我让手底下人查找是谁第一个上传的视频，又是谁第一个造的谣，然后……"他转脸望向华生，眨了眨眼，继续说道，"就把这人给您带来了。"

华生的炼狱

华生从看到他眨眼的那一刻起，大脑顿时陷入一片空白，似乎周围都是白茫茫刺眼的光，什么也看不到，什么也听不清。一阵长时间的耳鸣之后，华生似乎进入一个缓慢演进的时空，眼前的几个人，一帧一帧地动着，每个人都神色各异。

马会长立刻坐直了身体，三角眼中的凶光似乎要撕裂了华生，就连脸色也开始逐渐发白，那是极度愤怒才能憋出来的颜色。老白在旁边用目光仔细地打量华生，绷紧嘴唇不作声，脸上的肌肉偶有抽动。小九儿惊得立刻停了手里的动作，她的反应很茫然，第一时间用视线向曲杰寻求确认，一脸的疑色。曲杰则双臂一拍扶手，从沙发上站起来，轻轻松松地看着马会长和老白，还在说着什么。

几秒钟的时间，华生的大脑逐渐恢复了常态，听到曲杰对马会长说："马老，这个人我给您留下了。有什么问题，您尽管问他，随您处置，算是我的另一个见面礼，希望您能喜欢。晚点我派车来接您，咱们望海楼见！"说完，微微一躬，又和老白握了手，便径直向门外走去。

小九儿只得跟上曲杰的步伐，回头望向华生，看他震惊到不知所措的样子，关切地皱了皱眉，但见曲杰的身影已经隐在门外，也不敢多耽搁，便冲出了门。

华生完全没有想到会是这样一个局面。

他浑身的毛孔和脊柱一阵轻微抖动，消散掉了一小部分本能的恐惧。留给他的时间太短，他需要迅速整理思路。可是，几秒钟的时间，能想明白什么呢？

马老头和那个老白的凶狠愤怒是肯定不用多想了。他们就算生吃了自己，华生也不觉得奇怪。

关键是，曲杰在干什么，他这样做到底是想干什么？难道他要借刀杀人？

有理由吗？需要这么"杀"？为什么是现在"杀"？

或者是卖了我来"立功"，增加信任？

现在曲杰把这个锅扔给我背，把我留给这群恶魔，我该怎么应对？结果有几种可能？

如果我承认，结果一定是死。然后，一切都结束了。此刻的安危自然不必说，最终也肯定回不到曲杰那边去了。

所以，绝对不能承认。

可是直接否认也不对。辩解说不是我干的？他们信不信暂且不说，那样做让曲杰成了什么角色，他又会怎么看我？

华生的大脑陷入一片混乱，门口却已经拥入了更多的人。

只听马会长吩咐道："老白，你带人把他弄到地下室去，我要亲自审问这个王八蛋！看看这小鬼背后藏着什么牛鬼蛇神，还真有不怕死的！"

华生没有挣扎，因为他知道挣扎只会徒增伤害而已，倒不如趁这时间快点想策略。他配合着那些粗暴的推搡，尽量不制造任何障碍，只是让身体的每一步都稍稍慢下来一点。他需要时间思考。一个个清晰的点在他脑海中逐渐串联成线。

马会长这种反应，相当于已经承认他就是那个录像里的恶人。他没有办法不承认，他知道自己干了什么，也知道那段录像后面发生了什么。

那10秒钟的视频，是在车里拍的；画面很稳定，不是偷拍，是自己人拍的。

如此一来，录像的泄露很有可能是因为那个"自己人"的手机被黑了。又或者，是那人叛变了？

网络曝光的视频没有完，放出来10秒，应该只是敲山震虎，后面还有更硬的内容。

那个拍摄的人是谁？他为什么要拍？老浑蛋当时知道吗？允许吗？从那个角度来看，老浑蛋一定知道，也就意味着那录像是在老浑蛋授意之下拍的，至少是默许拍的。看老浑蛋对小九儿的肆无忌惮，狂妄成这样，很大可能他有录像癖和收集癖。

曲杰为什么会把自己留在这里？这个问题华生完全想不通。想不通就先不想，留下宝贵的时间想别的。

曲杰把那段录像曝光在网络上，这肯定是福坤的手段吧？技术上他完全可以做到，起起伏伏的策略也是他的风格，甚至录像最后全网被删也许仅仅是他计划中的一个震荡。这应该是曲杰用来施压，搞定这个老浑蛋的筹码。嗯，一定是这样！以曲杰的个性，绝不可能向老浑蛋妥协。回想起来，曲杰在车上曾说"老变态这次会很惨"，他究竟要干什么呢？先把老东西折腾个够，然后又是赔笑脸，低三下四地道歉、捐款，又是让小九儿给老浑蛋按摩。按照小九儿的脾气，这万万不可能啊！不杀人就算不错了，哪还能心甘情愿地把自己搭进去给那老浑蛋糟蹋？

他要威胁那个老浑蛋，可现在为什么要把我送进来……

正在逐渐接近答案的时候，一股巨大的力量扭着华生的左臂，触痛了他的旧伤，让他的思路回到了现实。华生接近本能地卸力转身，胸口却正中一脚。一帮人扑上来压住他，然后七手八脚地把他捆绑在了一个奇怪的座椅上。与其说是座椅，倒不如说是板凳上横放了个木桶。华生的双手越过那段半米粗的圆木，被绑在板凳上，这样一来，整个躯干就俯身贴在了那段粗圆木上动弹不得，后背完全展开无法挺直，只能勉强抬起头。双腿被分开骑在一尺宽的板凳上，两只膝盖也被牢牢地用牛皮索带捆绑着，远远看去，像是华生自己牢牢地把粗圆木横抱在怀中。

华生挣扎了几下丝毫没有松动，才感觉到一股寒意直蹿脊梁。这个奇怪的长条凳显然是特意设计好的，凳面暗红发黑，被磨得光滑，锁住膝盖和手腕的牛皮带也被磨得边际发了毛、褪了色，越看越像是一个精心设计的刑具！

有人撩起了华生后背的衣服，动作并不粗鲁，只把他的后背露了出来。华生感到一阵发凉。老白站在华生的右侧，背手肃然而立。马会长则挥挥手让其他人出去，从老白手里接过寸许宽、两指厚的牛皮鞭拍打着自己的手掌，发出"啪""啪"的脆响声。华生看不到他们的脸，只能看到他们的身形，一股恐惧感不由自主地灌入脊柱，让背上的凉意越发明显。

马会长轻微地喘息着，也许是因为之前走得太急，也许是气恼得要命。他现在的脸色已经不是气得发青了，而是满脸通红，甚至连眼白中都充斥着血丝，像饥饿的狮子看到了肉，他的眼睛里闪烁着嗜杀的灰芒。

还没等华生开口争辩，老头突然挥动手里的皮鞭，二话不说开始发狠，一下一下地疯狂抽打华生的后背，每打一下，就发狂似的号叫道："你发的视频？你想搞臭我？你受了谁的指使？哪里搞到的视频？"

两指厚的皮鞭打在华生的后背上，发出沉闷的声音，听着都瘆人，只第一下就让华生猛地仰起了头。肌体本能地自我保护，想要缩紧受到攻击的肌肉并做出躲闪，但关键的大关节全部被皮带扣控制得死死的，完全动弹不得。越怕就越急，越急就越怕！体表闷疼，心里想逃得发痒，喉咙间想吐，这种欲自救而不能的恐惧感，不经过大脑的思考就直接传递给情绪中枢一个重要的信号——遇到逃不掉的危险了——恐惧感加倍！

这一轮疯狂的抽打，让华生眼角疼出了泪，那是自然的生理反应，无须表演，也根本控制不了。华生大声地嘶吼着求饶："不要打了，不要打我了！我受不了了！我说，我说！"

表现得越尿，对手越容易相信这只猎物很弱，没有理由也没有胆量撒谎。既然他们要问问题，那么答案才是他们关心的东西，而折磨只是一种手段，很简单粗暴的手段。心理学博士很明白施暴者的两种动机——为了加速供述或者单纯为了自己过瘾。很明显，在这个节骨眼上，他们不是为了过瘾，只是为了快点得到答案。

果然，对于70岁左右的胖老头来讲，这一轮疯狂的抽击快速地消耗掉了他肌肉里蓄积的糖分，很快就没劲儿了，又听到这个尿货认输招供，手里的动作自然停了下来。

内部的破绽

华生还不知道自己要怎么解释，他在暗中检查自己的身体感受。那些疯狂的抽打的确很疼，但还好，声势吓人大过实际的痛楚。体表的疼痛已经减弱，说明没有受太严重的伤。肺部的呼吸也没有障碍。

但华生必须尽快结束这个被刑讯逼供的局面，所以他要进行快速取舍。手机被黑和有人背叛两个选项里，如果选择手机被黑，自然会招来更多问题，主动权握在对方手里，即使不再挨打也会进入失控的局面。要牵制对方的行为和思路，必须选择"有人背叛"。

华生疼到流眼泪，露出极为恐惧和痛苦的表情，对马会长说："马会长，您别打了。您误会曲总的意思了，不是我，不是我！"

马会长见华生居然矢口否认，又凶狠地抽了一下他的后背，恶狠狠地逼问道："不是你？到现在还不承认？谁指使的？怎么得到的录像？"

华生疼得往后伸长了脖子，咝咝地深吸了一口气，又大口地连续吐出来，忍着疼痛说："真的不是我，曲总说的人不是我。我不知道是谁传的录像，但可以肯定是您的身边有叛徒。"

一句话就让整个房间冷了下来，所有声音都一瞬间静了下来。马会长像被雷劈中了一样，刚才还发红的脸色眼看着转为铅灰色，脸上的肉微微颤抖，眉头非常明显地蹙起，眼神中充满怨毒。这显然是恐惧情绪的表现。华生心里松了一口气，知道他果然被"叛徒"这个关键词吓到了。而且他的反应来得这么快，说明他早已有过这样的想法，只不过从猎物的口中听到，更加证实了而已。马会长弯下腰，在华生脸旁凶狠地问道："你是怎么知道的？"

华生忍着火辣辣的后背剧痛，侧过脸来观察他的表情。他看到马会长狐疑地看着自己，眼球微微向左、右两侧闪动，不似他身边出现了叛徒，倒似是他叛变被抓了现行。华生补了一句："录像是身边人拍的，这人您肯定知道是谁啊！"

马会长立即抬起头，将目光停留在老白身上，直勾勾地盯着老白的脸，锁紧双眉，肥胖的身体微微发抖，呼吸也略显吃力。老白被他看得心慌，连忙摆手道："会长，您还是在怀疑我吗？我可以用性命保证，我绝对没有泄露过那些录像，您别上了这小子的当。"

这两个笨蛋！

这才几句话，两人就一唱一和地承认了拍录像的人正是老白。要不是背上疼得厉害，华生几乎想笑。

其实，就算老笨蛋没有自己跳出来承认，华生也早就猜到了老白就是那个拍录像的帮凶！

首先，刚才接车的时候，当曲杰说到另有一件"要紧的事"之后，会长的神色说明当时他就猜到曲杰可能指的什么事。那个时候挑老白跟着，更加说明老白在这件事情中的特殊身份。

其次，当马会长把两个女人赶出会议室的时候，华生看到老白把他的手放在了两个女人的腰肢上，还有轻轻拍动的微小动作以示安慰。这个亲昵的动作说明，他可以和马会长身边的女人有亲密的关系。如果不是暗中有越界的暧昧关系，那就说明这些女人都在概念上归他"管理"。

再次，当马会长觊觎小九儿的时候，小九儿的手往马会长肩膀上一放，老白是第一个神情松弛的人，马会长本人的松弛和享受，反倒随后出现。这也说明，老白操心着马会长女人的事情。

最后，当曲杰提到马会长这几天遇到的"麻烦"时，老白是第一个冲出来质问曲杰的，说明他一直在紧张这件麻烦事，甚至是顶在马会长前面挡风遮雨，也就说明了他和这件事之间的重要关系。

以上种种，华生早就推测出老白就是那个拍摄录像的人，至少他必然是重要的知情者。让华生真正意外的倒是马会长这笨蛋，只一句话就露了底。

老白的话让马会长的表情里充满怀疑，他一时之间还拿不定主意。老白却向前稳稳地进了一步，问道："会长，我跟了您这么多年，您要是觉得是我背叛了您，现在就杀了我，我眼睛都不眨一下。我的所有都是您赐给我的，如果被您怪罪，我没有怨恨，只是会冤枉委屈到死不瞑目。事情出来之后，我第一时间帮您联系各家平台'灭火'，三天两夜没睡觉，这些您是看在眼里的。如果我说谎，就让我不得好死，死后坠入烈火地狱，无尽焚烧！"

华生看不到他的表情，但声音听起来非常焦急和诚恳。

马会长用手撑着膝盖，缓缓站直身体，喘了口气没有说话。老白又说道："会长，您不要被这小子蛊惑，把他交给我。我的手段您是知道的，一定能让他说实话。晚上还要去赴宴，曲家小子这次来讨好您，倒是个好机会，他们亿通集团资产千亿，说不定能有什么好的项目对接，后面也多个厉害的朋友。您也该换件衣裳，准备准备。事情已经过去了，您这几天也很累，我看曲家小子有意献美，您又欢喜，今晚可以放心地休息一下，放松放松。"

老白说这些话的时候，坦然地迎接着马会长的审视，目光中充满期待和关切。马会长觉得他并不心虚，便缓缓地点点头，道："给你一夜时间，人不要弄死，明天给我答案……我还是相信你的。"最后一句话略有点迟疑，但还是说出来了。

华生心里知道，特意说出来的话，就说明这两人心知肚明彼此的鬼心思。

马会长说罢，转头向着华生，凶狠地逼问道："你说曲杰那小子弄错了，不是你干的？"

有的时候，世界上的事情就是这么奇怪。刚刚明明曲杰已经毫无保留地把华生出卖给了马会长，只是没有完整地说一句"那个上传视频搞您的人就是他"，话语间留着模模糊糊的回旋余地。可就是这一点不确定，遇到糊涂蛋，再加上又是钱又是色的干扰，就变成了好大的空间，甚至可以让本来身处险境的华生兴风作浪。

头脑冷静，在任何时候都是非常必要的，得意的时候需要，濒死之时更是。

华生确认了老白在这件事中的角色，便尝试着说道："我只是曲总公司的一个小员工，前两天加班熬夜帮着处理您那件事来着，现在还不知道是谁干的。但是，我敢肯定的是，泄露录像的人，一定不是拍摄录像的人。"他没法抬头，也没法指向，只好用头甩了甩老白的方向，笃定道，"也就是说，肯定不是他。"

这种不利的局面里，争取一方的保护很重要。

钓鱼用饵

老白明显有点惊讶。马会长狐疑地深深看了一眼老白，又深深地看着华生，将信将疑地问道："你怎么知道不是他？"

老头子掉进了华生建立的对话通道，把对话的掌控权交给了华生。当然，这一切悄然的变化，他们是不会察觉到的。

华生回答马会长的话："并不难猜。您让他留下一起问我，就是不怕他知道细节。这说明他很了解之前的细节，所以我猜录像的事情他知道，也有可能就是他拍的。拍录像的人如果是他，录像流出之后，第一个被怀疑的就是他，吓也吓死了。您看他忠心耿耿的样子，哪有半点慌乱？他比您还想知道是谁干的！"

老白立刻追问："别废话！姓曲的小子怎么会搞错？他刚刚把你交给我们的时候，明明就是说已经找到这个人了，所以把你带来了。你当我们很愚蠢吗，会相信你的话？你到底怎么拿到的录像？说！"

华生做了个无奈的表情，叹了口气偏着头对马会长说："你看！"老白的行为，正验证了他刚刚的分析——"他比您还想知道是谁干的"。

老白见他这样子，从马会长手里抢过皮鞭，毫不犹豫地抽了下去。

这一下和刚才马会长抽的那些完全不同，皮鞭落在了没有肋骨支撑的后腰位置，"啪"的一声炸响，华生当即全身收紧，牙几乎咬碎了，气息一度凝滞，等那一瞬间的炸裂感结束后，才声嘶力竭地喊了出来，似乎只有通过拼命地叫喊才能减轻身体的疼痛，那声音听起来让人感觉声带都快被撕裂了。透过薄薄的皮肤和肌肉，华生感受到的不仅仅是表面上火烧火燎的疼痛，还有肾脏的收缩痉挛。

马会长的脸色此刻正常了一些，掏出一条手帕擦了擦刚刚热出的汗，看了眼老白，勉强挤了个笑容以示宽心，也随着老白问："小伙子，你猜我信吗？要不是你，曲杰那小子能把你留下？你是怎么得到的录像？谁指使你发到网络上的？谁让你说那录像里的人是我？越早说，越少受罪。白秘书长收拾人的功夫可是家传。"

华生呲呲哈哈地控制着身体里的疼痛，眼泪再次不由自主地流出，他咬着牙坚持答道："真的不是我。天大的冤枉啊！前面几天我给曲总分析了一些那段视频的线索，曲总说我头脑清晰，可以过来跟您多了解情况，帮您分析。就这样，他今天才带我来的。"

老白一听，手一扬，高高举起皮鞭作势要再抽打，吼道："还他妈不承认是吧！"

马会长却皱起了眉，眼睛转了转，拦住了老白，笑眯眯地问华生："小兄弟，你说的是真的？"

华生的右侧后腰开始变得麻木发胀，他的意识也受到了伤势和疼痛的影响，没有办法快速分析出马会长的意思，也没有办法清晰地想出怎么回答最优，只好把答案夹在断断续续的呼吸中："马会长，我求求您了，别再打了。我说的都是真的，陷害您的人真的不是我。"

马会长继续笑眯眯地问华生："你是说，曲杰那小子是让你来帮忙？是他刚才没说清楚，或者是我理解得有问题？他总不会这么糊里糊涂地把你放在我这儿吧？"

这句话提醒了华生，他的脑海中突然出现了小九儿给这老头捏肩膀的样子，那绝对不是小九儿会做的事情；曲杰的愤怒也没能忍住，捻动手指的暗中克制性发力就是证明。

他赶忙说道："马会长，请您老人家相信我，也相信曲总。曲总是对您非常尊敬的，他肯定不敢敷衍您。不过，我真的不是那个人，我可以当着您的面向曲总证明。我原来干过纪检工作，我猜曲总就是出于这个原因，才让我配合你们把那个叛徒找出来。我知道一件重要的事情。"

"叛徒"一定是对方非常关心的焦点。

果然，马会长和老白同时追问道："什么重要的事？怎么找？快说！"老白把手里的皮鞭抽在圆木上，声音瘆人。

华生哭得连鼻涕都流了下来，哽咽着断断续续地说道："这人……一定会……再出现的。"

马会长问："哦？为什么？"

华生解释说："那段视频只有10秒，里面并没有谁的脸露出。那人一定有更大的计划。如果是为了好玩、热闹甚至出名，就不会只截取这10秒没露脸的，要放就放出脸来，这样才够震撼、够热闹。现在的做法，很明显是有策略地放出。这么做的目的通常只有一个，取得谈判筹码。在那个人手里，肯定还有更多视频或者其他内容，他一定还会再出现的，他会找你们谈条件。"

马会长转动着眼珠，思考着华生的话，显然他认为这是有道理的。

老白的语气也缓和了些，说："说得倒是有几分道理。"转头向马会长道，"会长，您看今晚要不要先去赴宴，毕竟曲家那小子还是蛮虔诚的，也不好驳了他们家的面子。这人我继续问，您知道我的手段，明天一早给您汇报。另外，您也可以晚上再问问那个姓曲的小子，为什么要把这人带来。虽然我还不相信他的话，但他的思路倒是挺有意思。至于他知道多少，说没说瞎话，这事交给我就好了。"

华生听他这么说实际上是松了口，便补充道："会长，我也愿意向曲总问清楚。曲总真的很崇拜您，连那么漂亮的小姑娘都愿意安排给您当助理，还给您捐那么多钱。他肯定是太着急了，想帮助您解决麻烦，才匆忙之间没讲清楚，以至于您误会了我。他的公司有很多厉害的技术人员，再仔细一点，一定能找到真正的坏人。请您相信我，我也愿意参与，肝脑涂地，在所不惜。"

华生仓促间被曲杰挖了这么大的坑，根本没有任何提前准备。短短的时间之内无法清晰应对，他只知道不能让事情过多纠缠在自己身上，便又把话题扯回到曲杰身上。如果曲杰是为了让自己死，那么临死前拉住他是唯一有效的拖延方法；如果曲杰是为了考验自己，那么拉住他是唯一正确的解决方案。至于提到小九儿，是因为面前这个马会长的怒意已经明显减弱了，他已经开始想解决问题的办法了,那便用一个他更感兴趣的话题,扰乱一下他的焦点。

马会长的呼吸恢复了平静,表情再度慈祥,只有一双三角眼还闪着狐疑的光。他看了看表,心已经跑到那边去了,便对老白吩咐道:"好,这人交给你了。我是相信你的,知道你有能力让他说真话。我先去姓曲的小子那边。要是那小子是真孝顺,我今天晚上就收了那个小女孩!"说完,脸上竟然又浮现出那种淫邪的笑容,似乎眼前的事情已经不再值得他操心了。

老白眉间微微一皱,几不可见。他弯腰一躬,送马会长出门,片刻又转回来,锁好了房门,走近华生身边,用皮鞭在自己手掌中敲打,发出有节奏的脆响声,面无表情地问道:"小子,你老老实实回答我的问题。否则的话,三鞭子下去,你的肾就废了。"

51　断根的疼痛

开篇语：

杀了你，是因为你作恶太多。我知道按照世俗的规则，没有人可以动得了你，如果我只专心做生意的话，也绝对不会碰你。但是总要有人来做这些事情，让这个世界尽可能公平一点、干净一点。我不会去想那么多，你先带着恐惧下地狱去吧！

By 曲杰

三鞭酷刑

听到老白说的话，华生不由得心里一寒，那股寒意和右侧后腰的疼痛融为一体，让他的额头渗出了冷汗。他忙喊道："我说！我说！我好好回答，我什么都说！"

老白冷冷问道："你叫什么名字？"

华生一连串答道："我叫张华生，在刚猛体育做赛事总监，曲总是我老板的老板，今天带我来见马会长，说是有重要的任务，要我跟着参与帮忙。我以为是件天大的好事，没想到被曲总误会了。"说到这里不由得"呜呜"地哭出了声音，眉头蹙起的那一瞬间，真的有一股悲伤的感觉流入心田，而且越来越强烈。当他刻意把下嘴唇咧成真哭必备的"W"形时，心里的悲伤和肌肉的反馈，让他开始失声痛哭。

老白一声冷笑："先别号！你说姓曲的小子冤枉你？不是你干的？啊？"手中的皮鞭重重地抽在圆木上，这次的声音闷沉，华生的胸口都能感觉到那木头的微颤。他赶忙收敛了哭声道:"真的不是我干的。"

老白语调奇怪:"这么说,那姓曲的小子不地道啊!自己妹妹白白送给我们会长,自己员工冤枉着扔给我收拾。他怎么这样?我就知道他爷爷是曲健云,他自己干什么的啊?"

华生一边抽泣着一边介绍道:"曲总是大老板,手底下好多公司,我在的刚猛体育只是其中一家。他还有保健品公司、电影公司、游戏公司、网络公司,好多,我说不清楚。"这些都是公开的信息,说得多一点,显得态度好。

老白嘴一撇,诧道:"有什么了不起,还不是全靠他爷爷!他今年多大?"

华生一迟疑,老白的皮鞭又是"啪"的一声,这次是抽在华生屁股后面的长凳上,吓得华生全身一激灵,躲也没处躲,赶忙道:"30……30出头吧。"

老白大喝一声:"三十几?年龄你都不确定?还不老实是吧!"

华生语带哭腔:"我真不知道。"

老白看起来很有耐心的样子,阴森森地问道:"哪年的?属什么的?什么星座啊?"

"属什么的?什么星座?"华生重复着老白的问题,心里一蒙,暗道:"这是什么问题!"

他还没想明白的时候,老白不知从哪里拿出了一根更窄的皮鞭,只有两根手指宽,厚度也只有一根手指那么厚,暗红色浸染了整条皮鞭。他把皮鞭浸在冷水盆里,歪着嘴笑道:"对,属相和星座告诉我,我来给他算算前程,看看他究竟是我们家会长的座上宾呢,还是刀下鬼!"

他的这个问题让华生觉得有些奇怪,但还想不明白哪里奇怪。刚才的那些表演,其实都在华生的控制范围之内。华生在判断这个老白的意图,以便保护自己。他很清楚自己的主要任务是要过了这一关,继续取得曲杰的信任。这老白先是问华生的情况,但很快就把焦点转向曲杰,甚至连属相、星座都要问,不知道他要干什么。

但是,他总不会杀人吧?华生决定让老白透露出更多的信息,便继续摇头,表示自己不知道。没想到，老白立刻拿出浸湿了的皮鞭，狠狠地抽向华生的后腰。

这一下的疼痛直刺骨髓，皮肤表面像是被切割开，撕裂般的疼痛比之前的宽皮鞭要尖锐得多。华生疼得一阵哆嗦，眼泪又流了出来，他大声叫道："我真的不知道！求你别再打了！"

老白不慌不忙地绕到华生的左侧，对着另外一边的后腰又抽了下去，抽的同时凶狠问道："你不知道？他多大岁数你都说不清？属相你不知道？这让我怎么相信你在说实话？我看你是故意的啊！"

华生两侧的后腰上已经隆起了两道血檩子，一阵阵钻心的疼痛持续地攻击着中枢神经，腿上、腰间和肋骨两侧的肌肉已经止不住地开始战栗，华生刚才已经冷静下来的大脑瞬间被灼烧般的疼痛扬沸。他也不敢再大声喊，只能咬紧牙关低声嘶吼着："我真的不知道！"

"啪！"的一声脆响，老白阴森森地告诉他："小子，我这祖传的刑具可是用人血喂熟了的。当年'同治陕甘起义'的时候，收拾过清朝大员张芾！人称'三鞭废'！任何人的肾脏都禁不起连续三次抽打，一旦受伤，不但皮开肉绽，伤及肌肉、神经，你的一双腰子可就废了。你不要在这些小事上瞒我。他究竟是什么属相，什么生辰，什么星座？"

华生疼得有点恍惚。他不知道今天最后会是怎样的结局，被曲杰出卖到这个地步，如果死在炸鸡协会手里，实在是太冤了。后腰两侧的疼痛也刺痛得他无法清晰地思考。但老白的声音在他耳边不断回响。"属相""生辰""星座"？这诡异的问题终于让他想起了什么，而且老白把这么重的惩罚放在这种没有价值的问题上，说明他并不关心马会长视频的事。

华生突然心里一惊，暗暗咬了牙，只低吼了三个字："不！知！道！"看不到老白的表情，华生心里在不断收缩，对自己这个赌法没有任何把握。

老白倒没继续动手，静默了两秒钟，继续问道："他来捐款，是不是有阴谋？到底是谁让他来给我们马会长请罪的？"

华生心里一阵冷笑，没有答话。他不用掩饰，因为疼痛依旧摆弄着面孔上的全部肌肉，容不下其他表情了。老白见他还不说话，绕回到他的右侧，用皮鞭在背部那个右侧最软弱的地方又是一下，问道："你嘴挺硬啊！我警告你，已经两鞭子了，再来一鞭子你就等着换肾吧！这几天的录像是不是曲杰让你发到网上的？"

华生咬紧牙齿，咝咝地出着气，乞求道："我刚才不是已经说过了吗？真的不是我干的，曲总也不可能干这个事！你别再打了，我还年轻，我不想换肾，我不想年纪轻轻落个残疾。我求求你了。"

老白把皮鞭浸回了冷水盆。重新拎起之前的宽皮鞭，表情出奇地平静，问华生："你说实话，不是你发的？你演得不像！在我看来，那录像其实根本就是他自己发的，用来害我们老会长的，对不对？"

矛头突然指向曲杰了，华生觉得老白弯拐得太快了，和之前一样，都在围绕着曲杰问问题。他大喊一声回答老白的问题："不可能，曲总绝没有干这种事！"表现得像个义勇忠臣。

华生自己问过很多案子，他很清楚这种大的拐弯往往有两个作用，一是改换话题建立节奏，二是直指关键。老白现在的做法，显然应该是第二种，也就是说，前面那些乱七八糟的问题都是用来渲染气氛和建立恐惧感，都是为了后面做铺垫而已，根本不是他关心的问题。后腰的痛楚再次袭来，配合着这个猜想，华生的脑海中惊起数百句脏话。

他要验证一下自己的想法，就偷偷回头看了一眼老白。

这个老白此时此刻怎么会面无表情呢？不应该，脸上应该有凶狠才对。

对，他怎么会没有情绪呢？就连拿着皮鞭的手都松得没再使劲儿了，只是随意握着。脸上的肌肉和身体的肌肉全部松弛，呼吸也是平静的。猥亵的录像被曝出来，他也是参与其中的人，现在我已经是案板上的鱼，随时可以被收拾，那么老白提问的时候，至少应该有愤怒、恐惧或者得意中的一种才对。

既然你突然变得没有情绪，那么我就给你点刺激，看看你的情绪是什么。

华生开始问老白："白爷，你仔细想想，先别着急废掉我。我敢保证不是我家曲总干的，否则他怎么敢来面见马会长，还捐款？据我所知，曲总自己也是几天没睡觉，光指挥手底下的人在网上删录像来着。白爷，我倒是很想知道，你当初拍摄那段录像的时候，心里是什么感受？那个女孩才那么小。"

无论如何，这是个强烈的刺激源。华生拼了，冒着被打成残废的危险，但也在赌刚刚自己看到的平静。

如果老白也是性变态，那么他会出现得意。但华生清楚地记得老白对那两个失宠女人的安抚，以及马会长临走前垂涎小九儿时的那一皱眉，那皱眉是负面情绪的表现，无论是厌恶、痛苦还是惭愧，都不是一个性变态会有的反应。

老白果然怔了一下，视线快速向斜下方闪动了一下，眉毛再次皱了一皱，这次显露出来的很明显是厌恶情绪，连嘴角都禁不住提升了起来。但他立刻制止了这种本能的反应，而是做出强势的凶狠表情，故意睁大眼睛目露凶光地再次质问华生："是我在问你！你是不是找死？"

华生也发狂般地大声喊道："你们他妈的浑蛋！"

老白猛然把皮鞭狠狠地往华生身下的粗圆木抽去，发出瘆人的声响。

美酒春梦

马会长的酒喝得非常舒服，快 70 岁的人了，平常是很有分寸的，但今晚却放开了，让自己展现出生机勃勃的样子，谈吐风趣，笑声洪亮。

他本来就是老江湖，敬酒挡酒进退得当，场面控制得很好。后来，马会长发现曲杰满是尊敬和虔诚，长幼尊卑控制得极佳，便开心地多饮了几杯。曲杰表示，未来一年要在马会长的护佑下投资开 50 家连锁炸鸡店，都挂上标准化炸鸡协会颁发的"好炸鸡"标志，马会长更是兴奋得连干三杯，满脸通红。

小九儿坐在他旁边，小姑娘显然没经过这样的场面，矜持得略显应付不来。马会长护花之心明显，主动敬小九儿整杯，说些好笑的话题，不断宽慰和舒缓她的紧张，看她那副娇艳欲滴的样子，越发地喜爱！后来，曲杰也拿小九儿打趣，连连向她敬酒。小九儿不喝，马会长便自己来挡，和曲杰干了好几大杯。几轮"混战"之后，曲杰已经醉得开始含混不清地吹牛，连眼皮都抬不起来了，马会长才得空专心于他的小美人。

说实话，这点酒真没什么，年轻的时候他能喝这些的五六倍。不过今天他体内却有着久违的感受，强劲而美好。那种一展雄风的渴望让他神采飞扬，对小九儿就更加殷勤。他不想喝太多了，以免耽误了今晚的春宵体验。

马会长拉起曲杰，又喝了几杯之后，便施展威严，让大家散了，早点回家休息。曲杰勉力支撑着嘱咐小九儿——"什么都要听马老的话""哥哥过几天来看你"。马会长暗自体会着，发现自己感觉刚刚好，雄风已起，几乎按捺不住。

曲杰歪七扭八地送马会长和小九儿来到他们的车旁，实在没忍住，跑到旁边"哗哗"地吐，弓着身体被司机搭上车离开。马会长就带着小九儿上了自己的车。

马会长在后座慈祥地笑着，先是拉了小九儿的手，那一瞬间身体里的欲望几乎要炸裂出来，因为小九儿一下子就低了头，满脸通红，还有点要把手抽离的意思，只是动了两下就没有太过坚持。马会长是老江湖了，这么羞涩娇媚的女孩儿，今天还是第一次见到，太难得了。这种半推半就的姑娘反倒让他不敢冒犯得太猛烈，只好忍着自己的欲望，用手摸摸小九儿的脸，笑着告诉她："不怕。"小九儿缩在一边，羞红了脸笑，却留一只手任由他摩挲。

马会长的车驶回了金鸡街。夜幕已经很深了，路面上车辆罕见，道路两旁的店铺早已关门，只有路灯还散发着橘黄色的光，让整条街道的路面非常亮，但两边却渐隐入黑暗之中。这大概是炸鸡协会会众们的生活习惯，没有喧嚣的夜生活，因为第二天天一亮的时候，还要集体起来在大喇叭的广播声中，向着各自房屋的鸡冠顶吟诵标准化炸鸡口诀。

马会长领着小九儿进了自己的别墅。房门一关上，马会长立刻就把胖大的身躯挤向了小九儿，搂抱着她，一张臭嘴使劲儿地往她脸上和脖颈里蹭。小九儿娇弱无力地求饶，推开了他的身体，只说了一句话："马老，我想咱俩先去刷牙。"

这么可爱的话让人根本拒绝不了。老头子立刻讪讪地笑笑，感觉自己的身体还处在巅峰，充满了能量，头脑也清醒，远远没有疲劳的感觉。一想到屋里那六台微型摄像机，老头子"嘿嘿"一笑，拍了拍她，说道："讲卫生的好孩子，走吧。"

小九儿只是"呀"了一声没躲掉，没有多说话，还是笑着，挽着马会长的手臂，由他带着上楼。

刚一进楼上的卧室，老头子酒劲儿上涌，再也忍不住了，肥大的身躯直直扑上去了，把小九儿压在床上，身体用力地蠕动着，喘息着说："小姑娘，我等了一晚上了。现在告诉我，你怕不怕我？"

小九儿娇羞一笑，略带点喘息回道："您老很有趣啊！我应该怕什么呢？"

老头子心下大喜！他无法抑制地在小九儿的脸上嗅着、亲着、蹭着。

奇怪的是，他都没看见小九儿挣扎，那个单薄的小身体只一侧身，他身下便空了。她竟然笑出了声，银铃般动听，问道："你的力气好大啊！有点弄疼我了。"脸上是一副楚楚可怜的表情。

待到马会长在床上躺好，那个刚刚娇羞无限的少女，脸上纯真无邪的笑容渐渐变成了轻蔑的笑容。她的笑让老头子有点尴尬，但又不能说出个所以然，只听到女孩子说："爷爷，我有点害怕！"那个表情和这句话加在一起，竟然让马会长有点恍惚。

小九儿眨动着水汪汪的大眼睛，走近了几步说道："我觉得你很威风，你躺好，让我好好看看。"

这怎么可能拒绝呢？马会长笑着找了个舒服的姿势躺好，手枕在头下，笑嘻嘻地看着小九儿带着充满好奇的眼神慢慢走过来，看着她用充满惊讶的表情贴近自己，在身体旁边上下打量，看着她突然拿出了一支注射器往自己脖子上一扎，然后就什么也看不到了，什么也不记得了。

切断邪恶的欲望

马会长醒过来的时候,第一时间看了看周围,灯光依旧,就连时钟也只走过了20分钟不到,只是身边站了几个人。他的第一反应是大吼、挣扎,却发现自己的四肢被牢牢地锁在床的四角,锁住手腕和脚踝的东西,正是他平常用来锁那些挣扎的女孩子用的皮带扣,他知道那是不可能被挣脱的装置。喉咙为什么也发不出声音呢?他这才注意到,自己的嘴被一个灯泡塞得满满的,即使大喊,也只能在咽喉的位置引发些轻微的震动,却没有办法叫出一点声响。

那几个人,他都认识。

曲杰、赵乾、小九儿,还有老白!小九儿的脸上还带着笑容,甜甜的笑容。

马会长不明白到底发生了什么。他看到老白在,急得摇晃着硕大的头颅想把"救命"喊出声,但老白并没有动作。他看到曲杰,尤其是他脸上那种轻蔑的神情,和下午在会议室里的唯唯诺诺迥然不同,他不明白这小子在想什么。他又看向小九儿,这小姑娘是在笑,但和酒桌上、车上以及刚才的笑容不一样,那笑容里多了一分让人不寒而栗的杀意。

赵乾站在老白的身后,神情肃穆,全神贯注地盯着老白,防止他有什么异动。老白并没有瑟瑟发抖或卑躬屈膝,只是冷冷地斜视着摊开在床上的马会长,似乎那人并不是他的领导,只是一只待宰的肥鸡,连发声都不能的肥鸡。

小九儿说:"少爷,我来吧,你就让我试试吧。"

曲杰侧脸问小九儿:"你真要来啊?不会害怕吗?"

小九儿"喊"的一声轻叱,脸上灿烂地笑着说:"那就是答应我喽!"她高高兴兴地给自己戴上橡胶手套。

曲杰摇摇头,叹口气,向后退了一步,手里递上一把手术刀给小九儿。

小九儿愉悦地轻呼了一声,接过那柄闪着蓝色微芒的锋刃,脸上带着得意的笑容,蹲在马会长肥硕的头颅旁边,在他耳边用娇媚的声音撩拨道:"爷爷,你现在是不是有点害怕?"

燕语莺声，吐气如兰，耳鬓厮磨，这是多少男人毕生的梦想，然而此刻马会长听到的声音却仿佛来自地狱，悠长的若隐若现的阴森。他的身体瞬间泛起一层汗毛，肌肉不由自主地开始瑟瑟发抖，以至于整个肥胖的身体止不住地绽出层层互相碰撞的涟漪。但他出不了声，他只能尽可能地抬起头，困兽一般地望向小九儿，目光中充满了歇斯底里的恐惧。

小九儿拍拍他的脸，安抚道："不怕不怕啊！不疼，一点都不疼！我可有本事了，我保证过一会儿你就会爱上这感觉。不要叫啊，我会心疼你的！"

马会长听完这些话是怎么想的，没有人知道。他已经感受到了冰凉的锋刃，那薄薄的刀刃一接触到身体，似乎还散发着寒气，吓得他拼命扭动着身体，想要躲开那种致命的寒冷，尽管他知道所有的一切都是徒劳的。一个70岁的老头子了，竟然从眼角流下了几行枯泪。

老白听完小九儿的那些话却起了明显的反应。他的身体开始不由自主地向里收缩，全身肌肉紧张，头也往下低去，从脊柱散发出来的寒意让整个人不住地战栗，还能听得到牙齿撞击的"咯咯"声。老白知道，刚才小九儿说的那些话，都是录像里马会长常说的话。

马会长内心的恐惧已经把他的中枢神经冲击得稀烂，但他没法叫出声，连呼吸都开始变得困难。

突然，那种摇摇欲坠的感觉断开了，在一道很细微的刺痛之后便消失了。随即，更大的疼痛汹涌而来。

马会长知道发生了什么，他全身一阵发紧，向后倒去，喉间只会本能地小口吸气了。

小九儿还在精致地做着手里的动作，一边柔声道："马老，你不是录过很多像吗？你不是没事就翻出那些录像自己再回味吗？我跟你说，今天咱们这件事也在录像呢，之后也会放给你看呢！你现在不用着急。不着急看，现在你看不到的。你看这里，这里有一台摄像机，就是你平时用来拍特写的这台，正好也把刚才你没看见的过程拍成了特写，一会儿就给你看。"

马会长的神经系统已经崩溃了，他的挣扎动作越来越小，呼吸也变得越来越短、越来越急促。小九儿很耐心，即使有些失禁的排泄物出现，她也是先耐心地擦干净，然后继续细致地操作着手里的刀。

马会长一直活着，一直喘息着，但没有再挣扎了。

最后结束的时候，小九儿脸上露出了满意的微笑，自言自语道："因为你脑袋里那些肮脏的念头，就可以让那么多女孩痛不欲生，就可以毁掉她们本来像花一样美好的年华，就可以让她们瞬间坠入黑暗的世界再也抬不起头。你知不知道那种被折磨蹂躏又没法反抗的感受？现在你知道了，对吗？"小九儿的嘴角是笑的，笑得很开心，但眼角却淌下了泪水。她仰起头鄙视着面前这具不断抽搐、苟延残喘的肉体，最后轻声问他："女孩子们的这些感受，你今天都体会到了吧？"

马会长在床上躺着，双眼翻白，呼吸密集而浅，不知道是否能听到小九儿说的话。小九儿完成最后一刀，长长地出了口气，脸上露出了疲倦而满足的笑容。她在马会长的耳边说道："马老，我已经弄好啦。怎么样，没骗你吧？其实没有什么可怕的，对吗？我说过你会爱上这个感觉的。你不要怕，流点血是正常的，伤得不严重。我会让人处理好你后面的事。"

她转身，把刀倒转，递向老白。

老白正在瑟瑟发抖，突然看到小九儿把刀柄递向自己，一片茫然，不明所以。

小九儿歪了歪头，似乎有点调皮："最后剩了一点，是特意给你留着的。你自己弄下来放在这瓶子里，送给你当礼物。"

老白吓傻了，呆在原地不知该不该动。

曲杰认真地看了看马会长的状态，数着他的呼吸，举起了三根手指。赵乾用手在老白后脑勺上一拍，低声喝道："快点！时间是有限的，你必须在三分钟之内完成，要是耽误了他咽气的时间，无论早晚，你的结果也是这样！"

马会长卧在床上，已经没有能力挣扎，连伤带吓，还有口中灯泡的挤压，他现在已经处于半昏迷的状态，口水不断从嘴角溢出，呼吸的幅度很小，像一台破旧的呼吸机,还在努力地鼓动着,保持着行将崩溃的运转。

老白不敢相信自己接下来要做什么,他挪了挪脚步,身下散发出一股尿骚味。小九儿抖了抖手上的刀柄,催道:"快点!"

老白讷讷地接过那刀,拖着湿透的裤腿,跪在马会长腿间,哆哆嗦嗦地犹豫着,被赵乾一喝,忙咬紧牙关,闭上眼睛发起狠来。其实根本不用他怎么用力,那刀锋只两下来回,便已经完成了使命。老白开始失声痛哭,感觉刚才的几秒像过了一辈子那么长。小九儿要过老白的手机,要求他摆出表示胜利的手势,给他和马会长的伤口拍了张合影,又对着伤口处拍了张特写。她拿着手机,轻轻拍拍马会长的脸,温柔地唤道:"马老,马老,我有好东西给你看。"声音里尽是妩媚娇柔。

马会长已经接近窒息了,他的痛苦只有他自己能够体会。他眼睁睁地看着自己的罪恶之根被切掉,挣扎皆是徒劳,恐惧愈加强烈,心头急火让呼吸加剧,偏又无法正常吸气呼气,就连唾液的吞咽都因为舌头不能活动而无法正常进行。越急越乱,越乱越急,再加上受伤的恐惧与疼痛,他的大脑接近自动关机了。这老家伙的身体是真好啊!若是换作年轻小伙子,此刻也只怕仅剩一口气了。他竟然听到小九儿的召唤,慢慢睁开了眼睛!

当他觉得自己正在黑暗之府门前犹豫,不知是否应当踏出那了结的最后一步时,就听到有个娇媚的声音在召唤自己。那声音很是让人享受,恰似阳春三月的日光和微风拂过心头,他感到身下一阵兴奋,便努力睁开眼睛。

他很期待,他努力地睁大眼睛适应环境的光线。

他看到的是一张光线亮到刺眼的图片,模模糊糊地看到那上面有自己喜爱的图像。像他这种一辈子好色的人,只需要看一眼就知道那图里有自己感兴趣的内容。他努力地让双眼聚焦,渴望地想要看清楚是什么样诱惑的画面。等他看清楚的时候才发现,那是一个血淋淋的伤口。他突然惊醒了!

马会长想深深地吸一口气来表达他的绝望和愤怒,只是这口气再也无力吸入肺中。那黑暗无边的府门已经打开,不允许他再犹豫和抉择,直接把他吸入里面，力量大得不可抵抗！

火上浇油

曲杰缓步走上前来，用手帕捂住自己的口鼻，仿佛不愿意吸入这尸体周围的空气。他摸了摸尸体颈部的动脉，确认没有任何跳动的迹象之后，方才在腕表上按了一下，幽幽地说道："这老东西也是够能扛的，还坚持了23分钟，确实不容易。不过，他可能是呼吸受阻最痛苦的一个人了。如果不是小九儿的刺激太强，也许他也撑不了这么久。"

小九儿此时已经冷若冰霜，把橡胶手套扒下来，扔进赵乾准备的垃圾袋里，背过身去，看也不看马会长的尸体，全然不似之前的风情万种。

曲杰对老白说："今晚全部的过程都已经有录像了。录像在我手里，你知道我的手段，对吧？"

老白卑躬屈膝、唯唯诺诺地点头称是，不敢多说一个字。

赵乾戴着橡胶手套从痴痴呆呆的老白手里拿过手术刀，放进塑料袋里封好。曲杰继续讲："明天，你做两件事。第一件，联系新闻媒体，说马会长在自己家中惨死，原因不明。第二件，报警，配合警方的一切现场勘查。"

老白惊得睁大了眼睛，嘴角动了动想说话，但大脑已经硬得像块石头，完全不知道该怎么开口。他本能地央求道："曲总，不能报警，不要报警！福总答应过我的，不会让我惹祸上身。而且，我有能力息事宁人啊！"

赵乾在后面蹬向他的膝窝，老白不由自主地"扑通"一声跪倒在地，但他继续央求道："我是标准化炸鸡协会的秘书长，我可以组织本地的医院，出具医学证明认定马会长是心脏病骤发。我出面的话没有人会较真儿，没有人敢检查尸体。没有必要报警，没有必要把动静闹大。曲总，请您三思。"

曲杰听了他的话，盯着他，脸上的不屑丝毫没有掩饰。他用手轻拍着老白的肩膀，然后沿着锁骨滑向他的颈侧，拇指和食指轻轻捏住他颈侧的颈动脉窦，淡淡地说道:"我需要隐瞒吗?我如果只是想让你们悄无声息地消失,那是一件比明天吃早餐还容易的事情。"

老白的脸上露出了匪夷所思的神色,他完全不明白这个年轻人要干什么。他的眼睛睁得溜圆,却不知该说什么。

曲杰继续道:"你其实也应该死的,对吗?那些女孩不都是你牵头给他找来的吗?你贪了协会多少钱,瞒着姓马的这个垃圾干了多少中饱私囊的勾当,那是你们之间的事情,我根本不在意。但倘若外面那些顶礼膜拜的会众知道你做了这样的事,你能全身而退吗?"

老白没有作声,那些把柄福坤已经亲自证明给他看过,他丝毫不怀疑自己未来的处境,只要那些证据一公布,就是死无全尸的结局。他任由曲杰捏着自己的脖子,感受着脉搏的越发明显,只有听话的份儿。

曲杰耐心地跟他解释:"你自己思量一下,我要你死,是不是随时?所以,你只能听话、执行,不要有什么废话。当然,你也不要担心,现场不会留下我们的痕迹。媒体是逐臭的苍蝇,我会在网上公布一些录像让他们去喧嚣。警方来做现场勘查的时候,不但发现不了我们的痕迹,还会发现一大堆光盘,以及那6台摄影机。光盘里的内容,就是老东西之前做的那些见不得人的事情。你觉得警方会怎么处理这个尴尬的局面呢?"

老白的额角汗水止不住地滴答,他此刻特别想坐在地上,特别想让赵乾一巴掌把自己拍晕。如果真的什么都不知道了,才是这个时候最大的享受吧。

曲杰最后正色对他说:"白秘书长,你的命就在我手里捏着。"说完这句话,曲杰的两根手指陡然加力,老白只觉得眼前一阵发黑,呼吸和心跳都不由自主地在下落,触摸着生命的边缘,他不敢叫也不敢动,就那么眼巴巴地等着曲杰赐予他的结果。曲杰手下的力度松了,轻轻一笑,对他说:"只不过,你本人并不是变态,事后还私下里照顾过一些人。这件事你不做,姓马的照样会找别人来帮他做。有些女孩子的处境过于困难,你也是施以援手的,所以,我知道你不是真的十恶不赦。但是,良心归良心,毕竟你贪图钱财和权势做了那些事，让死老头祸害了那么多女孩子！你帮着拍了录像，助纣为虐，自己也没少从那些女孩子身上占便宜！现在，照片、录像、指纹、刀、血迹，还有你的DNA……都在我的手上。"曲杰的话音一落，给赵乾使了个眼色，赵乾突然按住老白的头，往马会长的伤口处凑近。

老白闻到血腥味的那一刻崩溃了，他涕泪交流，也顾不得是否会留下痕迹证据，只一个劲儿地边哭边央求道："都是他逼我的，都是他逼我的！我错了，我应该去死！"

曲杰看到他的状态，轻轻叹了口气，缓着声音说："你不用去死，我留着你还有用。"

说完这句话，他站起身问小九儿："那小子呢？"

小九儿说："在地下室呢。"

曲杰吩咐小九儿："你去把他带到这儿来，让他看看这里的情况，看看他的反应。"

吩咐完毕，方才附在老白耳边说道："你跟我来，给我讲讲你跟那小子聊得怎么样。"

第三卷·无间 147

52 信任的萌芽

开篇语：

这小伙子真是让人不放心。他肯定有问题，但每次在关键时刻他的表现又让人觉得可信。这次的局中局，经历那么残酷的恐惧逼供，小伙子表现得也很好。见到老马头的尸体，他的同仇敌忾也很真实。但是，我还是不能相信他。就算他是我想要用来帮少爷的人，也必须抓住他心里的弱点。不要让我发现漏洞，否则……

By 福坤

少爷的现场

"三鞭废"最终在右侧只落了两鞭，第三鞭老白没有下手，而是把华生带上了车，没多久又停了车。华生的头上套着布袋，一点光线都透不进来，只好随着老白的带领小心翼翼地前行。他知道自己被带到了另外一个房间。老白只用了一只手抓住他的上臂，抓握的力量并不大，行走过程中也没有拉拽推搡。

所有这些，都让华生觉得，自己之前的猜测是对的。

两个人走进一个房间，老白再没有出声，似乎他将华生的服帖视作理所应当，甚至根本不值得去关注和提防。当他把华生绑在座位上的时候，才说了唯一的一句话："你不要乱动，在这里等，敢动一下，身后的人就会抽你一下，他们刚学，下手没轻重。"说完，便关上房门出去了。

华生真的没敢动，他屏住呼吸仔细聆听房间里的动静，并没有听到有人的呼吸声或者衣服的摩擦声。两侧后腰都在火辣辣地疼，好在，已经不觉得肾脏有什么窒涩或痉挛了，只剩下体表的皮肤痛感明显，以及腰椎辐射出去的大片区域有些惊痛和肌肉的间或抖动。

华生想了想，决定试试看。他壮着胆子，弱弱地发声说了一句："我想喝水……"没见有什么回应。华生提起了一口气，突然加大音量，做出一副受惊的样子慌乱地喊道，"不要打我，不要打我，我没有动！"

没有什么声音回应他，不要说人的吼声，就连脚步声都没有。

华生尝试着挣扎了一下，发现双手双脚被捆得异常结实，完全没有挣脱的可能，便大声叫了起来："给我倒水去！我要喝水！"

依然没有人理会他。

华生现在心里踏实了，老白果然在虚张声势。他没有继续挣扎，也并不着急，他正仔细琢磨着整件事情的来龙去脉以及老白诡异的表现，他隐隐推导出了曲杰的用意，但现在没办法做出验证。头上的黑布套阻断了视觉信息的获取，背后的双手被紧紧捆绑在椅背上，细细的硬塑料捆绑带陷入表皮，勒得生疼。

后腰的疼痛正在渐渐隐退，似乎已经不会给神经系统增加什么负荷和消耗了。危险还没有解除，曲杰的动机还没有确定，也不知道现在几点了。从被曲杰留下开始，至少也过了五六个小时，天色应该黑了吧？肖依联系不上自己，会不会急得要命？华生正混乱地理不清思绪时，突然听到门把手的"咔嗒"声，有人进来了。华生浑身上下一紧，心跳骤升！

那人似乎怔了一下，随后"扑哧"一下笑出声来。华生听那声音便知道这是小九儿，不知为什么，心里便松弛下来。小九儿先是摘掉他的黑布头套，笑吟吟的面孔上没有一丝愧疚或者阴险，继而又拿出小刀，几下削断了捆绑华生手腕的绑带，同时念叨着："我的心理学家，你怎么会是这么个狼狈的样子？"

华生是真的很生气。他并不怕小九儿，一下从椅子上蹿起来，后腰还残留的疼痛拉扯了他的动作，让他不由得低下腰身来，更显得滑稽。华生大声吼道：

第三卷・无间 | 149

"曲杰是什么意思？他现在在哪儿？我找他算账去！你是自己来救我的，还是他派来的？"脸上怒意正盛。

小九儿看他踉跄着要摔倒，赶紧一把扶住他的肩膀帮他站稳，说道："当然是少爷让我来带你走啊！还算什么账？仇都给你报完了，还不赶紧去看看。你这个样子，是受伤了吗？自己走得了吗？"

华生手一甩，拒绝了小九儿的帮扶，愤愤道："少来这套！害我的是他，救我的也是他，以为我傻吗？屡次三番地弄伤我，这次又是平白无故地把我扔火坑里。我跟你说，他绝对是个变态，你早晚也要倒霉！"

小九儿一听这话就扬起了手，停在半空顿一下，便又放了下来，看他愤怒的样子，只笑笑，也不搭话，自行在前面带路，任由华生弓着腰一步一步地在后面扶墙挪动。

上了一层楼，两人在一个房间门口驻了足。进门之前，小九儿嘱咐华生道："一定要小心，头发、鼻涕都别留下，也不要随便乱摸东西。脚底下千万别乱动。"

单看她慎重的样子，华生的心跳就已经开始变快了，再听她说的这些话，华生完全猜到了即将面对什么性质的事情。

那扇门里面，会是一个犯罪现场，很有可能还会有尸体。曲杰和福坤这帮人在反复折腾之后，难道真的已经开始拉我入伙了？他们相信我了？还是……要不然不会把我扔在这里受刑。那扇门背后会不会是个杀局？他们会不会打算在这里结果我？

一想到这扇门背后的变化，华生的心跳不由得更快了一些，他觉得自己的眼睛失焦了，是小九儿的声音把他唤了回来。小九儿对着发愣的华生说："你还呆在那儿干吗呢？"华生仔细观察她表情，无论如何也看不到杀机，她脸上的笑容是松弛的，连视线都是柔和的。按常理推测，也许不会有什么危险。

但是，华生不敢安心，之前小九儿掰断他手臂的时候，也是满脸带着笑容的，根本没有破绽。他还没有想明白小九儿到底是什么样的一个人，能轻轻松松笑着痛下杀手。马上，华生又回到了最关键的问题：为什么是小九儿带我进入房间？如果这个罪案现场的展示由小九儿来完成，那么一会儿看到的东西，对警方追击曲杰能有什么用吗？

华生暗暗提示自己，关键的时刻要来了，绝对不能任性胡来。

小九儿推开了门。

马会长的尸体还被原样捆绑在床上，并未进行清理。华生跟在小九儿身后，一眼看到那堆肉身的时候，慌得惊出了声，向后退了两步，用手撑在门框上才能保持身体没有向后跌倒，脸上的惶恐清晰可见。

小九儿的嘴角微微一扬，那是某种得意，也是某种轻蔑，仿佛在嘲笑华生没有见过世面的样子。

这不是华生第一次见尸体，却是第一次见到血淋淋的案发现场和死相狰狞的尸体。他无须矜持和伪装，只是自然释放了内心的恐惧，因为那惨状的确非常恐怖。

华生仔细看了一眼尸体的面孔之后，瞠目结舌道："这是……马……马会长？"

小九儿看他的样子，盈盈一笑，毫不掩饰自己的轻蔑："对啊！我不是告诉你了，仇都给你报完了，而且是姑娘我亲自动的手。要谢我吗？"

上贼船

华生心念百转。

他的确处在震惊之中！他一直以来努力贴近赵乾和曲杰，希望能有机会抓到凶案罪证，为了这个目标他做了多少功课，忍了多少生理痛苦和心理折磨，他万万没有想到，罪案竟然就发生在今天，之前一点征兆都没有。下午还凶神恶煞抽打自己的老头子，如今已经发了灰，死之前所经历的惨绝人寰的体验凝固在他的身体上和脸上。更让华生意外和感到手足无措的是，这件事是小九儿做的！这样的震惊和不解，让他怔在那里，脑海中竟然无法梳理、应对丝毫，一时不知道该说什么。

小九儿走近，拍拍他的肩膀，问道："你是第一次见死人吗？"

华生怔怔地点了点头，深深地吸气，扭头望向小九儿，脸上全是不解和恐惧的神情。

小九儿并没有多看他，望着那尸体悠悠地自说自话："我不是第一次。"她也不管华生惶恐的目光，继续自言自语道，"我见过很多，每一次见，我心里的疼就能减一分。"

她长长地嘘了口气，仿佛真的轻松很多，扭头眨眨眼睛，问华生："这世界上有些人就是该死的，对吗？"

华生不再看尸体，只看着小九儿的眼睛，惶惶道："你说这人是你杀的？"

小九儿瞥了一眼他的样子，点点头。

华生脸上显露出着急的神色，焦急道："你……你怎么敢做这种事，这是犯罪啊！"

小九儿嘴角一扬，毫不在意地轻轻吐出一句话："喊，他们该死！我不能杀吗？"

华生声音大了起来："当然，有些恶人的确该死。但是，他们只能被法律处死！"

小九儿看着他认真的样子，听他说到"只能被法律处死"的时候，突然笑了起来。一开始还只是捂着嘴抑制不住地笑，越到后来声音却越尖，眼神也变得锐利，笑到最后，声音里充斥着悲伤的癫狂和凶狠的嘶吼，似乎是个濒死的老妇要将一世的委屈肆意倾泻而出，让人不敢多听。华生从未见过这么失态的小九儿。她的脸上没有了笑容，双眼如同蒙上了一层冰，问华生道："如果你说的'法律'拿这些恶人没办法呢？"

华生先是被她的变化吓到了，听她说完话，则是被问住了。

从姚大广被虐杀的案子开始，华生就在反复琢磨行凶人的动机，也几乎清楚地明白每一具尸体被法外惩戒的意愿。此刻被小九儿当面一问，真的不知该如何回答，因为他问过自己千百遍，直到今天内心中也无法回答这个问题。

小九儿见他不说话，用手一指床上的尸体，继续冷冷地问道："这个人就该死！这么多年，他欺凌了多少女孩子！本地养女孩的家庭都知道他是这样的恶魔，都怕厄运降临在自己头上。有人能管吗？谁能用法律除掉这个老王八蛋？"

华生握紧拳头，脸色铁青，牙关紧咬，吐出两个字："报警！"

小九儿冷冷地轻蔑问道："报警？"

华生点头，确认道："对，报警。你说的这些都没有证据，应该让警察来查清楚。如果他真的十恶不赦，应该让警察来抓他，而不是你来杀他！"

小九儿擦掉眼角的泪水，破涕为笑道："我告诉你，心理学家，像他这样的人不止一个，只是很多人更加隐蔽，没有他这么张狂，没有他这么肆无忌惮而已。但对于任何一个被他们这群王八蛋欺凌的女孩子来讲，天都是黑的，血都被抽干了！"说到这儿，小九儿笑着的脸上滑落两颗泪珠，她忙不迭地用袖子擦掉，下巴一扬，话抛给华生，"明着告诉你，看到那个伤口了吗？那是我干的，我一刀一刀切的。我没有杀他，是他自己吓死了。"

小九儿的这句话带给华生的震惊程度不亚于他刚刚看到尸体所受到的冲击。他双眼睁得大大的，眼神凝视着小九儿的面孔，嘴巴忘记合拢，只剩下惊讶的呼吸在流动。他缓了半天神，脱口而出："你没有亲手杀他，但你动手了，伤害他了，警察真的追究起来，你肯定脱不了关系的！现在他在你手里，就算你有证据，也没有权利这样做，你还是有罪，懂吗？况且你也没有证据。"

华生的话音刚落，墙壁上的屏幕里开始播放画面。小九儿见屏幕亮了，也是一怔，不过马上明白了怎么回事，呵呵笑道："书呆子，我不会随便动人性命的。"

屏幕上播放的正是前几日在网络上爆出的那个视频，只不过这次华生看到的是有后续画面的完整版。10 秒之后，那女孩子撕心裂肺的哭声和尖叫声被播放出来，惨不忍闻。小九儿的拳头攥得发青，眼光中满是怒火。那个在车上强行欺凌女孩子的人终于露出了脸，正是此刻躺在床上的那张发灰的僵硬面孔。他在录像里对女孩子的求饶声和泪水置若罔闻，满脸猥琐的得意和蛮霸。

看到这里，小九儿怒不可遏，旋身而起飞出一脚，那屏幕应声碎裂。她朝着尸体吐了口唾沫，满面怒色朝着华生吼道："该不该杀？该不该杀？"

华生也不再遏制自己内心的情绪，同样大声地朝小九儿吼道："是该杀！但不应该你来杀！为什么不把这证据直接交给警察？有这么硬的证据，难道还抓不了他吗？不该你来动手啊！"

小九儿一脸的鄙夷，竟然伸出手掌在华生脸上连续拍击，发出"啪啪"的脆响，愤怒至极地质问道："抓起来又怎样，能判重刑吗？他那么大的势力，甚至还敢公然找少爷的麻烦！我的大心理学家，你是读书读傻了吧？"今晚的小九儿似乎特别激动，连话都比平时多了几十倍。情绪上，愤怒、恐惧、悲伤一应俱全，仿佛自己亲历了那些残忍的虐待。

华生不作声了，他知道小九儿说的可能是对的。他突然想起什么，满屋子找水，然后沾湿了纸巾，几步奔到尸体前，腰伤疼得他直龇牙。也顾不上这些，华生急急忙忙地把小九儿刚刚吐在尸身上的口水擦拭掉，一边擦一边问："你还可能在什么地方留下了痕迹？指纹、头发、脚印、口水？有没有受伤，流没流过血？警察来调查的话，这些都会成为证据，会毁了你！"

小九儿看他那忙碌的样子，脸上的愤怒消融掉了，逐渐绽出了笑容。华生没有停下手里的动作，一边擦一边四下查看，一脸正色道："我没有跟你开玩笑。既然你已经做了这件事，人虽然不是你直接杀的，但如果留下这些痕迹，证据就会指向你是实施犯罪的人！他是十恶不赦的，所以更不能因为这样的垃圾而毁了你。你赶紧想想，还可能留下什么痕迹！别光傻站着啊！"

小九儿笑得更灿烂了，过了半晌才问华生："你在那里擦擦弄弄的，难道不会留下痕迹啊？还心理学家呢，做起事情来一惊一乍的，这么毛糙。"

华生不动了，小九儿又说对了。

小九儿一个字一个字地对他说："我既然敢做，又敢告诉你，就有绝对的把握。你就别瞎操心了！"

华生的猜想是对的。

他回到小九儿身边，又确认了一遍："你确定没问题？"

小九儿对他的神色非常满意，点头笑道："嗯。"

华生突然问："曲总是知道的，对吗？"

小九儿也没有掩饰，继续"嗯"了一声。

华生自言自语道："这就对了。我知道他为什么要把我留下了，你的吸引本来就是个难逃的局，我这个'炸弹'再一炸，心思再缜密的老狐狸也会乱了方寸。好吧，算这老王八蛋活该。"他扭头深深看了一眼那具丑陋的尸体，尽显嫌弃的脸色，继续对小九儿说，"但接下来可能还是会有很多麻烦，曲总需要特别小心几个问题。"

身后一个声音道："小心什么问题？"正是曲杰来了。

华生见他站在身后，心下不禁一颤。他低下头抿紧嘴唇，双手拘束着，身体微微一躬，口称："曲总。"

一具尸体，一个姑娘，两个各怀心思的男人，这场景会印在华生的脑海里一辈子。

曲杰把华生的手机递还给他，说道："我们走吧。"说罢转身，仿佛什么都没发生似的。

小九儿即刻跟上，华生却忙拦住曲杰道："等一下，我们就这么走吗？这里毕竟发生了命案啊！警察会来做勘查的。作案工具、血液、残肢、指纹、脚印、衣服纤维、头发、口水、烟头、食物饮料的包装或残渣，还有室内可能存在的录音录像。房间的出入口痕迹，以及周围的监控、车痕、目击者，这些你都不管的吗？"

华生这番担心，一方面是为了告诉曲杰自己的立场，另一方面，也的确不希望现在就惊动警方，因为目前的局面，即使查到曲杰身上，最后也可能不了了之，徒添麻烦而已。

曲杰一边听，一边露出笑容，拍拍他的肩膀，赞扬道："好了，很周密了，听起来很有经验的样子。回吧，已经快天亮了，你女朋友找不到你该担心了。"眼中闪烁着微微的光，脸上的笑容却没有诡异的因素，很纯粹，很单纯，很开心。华生瞳孔一阵收缩，突然感觉到大脑一阵发紧，低垂了头，身体沉重，满是心事的样子。

身在曹营心在哪儿

华生一路上都是这样。下车之前，曲杰问他："脑子里还是很混乱是吧？你一路上也没问我什么，自己能想得明白吗？这么多事情，正常人一时之间的确不能接受。你是非常聪明的人，自己选择吧，我不勉强你。只是，如果你确定还要跟着我做事情，需要心理素质再好一点，我的心理学博士！"

华生整个人的状态浑浑噩噩的，也不理会曲杰的话，木讷讷地下车，眼睛看着曲杰，眼神里却没有光。曲杰的笑容里这次有了得意，补充道："老白说，你不错，靠得住。另外，老白还让我告诉你，你腰上的伤不会有事，睡一觉就好了。经过今天这一折腾，又看到了尸体，估计你也累坏了。不过你放心，我能保证你不会有事。好好休息一段时间，也好好想想自己能不能承受。如果你最后确定不再跟我一起玩儿了，我也不会对你怎么样。今天你出现在案发现场的录像证据，我会都删掉。坦诚地讲，我还是很期待你来帮我的。快上去吧，你家里的灯亮着，想想怎么跟女朋友说才是当务之急。"

轮胎声渐远，留下华生一个人站在原地。他松了一口气，但随即又皱紧眉头。曲杰说得对，怎么跟肖依讲，才是真正让他焦虑的事情。

伤在后腰，尖锐的疼痛已经几乎消失，只剩下有点肿胀的疼。华生尽量控制着不露出痕迹，开门进去。肖依一下子就迎上来，满眼的关切和怨念，又是推又是拍的，瞪着眼睛直问他干什么去了。

华生勉强笑笑，说是加班、喝酒、开会到现在。肖依哪能就这么信了？她马上问出了第二个问题："那为什么你不接手机呢？不许说太忙了！"

华生上楼的时候已经想清楚了，这个问题只能说太忙了，不能瞎扯其他细节。他便说真的是太忙了，还说了些去拜访炸鸡协会、跟马会长谈判的细节，编了些吃饭喝酒的细节糅合在一起，说得尽量有趣。最后华生告诉肖依，等他能喘口气的时候再一看手机，已经没电了。

肖依歪了头，看着华生的眼睛，看他有没有瞎编乱造心虚的表情，半晌之后眨了眨眼睛。事情都能解释得通，华生的状态也很轻松，可能真的是巧合？也许是自己多心了吧。

她揉了揉眼睛，背过身去，疲惫地走向床，轻声抱怨地撒娇道："你倒好，到处见世面，可怜我眼睁睁地担心了一整夜睡不着，也没个音信。"她一头趴倒在床上，模模糊糊地说，"我得给你立规矩了，以后每天晚上9点之前，必须活要见人，见不到人要见信息汇报。否则我就不洗澡，臭死你！"

华生苦笑了一下，眼睛里泛出了泪光。他赶忙深呼吸了一下，揉了揉眼睛，快步凑过去。以前这种时候，他肯定一下子扑上去，压在肖依身上，连哄带笑地把媳妇儿弄得开了心。但今天他在床边驻了足，犹豫了一下，只是坐在肖依身边，迟疑了几秒钟，方才用手轻轻地抚摸着肖依的头发和后背，柔声说："快睡会儿吧，还有两个小时就要起床上班了。安心睡吧。"

肖依一翻身，双手搂住华生，把他也拉倒在床上，脸贴在华生的胸口，蹭了蹭，安心地舒了一口气："老张，没有你我睡不着。你让我搂一会儿我就睡着了！你也眯一会儿。"说完，仰起脸亲了华生一下，才抱着他微笑着不再动弹，身体慢慢松弛下去。

没多久，肖依的呼吸均匀了。华生再也忍不住泪水，尽情地让它肆意地流，只是尽量控制自己的呼吸，不要抽噎得太厉害。他生怕吵到她，生怕自己的动

第三卷·无间　　157

静惊醒她。他已经不是第一次思考"值不值"的问题了，现在他的处境让他再次思考起这个问题。肖依是心头所爱、绕指之柔，真的喜欢她，真的不舍得离开她，真的不忍心故意冷落疏远让她难过。但是，这件事情已经渐渐侵袭到了她的周边，他更不舍得的是让她担惊受怕，让她被无辜牵连进来，受到任何形式的伤害！每走近曲杰一步，就必须远离肖依十步、一百步。

所以，如果要继续，就必须舍弃，而且要断得干干净净，才有可能维护她的安全。

关键是，自己究竟要不要再继续下去呢？姜老师的被害，戴猛的努力支持，李支和任支的焦虑，邪恶而没有制约的力量……这些都是心头的泵力，能支撑他承受各种困难。还有两个因素，他自己也想不明白：一个是斗智的快感，看得通透、判断正确、控制精准，每次面临挑战的时候，这种快感都让他很兴奋；另一个因素是，那些被害的人并不是无辜的，他能体会到自己心中隐隐的愤怒，同样也能体会到内心深处隐隐的愉悦。这个念头让华生的意识有点混乱了，脑子一片眩晕，很快就睡着了。

肖依听到闹钟后醒来，见华生睡得沉沉的，心疼又好笑，赶忙给他脱掉外衣、袜子，把他摆正放好，再盖上被子，才去洗漱上班。

华生是中午的时候饿醒的，这一觉睡得沉，神经系统彻底缓过来了，人感觉疲惫但又懒洋洋的，很舒服。当他发现自己是穿着内衣裤睡在被子里的，一下子惊得坐起身，赶忙照镜子观察后腰上的伤。好在那里并没有留下什么明显的痕迹，除了整体微微发红，看不出有什么异样。华生轻轻按了按，发觉并不怎么疼，才稍稍放了心。希望肖依没有看出什么异样。

华生把昨天经历的和看到的，用特殊的关键字写在了纸上，他准备把这些关键信息编写进一会儿要录制的节目文案里，以便按时给戴猛传递出去。当他写到小九儿和曲杰的时候，不由得停下笔，犹豫了很久。

最终，他告诉自己，也许这次警方凭借他们自己的力量就能够查到正确的方向。毕竟，马会长的尸体很快就会被曝光出来，这么惨的案子，死者又是如此特殊的身份，再加上之前有过一件纠缠甚久的相关案件调查，即使没有自己的帮助，警方也能找到很多相关的线索。已经有半年多没有发案了，一出就出个大案，警方的侦查力度一定会很大。华生想起小九儿昨夜歇斯底里的狂笑和愤怒，叹了一口气，没有继续写下去，把笔轻轻地放在桌上，仔细地把那张纸撕得粉碎，谨慎地拾干净，扔进马桶冲掉了。

他给自己做了一杯胶囊咖啡，胡乱地在切片面包上涂抹了些蛋白酱。食物下肚，热烫的咖啡顺着食道冲入胃里，人更是舒适熨帖。翻翻手机，看看网上胡扯的文章和光鲜的娱乐信息，华生觉得自己缓过来了，这才望着窗外的阳光开始发呆，脑子里不断复盘昨天的经历，还有那些细微的表情和动作。曲杰的表现、小九儿的激动、老白的阴沉、马会长……

想到这儿，华生觉得不对劲：马会长不是已经死了吗？按照曲杰的习惯，尸体应该已经被曝光出来了，怎么网上这么安静？

他赶忙再翻看手机，发现的确没有任何关于标准化炸鸡协会会长死亡、强奸妇女、猥亵妇女的消息，安静得可怕。

华生百思不得其解，发现无人可问，便不再纠结这个问题，再次默默拿出纸和笔，开始按照那套精心设计的编码方法重新撰写台本，这一次他把所有关键的人物、时间、地点和事件的关键词都编写进去。他在电脑上尝试录制了一段视频，表面上看起来内容是世界范围内的格斗比赛、选手、花絮、内幕、技术讲解等，实际上却把几段秘密信息和索引信息藏在其中。等这段视频录制成功，华生按照自己设计的索引方法倒推了一遍，确认可以获取完整的信息，便上传到了他之前在视频平台上开设的账号，加入了"格斗世界风云"的专题。没过太久，很多喜欢听他解说比赛的老粉丝便陆陆续续地跟过来观看，华生的嘴角难得有了笑意。

肖依下班后回来，见华生身体已经缓过来了，人看起来很精神，便从全身上下透出开心来。她想去训练，想拉着华生去道馆旁观，那是他们爱恋开始的地方。华生举起受伤的双手，摆出一副无奈的样子道："我又练不了，就不去给你丢人了。你安心练，我这几天在家琢磨我的自媒体专栏。等我好利索了就陪你去。"

晚上临睡前，华生接到赵乾发来的信息通知："休息一周，尽量减少外出，不要和外人接触。下周再到公司上班。"华生长长出了一口气，望着窗外黑暗的夜色出了一阵神。他想起明天是戴猛车辆限行的日子，必须利用这最后一次原来的传密方式，把新的规则传递出去，让戴猛知晓。望着肖依正对着镜子贴面膜的娇俏背影，华生遏制住了想要走过去从背后拥她入怀的冲动。

看不见的手

第二天，华生很早就起床了，徒步溜达着，享受着清晨的阳光和空气，和街道上形形色色的匆忙人群挤在一起，这两件事都能让他产生温暖和安全的感觉。街道两旁的玻璃窗偶尔会反射出一道刺眼的阳光，让他觉得有点危险，但接下来的阴凉处又会让他觉得有点阴冷，华生便加快些脚步，再次让自己走进阳光里。

他没有像往常那样搭乘地铁，而是花了一个小时左右的时间步行到了地铁10号线最大的换乘站——人民广场站。行走期间，华生反复思考这套新方法可能存在的危险，以及如果被怀疑是否能够应对过去。还有一件事他也努力在琢磨，就是赵乾、福坤和小九儿为什么会愿意帮着曲杰做这么危险的事情，他们的动机究竟来自哪里。曲杰的心里又总在想些什么呢？他真的是仅仅因为法律不能惩治这些所谓的不公而这样殚精竭虑地以身试法吗？

一辆汽车逆行在人行道上，堵了一大堆自行车。司机听见有人指责他，便打开车门下来和一名骑自行车的男子肆无忌惮地吵了起来，不但不认错，态度还极其嚣张。那骑车的男人最后忍了气，推着车倒退回去匆匆离开。司机对着男人的背后竖起中指，嘴里骂着难听的脏话，脸上得意之色明显，继续挤在狭窄的人行道上逆行。不知道为什么，华生看到这一幕的时候，心里想到的都是曲杰那张冰冷的脸和兴奋的眼神。

华生在地铁站的卫生间里写好了索引代码，刚一出来，就听见电话响起，看号码竟然是福坤打来的，这让华生颇为意外。

福坤问他在哪里，华生说在地铁里。

福坤说："我在人民广场地铁站的星克咖啡，应该离你很近吧？你现在干吗呢？"

华生的心一紧！

他告诉福坤自己在早餐店排队，一边说一边警惕地打量着四周，快速向早餐店走去。

福坤说："你今天又不用上班，这么早走这么长的路来地铁站买早餐干吗？上来吧，我请你喝咖啡。"

华生答应着，远远望向厕所。不知道是不是太过敏感，他看到出出进进的人流里，有一个身影与其他人略有不同，身体姿态敏捷，步频快且稳定，显得十分精干。华生只能安慰自己，希望运气不会太糟糕。

在咖啡店里，很容易一眼看到福坤。他坐在轮椅上，始终是那副冰冷的死人脸，只有眼睛里闪烁着精光，身后站着一个推轮椅的助手。

福坤竟然对他笑了笑，当真是千年难得。华生坐下后，福坤嘱咐他："想吃什么，尽管点。前天辛苦你了。以后不要在地铁里买吃的。地铁站里的早餐能吃吗？"

几句话都有点奇怪。华生若无其事地看了一眼他的神色，看到了明显的笑容。倘若在普通人脸上，这种幅度的笑容也就是很浅的微笑，但华生非常明白，对于福坤那张冰冷的死人脸基线而言，这个笑容倘若不是代表善意，就是代表了背后的阴谋。

他的视线不敢专注在福坤的脸上，他必须藏好自己的本领。他讪讪一笑："让您见笑了，平常穷惯了。那我就不客气了。"

他可真没少点，而且都是贵的。华生想想，自己都觉得好笑。他突然有了个调皮的主意，眼珠一转，问福坤："福总怎么知道我在这里买早餐？"

福坤的笑容慢慢收敛回去，又变成了冰冷的死人脸，声音也冷冷的："我已经告诉过你了，你的事情我想知道的话，都可以知道。"

华生故作惊讶："福总您在监视我？"

福坤笑而不答。

笑而不答是控场的常见方法，华生不可能让他自我感觉良好，于是挤了他一句："那您大老远地跟过来，也是件很辛苦的事情。"说这话的时候，特意望了一眼福坤身后的那个助手，揶揄的意思已经明显得很了。

福坤并没有动怒，脸上的肌肉也没有一丝一毫的运动，继续平静地说："昨天你上线的视频，我看过了，很有意思。"

说"很有意思"这四个字的时候，福坤特意拉长了声音，一双闪烁着寒光的眼睛盯着华生看。虽然华生知道那视线的闪烁是他的基线，但心还是紧张地跳动了两下。他问道："哦？您也开始对格斗比赛感兴趣了？"

福坤没见异样，眼中的光芒略微弱了些，只讪讪道："谈不上对格斗有兴趣，只是你做的视频很有意思。我刚刚开始学习，看得很仔细，听得也很仔细。"

"可是您并没有机会练习啊！"华生试图激怒福坤，看看他会如何反应。

福坤只是嘴角向下抿了抿，眼睛眯起来盯了华生一眼，没有说话。

"福总平常看视频吗？"华生问。

"看得不少。"福坤答。

"前两天网上疯传的那段猥亵女孩的视频，您看到了吗？"华生再问。

福坤脸上闪过很难见到的一丝得意，因为他的嘴角非常轻微地向斜上方提了提，下眼睑也同步向上，遮住了一点点虹膜的下边缘。他说："对我来说，看过的不止10秒，也不止一段。"

华生不想再跟他绕圈子了，因为没有必要，便直接问他："其实我猜，全网的'轰炸',也是您一手操持的吧?"

福坤轻蔑一笑,没说话,没有点头,也没有摇头。

华生问:"折腾三天之后,最后被大面积删除,我想这应该也是您主持的。不过,福总,我想不明白为什么。"华生的问题问得很虚,没有具体说明是"为什么公布视频",还是"为什么折腾三天后全部删除",又或者是"为什么会杀掉马会长"。

福坤张了张嘴,又闭上,然后再次开口道:"我只做该做的事情,别的不操心。"

"曲总提的要求?"华生按照自己的理解来提问,不拿自己当外人。

这次,福坤沉吟了片刻,最终微微点了点头。

华生最后问道:"从头到尾都是曲总的主意,还是您给曲总的建议?"

福坤听罢,竟然哈哈大笑起来,引得餐厅里的其他人望向这边。一个高位截瘫的人,身体僵在那里,头却笑得仰了起来,场面的确有点怪异。笑毕,福坤带点神秘的样子悄声跟华生说:"小伙子,你现在已经亲眼见过了,而且你当场表现得很不错。我特别想知道你的想法,还要继续下去吗?下次不知道还有什么事情会发生,也不知道你扛不扛得住。不过这次你能扛住姓白的,我觉得是可以加分的表现!"福坤脸上浮现了些许得意的神色,很刻意,华生几乎可以肯定,那是挑衅他的表情。

对于福坤能看到现场的表现,华生并不意外。他不确定福坤能看到多少东西,便假设福坤可以看到所有东西。这样一来,倒是会让自己更加小心,少露破绽。不过听他话里的意思,仿佛印证了他之前的想法,这倒真是让华生有点后怕。

华生问:"福总的意思是,老白那王八蛋怎么折磨我,您是知情的?"

福坤颔首微笑:"从头到尾都看到了。"

华生大力拍在桌子上,发出巨大的响声,杯盘碗碟叮当乱响,吓了旁边的人一跳。他愤然站起来,用手指着福坤,克制着愤怒,压低声音道:"你他妈的……"话说到一半,强行咽了回去,牙齿咬得紧紧的。眼睛里倘若有火,此刻已经把福坤燃尽了。

福坤抬起手向下压了压,淡然一笑道:"坐下,别吓到路人。我现在终于知道少爷为什么会喜欢你了。别说他和董事长,就连我都开始喜欢上你了。"

53　纷争的乱局

开篇语：

声东击西、围魏救赵之类的老套路，对我来说实在没意思。但是毕竟少爷做了这么大的事情，我还是得做好保全工作，不能出乱子，不能让董事长的心思落空。张华生这个人，摸不透，但肯定算有本事。没本事的没有用；有本事的如果摸不透，又不敢用。唉！再看看，再看看。

By 福坤

针尖麦芒

华生见福坤的样子，已经知道自己的表现正中他下怀，便气哼哼地一屁股坐回去，视线向下扭过头去，上嘴唇同侧提升又落下，仿佛要露出犬牙，最终还是忍着愤怒，盯着福坤逼问道："曲总也是故意把我交给老马的？"

福坤身体端坐，淡淡地讲出原委："老马狡猾，没有你参与，单凭小九儿的吸引力，我怕他不会在那个节骨眼儿上接受小九儿。他可是老江湖，色是动力，但事儿是规矩，小九儿的色可能大不过规矩。但是，加上你的出现，就可能让他坏了自己的规矩。"

华生惊讶道："你连小九儿也豁得出去？"

福坤脸上神色变得有点难看，只说了句："那是她自己的主意。"

这倒是完全出乎华生的意料。现在回想起小九儿在马会长尸体前的愤怒和悲伤，华生觉得福坤没有骗自己。华生问："所以，您就是在利用我？"

福坤又笑了："对。让少爷带着你去见他们的人，是我；让少爷把你留在那些人手里的人,也是我。"说完这句话,他收敛了笑容,表情冷峻地盯着华生看,看他攥紧拳头脸色发青,便告诉华生,"换作是我,我也会气,毕竟疼得很。你想知道来龙去脉吗?"

华生保持着生气的样子,眼睛直勾勾地盯着福坤发狠,故意呼吸得粗重,并不答他的话。福坤自己却接着说道:"动马老头之前,少爷跟我说了你的思路。《三国演义》的戏码的确比较经典,但在我看来是故作聪明。第一并不能解决少爷的困境,第二还会引来未知后患。什么炸鸡协会忌讳的势力,还要暗中转换律师,这些都是拿姓马的当爷爷跪拜着才能想得出来的馊主意。新引进一份势力,就得背负一份新债务,又重又危险。"

华生听他这么说,不但没有因为他的讽刺而更加生气,反倒平静下来,很仔细听他的思路,接道:"所以……"

福坤说:"在我眼里,没有人禁得起考验,更何况是老马这种低劣的变态淫虫,根本不用我费力找,自己这些年就拍了好多奸淫的录像。神经病!"说到最后三个字的时候,他的脸上只有鄙夷,没有恨。

华生若有所得:"所以,你弄到了老浑蛋的那些录像来威胁他,这也是你那天晚上说不需要我跟着曲总去见那老头的原因?"

福坤抿嘴一笑,道:"对。"

华生不解:"那你怎么又要把我埋进去?"

福坤得意地交叉了十指,轻松地搭在胸口,揭秘道:"我还特意嘱咐老白,手法狠一点,试试看你是个什么样的人。"

华生用拳头重重地捶了一下桌子,怒道:"卑鄙!"

福坤笑得更得意了:"行啦行啦!我也嘱咐姓白的手法要精致呢,没想着一定要废了你!是因为你表现好,才没真受伤。如果你当时说出点什么不该说的,以他的手段,恐怕你那一双腰子真的已经废了。"

亲耳听到这些,华生恍若从震惊中又进入了新的震惊:"你怎么能让老白听你的?"

福坤眼睛里射出精光："我说过的，没有谁禁得起考验。老白不但贪了老浑蛋的好多钱，还玩儿他的女人，这两项随便一项都能让马老头磨碎他的骨头。不过，倒是可以理解，少壮将军不服昏聩皇帝，正常现象。"说完这句话，他竟然流露出一点无奈的落寞。

华生突然一下子明白了很多细节，他完全知道老白为什么那么奇怪了。

两个人同时沉默下来，出奇地安静。还是福坤打破了这奇怪的氛围，他问华生："我想赵乾应该已经警告过你这一星期不要出来，也不要接触人，为什么你走这么远到地铁站买早餐？"

华生悠悠地承认："我害怕。"

"害怕？"福坤重复道。

"是，我害怕。"华生低下头，身体微微有点发抖，努力地控制住呼吸，稳住自己的声线，"我无法抹去脑海中那具尸体，根本不敢入睡，只盼着能多晒点太阳。"

福坤的语气变得刁钻而严厉："那你还有心录制视频，更新自媒体频道？"

华生抬起头，坦率地和福坤对视："因为我更忘不掉那段录像，更忘不掉小九儿说的那些话。我不想老是想那些东西，我恨不得换掉整个脑子！那些事不应该是我知道的事情，我不想一直去想那些画面，我更不敢想象你们下一次会把我带到什么地方去！我想找回原来的自己，只是做做解说、经营拳赛，像以前上班一样每天坐坐地铁，和路边的这些人一样挣点钱，吃点好的，简简单单地生活！"

福坤冷笑着摇摇头："你那么努力地凑进来，不就是为了知道这些事情吗？"

华生见他的神情，同样也冷笑着对福坤说："你还是以为我别有用心啊？真的让我失望，堂堂坤睿科技的董事长，IT巨头，杰出的科学家，竟然总是盯着我一个小蚂蚁。你非说我要'凑进来'，那么实话实说，我现在不想'凑'了，你们做的事情我不喜欢，你对我的敌意我更不喜欢。所以，我才打算自己做新媒体。我只是还没有下决心离开而已。你们做的这些事，我宁愿自己什么都不知道。"眼中的痛苦和畏惧，随着话语同步输出，流畅又自然。

福坤审视他良久，轻轻叹了口气："你在那房间里的反应，少爷很喜欢。我反复看了很多遍，就像现在一样，没有找到你的破绽。演，是演不出来的。"

"福总，你有兴趣，就继续看吧。我知道你神通广大。也许有一天，你看我什么地方不顺眼，就直接活埋了我。我没有你想的那么复杂。你不愿意我继续在赵总那里做事情，我就不做了，犯不着因为你不喜欢我而丢了性命。"

福坤喝掉杯中的咖啡，恢复了常态，对华生吩咐道："现在不是你想走就能走的了。你也不用再给赵乾打工。少爷让我跟你说，以后你直接到他那里上班，做特别助理。从今天开始，你都必须安安静静的，不要乱跑，更不要乱说话、乱见人，一切听我调度安排。我会趁着警察那边还没启动侦查程序，去推动一件大事。他们要查，就先弄点事情让他们查。但是，你也不要得意，如果今后被我抓到任何小尾巴，我可以保证让你生不如死。"

华生没有说话，只是看着福坤的眼睛。

他在心里缓缓地、悄悄地把快憋爆了的紧张慢慢松懈掉。福坤刚才的审视着实会让人紧张到不知所措，倘若不是华生心里真的有点情绪感受，是万万熬不过去的。**没有情绪的伪装难于上青天，有点情绪之后顺势把它放大，则相对容易一些。**这时的静默，也恰好与之前的犹豫和不安呼应，应该是最恰当的反应吧。

目送福坤的车辆离开时，华生看到之前那个在厕所门口出现过的身影，在拐角处上了福坤的车，一起消失。看来，自己之前并不是敏感，而是福坤的确太可怕了。

华生决定，赶紧去暗号里指定的那一站，给戴猛留下新的联络方式的详细说明。因为他知道，今天之后，就不能再冒险用老办法传递信息了。今天是最后的机会。

华生感到心力交瘁。

当天下午，网络又"炸"了。据新闻报道，标准化炸鸡协会的秘书长白森驾车通过高速收费站的时候，不愿意排队缴费，便想从旁边一个已经封闭的通道驶过。他这种用惯了特权、走到哪儿都被人恭维或敬畏的人，连解释的机会都不给出来拦车的工作人员，直接大打出手。随后，还叫来了头戴金色炸鸡帽的会众，对整个收费站实施了砸烂、推倒、铲平式的破坏。

区政府出动特警，试图维持秩序，没想到这个应对立即招来了更大规模的会众冲击。在老白的号召下，这些炸鸡协会的会众高喊着口号，威逼特警退让。

区政府无奈，出面调停，把收费站、公安局、炸鸡协会三方聚拢到一起协商。老白拒不接受任何协商，指着自己头顶被收费站工作人员划开的口子，要求区政府道歉、赔偿。

新人笑，旧人哭

等到第三天，新闻报道出来的时候，华生发现结局竟然完全出乎他的意料。由区政府调停，收费站就此事做出道歉。

华生惊讶于炸鸡协会的权威和影响力居然这么大。同时他当然明白，这应该就是福坤安排的那件"大事"，否则老白怎么敢在这个节骨眼去招惹是非。但这样一来，几乎可以肯定的是，马会长被杀的事情已经被埋在舆论热点的深海之下了。

只是，马会长的尸体没有公开出来，曲杰会怎么想？他难道变了心思？

连续几天看到华生在家里踏踏实实地"度假"式工作，肖依终于安下心来上班和训练。周日晚上，华生得到通知，明天到曲杰的公司报到，曲杰明早9点在那里等他，亲自与他进行入职谈话。还来不及细想，肖依训练回来了。看得出来，她身体疲惫得要命，但精神却异常兴奋！

华生问她："什么事这么开心？"

肖依说："你还记得我之前说的那个短发小姐姐吗？她今天晚上又来训练

了！你别说，经过上次对练，我是真的特别想她！这次她办了会员卡，说是以后能常来。我的天！我简直太开心了，今晚打实战打得开心死了！"

华生脱口而出："不可以！"声音大得吓人。

肖依一脸迷茫，不爽道："为什么？你干吗这么激动？"

华生急急道："你以后不要再去那家道馆训练了！千万不可以！"

肖依有点生气了："你这人莫名其妙！为什么不能去训练了！我好不容易有个像样的对手一起练，还是个漂亮姑娘，你发啥飙？女人的醋你也吃？还是你怕我知道什么？"

肖依的最后一个问题，指向的是华生在隐瞒他和那个女孩的某种关系，怕肖依知道。

事实上，华生的确是在隐瞒他和那个女孩的某种关系，非常怕肖依知道，更怕她不允许这种关系继续发展下去。那样的话，可能会导致他之前所有的努力都前功尽弃。

所以，华生被问得怔住了，无法回答肖依这一连串的问题，竟然罕见地出现了欲言又止的反应。肖依更加觉得不对劲儿，心里瞬间警惕起来。她满是怀疑地逐渐逼近华生，示威道："张华生，你明天跟我去道馆一起见见那个姑娘，认识一下。或者，是让我看看你们俩认不认识，究竟有没有什么见不得人的关系。要是让我知道你背着我有其他'亲爱的小媳妇儿'，哼哼，你等着瞧吧！"

华生哭笑不得，又不能按照肖依的思路去具体解释什么，只好说道："你别胡闹，我哪有什么其他'小媳妇儿'。我是出于对你的安全考虑，突然冒出来个厉害的女生天天跟你对打，万一她有什么动机怎么办？"

"为我的安全考虑？"肖依气不打一处来，咬牙切齿道，"我看你是为了自己的安全考虑吧！人家功夫好，愿意来训练，能有什么动机？我能有什么安全问题？打不赢还能杀了我吗？你心虚什么？你越是这么说，就越有问题！明天你必须跟我去一趟，你俩见见面，要不然你就是心里有鬼！"

华生实在想不出来，如果那人真是小九儿，面对面见到应该怎样装作不认识。就算自己能装，小九儿也未必会配合，因为她接近肖依的目的几乎是透明的。如果承认两人早就认识呢？说："怎么这么巧，居然是你啊！你怎么会来这里训练？"然后呢，大家一起哈哈大笑？要不要继续介绍说这就是那个把我手臂弄断的姑娘？

肖依是很甜，但她并不傻。

华生精通观察人的心理状态，更精通控制自己和别人情绪的方法。但是，那是对别人，他自己最怕的就是肖依不高兴。这姑娘什么都好，什么都通情达理、温柔体贴，就是容不得别的女人对自己男人有意思，更不可能容忍华生对自己有任何隐瞒。所以，肖依一认真，华生的大脑就乱成一团，完全下滑到普普通通甚至低能儿的状态，不要说智慧了，能勉强做到不慌张就算了不起。

那能怎么办呢？华生此时根本就启动不了对付别人的那些程序。比如"强不过，又不能弱，那就乱"的谈判策略，对别人有效，现在就算想到了，也没有办法用到肖依身上。因为肖依在华生的心中，根本就不是对抗的人，而是应该去宠爱的那个人。

要是不需保密，目前的局面也简单，坦坦荡荡地承认就好，反正没做亏心事，肖依也能明白究竟是怎么回事。变态老板的同事嘛！不难应对。该忍让的忍让，该拉拢的拉拢，该冷落的冷落，因为这些人说到底都不重要。

但现在，华生的真实意图不能说给肖依听。真说了，肖依要么拼了命也会阻止，要么就是为了护着他，拼了命也要加入。然而曲杰这帮人喜怒无常，下手狠辣，根本就不拿人命当作行为的重要边界。华生是真的决定，必须做了断了。

他在自己的心里暗自发狠，一下切断了所有退路，怒吼一声："你这人怎么这么矫情呢？我说不允许就是不允许，不能商量！"

说完，头也不回地往阳台上走，"砰"的一声撞了门，留肖依在身后呆住。没过两秒钟她便泪流满面，委屈得不知道该怎么办。

那是两个人第一次整夜没有睡，整夜没有说一句话，整夜假装睡着的体验。

第二天一早，两个人装作什么也没有发生过，淡淡地搭了几句话，便都匆匆逃离了那个房间。

风暴即将来临

　　车把华生接到曲杰办公处，华生清楚地记得那两条巨大的黑狗，还有那条诡秘的青蛇，手臂上的伤口其实早就好了，但仿佛还在隐隐作痛。赵乾在车库里接他，一见他下车，便迎上来悄声道："谢谢兄弟！让你受苦了。恢复得还好吗？"

　　赵乾从来没有对人这么客气过，华生知道他看重什么，便没有接他的话，而是关心道："您的那两个战友，现在还好吗？"

　　这是那句"谢谢"背后的意思指向。

　　赵乾果然满脸的感激，简短道："放心，炸鸡协会撤了起诉，他们应该很快就能回来了。"电梯还在上行，他微微迟疑了一下，提醒华生道，"今天少爷心情不好，你要有个心理准备。"

　　华生一直在想曲杰可能的反应，赵乾的话是一种侧面印证，很重要。他问赵乾："是因为马老头那件事？"

　　赵乾明显有点吃惊华生能猜到，然而只是点点头，没有多说一个字。

　　电梯停下，赵乾带华生朝曲杰的办公室走去，不知道为什么，华生能感觉到赵乾的身体在微微发抖。他赶上两步，用手在赵乾宽厚的背上轻轻拍了三下。赵乾回头望，见到华生的眼神安稳笃定，便勉强笑笑，视线却依旧有点发虚，不太敢凝神注视，似乎非常害怕即将发生的事情。

　　敲过门后，赵乾略等了两秒，才缓缓推开门。华生心里对他的谨慎模样感到好笑，但也知道能让赵乾这样的莽夫谨慎如斯，可能情况要远比自己所料的令人恐惧。

　　曲杰坐在他的办公桌后；小九儿站在窗边，还是那副望着窗外的模样，脸上神情不好也不坏；坐在曲杰对面的，是福坤。看三人这位置和表情，事情还没有变得特别糟糕。赵乾向曲杰鞠躬，望了一眼福坤，便走到他的轮椅旁，面向曲杰肃立，双手拘束地放在身前。

见华生进来，曲杰原本冷冷的脸上立时绽开一道微笑，竟然从座位上站起来冲他招手道："你终于来了，盼着见你呢！"这个笑容在华生看来，特别刻意，不过还好没有掺杂着危险的信息。这种刻意的笑容说明他只是希望表现得轻松愉悦，背后并没有藏什么恶意。华生也笑起来，给了一个特别灿烂的笑容，甚至露出了些牙齿，阳光无比："曲总早！一周没见，很想念。我终于来了。"

知恩图报

这一句话听在福坤的耳朵里，他立时眯紧了双眼，眉头皱起，侧着脸瞥了华生一眼，镜片后头闪动着冷冷的光。只一瞥，他便快速扭回头去，鼻孔中轻轻地喷了些气出来。小九儿倒是绽出了笑容，在阳光的照射下特别动人。看得出来，她看到华生来，又看到少爷的变化，姿态也轻松了许多。曲杰从桌子后面走出来，竟然给了华生一个美式拥抱，而且拥抱的时候，手臂向他自己怀里的方向用了力。这动作虽然可控，完全可能是刻意的，但表达出的热情也是很明显的。

华生不禁有些好奇了：为什么曲杰对自己这么期待，甚至有点要讨好的意思？

曲杰用手指了指大家，吩咐道："围着沙发坐吧。福总，需要我帮忙吗？"他的意思是要不要过去推轮椅。其实这个玩笑开得并不好，如果他想要表达幽默和亲近，那么现在就用错了时机。好的氛围，用这样的方式表达帮助残疾人，是亲近的表现；坏的氛围，用同样的方式表达"帮助"残疾人，则有讽刺挖苦的嫌疑。

福坤脸色变冷了一些，连话都不回应，自己推着轮椅挪动过来。

曲杰率先坐下，拍拍自己身边的座位，示意华生坐下。见赵乾有点不知所措，便指了指福坤的边上,说道:"你也坐嘛!愣着干吗!"

小九儿见曲杰的模样,便待在窗边没动。她只要看曲杰的神色就知道,现在他的状态比刚才好多了,不需要自己担心了。至于男人们要谈的事情,从来是不需要她操心的,她只为曲杰一个人操心。不过,一会儿华生会有什么想法,倒也是个令她好奇的地方。

曲杰等大家都坐定了,才跷起二郎腿,把身体靠在沙发的靠背上,声音有点轻飘飘地道:"福叔!我是非常感谢你的。你当然有你的道理,我不想再就细节和你争论什么,完全没有意义。我只有一个问题:我们冒这么大风险做了这件事,最后真就这么不了了之了?你不要以为我不知道,就因为那个女的几句话和老头子的脸色,你就可以对我的话置若罔闻?"

福坤一点都没有退让,他连脸色都没变,只平静地顶了回去:"少爷,事有轻重,全局考虑。"说完这句话,他突然看一眼华生,说道,"张华生,把你的手机给我。"华生一怔,扭头看曲杰,曲杰无所谓地点点头,示意华生可以交过去。华生便起身把手机递到福坤手里,脸上满是不快。等他刚要走回自己的座位,福坤又发话:"赵总,你再搜一下。"

华生原地站住,转过身盯着福坤。福坤没理会他的愤怒目光,又重复一次:"赵乾,请你搜一下他的身上,还有没有其他能录音录像的东西,搜仔细一点。"赵乾犹豫,用目光请示曲杰,曲杰依旧无所谓,扬扬手。赵乾这才开始细致地在华生身上摸索,搜查手法甚是专业,连纽扣都没有放过。其间华生配合地张开手臂,脸上带着轻蔑的笑容,一直盯着福坤。福坤竟然能做到毫不在意,检查完手机后看着赵乾搜身。他的脸上虽然整体冷峻,眉宇间却有一点淡淡的忧愁,华生注意到了,但不能确定那是因为什么。赵乾搜完,对曲杰摇摇头,示意没有可疑物品。曲杰笑笑,动动手指让两人归位。

福坤这才把视线转回到曲杰身上,仿佛刚才的事情没有发生一样,继续道:"你问我能不能杀掉老马,我同意了,我也替你做好了所有的数据支持和防护。你让九儿参与设局,甚至让她自己动手,我也能接受。但是,解了心头恨就应该见好就收，不能置董事长和整个亿通集团的利益不顾，更不能把自己的前途放在火上烤！这是幼稚！"

这一句话可不得了，曲杰一下子猛地从沙发上弹了起来，一脚踹在茶几上，用发抖的手指气愤地指着福坤说："你在跟我说话吗？你再说一遍最后一句！"

福坤没有跟他顶起来，转而解释道："如果真的曝光尸体，光'阉割'一个关键词就能'炸'掉网络，更何况死者还是这么特殊的身份！按照刑法规定，情节严重，造成恶劣社会影响的，要从重。有老百姓的猎奇，再有恶性刑事案件的定性，死的又是这么个身份的人，刑警那帮人必然会全力以赴。你还要把他那些录像曝光，无疑是火上浇油，真到人声鼎沸，连媒体都疯了的时候，不要说董事长，任谁也控制不了，那时警方是真的不可能收手的！"

曲杰却咆哮道："这些话我听了一百遍！一百遍了！我让你把刚才最后一句再重复一遍！"

华生还没有见过他这个样子，也没有想到他和福坤之间能有这么大的分歧和冲突。

福坤眼中的忧愁更重了些。他坦然道："从重的意思，就是从侦查到审判，都加重。迫于各种压力，警方会不惜一切代价挖出凶手。有些线索平日里无所谓，从重之后就会草木皆兵。第一，整个炸鸡协会肯定会被翻遍，强奸、拍摄录像的所有人都会被牵连进去，老白也保不住了。第二，马会长得罪过谁，敌人有谁，最近跟谁有过节、有往来、有交易，这些都会被列为线索。这么明目张胆地虐杀和曝光，显然不是普通小贼能做得到的，显然有复杂的利益冲突和强大的控制能力。赵总第一个就会被挖出来，你是第二个，那时亿通集团就会被冲上风口浪尖！道路监控、现场痕迹、车辆轨迹，所有这些当时作案的证据我都能清理掉，但那些过往的利益接触和矛盾，我是真的无能为力。"

他说到这里的时候，眉头已经上蹙，眼中愁色更甚，对曲杰的一身杀气毫不在意，继续道："董事长已经快80了，日常操心的事那么多。我今天的一切都是他老人家给的。还别说他老人家为了你，单独给我增持了集团的股份，就算是让我抛掉所有身家给你干活儿，我也必然尽心尽力。他老人家的意思我明白，少爷你更应该明白！之所以让我来帮你，就是为了让你快点成长起来，足够强大、足够稳定地去接他的班。当年美国的事情的确遗憾，但我很欣赏你，教育良好、做事细致、思路缜密、决断果敢、快意恩仇。之前那几个案子，当时你来求我的时候，你心中的愤怒我完全能理解，因为我也有过很多类似的感受，所以我一度认为你心中的正义感和控制力是宝贵的，是可以转化成强大的动力的！我希望你通过主持这么多生意，跟这么多权贵阶层打交道，丑陋的人心见多了，慢慢就会把那些年轻而容易冲动的力量带回正轨，这是曲思所不具备的特质！你想一想我为什么会从一开始就毫无怨言地帮你！冒着被杀头的风险，我究竟是为了什么？"说到这里，福坤的喘息变得有点剧烈，毕竟身体弱，喘息了一会儿，他才非常诚恳地请求道，"但无论如何，你做的事情都不能触及集团的利益，不能给集团引来任何风险，不能让董事长分心耗神，更不能凭着一股冲动引火烧身。之前冒犯了炸鸡协会的群体械斗就已经让董事长急了眼。那么大岁数生那么大的气，你不心疼吗？你再看看曲思的表现，你不害怕吗？"

看来福坤是真的动气了，他激动地用手拍打着轮椅的扶手，整个轮椅都在晃动。他还继续教训道："所以这次，我要斗胆违命一次。我也希望你能够从更大的布局角度来重新看待马老头这件事，考虑到集团的利益，考虑到你爷爷的健康，考虑到你姐姐会怎么想、怎么做……"福坤说到这里的时候，叹息一声，声音弱了下去，"更重要的是考虑到你自己的前途。你爷爷是属意你的，曲思有她自己的问题。他们只知道前面那次群殴的事，至于你之前做过的那几个案子，还有这次闯的大祸，他们应该还不知道。万一，我是说万一……"福坤的眼神在华生和赵乾的脸上快速扫过，语不停歇继续道，"他们知道了，你就一点机会都没有了！董事长想帮你也帮不了！你千万不要任性到让我所有付出过的心血白费。"讲到这里，福坤停下来，快速看了一眼小九儿，又立刻把眼神收回，有点黯然地继续说道，"一旦有其他人知道了这些事，你身边的这些人会是什么结果，你自己会是什么结果，我完全不敢想象。更关键的是，亿通集团会受到什么样灾难性的影响？就算你不在乎接手这个庞大的集团，你总要在乎你爷爷的感受吧！他老人家一辈子打拼的心血全灌注在这里面，不能因为你的冲动和任性就毁于一旦啊！你没有资格让他老人家一辈子的心血全白费了！"

华生从来没见过阴沉深冷的福坤如此这般激动过，面色发红，脖子上青筋暴出，嘴角甚至还有少量唾液沫。然而，曲杰却不看他，耷拉着眼皮，不知道在出什么神。

福坤看他那样子，无奈地叹息了一声，最后说道："少爷，我和董事长一样，希望你能成为一个心中纵横捭阖的大师，而不是一个仅有热血和冲动的'愤青'。我会用尽我所有的能力帮你。我这辈子已经没有什么所求了，只希望你能成为亿通的合格接班人，让董事长他老人家百年之后能安心瞑目。"

福坤的处境

福坤的话音还没落下，曲杰就"呵呵"地冷笑起来，显然，他已经快要控制不住自己的情绪了："福叔，您可以把这些大道理收起来了，用英语讲就是，'Please shut up！'！这些大道理我听了不下十年，当初爷爷就天天跟我念叨，什么心胸、格局、眼界、层次，让我做什么大男人。有什么用？你们知不知道现在是什么时代了？你虽然技术上是顶尖高手，但并没有发现网络对人性的影响和改变，那些老东西都不了解它的力量究竟能有多大。杀了这些人渣，一定要公布他们的罪恶，在网络上炸开了锅，才能让更多潜在的人渣害怕，不敢再轻易作恶。"

他有点不耐烦起来，开始在屋里走来走去，语速越来越快："如果费尽心力杀掉一个马老头，却隐忍不发的话，那我干吗要去做这件事？光是这座城市里，强奸猥亵妇女的人渣就还有很多，他们会有半点收敛吗？他们依然会躲在黑暗中流着口水，变态地侵犯着那些弱小的身体，甚至会享受她们的哭声！这些毒疮难道不应该被剜掉吗？"

他的声音和步子开始变得躁动，华生还听到了那间狗舍中的躁动。

曲杰指着福坤的鼻子质问他："你说从重，警察就会拼命去查，你有没有研究过相似案例？我把这些罪恶的证据公布出去，网民会替我呐喊呼号。之前有多少恶性案件，一开始警察努力去查，后来网络舆论一反转，一切又不了了之。你就真觉得我是冲动的'愤青'？"

福坤闭上了眼睛，面无表情。华生不确定他是在边听边思考，还是烦得拒绝再听。

曲杰话锋一转，愤愤地抱怨道："现在你也来说我不懂事、没格局、幼稚！我问问你，从你过来帮我开始，我哪天是懈怠的？哪天不是发了疯地干活儿？光是我自己做起来的药厂，去年贡献的利润就不比曲思的房地产公司少！这还不算她那边有多少银行的贷款没还！还有我旗下的娱乐公司、影业公司，除了利润，还给集团带来了多少知名度！在今天，我养的一个小明星就能给我们签下两三亿一单的合同，这还不算给亿通带来的话题和知名度。这才是这个时代的特点。流量、需求、效率、利益，你能搞明白这里面暗藏的关系吗？你老了！你的那些硬件设备，那些过气的软件，都是上一个时代的产品，被淘汰只是时间问题。我做的业务，包括社交平台、网红直播、游戏电竞，还有赵乾的格斗，都是领先这个时代5年的事情。这才是格局。曲思会做什么？房地产、物业管理、酒店、餐饮、酒吧，这些都是土得掉渣的产业，利润只会越来越薄。福叔，你懂吗？"

福坤叹息着摇了摇头，没有接话。

曲杰站定了身形，调整着自己的呼吸，眼睛里却几乎冒出火来："可是现在爷爷给我多少股份？给曲思多少？她凭什么！就因为比我干的时间长？时间长还做得这样平庸，就是典型的无能！你还让我注意她会怎么想，她的想法重要吗？她有想法又能拿我怎么样？不要以为我不知道她在背后干的那些事，我只是没兴趣跟她计较而已！"

曲杰的声音大得吓人，狗舍里传出那两条狗沉闷的叫声，震得狗舍的木质墙壁嗡嗡作响。小九儿赶忙吹起口哨安抚那两条大丹犬,同时走过来轻抚曲杰的后背。福坤听到狗叫声后,厌恶得皱起了眉。

赵乾全程低着头,仔细听,若有所思。

华生发现赵乾一直听得非常认真,好几次加重了眉头的紧皱,但又立刻故意扬扬眉调整成一副平静的表情。刚才福坤在提到"你姐姐会怎么想"的时候,很快地看了赵乾一眼,而赵乾则躲开了那个目光,这让华生有点惊讶,不明白两人之间进行了什么样的快速交流。

华生还能看出来,福坤根本就不认同曲杰的这些愤懑,虽然他在努力掩饰,但脸上的轻蔑几乎要按捺不住地流露出来了。曲杰说完这么多话,依然很激动,愤愤地一屁股坐在沙发上,等着福坤回话。

见福坤没有回应,曲杰突然问赵乾:"赵乾,炸鸡协会这件事前前后后这么多乱子,都是从你那俩兄弟开始的。现在他们很快就没事了,你就一句话都没有?"

赵乾正凝神思考着什么,突然被曲杰问到,有点慌乱。他并没有赶忙开口回答问题,而是调整姿势叉开双腿,用手撑住膝盖坐直身体。然后,右手向下拉开领带,用力左右拽了拽,可能是因为憋气得厉害,还解开了衬衣的两颗扣子,这才大大吐了一口气,开口道:"我的想法……我就认为这姓马的老头可恨,绝对该死!我觉得少爷做得对,很解气!至于尸体和那些录像要不要公布出来,我觉得您和福总说得都有道理,但不管怎么样,只要做了决定,有需要我做的事情,我连眼睛都不会眨一下!我是军人出身,最擅长的就是听命令,执行任务!"

福坤冷冷地说了一句:"好军人,要有脑子。你要是脑子够用,当初也不会做出蠢事而被部队开除。"

赵乾"噌"地站起来,眉毛几乎皱到一起,声音大得吓人:"福坤,请你说话客气一点。你这样连上床都要别人帮忙的废物,不要仗着自己有点技术,就什么都不放在眼里。现在你是少爷的手下,我也是,不论特长是什么,完成少爷交办的任务才是我们该做的。"

　　福坤白了他一眼，淡淡地说："你是少爷的手下，我才不是手下，我是亿通集团的股东，我也不是单纯来完成交办任务的，我是来辅佐的。辅佐你懂吗？要说我的上面是谁……"他指了指天空的方向，"现在我的上面只有董事长！"

　　听到这话，曲杰几乎气炸了，他大喝："Daniel！Howard！"

　　两条早就按捺不住的大黑犬拼了命地从狗舍中扑了出来，它们几乎和小九儿的身体是同时腾空而起的。小九儿看到曲杰怒了，想都没想，飞起一脚把福坤踢倒。福坤从轮椅上摔出来，眼镜滑落得很远。那两条巨犬则落至福坤身边，探下身露出森森白牙，喉咙间发出低沉的吼叫声，后腿做出随时蹬地发力的姿势。它们听得懂曲杰声音里的愤怒和兽性，只要曲杰再做出任何一个动作指向福坤，它们就会扑上去把这个不能动的家伙撕个血肉模糊。

　　福坤看了一眼小九儿，忍着疼笑了笑，他对小九儿的笑容总是特别单纯。然后又看了一眼面前的两条恶犬，只是闭上眼睛，用鼻子将胸中的郁积长长地呼出，然后努力用双手撑起自己的残躯，想要捡回眼镜，竟然对那两只巨兽似乎视若无睹！

　　他这个无所谓的反应更加激怒了曲杰！

　　就在他抬起手指向福坤的一瞬间，华生冲过来按住了他的手背，及时发声拦下了他的盛怒。华生知道，福坤最后的那个表情，不是无所谓的不屑和挑衅，而是无奈地接受，接受曲杰可能给他的所有后果，但始终心有不服。他可不想看着狗吃人的惨剧在眼前发生，尽管他不喜欢对面那个瘦弱而聪明透顶的家伙。

　　华生已经听懂了他们在争论的问题，也听懂了这背后复杂的利益格局。他觉得福坤刚刚的那番话，算得上是掏心掏肺了。福坤讲的话对于华生来讲非常有用，解决了他一直想不明白的很多困惑，也带来了新的关注点。福坤是这一系列案件中的重要角色，甚至可能和曲杰一样重要，不能任由他消失。今天他当着华生的面几乎承认了所有的事情，只是讲得模糊，就算录了音恐怕也不会起到太大的作用。虽然福坤始终没有信任华生，但是有了今天的冲突，后面华生就有可能从他那里获得更多的信息，而且是非常宝贵的信息。

另一个感觉让华生的内心充满困惑。福坤和曲杰都说了这么多，自己也亲耳听到了这个过程，这意味着有一个趋势是绝对无法更改的，那就是知道得越多，陷得越深，抽离的时候也就越难。华生对自己的感觉非常意外。一直以来，他都觉得如果有一天能够当面听到这些人谈论罪案，那就是一个成功的标志，离自己的辛苦目标就近了一大步。但此刻，他却不知为什么有了彷徨的感觉。

华生说了一句话。

他只说了这一句话，便拦下了曲杰的盛怒。

54 刘备的赵云

开篇语：

赵乾有赵乾的问题，福坤有福坤的立场。他们已经杀了那么多人，如果什么证据都拿不到，势必无功而返，这不是我所希望的。没办法，拉福坤一把，打赵乾一下，趁乱找机会上位，才能更加接近证据。其实，曲杰挺优秀的，但也挺可怜的。

By 华生

劝服

华生对曲杰说："你别急，福总的确只是董事长的下属，现在还不是你的。"他把"现在"两个字特意加了重音。

福坤睁开了眼睛，瞬间盯住了华生，心下一动。

曲杰正要发作的时候听华生这么说，猛地扭过头，瞪大眼睛质问道："你说什么？！"

那两条狗本来已经要出击了，它们刚才明确感受到了主人的命令，知道自己应该撕碎谁。但主人突然转换了目标，仿佛失去了刚才的杀气，它们犹豫了，扭过头来看曲杰，却看到主人竟然松弛了下来。因为，华生说了第二句话。它们当然听不懂华生在说什么，但曲杰听懂了。华生说："有本事的人都不容易换主人，因为他们挑人。光靠吼成不了事。他们要换，只会换更强大的主人。"

曲杰的怒气竟然开始消融，逐渐消失得一干二净，神色和呼吸都平静下来，歪着头出神，似乎在重新思考。过了一会儿，他回过神来，看了看口水横流的大丹犬，知道自己差点冲动得办了错事，伸出手来抚弄两条狗的头颅和皮毛，对它们表示安抚，他的心下是愧疚的，白让两条狗兴奋了一场。

小九儿明白他的心思，悠悠一声口哨，两条狗讪讪地跑回狗舍，身形显得颇为失望和落寞。

华生又说："古时候，诸侯养门客，靠食物和金钱让他们卖命。皇帝养大臣，靠名爵和荫封让他们死忠。无论过去还是现在，养人就一条规律，给他所需。我想，福总必定不会缺钱……"

聪明人讲话，根本不用说透。

华生这话当着两个人的面说，也是用了心思的，他看得出，福坤对曲杰的期望，根本就不是多点股份或者多挣点钱。如果刚才福坤说的那些话他没理解错，福坤在为曲健云的身后事操心，希望通过自己的努力来保证亿通这座大厦不倾。他已经在曲家姐弟里选定了曲杰来辅佐，虽然还不清楚为什么，无论是曲健云的安排还是他自己的决定，但这件事已经定了。估计，这也正是福坤肯死心塌地帮助曲杰不断犯罪的原因。

这样一想，华生就可以理解他了。普通人的诉求总是满足自己，钱、色、权、自尊……总有一样是他们特别在意的。而对福坤这样的人，钱已经不会是问题，技术的领先和业界的地位，也足以保证他在任何地方都可以拥有足够的尊重。如果没有残废，可能还会追求一个"色"字，但福坤没有这份念想，今生的成就早已超越他个人所需，便只想着为曲健云的大局分忧。

或者，福坤还有更高的追求，比如让世界变得更合理等，这就不是华生现在需要思考的问题了。现在需要应对的，就是福坤和曲杰的关系。

只是，曲杰还没有把自己的角色设定在主人的层面。小宝宝有父母的呵护，就会恃宠而骄，一旦自己担起生活重担，就会被现实教会坚韧圆融。现在的曲杰只是把福坤当成了自己的仆人，一个操控着超大规模IT集团、有技术、有心计、有很多钱的仆人，这是曲杰的愚蠢。因为他心里还觉得这些资源都是爷爷给的，所以不会考虑到"成本"问题，什么都认为理所应当。如果是他自己掌控全盘，像福坤这样的重臣，恐怕很快就能让他学习到"制衡"的无奈和乐趣了。

此刻经过华生一点拨，曲杰立刻明白了福坤的良苦用心，也开始重新思考自己应该是什么样的定位。他看着华生的眼睛，脸上露出令人玩味的神色。然后，他站起身来，神色肃穆，还特意整理了自己的衣服，端端正正地走到福坤身前蹲下，先是小心翼翼地扶起福坤坐回轮椅上，再去捡回了眼镜递给福坤，最后给福坤拉了拉盖在膝盖上的轻毯，恭谨道："福叔，我错了。您大人不计小人过，千万别往心里去。请您原谅。"

福坤用俯视的视线看着面前这个一度轻狂的年轻人，低垂着眼帘，撇了撇嘴，没有说话。但那双眼球的快速闪动毫无保留地显露了心里的激动，连同嘴角的委屈都没能逃过华生的眼睛。华生更加确认，他之前对福坤的分析是对的。

福坤就这样低垂着眼帘俯视着曲杰，如果不是轻毯在抖动，根本看不出他放在膝上的手指尖在微微颤动。曲杰很有耐心，一直在等着福坤的回应。过了十几秒钟，福坤才抬起手托住曲杰的肘弯，向上抬了抬，示意他起来，同时说："希望我没有看错。"

曲杰是骄傲的人，能用这样的姿态和语气，福坤完全能感受到他的诚恳。只是一方面这孩子情绪容易失控，尤其是会因为和他毫不相干的小事情而动怒，甚至用心费时地设计一个局杀掉那些社会的渣滓，似乎也只有通过每次虐杀惩戒的快感才能平复他那种失控的情绪。杀几个没价值的垃圾倒是没什么，但这种失控的不确定性，不是福坤所喜，他还要再多观察。另一方面，今天这个局面他是不放心的，很多话放在平时根本就不会说出来。他情急之下提到了一些敏感的信息，没想到还是被华生听懂了。他点醒了曲杰倒是好事，只是这人的本领也太邪了！福坤暗中思量，即使自己心思如此深沉缜密，也从没有能够让曲杰如此入耳入心。这么一来，现在的局面就变得超出福坤的预期和掌控，他不知后面会引发什么祸端。

华生见两人已经过了那一关，便又对曲杰说了一句话："曲总，您还在马老头的事情上坚持自己的意见吗？"这一句对曲杰和福坤两个人来讲，都很关键。

这是一道简单的逻辑题，任何人被摆在这个时间节点，都会做出相同的选择。有些人可以梳理清楚所有的规则，按照清晰的逻辑推导出选择；有些人不用明白那么细致的东西，光是面子和人情，就已经可以推动他做出决定了。但这两类人会有一个共同的特征，他们不会想到此刻抛出问题的那个人，究竟心里在想什么。

　　华生的这个时机拿捏得极其准确。换作平时，跟这两个人中的任何一个说话都很难让他们入耳入心，但他们之间刚刚经过一次剧烈的情绪波动和深度思考，现在又缓和了关系，被华生拿核心问题往前一推，曲杰便顺理成章地做出了自己的决定，福坤则全神贯注地等着曲杰的答案。

　　曲杰的愤怒，只是纠结在惩戒马老头这一具尸体的影响力被破坏掉了，但想到福坤的作用，又想到爷爷和姐姐的压力，他知道为了这具尸体冒险是不值得的。他跟小九儿开玩笑似的商量："九儿啊！那死老头的样子，这次我们就不放出去了。那些他干的坏事，我们也不放出去了，你说行吗？"

　　小九儿没有犹豫，浅笑道："我无所谓啊！反正我做了一件心里很痛快的事情，够了。再说，那些小妹妹的惨状还是不放的好，要不然会有很多恶心的人反反复复拿来观看呢！"

　　曲杰打定主意，跟福坤说："福叔，我听您的。"

　　福坤这才明确地点了点头，脸上冰冻的状态终于出现了大面积缓和。

　　这个结果，被华生不动声色地悄然促成了。

　　华生这时说的话，让福坤心里不得不对他高看一眼，因为这话他都没能想透究竟藏了几层意思。华生说："如果我理解得没错，前面的事情，多亏了福总帮忙，才处理得很干净。后面如果曲总还有需要，仍然需要福总帮忙。只有您在，赵总和我，还有小九儿，才能放心地做事。"

　　福坤还没来得及仔细品咂话里的味道，曲杰就已经做了高度评价的总结陈词。曲杰在一旁脱掉外套，一边挽起衬衣的袖子，瞬间感到凉快了很多。他又拎住衬衣前襟抖了抖，活动了下脖子，擦了擦脖颈上的汗，笑道："少爷，可热死我了。前面您不高兴，我都不敢脱掉外套。"

小九儿也恢复了常态,揶揄赵乾道:"就你紧张!你看看华生,也是外套衬衣,哪有半点汗水。我看你是练得代谢太快了,悠着点啊!"

华生却觉得,赵乾这么紧张也许是另有原因。他看了一下福坤的表情,也发现了细微的轻蔑,知道自己所料不错。

曲杰坐回自己的座位,让小九儿帮他拿来四瓶水,一人扔了一瓶,自己"咕嘟咕嘟"地一口气喝了大半瓶。长长舒了口气之后,他把两只脚跷在茶几上,舒舒服服地把身体调整成一个"大"字,问福坤道:"福叔,您看今天我们就到这里好不好?老白那边您帮我管好了。我知道他不敢跟您放肆,您多费心就是了,别出纰漏。别的,我们随时沟通。"

福坤点头,眼睛看着华生道:"少爷,我得提醒你两件事:第一,后面尽量少惹事,不要再做那些冒险的事情了,集中精力踏踏实实做生意,尤其是多跟董事长汇报;第二,华生这小兄弟厉害得很,用好了能当大用,用不好会酿成大祸,您要多留意。"

曲杰在听到"不要再做那些冒险的事情"时,还是皱了皱眉。

近身上位

福坤是谨慎的,除了对华生的不信任,还有一个特别重要的原因。面前这个年轻人,他摸不透深浅。经过今天这件严重到几乎决裂的事情,福坤知道,华生已经得到了曲杰的充分信任。千提防万提防,福坤还是没有想明白他究竟是怎么做到的。

这个家伙太可怕了,轻轻松松几句话,便在这么重要的时机获得了曲杰的信任,而且不光是信任,还有发自内心的需要。华生的本领,似乎特别适合曲杰。一个容易情绪失控,一个就特别会在他情绪失控的情况下,用非常巧妙的方法使其恢复理智。只要这位少爷是理智的,就不会出任何纰漏。但可惜,他对于世间林林总总的不平之事,却特别容易失控。福坤已经思考了很久,但还是没有找到非常有效的办法改善他的情况。至于怎么控制这个张华生，福坤瞳孔深处闪了一点寒光，他已经知道自己应该做什么了。

华生知道他的意思，只回了一句："我要是闯了大祸，只能说明福总失职了，哈哈哈哈。"

曲杰和小九儿跟着笑起来，赵乾也跟着笑起来。

福坤也轻轻一笑，跟曲杰告辞，默默地摇着轮椅离开了办公室。

曲杰看赵乾还在摆弄衬衣，便伸出手探了探空气，惊讶道："很热吗，你怎么出汗成这样？"

赵乾讪笑道："其实刚刚已经凉快过来了，就是一瓶水下去，立刻都化作了汗。"

曲杰脸色一正，严肃地说："你再多喝点水，省得一会儿出汗太多脱了水。我跟你说说最近的任务。"

赵乾点头称是。

曲杰盼咐道："今天我让了步，董事会很快就会允许刚猛体育开始B轮融资。这次要融，我们就融一笔大的。实话跟你说，爷爷和董事会那帮股东并不看好你这生意，对于当初那两轮给你的投资也都颇有微词。如果当时不是曲思点头的话，估计你的刚猛体育A轮不到就灰飞烟灭了。现在我忍了，他们应该能答应开始新一轮的融资。你心里要有点数！"讲到这里，他突然陷入了沉默，沉吟几秒之后，方才悠悠道，"上一轮，我并不知道曲思为什么会帮我说话，这一轮也很难判断曲思会是什么态度……不过不重要！我手里那么多生意，就只有你这一个曝光最多、名气最大、争议最大，又不断地在烧钱、在亏损，那帮老古董当然会骂，连累我也被爷爷骂。你能不能争点气，堵了那些人的嘴？"

赵乾眼神一阵闪动，也严肃起来，刚毅地点头称是。握紧拳头表决心的时候，浑身的肌肉膨胀起来，似乎能量已经要喷薄而出。曲杰轻蔑地一笑："你是公司的CEO，不是拳台上的机器。你爱好这东西可以理解，但主要任务是做好公司的资本运作和战略架构，管好手底下的人，而不是自己好勇斗狠，上台去碾轧别人。练那么壮有什么用，还不是连华生都打不过？"

赵乾身体的肌肉又是一绷，勉强挤出一个略显尴尬的笑容，表态道："打不过华生，那是不至于的。我知道自己的任务了。除了给您做好安保工作，其他时间，多想想比赛的事情。华生虽然打不过我，但脑子比我好多了，又懂比赛，有他帮我，一定能折腾出个样子来，对得起您和董事长的嘱托。"

曲杰当即打消了他的念头："华生的职务还挂在你那里，工资也继续从你公司发，但从今天开始，主要到我这里来工作。让他只管你那一小摊事，太浪费了。他可以帮帮你，但要以我的事情为主，直接向我汇报。你有意见吗？"

赵乾愣了愣，心里犯难，但也没有坚持，只是点了点头，然后望向华生的眼神里明显有求助的意思。虽然华生刚到"极斗"没多长时间，选手的筛选和训练计划，以及日后比赛的初步呈现方案，都已经整理得条理清晰，现在真要是撂挑子扔回给自己，是个很让人犯难的问题。

这个转变对华生来讲，却是非常重要且坚实的一个里程碑。可是，他的心里有点纠结：一方面当然是愿意的，之前一切的苦楚和委屈都是为了今天；另一方面却不禁有点担心。担心之一是从此以后就失去了赵乾这个遮风挡雨的庇护，直接暴露在曲杰面前，尤其是刚刚福坤临走时的眼神，让他很不放心。第二件担心的事情，是已经反复思考了很久的一个难题——如果曲杰真让自己一起参与作案，自己应该怎么办？是不是只有参与到曲杰作案的过程里，才可能拿到证据？如果什么也不做，是很难过关的；如果做得多了，则自己也成为罪犯之一。留在赵乾的公司里，原本可以做更多的观察和预测，也许有借口从罪案中抽身出来给戴猛提供重要的信息。如果现在被放在曲杰的身边，就真的没有任何借口了。

不过，本来也没有任何借口。既然是想办法逆流而上，现在有机会可以"一跃龙门"，那就闭着眼睛使劲儿跳过去，然后再说其他。是死是活，都是自己的选择。

他曾经在单位里得到过领导的认可和赏识，职位被提升过，薪水也涨过很多次，所以听完曲杰的表态，表现得很像样子。华生还加入了一点期待和对曲杰个人的仰慕，那是一点点邪气的兴奋。因为他知道，曲杰本人就有这样的邪气，很强烈。

看到赵乾为难的样子，华生也没忘了做好人。他很义气地说："赵哥，您别为难，我人不是还在公司吗？现在手头里的事情都清楚得很，我自己能做的，都给你做清楚，我做不了的时候，您身边还有李彬，那小子是个靠谱能干的小兄弟，我可以保证他不掉链子。最近刚猛体育的融资，其实就是曲总的事情，我们一起替曲总分忧而已。所以，我还算是您的手下。您放心！以后还要赵哥多多关照。"语气里已经把自己放在和赵乾平起平坐的位置上了。

赵乾本来就不太在意这些细节，耗费心神的事情又都有求于华生，所以连声称谢。

曲杰看交代得差不多了，最后盼咐赵乾道："你可以去忙活公司的事情了。老马死亡这件事，由你而起，你也参与了拜访他的过程，公安可能还会查到你。好在你不知道具体的过程，公安问起来，挑挑拣拣应付着回答就是。不管福坤有没有把他们里面那个厉害的角色除掉，这件事你大可不必紧张，小心点应对即可。上次和今天我们商议的话题，一个字也不要透露出去。如果我们五个人以外再有人知道些什么相关的，我谁也不会放过。专心公司的事，少犯愣，少惹事，手底下人也不要再随随便便打伤了。最近低调点。"

曲杰每盼咐一句，赵乾都点头称是。

曲杰最后说："你走吧，修炼的事情不要停。'大日神脉'一日不进，倒流七日。冥柱可以慢慢找，不急在这一阵。华生留下，我有些事要跟你商量。"

赵乾听他说到"修炼"，双手结成手印，神色凝重，躬身退出。

华生并不认识那个形状叫作什么，但听到曲杰说及"修炼"，又见赵乾如此凝重和仪式化的反应，便留了心，暗中记下了那个名字，也记下了赵乾的手印形状。

屋中只剩下曲杰和小九儿,华生等着听曲杰会跟他商量什么。这间屋子的采光其实特别好,处处透亮,但这两人却并不能给华生温暖和安全的感觉。最早是被掰断了手,然后是被蛇咬,再然后被出卖给炸鸡协会受刑,旁边还有两条巨犬随时会成为杀人工具,华生是真的觉得周身阴冷。

曲杰坐回了自己的办公桌后,面无表情地开始整理桌面上的东西,并没有理会华生。小九儿在看着他笑。华生摸不透曲杰的意思,也不敢判断小九儿的状态。尽管他从技术角度可以判断那是友好的笑容,并没有什么危险的意味,但小九儿比曲杰更加喜怒无常。

曲杰突然开口了,第一句话竟然是:"张华生,我可以相信你吗?"

我可以相信你吗?

曲杰的问题貌似很简单,但其实很难答。

听了这么多核心秘密,还要装作一副傻白甜的样子说"我不懂你什么意思",就太过分了。

华生在脑海中预演过很多情景,有的非常复杂,这样做只是为了真的有一天遇到时,不至于太过慌张。而曲杰刚刚问的问题是华生模拟过的所有问题中,最原始、最初级、出现的可能性最低的一个问题。华生一直认为曲杰会用比较复杂的问题来盘问自己的忠心,至少是那种掩盖一下意图,暗中窥测自己是否"真诚"的问题。

没想到,他竟然这么直接问。

华生反复思量认为,之前那些生理上的折磨其实意图很明确,就是在观察自己的反应,只是不知道曲杰会不会有什么明确的分析指标,也许他只是凭感觉。"生理折磨逼出真相"是最有效的方法,原理其实很简单,因为生理上的伤害可以直接让大脑产生恐惧情绪,而恐惧情绪是不稳定的。倘若觉得还有希望逃命,恐惧情绪可以快速变为战斗力;如果认为恐惧的刺激源逃不掉,大脑就会自动产生判断，是那种比客观恐惧还要吓人的恐惧性联想。这种联想会加速恐惧向绝望演变。一旦觉得无望，人们就开始接受现状，认输服软，用自己的放弃来换取生理疼痛的减弱。

大多数人都会因为生理上的痛楚或危险而放弃培养多年的理性思维和信念，这就是受刑人熬不住酷刑的原因，简单又实用。人在安逸的文明规则里待久了，经历的最大痛苦都很"软"，就是受些委屈，被排挤，或被潜规则折磨，长久没有体尝过生理的痛苦，所以感受到的那一瞬间就会造成信念的崩溃。旧社会的刑讯逼供的确对很多作奸犯科的普通罪犯有效，但也会造成大量的冤假错案。

现在，曲杰不再使用生理折磨的方式，而是直接问是否可以"信任"。

在当前这种时刻，这是非常高级的询问方式。在两个原本"应该"互相信任的人之间，"能不能相信你"这样的话可以引起思维的涟漪，尤其是让心怀鬼胎的人产生两种极端的反应，要么非常积极地表达忠诚，要么难遏自己的心魔，引发大量破绽。

华生只是心里一怔，望着曲杰的眼睛，谨慎恭敬地回答："我可以。"眼睛里，满是希望被赏识的迫切，他看着曲杰的眼神，又笑了起来，补充道，"但我也知道，这完全取决于你愿不愿意相信我。"

曲杰见华生这么回应，笑得灿烂了些，摆出一副轻松的样子，摇着头说："你呀！你呀！是真的聪明！福坤是一直不相信你的，这一点我也不用瞒着你。他说你可能和公安有关系，你那个老领导戴猛和公安的关系更深。虽然你们现在已经很久没有联系了，但福坤总是不放心，说你莫名其妙地辞职，特意去找赵乾，一定有特别的目的。我想，你要是真有目的的话，就是为了今天，对吗？"

曲杰的神情貌似轻松随意，眼神却总是在华生的脸上晃来晃去，那是在观察他听这些话时的反应。把窗户纸捅破，是刺激力度非常大的方式，一般只有在定局的时候才用，要么是准备撕破脸干翻对方，要么是准备一笑泯恩仇。

仅凭语言，很难判断对手究竟要做出什么决定，但配合上表情，则会清晰很多。

华生恰好对表情这件事情比较有把握。

曲杰说这话的时候，没有一丝轻蔑，没有一丝得意，没有一丝愤怒和恶意，反倒是用牙齿咬住了嘴唇内侧，那是一种期待和关注，表达了吃力的心态。也就是说，这个吃力的动作，映射了他对华生解释的期待，而且还替华生担心，怕他解释得不好，会令自己失望。

简单点说，他这时候有弱势心态。他真的很期待华生成为自己人，此刻只是表现得颇有自尊且狡黠而已。心态的强弱，即使有伪装遮挡，也可以被一个小动作暴露出来。

华生微微低下头，目光有点不自信地闪烁，说道："我其实一头雾水，并不知道您之前做了什么要命的事情，也不懂福总为什么总是不信任我。但是，我说实话，看到马老头被阉掉的尸体，我的确害怕，我从来没有想过这辈子会目睹杀人。"说完这句话，他瞥了小九儿一眼，小九儿也看了他一眼，下巴一扬，满脸轻蔑，华生继续道，"我做梦也没有想到过自己会和杀人的事情有关联。我不想成为罪犯，不想有一天会去坐牢。但是，我必须承认，那天晚上，我内心深处是有一点爽快的感觉的，尤其是看到那些女孩的录像时，能清晰地感受到心里在恨，这就让我不那么害怕了，看他那惨状，反而觉得非常痛快！我自己是万万不敢做这么出格的事，也绝不敢做犯法的事，但心里会觉得很解恨！后面……您需要我……不……我能帮您做什么？"抬起头的时候，脸上是留着轻微的不安，目光里却满是期待。

这么大一段话，最后七个字的语气往上一扬，既是试探，又表达了期待。最重要的是，前面那种小心谨慎的样子里，偏偏透出了认同感！没有人能受得了这么行云流水的招数，曲杰也不会例外。鄙视必然是有的，"瞧你那小样儿"。放心应该会有的，"算你还有良心"。骄傲也许会有的，"看来你是能懂我的人"。在这么多复杂的感受下，曲杰已经开始考虑后面要带他做什么了。

曲杰一直在看他，在听他说什么，听到最后七个字的时候，便开始想"后面当然有事情让你一起做"。他不由得笑了起来，那笑容里很明显是得意，也有些轻松的踏实。他高兴地看了一眼小九儿,发现小九儿眼睛里竟然也闪着光,便招手叫她过来坐在自己身边,把小九儿的头拥在怀里,亲吻了一下她的头发,安慰道:"乖,我说对了吧,我懂你心。你看华生那样子,是不是也很懂你?"

曲杰拍拍小九儿的后背,柔声跟她讲:"我跟华生聊聊天。你去帮我拿只兔子进来,我们继续做功课,边做边聊。"

华生这才注意到,一整墙的兔笼里仅剩下几只兔子。

三人进入了一个内间,里面摆放着瓶瓶罐罐的药品和医疗器具。华生上次见到这样的环境,还是在美剧的私人诊所里。小九儿抱着一只肥壮的白兔跟进来,打开了实验台上的无影灯,熟练地把兔子肚皮朝上,用专门的捆绑皮带扣把它的四肢锁住。那兔子紧张得乱动,但是徒劳的。

曲杰在小九儿做准备工作的同时,开始戴上口罩和帽子,又戴了护目镜和橡胶手套,俨然是要做手术的样子。他一边穿戴,一边漫不经心地问华生,眼睛也不看华生:"你现在觉得我怎么样?"

华生笑答:"很酷!你之前是学医的吗?"他知道答案。

曲杰点头道:"JHU. School of Medicine.(约翰·霍普金斯大学医学院,其在美国医学院排名常居第一。)"

他突然反问道:"要是真让你看着我杀人,你会不会害怕?你刚刚说看见尸体还有点兴奋?"

华生帮他把防护服从背后封好,略加思索道:"怕,我现在想到那具尸体心里还在打战。你真的要杀人吗?为什么要冒险?"

曲杰没理会他,径自走到解剖台边。

华生继续道:"普通人要么怕死,要么怕法律。生死的事我还是看得透的,但我敬畏法律,我不想犯罪……当然,我知道法律有一套繁杂冗余的程序正义,更新进化的速度也远远慢于这个纷繁复杂的社会。所以,当我看到马会长的尸体的时候虽然害怕,但我也确实觉得他罪有应得。不过……"

曲杰听他沉吟，把手里的动作停下，问他："不过什么？"

华生有点为难，但还是说出了心里的想法："不过，你干吗一定要去杀人呢？毕竟是违反法律了。法律是社会群体的行为底线。我虽然道理上可以理解你，但也清楚地知道这件事不能做，是错的。这社会这么多人，总要有个规则，要不然全乱了。"

他怯生生的，好让曲杰相信他说的是实话。曲杰呵呵一笑，拈起一把手术刀，没再说话，转身来到了实验台旁边。那只兔子还在挣扎，只是没什么力气了，动作不似刚才那么高频。

曲杰没有用刀划开兔子的肚皮，而是用左手在兔子的胸腔上摸索。他在仔细地寻找着什么位置，嘴里却又问道："你觉得福坤怎么样？"

这个宽泛的问题加上漫不经心的表情，反而让华生觉得更加难以回答。那份漫不经心到底是为了降低对手的戒备心理，还是真的无所谓？

"相似法则"在没有思路的时候，是万用万灵的。华生答道："他很厉害，什么都知道，就是人有点强势，有点固执。"

华生的任务

曲杰找到了一个点，手术刀在那个点上敏捷地点了一下，兔子剧烈地一抖，然后开始微微颤动，但没有剧烈地挣扎。曲杰继续摸索和寻找下一个位置，又继续问："嗯。说说你对赵乾的看法！"

华生又想了一下，答道："强壮、能打、讲义气，脑子够领导一支队伍做事情。我原本觉得他有点像现代版的张飞，但他和张飞最大的区别是……"

曲杰又找到了一个点，手术刀敏捷地点了下去，兔子同样抖动了一下，刚刚平复下去的颤动又开始了。曲杰这才停下手里的动作，问华生道："最大的区别是什么？"

华生说："张飞对刘备是非常忠诚的。"

曲杰眉头一皱，闪动目光问道："什么意思？"

华生说："我不确定哦。但刚刚你和福总讨论的过程中，我总觉得他有点紧张。对吧，小九儿？"

小九儿没搭理华生的话，只是看了他一眼，便又继续关注兔子的反应。曲杰也没等着小九儿表态，直接接着华生的话继续道："他今天是有点不太稳。我把整件事情的锅甩给他背，又压他做好融资和比赛，他紧张点也正常。之前还是挺稳的。"话音落，刀锋下，又在那兔子的胸腔上某个位置点了一下。兔子开始抽搐得剧烈了。

华生"嗯"了一声，不置可否。实际上，华生几乎可以确定，赵乾刚才对他们所争论的话题是非常敏感的。大量的视线特征和安慰反应告诉华生，一定是恐惧情绪激起了他的交感神经兴奋，所以他才会出那么多汗！

华生竭尽全力避免自己在别人面前，尤其是在曲杰这些人的面前展示自己解读表情和行为的技术。他会在关键的时刻用来给自己做判断，读懂别人的实际想法。他会在必要的时刻用来引导别人的想法，比如现在。但是他不能说得太细，只能用"感觉""觉得"这种模糊词来引导。除此之外，华生在最后还用了一个技巧，把话题对错引向了小九儿，用周围人的声音把自己的强势藏起来。可惜，小九儿没搭理他。

那只兔子不知道为什么，抽搐得更加厉害了，仿佛有点狂乱。曲杰还是在细细地摸索着，全神贯注地寻找位置，口中却说："你觉得曲思怎么样？"

这个问题完全出乎华生的意料。他有点不太相信自己的耳朵，确认道："谁？"

曲杰弯下腰细细地摆弄了几秒钟兔子，心满意足地抬起身，从托盘里挑出4个小东西，看不清是什么。他一边把玩着，一边看着兔子抽搐得越来越厉害的身体，漫不经心地往它的身体上放置了一个小东西。那兔子立时就吸入了大量空气，膨胀了身体，甚至发出"哒哒"的轻微声音，有点像口哨。

曲杰看到这个反应，笑了笑，对华生说："上次开会你见过的，我姐姐，曲思。"

这个问题着实让华生丈二和尚摸不着头脑，他挠了挠头，迟疑道："我……不了解啊！"

曲杰一边继续往兔子的身体上放置小东西，一边歪着嘴笑道："嗯，也难怪。不过刚才福叔也说了，她看我不顺眼，老是在暗中给我使歪劲儿、打斜炮。下次接触你多留意就能知道了。我是想，你最近先帮我看一个人。我身边的确有贼，要不然也不可能老是那么不顺。你帮我审审看那个人会不会有问题，我相信你的能力。"

"谁？"华生问道。

"我集团公司的行政总监，岳非松。"他看着呼吸平顺下来的兔子，眼睛里的冷笑更明显了，继续道，"赵乾会给你他的履历和材料，你先了解一下这个人。具体时间，我来约他。有把握吗？"说罢，从兔子胸腔的一个出血点上，用镊子镊起了一颗刚刚塞进去的小东西。

"您需要确定他有什么问题？比如，钱的问题，还是职务上的问题，抑或是有没有犯罪？"

曲杰又小心地镊起一个出血点上的小东西，沉吟片刻，斟酌道："我最关心的是，他有没有向我姐姐透露我的信息，我的任何信息。至于他是不是贪钱，还是外面搞没搞女人，就算是他杀了人我也不在乎。"

华生大概明白了曲杰的诉求，快速思考了一下这个狗咬狗的局面，马上决定可以做这件事情，便立刻提出自己的质疑："以福总的本领，您要是想知道他有没有泄露信息，基本上是分分钟的事情。连马会长这么见不得人的事情都被福总捏在手里，一个行政总监应该没什么难度吧？你要知道，福总能拿到的可是物证，硬得很。我这种审讯，只是判断对方有没有嫌疑，最好的结果也不过是让他自己承认。如果他不承认，就算我能判断，也没有说服力啊！"

曲杰连续镊出兔子伤口中的最后两个小东西，点点头道："电脑和电话我稍后就会让福坤先查。之前不知道福坤的态度，不敢让他查。"看那兔子又开始颤抖和痛苦地抽搐，曲杰露出了满意的笑容，却又摇摇头道，"无论有没有，那些证据都给你的审讯参考用。要知道他有没有出卖我，有没有物证其实不是很重要。对我来说他没有任何价值，我也没有任何忌惮，不想用了大不了开除就是。其实，我最想知道的是，曲思究竟暗地里对我做了哪些事，还有就是——她下一步究竟想要干什么。"

华生明白了，这种事，福坤未必能查得出来。

那兔子抽搐得越来越急，仿佛被什么东西扼住了呼吸，就那么徒劳地抽搐着，伤口出的血也变多了，殷红的血液浸透了雪白的毛。华生仿佛从它的身体上看到了丝丝缕缕升腾而起的细微气息，灰色的，没有一丝光泽。

他心里打了个冷战，不知道这兔子和自己的"审讯"任务有什么关联，只是觉得自己能感同身受那只兔子的感受，便不再站在原地，而是走到实验台旁边，仔细地看那兔子。那小东西胸口上的4个出血点的血液已经接近半凝固状态，并没有流出太多，看位置也不是心脏或重要的内脏位置。再细看时，华生发现这兔子的口鼻被黑色胶状物填充，完全不能呼吸。

他感觉有点恶心，不是因为兔子的惨状，事实上这个画面不是很惨，而是因为他不明白曲杰为什么要这样在一只兔子身上做实验。

曲杰见他半天不说话，又看了看他恐慌的表情，冷笑了一下，回答华生心里的问题："这兔子跟你的任务没有关系。怎么样，有把握把那小子审透了吗？"

华生这才回过神来，提出了一个关键问题："审讯是要有压力手段的，比如古时候的刑讯逼供，比如现代的刑罚制度，总之得有个大规矩。能做什么，不能做什么，最后能给对方一个什么样的希望，以及能让他害怕什么结果。"

曲杰摘掉橡胶手套往托盘里一扔，说道："九儿啊！这个方法几个月来试了20多次，差不多了。老马的事情我忍下来，爷爷和曲思就不会盯着我了。你准备准备，那老东西快出来了。"然后他的眼神突然一凛，告诉华生，"在我这儿，没有禁忌,你用什么手段都可以。生理上的痛苦,赵乾会,需要的话可以让他帮你,你缺什么资料找福坤要。至于还能让他怕什么,小到丢工作,大到丢性命,无所谓。明白了吗?"

55　对叛徒的审讯

开篇语：

所有的供述都是理性决策，都是自己想说才能说。说实话之前，心里会担心很多事情，怕疼、怕饿、怕死、怕坐牢、怕家里人受牵连、怕没前途、怕被人暗中加害等，只有觉得说出来的结果更好，才会老老实实地说。现在，如果没有什么手段让他感到害怕，他怎么能说呢？

By 华生

华生又要干回审讯的老本行了，这种小轮回也挺有趣的，华生无奈地笑笑。

但是，当他第一眼看到曲杰给他的审讯任务——也就是那些怀疑岳非松的事情之后，华生的心情非常沉重，甚至一度觉得难以平静地呼吸。福坤调查的证据有一些，但并不完整，也就是说目前只能是怀疑。

华生看完之后，真的宁可这些只是怀疑，而不是事实。

如果曲杰怀疑的这些事情都是真的，那么岳非松将因为审讯而面临陷阱。而且，乱局还远不止如此。

华生现在的身份是"特别助理"，这个职位高起来可以等同于副总裁级别，低下去可能就是个秘书。曲杰特意没有跟任何人明说过。

赵乾打电话给岳非松，很客气地说要聊聊刚猛体育融资计划。岳非松不好推托，再加上约定的时间是晚饭前两个小时，地点就在天际大酒店行政酒廊，以岳非松的经验，自然能猜到大概是先聊点事情，顺便喝几杯，然后一道吃个饭。

天际大酒店是亿通集团旗下产业，亿通集团旗下的酒店业务，都归曲思管。岳非松没有担心。

无知的高傲

赵乾领着华生在大堂迎接岳非松。这是岳非松第一次见华生。他仔细打量了几眼，觉得华生并没什么特别之处，只是目光清澈平静，言行爽朗，没有普通下属那般拘谨巴结。岳非松觉得，这恐怕是年轻又身居高位的自负，这种不懂规矩的人，最终是要吃亏的。"毕竟年轻，不知江湖深浅。"岳非松暗道。

行政酒廊在顶层，只对高级会员开放。今天这个时间，很明显只有他们，似乎整个楼层只有他们三个人，负责倒茶的小妹奉上茶饮之后，也知趣地带上门出去了。一时之间，屋里极为安静。

岳非松自己坐在一侧，赵乾和华生坐对面，他们中间只隔着一个巨型楠木茶海。水壶里的水已经开了，冒出氤氲的热气。赵乾慢条斯理地煮水，洗茶杯，烫茶壶，岳非松跷着二郎腿坐在沙发上打量房间和面前的两个人，谁也没有说话。华生似乎也在打量房间里的摆设布局，不知道他在注意什么。

赵乾洗过第一遍茶，复又倒入滚水，十几秒钟后第一泡出汤，给三个人分杯的时候，就只说了句"来，尝尝这茶"，仿佛没事人一样的嘴脸。安静的时间有点长了，岳非松感到这场景略微尴尬，便清了清嗓子，率先开口道："赵总，小曲总盼咐我来跟您聊聊，不知……"

这种语势很明显是想强调，是主人让我来我才来的。

不过，他的下马威还没施展出来，赵乾身边的年轻人就出声了："岳总，您是什么时候开始任职集团行政总监的？"

语气很平，不热不冷，问的是个不难回答的简单问题。但这样的语气出自一个新人之口，很明显就意味着冒犯了。按规矩，这种资历浅的家伙，对岳非松这样手握重权的高管应该毕恭毕敬才对。

岳非松眉毛一皱，眼光凌厉起来，语调上还保持着克制，他没接华生的话，只是看着赵乾问道："这位是？"他当然是明知故问。故意冷漠和忽视是非常常见的压制手段。

赵乾一笑，当即介绍道："这位是张华生，之前是我公司'极斗'赛事的总监，现在是少爷的特别助理。"

"哦？"岳非松眉毛松开了，看起来是在笑，但瞳孔中的光更加凌厉起来，他用平和的语气笑着说道，"你就是张华生啊！我记得你的任职通报，还是经我手发布出去的。心理学博士毕业？刚发了任职通报就敢这样跟我说话了？你果然很特别啊！"语调里揶揄的味道丝毫不做掩饰。

一来一往，一攻一防，算是打个平手，谁也没给谁面子。

华生的这个开场策略，是精心设计过的。

之所以用这么生硬的开场，一点圈都没绕，为的就是直接激发对方的俯视感和敌意。下级对上级的冒犯，新人对老人的不恭敬，会特别容易激发对手的这种状态。有了这个开场，可以快速提升对手的心理对抗程度。换句话说，曲杰留给他的"审讯"时间太短了，根本不能像传统审讯方法那样开场、试探、加压、磨合。华生不想让"敌人"龟缩或游击，更加希望直接白刃近战。不过使用这种战术，前提是要有很强大的实力，否则没多久就会自取其辱。

华生一点都没有退让，反而加大了挑衅的力度："曲总之前通知我，董事长有意开启刚猛体育的新一轮融资，这次调我进集团任命为特别助理，也是因为我之前在刚猛体育做过赛事，开融资又是我在董事长面前提的建议，所以想让我具体负责此事。这是曲总近期最为关心的一件大事，曲总吩咐要举集团全力做好，岳总你一定是知道的。"

岳非松不置可否，只"嗯"了一声，端起茶杯啜了一口，对着赵乾竖起大拇指，赞道："好茶。"

赵乾莞尔一笑，介绍道："正宗安溪铁观音。"

华生知道他在有意挑衅自己，便问道："不知道岳总这边，关于这次融资有什么好的建议吗？"语气倒是很客气，但这种自上而下的询问语气，听在岳非松的耳朵里，几乎像咽了浓痰。

岳非松把身体往后一靠，跷起二郎腿，眯着眼睛盯着华生。他冷着脸缓缓晃动着压在上面的那条腿，过了一会儿，才抬起手指了指华生，问的却是赵乾："赵总，今天是您跟我谈，还是这个新人跟我谈？我的工作安排得本来很满，是看在您的面子上才特意空出这半天来的。倘若是这个人跟我谈，恐怕今天我要先回去了，让他再跟我打报告另约时间。"讲完话的时候，脸色已经隐隐发白。

华生见他这么快就急得变了脸色，知道他没什么谈话经验，位高权重惯了，量很浅。

以下犯上的挑衅，还能测试一下对方的心理防范程度。如果对方的对抗心理强，就不会这么快进入情绪状态，会小心很多。想得少的人，容易进情绪；想得多的人，眼中的一切都是博弈，自然控制得多些。

赵乾笑了笑，不疾不徐地又给他续上一杯茶，答道："少爷交代我，谈的是刚猛体育的事情，但由华生来跟您主谈。"

听到赵乾的回复，岳非松不由得神色一怔，有点尴尬。他握了握拳头，咬着牙咽了一口口水，上身僵在那里半晌没回应。

华生看他的变化这么明显，心里暗道一声"小白"，再问他："岳总不要介意，可能您对我的说话方式有点不习惯。不过，不习惯是正常的，我这人就这样，公事公办，不喜欢繁文缛节，希望您见谅。曲总最关心的问题是，这次刚猛体育的新一轮融资，从您的专业角度来看，我们内部、外部有哪些资源可以用得上，又会有哪些困难和风险？您掌管集团的行政，下至集团底下的各公司，上至亿通集团董事会，关键的人、钱、事您全都了然于胸，没错吧？"

岳非松见他客气了些，但仍旧不想给他面子，只点点头，又"嗯"了一声。

华生见他不说话，就敲打敲打他："这样，我问得具体一点：融资过程中，您觉得有什么需要防范的风险吗？"

岳非松其实没听懂华生的问题，他的心态早在听到第一句话时就封闭了。他想：反正你个晚生后辈也不能拿我怎么样，不用搭理就好。于是，用手指弹了弹膝盖，扬起下巴眯缝着眼睛，缓缓道："我只是给小曲总管杂务的内勤，算不上什么"掌管"。既然是老董事长动议的这一轮融资，小曲总又极其重视，集团上下当然全力支持，我当然也会尽全力做到周全，哪还能有什么困难和风险呢？"

话里话外，一"老"一"小"，把几个人分得清清楚楚。

像岳非松这样有资历的人，用起主语来，是非常讲究的。

"咦？这话稀奇。"华生眉毛一立，认真质问道，"董事长战略上同意开启融资，难道我们就没有什么需要担心的吗？前两轮的融资您应该知道，并不是一帆风顺。天使轮的钱是董事长和曲思总自己掏的，A轮融资的时候，亿通的董事们大都不看好这个项目，不想掏钱支持。要不是曲思总关键时刻的支持，刚猛体育根本就到不了现在。这次那些亿通集团的股东会是什么意见，难道您要让曲杰总自己去挨个儿问吗？"

折颈死

岳非松听到最后一句的时候，莫名一下子火大了起来。华生最后的这句话不但非常无礼，而且是指向他失职犯上的。

华生第一步的战术成功生效。

心理自负的人，很容易被冒犯，也很容易产生情绪。如果一个人的自负不是因为具体能力，而是凭借职位和身份，就更容易掉进情绪的旋涡不能自已。在华生面前，岳非松应对谈话和审讯的经验几近于零，只是以身份地位为屏障进行应对，根本没有能力思考每个问题的最优解。

更关键的是，华生给他的压力生效了，从这个刁钻的角度施压，让他产生了害怕和愧疚的情绪。

他还没来得及反应，华生再追问道："董事长和曲总都说了要融资，难道我们这些办事的在执行层面就不会有什么困难了？曲总交代，整个集团一盘棋。刚猛体育这一轮的估值多少、融资规模、稀释比例、股东结构变化、优先投资权，这些重要的事要定下来，至少得跟集团其他几家企业攀比攀比，遥遥领先不敢奢望，至少不能太落后丢人吧。您说呢？"

把压力夯实一点。这些内容都让岳非松无力反驳，只能讪讪地看着华生责怪自己。

在这一轮进攻的最后，华生利用业已形成的情绪优势，悄悄地转换了进攻的方向："再说，曲总旗下那几家公司最近出的事故，您又不是不知道，接二连三，太让人闹心了。曲总和公司所处的环境并不简单，您难道心里没数？"语气是请示和商量，话却步步逼人。

岳非松像被扎了一下，当时就把晃动的二郎腿放了下来，目光变凶。他眯起眼睛盯住华生，视线却又赶紧缩回，向上越过华生的头顶。

华生话里的危险，他嗅到了，但现在还不确定对方是不是真的是朝着这些事来的，所以不能自己跳出来发火。他压住怒气，转了转心思，才又故作大方，重新展开肩膀，把手臂搭在沙发扶手上，不慌不忙地说道："刚猛体育的事情赵总自己决定。你说的攀比，我听不懂，至少小曲总没有交代过，目前和我的工作没什么关系啊！"

华生看他故意挑了不重要的问题来回应，就知道他警觉了。不过，这种回避问题的方式几乎是本能，过往的案例中见过太多，也不难搞定。更重要的是，他回避了最后的主要问题，也进一步证明了他心态上的软弱。作为一个清白的集团行政总监，应该对几家公司接二连三出问题的情况更在意，不碰其实就是怕。

华生根本没有给他机会："跟你无关？你确定吗？"

岳非松这才意识到自己说错话了，尤其是当着赵乾的面，这个场合这么说是不妥当的。他心里微微一阵慌乱，表面上却歪着头，就华生的质问不屑地笑了笑，补充道："倒也不是完全与我无关。但是你要明白，我的职位负责集团抓总，各个集团的业务部门和底下公司的事情，本来就要自己先搞个七七八八，有眉目了才提交到我这里。再说，我也不负责策划实施这些具体的事情，只是从中协调，上传下达而已。赵总，你不要见怪啊！需要什么支持，你们刚猛体育递个方案上来，我这边一定优先支持！"说完，得意地瞥了一眼华生。一边油光水滑地抹平问题，一边用轻蔑的姿态气人。

但其实，这段辩解和挑衅，起不到任何保护自己的作用。

华生却没有生气，反倒一脸惭愧的表情，笑道："我明白了，那看来是我心急口臭了，您别往心里去。按照您的吩咐，具体的方案刚猛体育自己需要先弄好，那我就向您请教一下：刚猛体育这一次的B轮融资之前，应该重点先去拜访亿通集团的哪几位股东？"

对于笨蛋，先挑衅他，再示弱，对方会跟着你的节奏冲上来，为自己之前受到的不尊重出口气。求尊重，求胜利，是每个人的内心需求，虚荣的人更是如此。所谓的虚荣，就是不知道自己的斤两，不知道对手的深浅。

华生弱下去，提的问题又极其简单，让本来处于对峙状态的岳非松听来是极为受用的，当着赵乾的面也不好继续使性子为难小辈，便拿捏着腔调说道："A轮虽然是公开融资，但实际上的大股东是四家公司，包括思乐地产、思酷物流和天际酒店集团，这三家都是曲思总名下的企业。还有一家坤睿科技，你们应该知道，是福坤总名下的公司。其他外围资金都是跟投，资金量不大，说白了，大家都是看在曲思总和福坤总的面子上，当然也是老董事长的面子上，才投了刚猛体育的A轮。开B轮融资，我觉得肯定要先报几家老股东的。"

他如数家珍，得意扬扬。奇怪的是，赵乾在一旁的反应却有点大，脸上挤出笑容又即刻消失，又勉强笑了笑。他搓了搓手，续上一壶水，只"嘿嘿"笑了一声，便不再说话，专心换茶。

华生继续保持着客气的语气道："那请教岳总，您看这一轮融资，曲思总还会继续支持吗？"

岳非松双眼向上微微翻了翻，鼻孔轻轻喷了两口气，轻蔑地笑道："这我怎么能知道？"

华生就是要让他继续朝相反的方向再努力地跑远点，便惊讶道："您怎么能不知道？"

岳非松警惕地反驳道："你这话有点奇怪。我为什么会知道曲思总的想法？"

华生要的就是这个反应，他又夯实了一句："您跟曲思总没有什么私下的往来，商量曲杰总这边的种种事宜？"他特意强调了"私下"两个字。

赵乾正在往茶杯里倒水，手一颤，水洒在茶杯之外。

岳非松气息一滞，嘴里的话也略显犹豫，坚持道："当然没有！你这话什么意思？"

时机差不多了！对方拼命朝着反方向跑，差不多的时候，一把勒住脖子上的圈绳——所谓折颈死！

华生身体往后一靠，端起自己面前的茶杯，不急不缓地一饮而尽，悠悠道："不对吧，据我所知，你跟曲思总之间日常有很多往来呀！"

赵乾听到这里，放下了手中的茶杯，撑开背上的肌肉，双拳紧握，身体前探，目光炯炯地盯着岳非松，像一只蓄势待发的猛虎，等着看岳非松作何解释。

引入正题

岳非松果然像被勒紧了脖子，瞬间窒息！他立刻收回摊开的手臂，双臂环抱，呈现出自我保护的姿势，遮挡在躯干胸腹之前，两条腿聚拢放平，嘴上忐忑又强硬地质问道："你说什么？你讲话要负责任！曲思总可是亿通集团董事会领导，负责的业务跟我也没有交叉，我怎么会跟她有什么私下往来？再说她的位置那么高，怎么会有空理会我这样的小人物？"

华生甩了最后一鞭子，让他再朝着相反的方向冲刺一下："您确定没有？"

岳非松看他的样子，仿佛是没有把握地胡乱猜测，便微微扬了扬下巴，道："当然没有。"

华生知道时机已到，是时候抛出证据了。他便放缓了语气，把自己的身体靠回沙发，悠悠道："我想请问一下：您说自己没有私下和曲思总沟通过，那么远的不说，就光是最近一个月里，你们俩就有4次半夜通话，都是12点到1点，最长一次有17分钟，这件事您怎么解释？"

赵乾突然将茶杯重重一顿,震得桌上的茶杯茶壶一阵碰撞乱响。他"噌"一下从沙发上站起来,握紧双拳,双眼死死盯住岳非松。华生诧异地看了他一眼,见他是真的生气,便拍了拍他的手臂,劝道:"赵总,先听听岳总怎么解释。"赵乾这才坐回沙发,一双眼睛还是不肯放过岳非松。

岳非松顾不上赵乾的脾气,愣在那里,像咽下了一根老鼠尾巴。他呆呆地看着华生,露出震惊又不解的神情,旋即又转为面色赤红的愤怒,他突然大声吼道:"你查我通话?你怎么敢!"音量虽然吓人,但只是在沙发上坐直了身体,拳头被他攥得发白,很明显内心愤怒到了极点,但恐惧的情绪也在体内蔓延。

华生不为所动,淡淡地继续问道:"这个问题等您解释清楚,我可以回答您。需要我把具体的通话时间给您列出来吗,还是您直接告诉我你们聊的是什么?"

岳非松的愤怒很快燃尽,但依旧握紧拳头,目光恨恨的,占据主导地位的恐惧情绪却让他的语气弱了下去:"我不知道你今天找我来是要达到什么目的,我也不知道你在怀疑我什么!但我可以坦诚地告诉你,曲思总问的,都是些正常的公司业务。"

华生揶揄他:"刚才不是还说,曲思总这么大的领导,没空理会您这种小人物吗?"

岳非松开始努力解释:"但是,第一,她没有问过跟刚猛体育相关的问题,所以我不知道她会同意还是会为难这一轮的融资决议。第二,她问得最多的,的确是小曲总旗下公司的状况,她很关心小曲总的状态,是善意的关心。我不知道这些算不算你说的'暗中通气',但我不觉得有什么问题。退一万步讲,我不能拒接董事会成员的电话,不管多晚我都得接,而且必须有问必答,这都是我的工作职责。"

华生冷笑一下,看了一眼旁边的赵乾,发现他的眼神更加凶狠了。华生依旧淡淡地问岳非松,但眼睛里却闪烁着似乎能看透人心的光:"对,您说的这些都对，但偷偷换掉了焦点。我关心的是两件事——第一，您都跟她说了些什么？第二，您觉得她打电话给您问这些情况，正常吗？是一个关心弟弟的温柔的大姐姐？"

岳非松的瞳孔一瞬间缩小了，他摆出一副凶悍的姿势，双腿叉开，屁股往前挪了半步，皱紧双眉，用手指隔空戳着华生的脸，生气地质问道："你好大的胆子，竟敢妄议董事会成员！那是小曲总的姐姐！"

华生却看到了他双眼睑内侧向上扬起的褶皱。那是恐惧的微表情。

白刃相搏

尽管岳非松双眉皱得紧，看起来非常愤怒凶狠，但那两道褶皱却暴露了他内心的恐慌。

他产生了这么强烈的情绪，是时候验证真伪了。

华生心里给自己稳了稳，不紧不慢地抛出了当量最强的炸弹："是堂姐。同时，她还有很多身份——她是亿通集团的大股东，也是很多人爱慕的漂亮女人，也是很多男人的女人。你也是众多爱慕她的人之一，对吧？"

这是华生最不希望去触碰的"题目"。这个题目背后的假设太"危险"了，如果验证为真，意味着曲思身上的复杂性远远超出华生对整个局面的掌控，情况会变得很糟糕。

岳非松听到华生这样问，愤怒的手指停在半空中，眼神和口型同时也怔在那里，陷入停顿。

这是惊讶的表现，华生没有看到任何一点害怕的回缩动作。

华生心里有了初步的判断。

岳非松愣了几秒钟，随后用狐疑的目光望向华生，不解道："你说什么？我不明白！"

"啪"的一声脆响，打断了华生想要追击的节奏。赵乾同样一脸困惑。他把手里的紫砂茶壶扔进了垃圾桶，讪讪道："这破壶，把手断了，我再拿个新的。"站起身去柜子里找寻新的茶壶。

赵乾的这个意外打乱了华生的节奏，华生看着赵乾，知道最佳时机错过了，便稍微变换了一下角度和力度："岳总，您现在还有一次机会，请您直接告诉我，有没有做过对不起曲杰总的事情。"

岳非松的心跳很快，觉得心里有点迷糊，眼前也有点模糊，硬邦邦地回应道："当然没有！"

华生又问："您有没有收受过任何来自曲思总方面的好处？"他把"任何"加了重音。

岳非松想都没想，怒道："没有！"

华生扔出了第二个证据，问他："您女儿去国际学校上小学这件事，不是曲思总帮的忙？"

岳非松感觉自己掉进了华生的陷阱。这下，他急得憋红了脸，挥动着手臂，失态地吼道："这怎么能算收受好处呢？集团领导帮我解决困难，我感激不尽，怎么能算我收受好处呢？"

华生本来也不打算在这个问题上跟他掰扯，剑锋一转道："这不算好处？那在她的床上享受温柔乡，算不算好处？"

他一边问着问题，一边提前按住赵乾的小臂，感到赵乾肌肉一抖，便加大了力度不让他动，目光炯炯地看着岳非松的反应。

岳非松的脸色腾地就红了，脱口而出骂道："荒谬！狂妄！血口喷人！"骂完，嘴角哆嗦得不能自已。他目光中的震惊非常明显，继而怒火几乎喷到了华生的脸上，他是真的没有想到，一个底层的年轻员工，竟然会问这样的问题！

看到他的反应，华生心里倒是松了一口气，曲杰的猜测有点过分了。岳非松只有愤怒，而没有愧疚和心虚，看来他和曲思之间并没有情色方面的关联。这个问题，不需要再追问了，答案已经摆在那里，除非岳非松是真爱。但毕竟，这种可能性太小了。

没想到，赵乾在旁边怒喝一声："到底有没有？"也不知道他指的是什么有没有。

岳非松一改以往的客气和畏惧，硬顶上来道："你们太胡闹了，太狂妄了！怎么敢这么怀疑曲思总！"

华生原来就觉得，以曲思这么高的地位，不可能为了搞破坏而跟谁都上床，那样的话也太不自爱了，而且如果人太多，任凭她再聪明，混乱的关系也是很难摆平的。按照曲思的心智，显然没有必要这么处理。

华生不能让局面陷在这里，要控制一下节奏了。他迎着岳非松的目光，平和地反问道："您的意思是说，只有些利益上的往来和交换？"

岳非松的脸色开始渐渐变白，看起来有些发青。他全身的颤抖也慢慢安静下来，姿态从紧张变得松弛。他调整了一下身姿，竟然有点悠闲地端起茶杯，吹了吹滚烫的茶汤，轻轻啜了一口。这个刚刚还愤怒至极的男人此刻却轻蔑一笑，说道："年轻人，我得提醒你一下，你这是污蔑，非常严重的污蔑啊。你怎么敢这么想？你怎么敢怀疑我，怀疑曲思总？这不仅事关我的清白，更关乎集团的名誉。这样吧，赵总，今天我们就到这里，没什么好谈的了。之后，我会把一切汇报给小曲总，向他当面汇报！"

说完，他缓缓地站起身来，看了一眼华生，目光阴鸷地挤出一句话："你太过分了！你会后悔的！"说完这句话，他便转身往门口的方向走去。

赵乾也在同一时间起身，抢步拦在岳非松身前，没有说话，木着脸看着他，把手放在他的肩膀上，用力一压，硬生生地把他按回到沙发上，嘴里只说了两个字："坐下。"

岳非松仰起头，诧异地看着这个魁梧的大汉，看到他脸上的怒意时，竟然没有勇气再次站起身来。

利益交换

华生松了一口气，刚才岳非松要走的时候，他还真没办法拦住。虽然这种局面之前在华兴公司里也没少见，但至少那都是正经办案子，还能把人叫回来，真不配合就动用公司规则处理。今天的麻烦在于两点：第一，用的不是公司规则，而是曲杰的规则，后面曲杰会对岳非松做什么，华生没法预料；第二，虽然曲杰最关心的事情，也就是岳非松和曲思之间的关系，现在可以确认没有不清不楚，但华生最关心的事情还没问到呢！

好在赵乾用武力阻拦并震慑了岳非松，把他留下了，也算虚惊一场，华生得以继续挖掘真相。不过，赵乾的这个行为可不是之前商量好的，属于无心插柳。至于赵乾为什么会这么强硬，不是现在要考虑的事情，华生要先控制一下岳非松的情绪。

他换了语气，很轻松地收拾起茶海上的碎片和水渍，语速和他的动作一样平稳："岳总，真抱歉！惹您生这么大的气，是我不懂事，口无遮拦。您说没有，那就没有，给我个结果我也好交代。还是那句话，曲杰总是信任您的。我给您道歉。"

说完这句，华生双手端起一杯茶，恭敬地递到岳非松面前，就那么躬着腰等着。

岳非松还处于盛气凌人的状态。

不难理解，华生怀疑他跟曲思有染，他心里没鬼，对方怀疑错了，而且这么过分，自然会觉得自己占了理。再加上之后他会把这件事汇报给曲思，曲思一定会严厉地收拾面前这个狂妄的年轻人，更让岳非松觉得自己是优势一方。盛气凌人的心理状态就是这么来的。

但是，他忘了两件事：第一件，真正怀疑他的不是华生，而是华生背后的曲杰，华生相不相信他暂且不论，曲杰能不能相信他才是真正的问题，他都没有想到过这个层面；第二件，就是赵乾在他旁边。岳非松故意让华生等在那里，

第三卷·无间　　211

但当他看向赵乾的时候,发现他神色不对,不似平常那么客气,只好不情愿地接过茶杯,眼睛却不愿意看华生。华生坐回自己的位子,笑吟吟地看着他。赵乾一屁股坐到岳非松边上,手搭在他的肩膀上,轻轻拍了拍说道:"不急着走,我让他们准备晚饭。消消气,晚上我陪您小酌两杯。"

华生看得出,那不是安抚。

岳非松疑惑地看看赵乾,他也知道赵乾不是安抚,便迟疑道:"赵总,你看看小曲总找来的这个助理,像不像话!我自己倒是无所谓,但这人竟然公然污蔑集团领导,恐怕就算是小曲总自己也不敢这样说吧!"

华生见机会来了,自然接上道:"岳总您说得对,刚才是我太冒昧了。我年龄小,经验少。我相信您在这件事上是清白的,曲杰总到时候问我,我会细细跟他讲清楚。"说到这里,华生故意拉长声音,提醒岳非松注意,看他果然开始皱眉理解其中的意思了,才继续道,"我信不信您其实一点都不重要,只要曲杰总信任您,那就是好结果。至于我嘛……我回头自己去找曲思总请罪,最后开了我是我咎由自取。"

一箭双雕的谈话技术,既暗示了自己在曲杰面前的发言权和影响力,也给了岳非松台阶下,让他能配合接下来的问题。要是一直保持着高傲的心态,后面的问题,他是不会愿意老老实实说出来的。

岳非松听懂了,他也从刚才的得意占优情绪中冷静了下来。张华生说的是对的,曲杰如果不相信自己,才是最大的麻烦,现在自己在这里对着一个可有可无的年轻人发飙,没有任何价值。想清楚这一点,他才点点头,回应道:"那就拜托你,在小曲总那边实事求是地回复,千万别造成什么误解。真出了问题,不但我担不起,我估计咱们谁都不会好受。毕竟,那是曲家姐弟之间的事情。"

这话是想拉曲思做大旗,扳回一局。

华生笑笑,顺着他的话道:"您说得对。亲姐弟嘛,应该心往一块儿想,才能其利断金。但是,我这里有几件事不明白,需要岳总您帮我个忙,给我讲解清楚,省得……他们姐弟俩闹矛盾,最后我们成了垫背的炮灰。"

听起来平平淡淡的话,却像一条鞭子,抽得岳非松身体一颤。

华生看见了他的神情,知道岳非松听明白自己在说什么了,心理状态刚好处于临界值,也是拜前面那个大波动所赐,才能让他终于明白自己面对的是什么局面。审讯里,很难一切按照计划好的节奏来,临场发挥出来的碰撞往往更具效果。不过,无论实际状况怎么变化,主审人的总原则都是自始至终不变的——用各种方法把对方的对抗心态一点一点驱赶到情绪的临界值,让他们重新思考面临的利害局面。想清楚局面是利是弊的时候,就是最终决定招还是不招的时候。

岳非松问华生:"你要问什么事情?"

华生问岳非松:"第一,曲总年初投资两个亿拍好的电影《青春梦想》,为什么最终没有过审?第二,曲总投资的直播平台YOYO,为什么会被管理部门封禁?第三,电子竞技的冠军选手'金大狙',上个月为什么退出了世锦赛?曲总在他们身上花了那么多钱和精力,这些事情都是怎么发生的?"

岳非松完全明白华生在问什么。

随着华生抛出一个个问题,岳非松的脸色开始变白,眼轮匝肌紧紧收缩,挤压得眼睑形成明显的三角形,像极了透着凶光的蛇眼。他抿紧嘴唇,明显在抑制脸颊的发抖,额头的汗珠肉眼可见地快速冒出。

待到华生问完,他张开嘴犹豫了半天,方才吐出一句:"你什么意思?"

他脸上的恐惧已经完全出卖了他的内心。

不知道内情的人,听到这些问题,根本不会有什么情绪。了解所有内情并且深处其中的人,才会跟着问题的节奏产生恐惧。因为他们知道问题的背后,有更可怕的结果在等待他们。

尽管岳非松现在还在装傻,没有承认,但答案已经摆在那里了。

华生再加一个砝码,击穿他最后的心理防线:"岳总,我给您最后一次机会,您尽可以说不知道。但是,这次机会您抓住了,自己说出来,我还可以帮您。如果您自己不承认,那就意味着您对前面所有的事情,不抱愧疚,没有罪恶感。这份心思,恐怕是曲总万万不能接受的。您不承认,就是下定决心要跟曲总对着干；真要是这样的话，曲思总也帮不了您什么。"

岳非松根本说不出话来，他知道华生说的是对的。

但是，他也很难开口承认，因为这些事情是他用尽心力不想被曲杰发现的。亲口承认自己做过的那些见不得人的事，对谁都非常难。

岳非松喃喃道："我真的不明白，你说的这几件事情，跟我有什么关系？"不知不觉间，已经把自己放在靶子上了。

暗箭难防

华生叹了口气："我帮不了您了，刚才是您最后的一次机会，我说过的。"

其实华生知道，岳非松现在是蒙的，之所以不承认不是因为策略，而是因为惯性。于是，他点破了关键词："是谁举报梅震北吸毒，导致电影临时下档？YOYO上的那个卖淫直播，是谁雇人'钓鱼'的？'金大狙'的手指，是谁派人设局砍伤的？"

岳非松的后背上，一层冷汗密密麻麻浸透了衣服。这一天终于还是到来了。

他扭头望向赵乾，却发现赵乾正在目光炯炯地逼视着他，那目光非常可怕，似乎要挖穿他的胸膛。他不知道赵乾要干什么，但相信总不会动手吧！曲杰这边肯定做不下去了，家里上有老、下有小，没了收入和平台给的关系，他这种中年人就相当于失去了所有。曲思那边也未必就能帮到他什么，毕竟人家是一家人。

他实在想不明白了，便甩下一句："我真的不知道你在说什么，我晚上还有事，先告辞了！赵总，不好意思，我们的事情改天再说。"

他站起身，一边说一边作势要动身离开。就在这时，门开了。

曲杰人还没进来，声音先传了进来："最后一个机会都不用，你可真够蠢的。我还指望你能帮我给曲思传点什么话过去呢！"

岳非松的脸色变成死白。门外站着曲杰，阴沉着脸，眼睛向上翻起盯着岳非松。

岳非松赶忙硬生生地将身形停在原地，眼中满是惊恐道："曲总，您……您怎么来了？"曲杰逼视着他向前迈步，岳非松吓得向后摔倒在沙发上。

赵乾反锁了门，站在曲杰身后。曲杰声音轻飘飘地道："岳总，你还是继续叫我'小曲总'吧，听着怪可爱的。不着急走，反正这是曲思管的地盘，我也不敢拿你怎么样。赵乾还要约你喝酒吃饭，他的面子你也不给了？这些都不重要，我其实就想听你亲口跟我说说那几件事情的细节。"

华生没想到曲杰会自己来，也不知他在门外待多久了。不过，一想到福坤的手段，华生就明白，其实曲杰应该全程都看见了。他不由得替岳非松捏了把汗，不知道曲杰最后会怎么处置岳非松。虽然，做叛徒帮曲思来做这些暗中害人的勾当非常可耻，但华生还是不希望曲杰做更多过分的事情。

曲杰给自己倒了杯茶，一口喝干，吩咐赵乾道："赵总，水都凉了，再煮一壶。"然后转头问华生，"我的心理学博士，像现在这种情况，他死不承认，你有没有什么办法让他亲口说出来呢？"

华生摇摇头，还是没说话。因为他已经看到了曲杰嘴角的凶狠，他知道这问题根本就不是问他的。

果然，曲杰转过脸来对岳非松严肃道："岳非松，刚才那三件事，每件事我只再问一遍，说不说就随你了。"

岳非松在曲杰的目光之下，竟然不敢抬起头来。他额头上的汗滴细密地渗出来，聚成小股从脸颊上滴落下来。他张张嘴，不知道该怎么回应面前这位乖戾的老板。赵乾坐在岳非松身边，把刚刚滚开的水用来洗茶具。

曲杰也不等他回应，只是自顾自地问道："第一件事，是谁举报梅震北吸毒的？"

岳非松摇摇头，用衣袖擦掉额头上的汗水，面露无辜道："我不知道。"

赵乾端起洗茶用的小缸，突然把这半缸开水泼到岳非松脸上！岳非松毫无防备，惨叫一声向后倒去。赵乾一把抓住他，强迫他坐好面对着曲杰。岳非松根本无力反抗，他的脸上已经被烫红了一大片，尖叫着捂着脸，发出杀猪般的号叫。

曲杰凑近岳非松的耳边说："你要是再出一声，我就把这一壶水灌进你的喉咙，恐怕那时候连肚肠都熟了。"

岳非松立时噤了声，也不敢在赵乾手里挣扎，只剩下嘴里的哽咽和抽泣。

曲杰闭上眼睛，叹了口气道："我说过只问一次的。"赵乾在旁边端起开水壶，眼睛盯着岳非松。

岳非松全身止不住地颤作一团，慌乱地答道："不要……赵总，不，曲总不要！我说！是一个叫牛月月的小明星，他最近被震北抢了好几个戏和广告的合同，是他打电话报的警！"

少爷面露厌恶的神情，皱紧眉头，并未睁开双眼，耐着性子问："谁给他的消息呢？嗯？"

赵乾举起开水壶，作势就要向岳非松迎头浇淋下去。一股开水没控制住，冒着滚烫的雾气洒落在岳非松的身体上，吓得他大声喊了出来："是我！是我！是我给牛月月的经纪人出的主意。"

华生此刻的感受很复杂。他知道，这里开了口，后面就是竹筒倒豆子。他也知道，有的时候，那点心里的执念、立场、惯性，是要靠生理上的疼痛来戳破的，但他自己无论如何都不能接受这种方法。他最关心的是，曲杰不要做些蠢事，因为事情已经被验证，当务之急是怎么应对曲思的种种暗箭。但显然，他更知道，曲杰不会这么想。

没想到，曲杰竟然笑了，笑得很开心。他睁开眼睛轻松地说道："呵呵，这就很好嘛！有什么说什么。你要保持住哦！来，要不要擦擦脸？"他用镊子夹住一条小毛巾递给岳非松，那毛巾一直在小锅里蒸着，还冒着热气。岳非松看着那条热腾腾的毛巾，本能地用手护住已经赤红的脸，拼命摇头。

曲杰问出了第二个问题："YOYO平台上的'钓鱼'，你自己从头到尾讲给我听。"

岳非松一丝犹豫都没有，开始讲述整件事的过程："我找了YOYO平台里排名第二的女主播开了个小号，在人气最旺的女主播那里开了房间付费私聊。一开始是不断打赏，要求她先是脱衣服，再是跳艳舞，然后不断加钱问她敢不敢直播网友上门，敢的话，就打赏大红包。她们自己特别懂这一套话术，再加上这帮网红本来就争风吃醋、见钱眼开，果然那个女主播同意了！我就找了个想红的小演员跟她联系好，直接上门，在直播里现场买春。按照我的吩咐，排名第二的女主播架了摄像机对准屏幕，把整个调戏她的过程套机直播。本来只是付费私聊，一下子变成全网直播，这个直播的播放量更加惊人。排名第二的女主播不但报了两个人的积怨之仇，而且之前'钓鱼'打赏的钱更是成倍赚了回来。这事一出来，竞争对手自然就会找人向网监局举报有人网络卖淫。后来……后来的事情，您都知道了。"能在这么危急的时候，把这个局中局讲清楚，岳非松的脑筋其实还挺清楚的。

曲杰并没有生气，悠悠说道："嗯，很聪明的做法，一下子搞定我两个头牌。唉！也是这帮杂碎人心坏透，要不然也不至于这么贪，这么黑！岳非松啊！我要谢谢你啊，YOYO被停封之后，整个直播行业的内容就干净了很多，福总开发的敏感画面自动监控程序也卖得很好，让一帮小网红丢掉了饭碗。说起来，你也是做了件大好事呢！虽然YOYO那边我损失掉了两亿的投资，但福坤那边也赚回来了。我是不是不太亏本啊？"说到后来，语气已经是咬牙切齿的阴沉了。

岳非松明知这是揶揄他的话，却支支吾吾不知该怎么回应，只是一个劲儿地流眼泪，哽咽抽泣着说道："曲总，我将功补过，我主动交代，勾引'金大狙'的那个小婊子，也是我找的。什么世界电竞冠军，在女人面前，那小子就是个宅男，根本受不了诱惑。我找了两个小混混，玩了仙人跳，把'金大狙'的手指韧带切断了。"

曲杰已经露出了犬牙，脸上的笑容里透着狰狞，问他道："哟！你还挺有办法的啊？行，你态度不错，还没等我问，你就自己都说了。那我直接问你第四个问题吧！你做这些事情，究竟是为什么啊？我给你的待遇不薄，你干这些好事，究竟是为了什么呢？"

岳非松的情绪完全崩溃了，鼻涕眼泪流了一脸，惶恐地说道："是曲思总问我的，她点了这几个企业的名问我，有没有什么办法弄点事情出来，好影响您投资的几家企业业绩。她问我，我才出的主意。"

曲杰气乐了，最后问道："为什么她问你，你就处心积虑地帮着她出主意呢？她给你什么好处了？"

岳非松知道大势已去，便招认道："曲总，我对不起你，我错了。曲思总答应我，送给我20万房产公司的流通股，分5年过户到我的海外户头……"

曲杰冷冷地从喉咙深处挤出了声音："嗯，不少，换算过来有过亿人民币了啊！她还真是比我大方。这么看，我每年给你的150万人民币，就完全是垃圾杂碎了。"

岳非松听出了他声音里的杀机，身体抖似筛糠，两只眼睛睁得大大的，黑洞洞的瞳孔越来越大。华生也听出了他声音里的杀机，怕曲杰冲动闯祸，赶忙劝他："情况都确认了，岳非松也算配合，我们要考虑后面的事情了。"

曲杰没有急着针对岳非松，平静地问华生："你现在觉得，曲思怎么样？"

华生看他表情，知道他心里其实万马奔腾，根本就不似语气般平静，只得引导曲杰的思路："事到如今，姓岳的价值已经不大，不必跟他过多计较。至于曲思，我想答案已经很明显了，这也正是我更担心的事情。比如，她有没有可能去动你的保健品公司？"

曲杰的眼中闪过一抹寒光。他沉吟片刻，冷冷道："华生，你先出去吧。我要冷静思考一下。"

华生还想试着劝他，但见曲杰一挥手，已不容他多说，便转身离开。

房门关上，那里面的声音，也随着门锁的"啪嗒"一声，变得寂静下去。

56　决绝地分手

开篇语：

值吗？付出这么多，到今天必须把心爱的人支走，甚至伤了她的心，真的值吗？肖依的伤心、责怪和心冷，我真的能够承受吗？但是，究竟是她的感受重要，还是她的安全重要？这一切都是我带来的，刀刀扎心。然而，我已经没有退路了。

By 华生

内忧外患

肖依正在尽心尽力地帮华生按摩他受伤的左臂，长久训练的缺失让他的左臂比右臂细了一圈。华生不忍心无缘无故地对肖依太过冷漠，只好依了她。肖依问："你现在屈伸的时候，还会有疼的感觉吗？"

要是放在以前，华生肯定会特别夸张地挥舞着手臂说："不疼了！"但今天，他没有这么说。华生轻轻撇了撇嘴，淡淡答道："只剩一点了，关节深处会有一点疼。"

肖依抱起他的肘弯，狠狠地亲了一口，仰起脸来笑道："再试试看，还疼吗？"

华生对她的亲密举动很无奈，只好又弯了弯，说道："还是有一点。"

肖依做出夸张的表情道："我都亲过了，它还这么没眼力见儿，看来得用更加粗暴的方式来让它知道自己有多不上进啊！"说罢，咧开一侧嘴角，露出雪白的小犬牙。

两个人都知道这是在可爱地开玩笑，但他们也都知道这是让气氛不那么尴尬的努力而已，也许只是徒劳。

华生还是笑了笑，习惯性地摸了摸她的头，安抚道："好啦！不疼啦！"

肖依也笑笑，很刻意，但也没有更好的办法了。

一瞬间，两人都落寞下去，不知道后面该怎么继续。肖依不明白究竟发生了什么，让面前这个曾经那么宠爱她的男人，变得总是无精打采地疲软，感觉很难再接近那颗热烈而有趣的心了。

电话铃声响起，解救了两个尴尬的人。华生看到是福坤的号码，便接起电话走到阳台上，关上门。肖依望着他的背影，心里有点酸楚。

"福总。"华生接他电话的时候，心里总是有点不踏实。

"嗯。和岳非松谈完了？"福坤问。

"是。"华生尽量简短，他更希望多听福坤说话。

"怎么看少爷的做法？"可惜福坤偏偏不肯多说话。

"我很害怕……"华生含糊道，迟疑了一阵，又继续道，"但也能理解他的愤怒。"

"能接受吗？"福坤的话更含糊，没说能接受什么。这话既可以指接受曲杰的做法，也可以指亿通集团里曲家的乱状。

"能接受，但更害怕。"华生干脆跟他打起了哑谜。

"你能接受什么？又害怕什么？"还是福坤最先沉不住气。

"福总，曲总还没出现的时候，我就已经可以确定岳非松有问题了。当我知道曲思在背地里搞的那些小动作之后，我非常理解曲总的愤怒。再辛苦的操心费力也架不住挖墙打洞搞破坏！殚精竭虑花那么多心血做正经事，却总有人在背地里捅刀子，让心血全白费！换作是我，我可能也会想要杀人！可是，我真的不希望曲总再杀人了，毕竟，杀人是犯法的事情。人命关天啊！而且我真的很害怕，将来怎么办？"华生说的话，几乎都是肺腑之言。

"哦，你怎么确定岳非松有问题的？"福坤不由得警惕起来。

"我是学心理学的，我能看得出他讲那些话的时候，大脑的认知出现了复杂加工。"华生心里一惊。

"哦？不是用的微表情技术吗？或者叫行为分析？你是不是也研究这些技术？"福坤的声音透着阴冷。

"您说的这些技术，我不了解。"华生快速镇定了下来。

"不了解？"福坤问道。

"对，听说过，但不了解。论文看过一些，却发现都是废研究，实验不严谨，数据统计偏差严重，可重复性极差，属于伪科学。"华生平静对答。

福坤没有再说话了。

"福总，接下来该怎么办？我不想曲总因为这些事情而有危险。"华生心里很纠结。

"这一点你可以放心，所有的监控都在我的手里。"福坤心里能感觉到华生的真诚。

"监控？天际大酒店的监控？那可是曲思名下的产业！"华生心里真的有点吃惊。

"呵呵。地铁还是政府的产业呢！对了，你最近怎么不太坐地铁了？"福坤突然转换了话题。

"坐啊！"华生知道，福坤一直在监视自己，他并不在意这一点。

"嗯，少了很多。"福坤还是坚持自己的说法。

"那曲总这边的行政总监出事了，就算外界不知道，难道曲思也不会追究吗？"华生也转换了话题，保证着自己的思路一脉相承，而且这个问题既是出于对曲杰的关心，也是自己真正关心的。他很担心岳非松，更准确地说，是很担心曲杰又没控制住自己。

"曲思是有分寸的人，她还要顾及董事长的感受和看法，所以她就算真的关心，也不会露在表面，大张旗鼓地折腾。不过，这方面你放心，只要你没有问题，就不会有问题。"福坤的语气稍稍软下来一些。

"福总……经过了马会长，又经过岳非松这件事，您还是不信任我？"华生干脆就做成弱小服帖的姿态，仿佛在电话里仰望着福坤的身影，让自己闪动着目光，期待着福坤的怜悯。

福坤这次没有说话，通过电话，华生似乎隐约听到他的呼吸有些起伏。

"福总，我想好好做事，我不希望曲总受到任何伤害。"此刻，华生说的是真心话。

"少爷现在把越来越多的事情交给你办，你不要辜负他。"福坤的声音微微地激动起来，说完之后轻轻地叹了一口气。

"我尽我全力。"华生答道。

"好！你干得好，收益自然多；你不好好干，可不仅仅是少挣钱这么简单。你忙吧。"

华生"嗯"的声音和那边挂电话的声音同时发出。华生觉得福坤最后的声音里，不全是威胁，也有一种淡淡的无力感，似乎是倦怠，或者是无奈。

不管他，只听声音不好判断细微差别。

他从阳台上回来，第一眼看到的就是肖依勉强的笑容，那笑容里有示好，也有委屈。肖依正蜷坐在床上看书，见华生进屋，第一时间合上书本，坐直身体，在脸上摆出笑容，目光迎着华生的身形，她想着华生能像以前那样走过来，抱抱自己，逗逗自己，哪怕温暖地一笑、摸摸脸蛋也好。她已经不敢奢望像之前那样，华生这么斯文的大男生突然变成小猛兽把自己扑到，一阵甜蜜的逗弄之后两人如胶似漆。自从上次冷战，华生就再没燃起过任何火焰。

可惜，今天晚上也是一样的，华生只是抿了抿嘴唇。肖依恨死那个动作了！那不是笑容，或者最多是勉强的笑容，那双不愿意看自己的眼睛出卖了所有心思，他根本就不愿意多花一点时间在自己身上。那个抿嘴唇的表情，也许还有无奈？苦涩？愧疚？

肖依失望地缩回去，躺倒在床上，用被子盖住头，也不作声，眼泪不自觉地滑落，无声地浸湿了枕头。肖依开始发抖，她躲在被子里，撑住被子的双手和身躯抖动得很厉害。倘若这时华生能过来安抚和心疼，肖依就会原谅他，原谅他所带来的所有委屈。

但她听到的是比赛的声音，华生又开始录制他的解说视频了。

冷漠伤人

见华生竟然冷落自己，继续去录制那些解说视频，肖依一下子止住了所有的颤抖，双手捏得紧紧的，猛地掀开被子坐起身，愤怒而绝望地望向华生的工作台。那个熟悉的背影，如今却变得形同陌生人，看上去充满了冷漠。

华生听到有动静，回头看了她一眼，眼皮都没有抬起来，脸上也毫无表情。两个人的目光一碰，便分开了，再多看一秒都觉得难受。肖依的难受是心冷，华生的难受是折磨。他在等，他是故意的，他知道肖依的性格，如果他主动提出分手，甚至是去找个别的女人做戏，她都会像小豹子一样拼尽全力地猛追猛扑回来，她不会轻言放弃的。想让她放弃，只有一个办法，就是像现在这样，而且要尽快。

说实话，这么长时间的冷落，肖依居然还能耐着性子忍耐，着实出乎华生的意料。拖得越久，心里的不安和疼痛就越深。

华生冷漠地回过头去，继续开始录制。他特意调大了视频的声音，也调大了自己的声音和情绪，显得很投入、很热情，似乎完全没有把肖依的情绪放在眼中。他停下，写台词，按照和戴猛商定的规则，把这一周的事情加密编写成解说词。最近发生了太多的事情，从老马到老白，再到岳非松，华生逐渐感觉到内心的吃力。有的时候，他会犹豫要不要把所有事情都汇报给戴猛。他能意识到自己在犹豫，但他也会不断说服自己，因为没有证据，即使把这些内部的事情传递出去，对于侦查推进也没有太大的帮助。会不会因为过早透露了这些信息而影响接下来的局面？

他想不清楚，只是给自己找了个理由。

不过虽然想不清楚，他最终还是一五一十地把发生过的事情都编写进去，完成录制。华生坚持现在这个阶段只做传播，并不接收来自戴猛的信息，因为他能感觉到自己心力枯竭，没有能力再处理更加复杂的输入。当然，他能感觉到，曲杰已经接受了自己，只是还差一个"仪式"。也许，那个"仪式"发生之后，福坤也会信任他。在华生心里，却并不希望那个"仪式"真的发生。

他在努力工作的同时，其实也在等着肖依发飙的那一瞬间。但当他忙完一个片段之后，回头却发现肖依已经睡着了。华生摇摇头，走过去替她关上灯。黑暗降临的那一瞬间，他看到肖依的眼角还有泪痕。

华生觉得自己的心憋闷得快炸掉了。他咬了咬牙，决定要再快一点，再决绝一点。

看着远处屏幕中两个人训练柔术的视频，华生忽然就有了主意。

第二天下班，华生比平常积极多了，虽然不是那种手舞足蹈的好心情，但也是满脸的和颜悦色，还主动问肖依是不是要去训练，表示自己太久没有训练，心里痒痒的，想跟着一块儿去看看，没准儿自己的肘关节现在已经可以禁得起柔术里的拉扯了。

肖依睁大眼睛端详了他半天，半信半疑地摸摸他的额头，悄悄嘀咕了一句什么，很小的声音。华生问她嘀咕啥，她也没说话，自己出神了一小会儿，突然问道："张华生，你最爱吃我妈做的什么菜？"

"白斩鸡啊！"华生一脸蒙。

"之前公司给戴总派了个特别妖艳的贱货当人力资源部的副手，她叫什么名字？"肖依歪着头，眯着眼睛打量华生，撇着嘴。

"……鲁菊花！"华生的确好久没想起过这个名字了。

"昨天晚上临睡前你干吗了？"肖依睁大了眼睛正色道。

"我……录教学视频。"华生完全被肖依打乱了思路。

"我干什么了？"肖依咬着下嘴唇追问。

"哭？"华生刚说完这个字，就见肖依真的哭起来了，一边哭一边拍打华生的手臂，哀怨道："你还知道啊！你知道……你知道还不管我。呜呜呜……"她是真的哭得很伤心。

这突如其来的一哭，让华生的心里软软地塌陷下去了。他的嘴里泛起了苦味，追问自己还要继续吗。正如之前他判断的那样，肖依根本就不是冷漠和坚强，她一直忍着委屈呢！

一转眼，肖依擦掉了自己的眼泪，吸着鼻涕扑上来撞进华生怀里，紧紧地搂着华生的脖子，在他耳边说："我就知道你不会不要我的。"声音里还有哽咽。两条大长腿紧紧盘着华生的腰，全身都贴得紧紧的。华生听到她这话才明白，小姑娘已经偷偷想过是不是会"不要她"的问题了。他伸手托住她的身体，另一只手在她的后背上轻轻抚摩，心里却一剜一剜地跳。

肖依一点都不愿意分开，太久没有温存过了。华生却拍拍她的屁股，示意她从自己身上下来。肖依不太情愿，下来拉着华生就往床的方向走，眼睛里全是氤氲。华生站着没动，用力把她拉住，轻轻摇了摇头，嘴里说："我陪你去训练吧。"

一瞬间，肖依眼中闪过一抹失望的神色，松了手。但她立刻又绽出了笑容，高兴地说："好！本姑娘恩准你陪我去训练。你等着我啊，我来收拾东西，很快！对了，你的道服也带上吧！你要是真能练，我就陪你一起做做基础动作。"

华生点头，在肖依转身之后，吞咽了一口口水，暗暗咬紧了牙。

肖依一到道馆，那个充满阳刚气息的地方迅速热闹起来，无论是20出头的大小伙子还是那个胖大的巴西教练老头，所有人的脸上都看得出来很开心。肖依也是真的开心，毕竟有一段时间没来了，这次还是带着自己男人来的。在这个两人相爱的地方重新出现，肖依好想大声宣布："我又回来了！"

一换好道服，肖依就又变成了那个飒爽英姿的小美女，一举手一投足都散发着生机勃勃的魅力，跃跃欲试地准备征战。华生低头看自己穿着道服的样子，委实百感交集。他暗暗体会自己的身体感觉，觉得还有兴奋，但毕竟缺乏力量的支持，身上那些原本提供强健支撑的小肌肉群现在都变得疲软，尤其是不太敢使劲儿的肘关节时刻让他感觉心里不踏实。

和肖依比起来，华生完全没有征战的欲望。

无精打采

基本功热身一过，华生已经满身是汗，气喘得也比其他人都大声。肖依悄悄问他还行吗，他竖起一个大拇指表示没问题。

教练今天教的动作是侧面压制开始的几个绞技以及相应的逃脱，肖依听得很认真，华生却已经开始观察其他人了。

两两搭档训练，肖依和华生自然是一组。华生动作慢，又不敢使全力，再加上刚才没有仔细听细节，所以明显跟不上肖依的节奏。不过肖依还是很耐心，并没有表露出不耐烦的神情，只是有时候自己要刻意控制速度，还要提醒华生他不会的地方，这两个人的训练就没有周围其他小组热闹。再一次开始的时候，肖依侧面压制在华生的身体上，做动作之前往周围一望，那一对对生龙活虎的状态让她流露出艳羡的目光。华生便轻轻拍了拍她，做出疼痛的表情指了指自己的肘关节，肖依立刻关心道："怎么啦？受伤了没有？"

华生摇头，表示只是疲劳了，有点隐隐作痛，但并没有受伤。一边说，一边起身，抱歉道："耽误你训练了。"肖依便笑笑，摇摇头。她想搀着华生去场地边坐，华生却道："我又不是老人家，腿脚又没受伤，哪用搀啊？赶紧去吧，别再耽误时间，好不容易来一次，我已经够拖后腿了。"说完，轻轻拍拍肖依的腰，让她快去，自己则走向垫子边的座位。

肖依说了声："那我去了啊！"见华生点头，便欢快地奔向人群。

肯定是因为华生陪着来训练，肖依今天的状态好得不得了。爱情一旦顺心如愿，女孩子就能变成小太阳似的发光发热，肖依又恢复了往日的飒爽英姿，练得起劲儿。华生在一旁仔细地看，观察着每一个和肖依对练的人。

场外进来了一个人，一个短发女孩，在华生还没注意到她的时候，肖依已经高兴地停下了动作迎上去，欢呼道："你来啦！"

华生一看到她，心里的第一反应是"不好！"。那人正是小九儿。

两个姑娘都在笑，笑得特别开心，仿佛很久没见的好朋友。华生不知道小九儿是否看到自己了，正犹豫着要不要悄悄躲开，突然就克服了本能的想法。他不知道哪里来的灵感，想到了一个主意，把原本不够厚实的计划弥补得完美无缺。毕竟，他太了解肖依了。

小九儿来了，肖依就没再跟别人搭伴，先是把教练今天教的内容演示给她，然后两人一遍又一遍地磨炼着动作，之后又开始十分钟一局的自由实战。两轮实战下来，两人都大汗淋漓。华生主动走上来，表示要跟肖依实战一轮，还没等肖依介绍他，他便很惊讶地指着小九儿问："咦？九姑娘，你怎么也来了？"

肖依更加惊讶："你俩认识啊？"

小九儿同样很惊讶："你也在？"

华生看得出来，小九儿的惊讶是假的，她应该早就看到自己了，只是见自己这样子，反应很快地配合而已。华生这才给两人分别介绍道："这是我女朋友肖依。这是我公司的同事，九姑娘。"

肖依打量着两个人的表情，又说了一遍："你们俩原来认识啊！这么巧。华生，这就是我之前老跟你提起的那个特别厉害的小姐姐。"她做了个生气的表情，指着华生向小九儿解释道，"就是这家伙不让我来训练的，他非得说……"

华生生怕她把后面的话说出来，赶忙插话道："我还不知道你也这么厉害！肖依老是夸你技术好呢！有没有兴趣咱俩试试？"

小九儿没说话，看看华生，又闪眸过去打量肖依。肖依愣了一下，眨了一下眼睛，不到一秒钟的时间，立即笑吟吟地说："好啊！好啊！九……对了，我还不知道你的全名叫什么呢！"

小九儿一笑，告诉她："我就叫小九儿。你要是觉得别扭，就叫我 Ninety-

ninety。"

肖依一听就觉得有趣了，忙问道："90—90？这名字有意思！那我就叫你Ninety姐姐吧？"

小九儿又一笑，说："你比我大，不过叫我姐姐我也没意见。"

肖依胡乱一摆手，决定道："哎呀，好啦！管他呢！Ninety姐姐，帮我教训教训这个家伙，谁让他管着我不让我训练。哦，不过你要轻一点，他左手肘关节做过手术，才恢复过来没多久，别再弄伤了。"

小九儿深深地看了一眼华生，问肖依道："你舍得让男朋友跟我打？他什么水平啊？"

前一句话说给两个人听，也看两个人的反应。后一句话是说给肖依听，因为不想让她知道两个人之前交过手。华生当然更不希望肖依知道自己的左手就是面前这个笑嘻嘻的姑娘掰断的。

肖依毫不在乎的样子："这有什么？随便打！"但随即又瞪大眼睛对华生语带双关地警告道，"你可不许欺负人家小姑娘啊！"

华生呵呵笑着，没有多说话，对小九儿行礼，随后摆出了预备姿势。肖依看着他们俩一步一步地往后退，退得很慢，眼神也很专注，她的心里还是有一点奇怪，因为觉得今天的华生跟平常不一样。认识他这么久，他还从来没有这么主动地接触过其他女孩。这个小九儿年轻又漂亮，巴西柔术的功夫又好。肖依脸上带着笑，笑容有点刻意，有点僵硬。

不知道华生有没有注意到肖依的目光和笑容，他可能根本没有注意到这些细节，因为他已经特别投入地开始和小九儿打作一团。

先是站立姿态抢把位，两人仿佛老对手一样，一点客套都没有，抓领子、抓袖子、移动脚步、互相撕扯，动作迅速极了。华生猛然发力，左手抓紧小九儿道服的领子，探低身形向前冲的同时，右手抓住了小九儿的左脚踝，连拉带推的巨大力量让小九儿连退了几步都没躲开，摔倒在地。这个敏捷的动作，让肖依脸上的笑容消失了。

心碎

　　华生想趁着摔倒小九儿的机会侧压，但小九儿并没有给他这个机会，而是一只脚踩在他的髋关节上阻挡他的继续移动，另外一条腿悄然顶在了华生的左腋下，同时两只手对他的左手形成合围之势，只要另外那只脚一蹬上肩，就会做成一个三角绞加十字固的终结动作。肖依不禁心里一惊！她吃过这一招的亏，知道小九儿做这一招的时候动作极快，自己是练了好多次之后才能躲过去的。她特别怕华生的左手再受伤。

　　华生没有中招，因为他在感觉到自己左手被控制，右侧髋关节被蹬踏的一瞬间，就已经做出了顺势前滚翻，越过小九儿身体的同时也摆脱了左手被困的危险，直接来到小九儿头侧，用手箍紧小九儿的下巴，身体一带一翻，把小九儿的后背带离地面，一条腿乘势从后面钩到了小九儿的躯干腹部，只要再往反方向一翻，另一条腿也钻进去，拿背的姿势就形成了。这个兔起鹘落的动作，让肖依和小九儿都很吃惊。

　　肖依是没有想到华生能这么敏捷，而且还会用手去箍紧人家的下巴。虽然平时这种拿背的动作完全不暧昧，但肖依从来没见华生和别的女生打实战，更不要说见过这样的姿势。他从背后紧紧地贴着小九儿的身体，这样的姿势无论如何都很刺眼，两个人的头还紧紧挤在一起。尽管肖依知道那是为了抢位置而必须做出的动作，但此刻她身体里那头原始的小野兽在拼命地嘶吼，仿佛嗅到了什么危机。

　　小九儿惊讶的是华生为什么这么拼！这么用力，这么凶狠，这么快，完全不是在练习，简直像是要杀人。拿背的位置肯定不能顺利给他，所以小九儿在那个位置想方设法地防守，身体不断地保持着平衡，不让华生把她翻过去。

　　华生在她耳边说："你为什么要来找她练柔术？是不是少爷让你来的？"这是他第一次称曲杰"少爷"，因为他知道小九儿不在意别人，只在意曲杰。

　　小九儿一边动着，一边笑起来，对华生说："好好打你的实战，别瞎想。

我喜欢这个小姐姐！"

华生也笑出来，他不能把面孔绷得太严肃，他要故意用笑容给肖依传递一些信息。

两个人足足打了10分钟，直到计时器响起，才不情不愿地分开，胜负未分。下课的时间到了。

这个时候，肖依的脸色已经不太好看了。小九儿和华生双双走过来。见她沉着脸，小九儿问："咋了？不高兴啦？"

肖依挤出一个笑容，对小九儿搪塞道："什么跟什么呀？我是看你俩打得精彩，看得担心。"虽然嘴上说得轻松，但却一直提不起精神。

华生却伸出手，对小九儿说："九姑娘，真没想到，你的身手这么棒！不是紫带也是深蓝的水平啊，怎么只系一根白带子？下次有机会，公司里我们约起啊！"

小九儿没跟他握手，而是轻轻抽歪了他的手，嗔怪道："还跟我约，看不见女朋友脸色啊！走啦，走啦，不耽误你们卿卿我我。肖依别真生气啊！男人认真起来都是这样子的。"

肖依勉强笑着摆摆手，跟小九儿道别，扭头看华生还满脸笑容地望着人家背影，只悠悠问了一句："你的左手彻底没事了？"

一直到家里，肖依都没有再搭理华生，脸色也沉沉的。这次她是真的想了很多之前困惑的问题，而且情不自禁地把所有问题都用同一个逻辑串起来解释通了，她不是故意在摆脸色给华生看，也不是为了等男人积极来哄，而是真的觉得有点心凉，只是还不敢开口问。她生怕问出来的结果和自己想的一样，那是一个她没勇气面对的局面。

华生觉得时机差不多了，做出意犹未尽的样子，兴致勃勃地问肖依："今晚练得开心吗？"

肖依看他一副开心的样子，心头的怒火终于快忍不住了，只是她还有所克制地反问道："你练得开心吗？"

华生道："非常开心啊！好久没练了，真痛快！"

肖依问："是练得开心，还是见到女同事开心？"

华生一愣，马上板起脸来："你这人怎么这样？我是说训练开心，跟女同事有什么关系？"

肖依冷冷一笑，问道："我看你之前跟我练的时候，无精打采的。不是胳膊疼吗？为什么那个什么小九儿一来，你就生龙活虎的，连胳膊都不疼了？"

华生生气了，面有愠色沉声道："你不要无理取闹，把什么事情都往这种问题上想。"

肖依不再说话了。她怒气冲冲地关掉电视，把遥控器狠狠甩在沙发上，一把擦掉泪水，走进卫生间准备洗漱。

华生知道她已经愤怒到了极点，但仍然要忍，只好再狠心点一把火："你不要再这样了好吗？有什么不能明明白白说出来，非得这么沉默着，有意思吗？不让你训练，你不高兴；今天陪你去训练，你还不高兴。你让我怎么样才能顺了你的心？"

肖依再也忍不住了，怒火喷射般地冲回来，冲着华生大声喊道："是你顺不了我的心，还是我顺不了你的心？你已经多久没跟我有说有笑了，今天晚上见到那个什么小九儿就耳鬓厮磨，笑起来没完，腻起来没完，你能给我解释一下为什么吗？"

华生大吼道："你是不是神经病？哪有什么耳鬓厮磨，不是在打实战吗？你怎么变成这个样子了？你说我耳鬓厮磨，那你跟那些男生实战，不也是全身上下各种蹭吗？我说过什么吗？一个女孩子，喜欢什么格斗健身，还练这种高密度身体接触的技术，躺在地上让人骑，叉开双腿压在那些臭男人身上，弄不好还要把头埋在人家裤裆里，这些我说过一句抱怨的话吗？你现在来抱怨我，说我搞暧昧？你好意思吗？"

肖依一下子就冷下去了，再也不喊了，只是眼泪一个劲儿地往下流。她抽噎着想说话，但又说不出，过了好久好久，抬眼看华生的神色，却只看到一脸的鄙夷和嫌弃。她终于崩溃了，释放出所有的悲怆问道："你是不是不爱我了？"

她盼着从华生脸上看到愧疚，看到心疼，哪怕看到惶恐也行，那都能说明不是不爱。但她看到的是明显的嫌弃，心若止水。她擦掉所有眼泪，冷冷地问："张华生，我最后问一句，你对我还有爱吗？"

华生没有说话，面沉似水，但他的心跳得极快，全身发烫。他已经拼尽全力来遏制想要抖动的身体，他必须让自己看起来是一副平静的样子，必须用冰冷的嫌弃和无情把面前这个女孩挡在外面，切断她所有的期望。

见华生不说话，肖依也不再追问，只平静地转过身去，开始收拾自己的行李，动作缓慢、沉重，毫无生气。

华生只拿起自己的手机和电脑，冷冷丢下一句："你不用走，我走就好了。这里的东西，你随便处理吧。希望你能照顾好自己！"说完，头也不回地摔门而去。

屋里屋外，两个人同时泪流满面，身体因为痉挛般的呼吸而剧烈颤抖着。

57　垂老的叮咛

开篇语：

孙儿啊！爷爷什么都知道。爷爷怎么能不知道呢？我这一辈子，苦难的时候曾经饥寒交迫，发达的时候可以覆雨翻云；白发人送黑发人的时候难过万分，看你蹒跚学步的时候喜悦无比。爷爷知道，小时候对你要求太严格，但也没有别的办法啊！曲思，我知道她心里有委屈，但也是没有办法啊！她为了变强而不择手段，而你的心计又远远不及她。你要快一点，再快一点，爷爷心里急啊！

By 曲健云

曲家的会议

华生搬到了昌宁镇去住。

每天和运动员泡在一起，拍摄很多训练和教学视频，华生把大部分精力都投入"极斗"赛事的研究中，想着怎么能够在融资开启之后做得漂亮一点。他心里是惴惴不安的，通过他的自媒体直播，小九儿和赵乾动手杀人的信息已经发出去了，曲杰在场的事情也已经发出去了，马会长的死亡却真的没有引发一丝涟漪，在任何媒体上都没有见到相关的消息，华生不知道戴猛和公安局会如何处置。这种战战兢兢的安静，让华生觉得很难受，只有在和运动员们训练的时候，才能用汗水和疲劳让自己暂时忘却烦恼，包括忘却对肖依的挂念。

曲杰一直很安静，不知道在忙什么，既没有找他做事情，也没有任何电话或者其他指示，他这个新任的"特别助理"直接就成了摆设，融资的事情也没有人提起，就连福坤都没有再骚扰过他。

赵乾一直在忙，三天两头见不到人，说是替曲杰跑腿，干脆把刚猛体育和"极斗"赛事的事情都扔给华生。华生当然想知道赵乾究竟在忙什么，为什么经过了这么多事情，曲杰还是主要让赵乾来办事，而不是自己。他难道没有对赵乾生疑吗？怎么还肯放心地交给他做事情呢？但是，华生还是决定不告诉曲杰自己对赵乾的怀疑，他也说不清为什么。

曲杰到底在忙哪些事情？是在应对曲思的暗中破坏，还是在准备下一次的惩戒，抑或只是简简单单地安静一段时间，等待岳非松招供之后的刀光剑影？

见到赵乾的时候，华生若有若无地打探过几句话。赵乾的表情多少有点不自然，表面上看起来很热情，但在华生眼中，实际的有效交流并不多，不但语言里都是些可有可无的废话，视线的频繁转移和嘴唇间的肌肉收紧，更是让华生清晰地知道那是心里在防备。他这个有意思的表现让华生产生了强烈的好奇心。推测起来，赵乾这么猛的人竟然如此小心谨慎地对待自己，可能有三个原因：一是两个人地位的微妙变化，让赵乾觉得很难接受，或者有点尴尬；二是信任问题，他正在忙碌的事情不可告人，特别是不能让华生知道；三是有可能赵乾自己就有什么问题，想回避华生。

华生以融资计划为话题问过他在忙什么，他总是语焉不详的样子，华生很难找到精准的问题来确定他的心态。毕竟不是审讯，日常交流太过用力和刻意反倒容易引起别人的警惕。所以，就算是很想设计有效刺激源来判断对方的表情，实施起来却不是那么容易。

几天之后，终于来了消息，曲杰亲自打来电话，问华生关于融资方案和刚猛体育的融资后计划的事，并叮嘱华生，关键的时刻就要来了。电话里，曲杰的语气像个中学生，认真得让人心疼。经过几次审核和修改，最终的融资方案终于定下来。曲杰对国外赛事的运作研究着实让华生敬佩，尤其是在利用股东资源和互联网效应的思考上，增加了很多有益的部分。有几次邮件的发出时间，都是在凌晨两三点钟，这让华生重新审视曲杰这个人，以及他正在做的这些事情。

关键的一天终于来到了。

按照亿通集团董事会的通知，周一的早晨，赵乾开车带上华生从昌宁镇到亿通集团的总部去开会，曲杰和小九儿自己过去。路上，华生想跟赵乾讨论"极斗"赛事的方案、选手、播出平台，以及本轮打算融入的资金量，但赵乾心不在焉得很明显，只是"嗯""啊"地应对着，看神色就知道对华生讲述的具体方案一点都不放在心上。不过，华生的重点本来也不在这些细节上，他在担心另外一件事情。于是华生直接问赵乾："赵总，您在担心融资的事情不成？"

赵乾这才惊讶道："你为什么会这么想？"

华生看他的眉毛立时就皱紧了，知道自己猜对了答案，继续挖掘道："我是杞人忧天，总怕出问题，毕竟花了好大的力气。这应该是少爷近期最关心的事情，如果成功了，一切大吉，如果有闪失，那恐怕我们的日子都不好过。"

在讲到"最关心的事情"时，赵乾有一丝轻蔑的微笑几不可见。但讲到"日子都不好过"之后，赵乾的双眉却皱得更紧了。

华生看他不说话，便有意问他："曲思总这次会支持吗？"

赵乾的眼睛虽然在看着正前方，但听到问题之后第一时间向右下方快速转动了一下，还微微停顿了半秒钟，也没有正视华生，又继续若无其事地开车，脸上控制着不做反应。华生看到他向自己这边悄悄瞥了一眼，却又没有回应，就知道自己问对了。后面的问题本已没有必要再问，但为了弱化对方的警惕，他还是继续走程序地逐个问道："董事长能支持吗？……其他股东怎么样？"

赵乾听到这里，讪讪地笑了笑，对华生说："我哪里就知道了呢？今天开会不是讨论这件事吗？"

华生心里已经开始思考即将面对的局面了。

车到亿通大厦的地库，电梯直达59楼。和上次不同的是，这次曲杰只带着华生进到里面，赵乾则被留在外面和小九儿一起等候。曲杰很是兴奋，不但保持着脸上的笑容，而且还有搓手的动作。华生知道，这些都表达了内心跃跃欲试的紧张。但华生转身之际看了一眼赵乾，他的脸上没有惊讶，没有担心，也没有不安，只是眼睛向下看，一脸的平静与安详。看来，赵乾也许在来之前，就已经提前知道了所有安排，甚至比曲杰知道的都多。

    这次的会议没在上次那间会议室里开，而是换在一间会见私客的精美房间。华生跟着曲杰进屋的时候，房间里只有曲健云和福坤两个人。这两个人一个老，一个残疾，坐在精致的房间里显得形容枯槁。尽管阳光透过窗户射入了清晰的丝丝缕缕，洒在两人的头顶和肩膀上，还是让人觉得压抑，仿佛是经久闭关不见尘世的两个老僧，此刻打开禅门会见世人。

    见曲杰领着华生进来，福坤对曲杰点点头，算是行礼，曲杰则双手拘束在身前向着曲健云的方向鞠了一个躬，方才用视线请示自己应该坐在哪里。

    曲健云看向曲杰的时候，神色严肃。他让曲杰坐在自己的左手边，示意他自己倒茶，曲杰只是点头称是，却并没有真的动手。随后曲健云便把目光越过了曲杰，看向跟在他身后的华生，因为这个年轻人正在一脸阳光地给自己和福坤行礼、打招呼，笑容里仿佛有开心的事情辐射开，不累不阴沉，让屋里本来压抑的气氛轻松了几分。老爷子一辈子见多了各色人等，不知道为什么在曲杰身上看到的都是恭敬谨慎甚至如履薄冰，反而在这个年轻人身上却看不到那些需要自己紧张提防的东西，只有好的意愿。

    华生看到了曲健云眼睛里的赏识，也看到了福坤眼神中的审视。他没有料到福坤竟然和董事长一起提早在此等候，更不知道福坤在这件事里是什么角色，只是觉得这家伙的情绪没有想象中的那么阴沉，不知道他的出现对融资计划会是什么影响。

    几个人就这样沉默着，也不谈事情，还在等人。

    他们等的人是曲思。

    距离约定的时间还有五分钟，曲思推门进来，看到曲杰已经到了，脸上立刻挂出一个微笑，先是向曲健云点头问好，再向福坤致意，最后才是曲杰和华生。她今天依旧妆容精致，衣饰低调奢华，姿态优雅，举止进退有度。华生注意到她在看向几人的过程中，嘴角始终保持着一致的角度，眼睛也微微弯起，那笑容看起来让人觉得很舒服，华生竟然没找到什么毛病。

华生心中暗暗赞叹，这真是训练有素的表现，明明一会儿可能刀兵相见，现在见面却能满面春风，而且还能在看不同人的时候保持没有破绽。这份稳定和矜持正是曲杰所欠缺的。

出乎华生意料的是，今天的会议没有其他股东，就曲家祖孙三个人和福坤。这样一来，华生反而紧张了，人多还好穿针引线迂回制衡，人少则只能正面招架了。

搁置

人一到齐，曲健云便开口了。内部会议，没有客套话，老爷子用非常平缓的声音、带着商量的语气开场定了调子："小杰，你最近做事的状态不是很好啊！今天把你叫来，是想跟你商量，刚猛体育新一轮融资的事情，是不是暂时放一放？"

这句话在不懂规矩的人听来，仿佛是商量，在懂规矩的人听来，其实是宣布一个结果。只不过，宣布完结果之后，表面上还很公平客气地给你留了一个发言的机会而已。然而，要不要接住这个机会，如何利用这个机会，实际上又是一个更加危险的陷阱。这种话口接不对，也许接话的人就会像掉入插满钢刀的陷阱里，上面再被巨石压顶，死得透透的。

华生之前的判断是对的，曲杰并不知道会面对这样一个结果。

曲杰一脸惊讶！整个屋子里，只有曲杰是一脸惊讶！看样子福坤已经知道了这个结果。曲思保持着浅浅的笑，同样没有惊讶。不过，华生并没有从她脸上找到得意的轻蔑神情，只是从她的视线始终聚焦在曲杰脸上而没有丝毫变化这一点，判定她也许已经知情。

曲杰双脚向后收缩到重心之下，犹豫着要不要站起来，但屁股向前挪了挪，最终却没敢起身。他又稍微向曲健云的方向挪动了下身体，眉头向上蹙起，睁大眼睛，语气恭谨但很急地问道："董事长，这是为什么？昨天通知我过来，不是说董事会全体商讨细节吗？怎么今天变成'放一放'了呢？"

曲健云看他的反应，不禁皱起了眉头，目光炯炯地看着他，但并不答他的话。

曲杰自知有些失礼了，向后缩回了身体，还微微低了头。他沉默片刻，又抬起眼睛看福坤，想知道究竟是怎么回事。曲健云便立时打断了他："你不用看福总。这个结果我也是刚刚告诉他的。福总现在也表示同意。"

华生注意到，曲健云讲这话的时候，福坤擦了下眼镜，那个动作也许是为了掩饰面对曲杰的尴尬。

曲杰听说福坤也已经同意，脸上的神情便有些失控了，肌肉开始出现扭曲和颤抖的迹象。他努力地咬紧牙，控制着自己的呼吸和抖动的脊背，很明显在尽量克制自己的情绪。曲健云没有跟他计较，只是继续说："今天叫你来，是想听听你的解释，你最近的想法，以及你都做了些什么事情。如果你能坦诚接受自己的失败和错误，具体业务的事情，我们可以过段时间再商量。钱的事永远是小事，而你的心思、你的能力、你的愿景，这些才是最重要的东西。如果你自己还不明白究竟是什么导致我做出这样的决定，只能说你让我很失望。"随着语气的加重，他眼神里闪现出越来越重的责怪的成分，随着眼睑的慢慢闭合而越来越明显，再加上嘴角向下的否定意思，任谁都能看出，这老爷子是真的不高兴了。

曲杰显然被突如其来的决定打击了，他没有能力去思考具体的原因是什么。他此刻只是非常愤怒，因为他感觉到自己被戏耍了。五个人开会，除了华生不计入内，其他三个人都知道会是什么情况，这不是摆明了做局吗？尤其是福坤，早些时日刚刚说要一条战线，怎么今天就突然站在另外一边了呢？越想越气，曲杰的目光开始混乱。华生看到了他眼中原始的兽性凶光，暗道一声"不好"，生怕这人闯下不可收拾的过错，连忙发声道："对不起，董事长，我有个问题。"

曲杰被这一声短暂叫醒了理性，他抑制住身体里的冲动和混乱，稳住呼吸回头望向华生。

按理说，华生本来没有资格发言，但曲健云竟然点了头。

华生道："我昨天收到通知，今天来向您和曲思总汇报刚猛体育融资计划的筹备详情。所以，刚才您一说'放一放'的时候，我和曲总一样颇为意外。曲总最近为了这次融资计划过审，真的是耗费了很多心血。而且，我从曲总身上学到了很多宝贵的思路，也尽自己所能帮着整理。曲总可能是太意外了，也太在意这件事的成败了，所以还没反应过来。虽然我知道远远轮不到我来发问，不过还是希望董事长明示，我想曲总肯定愿意配合和改进。不知道有没有什么具体的工作可以弥补，或者以后还有没有机会再开启这项工作？"

华生把矛盾焦点转移了。虽然还不知道曲健云究竟因为什么而发威，但多夸夸曲杰总不会错。最坏的可能，是因为老马和岳非松的事情被他们知道了。真要是那样，就要看曲健云怎么表态了。无论如何，先抓住细节的问题，引导面前这些人说话，有了更多的信息，才可能判断清楚局势，再伺机而动。

他的意思是可以接受"放一放"的决定，但还是希望先讨论这件事的细节，给曲杰一个回旋的余地。一直微笑着的曲思突然开口了："你的确没有资格发问。董事长已经说过了的话，谁都不能再纠缠。我本来对你的印象还不错，怎么今天这么无礼？谁给你的权力？曲杰，你的这个特别助理就这么没规矩吗？"她说这些话的时候，内容已经刺刀见红，可脸上竟然还是笑的，语气也很温柔平静。

华生一时有点恍惚。他用最快的速度仔细端详了曲思的表情，并没有发现表情里有假笑的违和之处，这真的是太让人意外了！眼睑眯合和嘴角上扬的幅度，以及露出的整洁的上牙，完美到无可挑剔，明明是特别明媚的笑容！可是，这怎么可能？

他此刻不能说话了，曲杰也已经傻在那里，曲健云、曲思和福坤很明显都是一个立场的。究竟是什么原因导致融资计划被搁置呢？这件事恐怕只有曲杰自己来扛一下，才能看到后续。华生不能再发问，只希望曲杰能扛得住，别出什么岔子，这样才好暗中观察。他快速梳理自上次在曲杰办公室听说董事会批准融资计划开始，到今天为止究竟发生了什么。还有就是，赵乾的淡定又是因为什么？他前一段时间一直在忙活什么事情，会不会跟今天的结果有什么关系？

炸鸡协会内部的改朝换代和老马的凭空消失，意味着曲杰的执拗和失控。

对自己集团内部行政总监的审讯和处理，意味着对曲思战局的逐渐透明。

屡屡失败的生意和投资对曲杰造成的压力，以及他从上次用兔子做实验开始神神秘秘忙碌的事情……

华生还在一环一环冷静思考的同时，曲杰则完全愤怒了。他本来已经被华生的几句话解救回来，而且他明白了华生的意思，但曲思对华生的斥责完全打乱了他本来已经平静的心情。曲杰的眼睛里似乎有点充血，用不高的音量从声带里挤出了声音：“曲思，你不要太过分！"喘息了一下，他换成乞求的眼神望向曲健云，规规矩矩道，"爷爷，我想知道，我错在哪里了。"

曲健云挺直了身板，右手重重地拍在沙发扶手上，呼吸和表情却并没有出现大幅改变，只有怒目圆睁，但声音却沉得吓人："你混账！怎么跟你姐姐说话呢？之前炸鸡协会的事情闹得那么大，我让福坤压住了你，也没跟你计较。本来指望你通过这件事自己长点教训，明白孰轻孰重，不要再幼稚地意气用事！如果你有所收敛，专心致志地学经营、做生意，多向你姐姐学习，我这里给你资金支持和战略倾斜，都不是问题。结果今天你当着我的面说不知道自己犯了什么错？你居然有脸说这个话！咳咳……"

可能是老人家太生气了，讲到最后的时候，一口气没喘匀，连声咳嗽。曲思几步上前跪在他脚边，抚摸着老人的后背和胸口，又递上茶水，神情里都是担心。曲杰看她那样子，脸上闪过明显的不屑和怨恨，只是嘴里木木地念了一句："爷爷，您别生气，身体要紧。"

福坤见老人逐渐平息下来，便发言道："少爷，董事长还是信任你的。虽然最近你的业务老是出状况，董事长相信这些事是正常的风浪，也许事出有因。但听说岳非松因为你找人和他谈过话之后便不辞而别，觉得你做事太过任性，不是企业家应有的做事规矩和胸怀，所以才会生这么大的气。我也挨了批评，我也要反思，以后要多规劝。董事长，我也有责任，请您责罚！"

曲健云的气息刚刚喘匀,听福坤这么说,便又怒道:"福坤!你不要这样帮他。让他自己吃点亏,受点苦,不然怎么能成长起来?我让你过去不是当保姆擦屁股的,是想你帮助他做好事情,学习控制资源和局面的。"语气已经冷了很多。

福坤只答了一个字:"是。"

沉重的嘱托

曲思见爷爷没事了,浅笑着站起身来,坐回自己的座位,语重心长地讲道:"弟弟,你应该听爷爷的话。你在天际大酒楼跟那个行政总监谈话,谈完人就不来上班了。这事要是传出去,在自己家的地盘私下刁难一个打工的,本来就不该,结果谈完之后人家就再也不露面,家里人都找不到他,还报了警,不定让外面的人怎么嚼舌根呢!做生意是我们家的正业。人不好用,换掉嘛!市场上那么多找工作的,何必非得那么难为下属呢?你还年轻,不能总是一味地惹麻烦,多花点心思在公司里,别老出纰漏——今天禁掉部电影,明天查封一家网站。浪费点投资倒是小事,但这么弄下去,对我们曲家的名声影响不太好吧?你说呢?"

她的这番话,让曲杰更加愤怒,脸上已经快绷不住了。

曲健云一直在看他神色,见他不知收敛反而更加气急败坏,便加重了语气道:"你现在知道自己错在哪儿了吗?你能不能长点出息,多学点有用的?你看看曲思名下的产业,再看看你的,你将来指望着靠什么过活?快30岁的人了,就这么小心眼,天天跟几个不上档次的蝼蚁较劲?"

这句话让华生非常震惊。

曲健云刚刚说的话究竟是什么意思?他口中的"蝼蚁"指的是谁?

如果是指的岳非松,已经很让人震惊了!如果还指其他人,这老爷子恐怕⋯⋯华生不敢深想。

曲健云当着曲思的面把这些话说出来，算是关起门来给曲杰上课并有特意的警示，还是仅仅因为曲杰生意上的表现而着急？看曲思的神情，现在曲健云又几乎撕破了窗户纸，华生不由得深深地担心。如果这一家子人都不拿人命当人命，只是希望曲杰不要再"不务正业"，而应该专心做生意的话，华生无论如何是想不通的。真要是这样的状况，自己面对的敌人就太可怕了。

华生马上望向了福坤，想通过他的神色进行判断。可惜，福坤的眼睛始终那样眯着，瞳孔里射出来的光也没有闪烁，脸上神色更是没有丝毫变化。福坤是从头到尾知情的人，倘若他有震惊，哪怕是坚忍的表情出现，都可以判断出曲家祖孙两人的知情状况。此刻他连视线都不变，令华生感到费解。

曲思则将身体倾向曲健云，很关心老爷子的样子，那张脸怎么看都挂着浅浅的微笑。

曲杰则被曲健云最后的当头棒喝给镇住了。他的身体一阵寒战，有十几秒钟进入失神状态，然后才缓缓抬起眼睛，用阴毒的眼神剜着曲思的脸。曲健云看他的样子，不由得一阵嫌弃，鄙夷地告诉他："你不用看你姐姐，暂缓融资这件事不是她的建议。你要是有心就应该知道，福坤、你姐姐，他们都对你很好！"

曲思笑着深深地看了福坤一眼。福坤只是看着曲杰，没有看她。

曲杰的怨恨在减退，不解和委屈的表情写在了整张脸上。他回望福坤，两人目光一碰，曲杰才又望向曲健云，欲言又止。

曲健云又说道："我可以告诉你，上次董事会同意给刚猛体育开 A 轮融资，其实就是你姐姐力主的。刚猛体育这点小生意，对我来说还不值得亲自操心。我是希望你能有出息，能对得起你爸在天之灵。"尽管曲健云努力保持着平静而冷淡的声音，但说到这里的时候还是能听出他声音里的激动和轻微哽咽，"但你现在很让我失望，非常失望。你为什么就不能听话，踏踏实实地学本事呢？福总为了帮你，放弃了安逸的日子，拖着这么弱的身体耗尽心神。你搞的那些直播、游戏，都是因为有了他，才能做到从资金到技术再到流量，几乎是没成本的，你知道吗？你以为谁都能有这个条件，这么轻松就让数据起来？他做那些事情，都是手到擒来的吗？哪一件不是亲自督导，耗干心神？他身有不便，再这么打磨消耗，恐怕等不到你能独力擎天之日。"

一口气说了这么长的话，老爷子有点气短，停下调匀自己的气息。

华生一直在看几个人的反应。福坤听这些话的时候，面无表情，视若无睹，眼睛直视着自己的膝盖，不知在想些什么。曲思的视线却异常活跃，在曲健云、福坤和曲杰的脸上不停切换，偶尔也看华生一眼，嘴角微微上翘，保持着微笑的样子。只是听到"独力擎天"四个字的时候，一瞬间微微皱了皱眉，眼睑也眯合了一点。看起来，这四个字的刺激力度不小，让她非常在意，竟然停止了笑意，微微显露出不悦的神情。

曲杰则不敢看曲健云的眼睛。他低着头，谁也不看，把目光闪向旁侧，右侧嘴角撇着，一看就是不服气的样子。华生知道，曲杰憋着一肚子委屈，又不能对曲健云明说。现在再看福坤的表现，也能猜到福坤心中的忌惮。虽然曲健云终究还是偏向曲杰的，但事实是曲杰让他失望，而曲思则把一切都处理得很完美。

曲健云大概是太激动了，所以并没有计较曲杰的表现，继续谆谆教导道："小杰啊！我知道你不贪钱，不好色，也不喜欢弄权，这都很难得。今天告知你融资计划'放一放'，跟别人没有关系，是我的主意。你姐昨天还在劝我，让我再给你机会。"他看了曲思一眼，曲思却在看曲杰，不知道有没有注意到老爷子的目光，曲健云继续道，"我也可以明确告诉你，你不要做无谓的瞎抱怨。业务上有挫折，很正常。你有这么好的条件，放开手脚去尝试，可以不计成本地试错，关键就是你自己要变得强大，禁得起折腾。等我百年之后，没有人能帮得了你。"

这句话一说完，曲思脸上的笑容便消失了。

曲健云又说："你不要以为我不知道。从上次炸鸡协会的事开始，我就听到外面有风言风语，说是你不专心做生意，总想着在私底下干点什么教训人的事情。我跟你讲，不管你出于什么原因，那些事都不值得。天底下那么多垃圾、浑蛋,你一个人管得过来吗?多挣点钱,多开点公司,多给那些人发工资,多让他们结婚生子读书工作,这个社会才能变得更好!你就算浑身是铁,能打几根钉子?所以,不要再做那些无聊的事情了,好好地收收心思,把自己的业务调理调理。要都弄成你的保健品公司那样,我看谁也难为不了你!这次刚猛体育的事情,算是给你一点惩戒。另外,不要再做出为难岳非松这种事情!你堂堂的曲家儿孙,跟一个打工的过不去,说出去丢人!反思一段时间吧!你要是想重新开融资,想明白了再来找我。"

曲杰把手埋在双腿底下,坐在沙发上深深地弯下躯干,就像给曲健云鞠了一躬。他的后背一直在颤抖,口中低低地应道:"谢谢爷爷!"

曲健云喝了一口茶,最后讲道:"华生嘛,你的融资计划做得不错,我让曲思看过了,她也夸你能干。但这次叫你来,不是为了让你汇报这件事。福总跟我讲,你因为帮着曲杰处理炸鸡协会的事情,吃了不少苦,但在那个岳非松的事情上,却做错了,帮了倒忙。你认同吗?"

华生赶忙毕恭毕敬地低头,口中称"是"。他知道,自己根本就不能辩解。

曲健云脸色潮红,也许是疲劳所致,讲话的时候气息弱了很多:"今天本是家务事,但我特意叫你来,是为了嘱咐两句。曲杰本来是个好孩子,也是我曲家唯一的男孩了,我的心情不消多说你也能懂。你很聪明,懂人心,懂道理,业务上又能干,很像福总年轻的时候。坦诚地讲,我欣赏你。但好刀可以用来伤敌,用错了也可能划破手。我说话,你听清楚:第一,希望你好好帮着曲杰做些正经事,替他分忧的同时也管着他,不要让他随心随性地胡来;第二,帮他看看他身边的人,提防点坏人,这孩子简单、耿直,分不清那么多好人坏人。做好这两件事,我保证你可以经济自由,甚至在一定范围内随心所欲。你自己的事情什么也不用操心,亿通集团管你到老,甚至将来你的儿子女儿,也可以让他们一直生活无忧。"

面对这么大的承诺,华生却听得句句惊心,越发摸不透对面这个老人的心思究竟有多深。他到底是指的什么事情,为什么一点明确的信息都没露出来呢?

这些话看似轻描淡写，表情也安静慈祥，却让他觉得周身四处锋刃暗藏。如果这老爷子自始至终深藏其中，动用自己手里的力量来暗中干预的话，曲杰所做的那些事情就会变得更加隐秘，难以勘查。

华生看不透，想不透，甚至不敢深想。

气急败坏

曲健云又说："但是，想必你也知道，有些决定做了，就代表着取舍。取一瓢沧海之水，舍一垄阡陌纵横。我知道对普通人来讲，陪着曲杰这样的孩子不是件容易事，毕竟担的风险比在普通公司里要大得多。你是什么样的人，你做了什么样的事，我已经都知道了，所以我才让你今天也过来。福总对你的评价很高，希望你不会让我失望。你说呢？"

这就是老江湖的厉害之处了。先是表达非常信任甚至委以重任，再不动声色地把威胁表达出来，紧跟着就要你表态！没脑子的人走到这里，根本没有选择，只会立刻表达对这份信任的感激和忠诚。

华生不想表现得那么弱，他更在意曲杰的感受，因为那种唯唯诺诺的回应也许会让曲杰感受到不舒服。就像家长小时候常说的，"你的成绩好，多帮帮我们家小杰，让他也考个好分数"，会把被夸奖的人变成特别令人生厌的角色。如果曲杰对自己心生芥蒂，认为自己也是曲健云委托来帮助他的人，后面还不知道会发生什么意料不到的麻烦。

他略一思索，便应道："董事长您的意思，我懂。曲总本身极为聪明，勤勉努力您也是知道的。性格上疾恶如仇无可厚非。从发展心理学的角度来讲，年轻的时候身体条件好，容易兴奋、容易冲动，做点任性的事在所难免。"讲后半句话的时候，他在观察曲健云和曲思的反应，发现曲健云略微皱了皱眉表示不解，曲思却没有表情变化，笑得还是那么稳定大方，便心中有数，继续道，"此刻您重托于我，我的确特别忐忑，毕竟我也是个年轻人。对于我不擅长的事情，我只会相信曲总的能力和判断，我会尽我所能协助曲总做好事情。在我专长之内的，义不容辞。"

这番话说得含糊，不同的人听来感受不同。曲健云的年龄和阅历，听得进这些模糊的话，因为他能容得下话里的那些变化和不确定性。曲杰听得用心，知道华生强调的是对自己的唯命是从，心里一阵受用。福坤却听出了另外一个意思，而那恰好是他关心的点。

只有曲思轻轻一笑，她觉得华生这些话不免油滑，便揶揄道："小兄弟真会说话，的确聪明。"

曲健云抬起眼睛，谁也没看，只望向斜上方，眼神渐渐空了起来，叹了口气道："我今年77岁了，每天还是要操心这么多事，想必是上天对我的惩罚。小杰啊！你好好的，争口气，让我省点心，我就很知足了。别的事情你不需要担心，只要你自己过硬，我都会替你安排好，不会有大问题。你要学会承担。承担就是咬着牙也要担下来，不能只凭兴趣，更不能任性。再加上有曲思帮你，福坤和华生帮你，我希望能早点松口气。真退下来，我每天想睡就睡，该醒就醒，能去海边晒晒太阳、散散步，多高兴。我的时间不多了，你要紧张起来。你小时候我老是骂你，你不懂，现在你快30岁了，应该能懂了。你自己感兴趣的那些事，不必急在这两年，对吗？"说完，一双老眼一改往日的清澈和犀利，看向曲杰的时候竟然模糊起来。

曲杰从没见过爷爷这个样子，无暇品咂曲健云话里的深意，只讪讪地点头。

华生看到福坤的眼角有些湿润，曲思的笑容里则第一次出现了违和的痕迹，那是非常生硬的强颜欢笑。

一众人出来后，小九儿第一个迎了上来，见曲杰脸色虽然不好但并无大碍，便放心地跟在他身后。赵乾也迎上来，正看见曲思快步走出，目不斜视地率先乘电梯下去了。赵乾忙再按电梯。待三人走进站定后，正要关门，福坤摇着轮椅过来，曲杰用手按住电梯的开门键不让门关闭，看着福坤的眼睛。福坤说："少爷，你一定要好好斟酌董事长刚刚的话，不要一味地生气。刚刚董事长说的事情，您有取舍了告诉我一声。"曲杰的手指开始频频地点击那个按钮，显得极不耐烦，但他还在听，福坤继续说，"那个人既然已经坐过牢，我们还要不要继续，你再想想，孰轻孰重，慎重决定。我等你的电话。"说完这句话，脸上显现出一丝倦意，视线低垂，眼中的光芒也弱了下去。

电梯门彻底关上了，曲杰这才长长出了口气，闭上眼睛沉默不语，拳头攥得紧紧的，没有人知道他在想什么，只能感觉出他不高兴，身体里隐藏着随时可能爆发的能量。

一上车，曲杰立刻脱掉裤子，把纸尿裤撕掉甩进垃圾桶里，一脸阴沉。他目光死死地盯着前面，一路上没有说话。赵乾也没有说话，只是专心开车。华生并不能确定赵乾是否对今天的谈话感兴趣，但他的确没有询问，也没有关切的眼神。

曲杰看着路上密密麻麻的车流，眼里的耐心逐渐被燃尽，兽性又开始闪烁。红灯刚熄绿灯才亮的时候，有一辆单人骑的电动车从车的左前方突然猛地向右转，滑过曲杰的车头，吓得赵乾赶忙刹车，险些撞到那人。曲杰一声低吼，从座位上跃起，一巴掌拍在赵乾座椅的头枕上，大声骂道："刹你妈的车啊！这种垃圾为什么不撞死他？冲上去撞死他！"华生赶忙拦住他，小九儿也从后面抱住他的身体，赵乾一声也没吭，继续稳稳起步，向着公司驶去。

曲杰不停地在后座上骂，用脚踢赵乾的驾驶座位，命令他撞向那些随意变道的汽车和胡乱穿行的自行车。小九儿紧紧抱着他，华生一路没有说话，赵乾沉默地开车。

车开到公司，小九儿紧跟曲杰，华生居中，赵乾断后，面色阴沉地大步往办公室走去。一些员工见到怒气冲冲的曲杰都提早低头退让，以免惹到这个冲动的魔鬼。一进屋，曲杰便急火火地想要从笼子里揪出一只兔子。华生用了很大力气按住曲杰的手腕，无惧他凶狠的目光，阻止了他挑选兔子的动作，直接问道："曲总，今天董事长的话您怎么想？我需要知道全情。"

曲杰甩开他的手，大声吼道："老头子什么意思你不是挺明白的吗？"继续抓那只兔子。

华生一把把他的手拉回，提醒他道："我知道您有气，但光拿兔子撒气有什么用？"

拉的动作本就激怒了曲杰，这句话更是让他怒不可遏。他伸出手来猛地抽向华生，一巴掌打在他脸上，怒吼道："你他妈真以为自己是谁啊，敢这样跟我说话！"

58　该死的病人

开篇语：

你疼不疼？怕不怕？后悔不后悔？我真是拿你没办法，真是没办法。你这样的人渣，为什么要留在这世界上祸害别人呢？我要让你感受到对生命的眷恋和对死亡的敬畏，这样才能让你知道，之前你做的那桩事，是多么可恶！

By 曲杰

我要杀人

曲杰这一巴掌下去，华生的脸上顿时起了红印，头有点发晕。曲杰用了很大的力量，但华生却硬生生地接了下来。他看到曲杰扬起下巴、瞪大眼睛的样子，知道曲杰此刻心里愤怒到了极点。但再细看他上扬的眼睑褶皱，愤怒之下是深深的恐慌和无能为力的委屈。

华生明白曲杰的无助。这个可怜的家伙，爷爷不喜欢，还有个聪明得要命的姐姐，却偏偏被内定为"真命天子"。他没有办法直接告诉爷爷曲思在暗中做了些什么，也无力承担爷爷那垂老而沉重的嘱托，对于爷爷的要求与逼迫无法立时下定决心进行取舍，此刻甚至连精神都不能集中。华生没有做出任何动作，只是坚定地看着他，清楚地告诉他："董事长虽然生气，但仍然寄希望于你，他的话你一定要听！"

曲杰又是凶狠的一巴掌打在华生的脸上，眼神中充满了怒火和绝望。他没有想到面前的华生竟然和福坤是同一个观点，甚至是同一副嘴脸！

华生的脸上呈现出鲜红的掌印，脸颊周围的皮肤因为充血而快速肿了起来。

刚才的两个耳光，打得华生头晕耳鸣，嘴里也溢出了腥咸的血液，但他并不为之所动，继续道："福坤肯定站董事长一边，会不会继续尽心帮你我不能确定。不管你接下来要做什么，告诉我，我帮你出主意。事到如今，曲思那边极有可能会从暗斗转成明战，你自己必须更小心才行。"说完这话，他看了一眼赵乾，赵乾也正在看他。

华生以为，自己把局面分析得这么清楚，这么晓之以理，曲杰应该能冷静地思考，没想到曲杰把兔子猛地扔回笼子，狠狠地摔上笼子的门，吓得兔子在笼子里一阵慌乱。他狂乱地挥舞着手臂，大声发出"啊"的嘶吼，一脚踢在沙发上，那沙发晃了一下又稳稳地回到原位。曲杰见状更加发狂，冲上去连踹几脚，直到把沙发踢倒在地之后，才喘着粗气跌倒在旁边的沙发上，眼睛里的火焰似乎变成了蓝色。小九儿给他拿来了矿泉水，站在他身侧等候，也不敢乱说话。

华生没有在他癫狂的峰值进行干预，看他逐渐安静下来，才问道："你心里憋着什么？"

曲杰猛地转过头凝视华生，阴恻恻的声音来自喉咙里面："我要杀人！"在说这句话的时候，牙齿咬得紧紧的，像动物撕咬猎物那样发出原始的吼叫。

华生被他的样子吓到了："啊？！"

曲杰看他的样子，双手抓住华生的肩膀，大力地摇晃着，继续吼叫道："没错！我要杀人！我要杀掉那些本来就该死的垃圾！爷爷为了那个变态的炸鸡协会已经压了我半年，曲思又不断在背后捅刀子、落井下石，你知不知道这么长时间，耽误了我多少计划？有多少垃圾在这世界上得意扬扬恬不知耻地活着？有多少被他们欺负的、祸害的，甚至毁了一辈子的人在暗自哭泣？他们凭什么？他们不配！我要杀了他们，我要杀光这些垃圾！"

曲杰眼里布满血丝，活像一头杀红了眼的狼。

华生任他摇晃，只是一直看着他的样子，从内心深处怜悯对面这个年轻人。不知道这个公子哥为什么内心深处充满这么多仇恨，连富可敌国的家族资产放在面前，都没有办法夺其心志。他嘶吼出的那些冲动源自内心深处，除了对那些所谓"垃圾"的仇恨，还有来自爷爷和姐姐的无形压迫。华生完全无法感同身受地体会到他内心正在经受的蹂躏和折磨，由着他发泄。华生知道这一刻，任何语言都是多余的，因为曲杰需要这样一个过程，把心里的憋闷宣泄出来。

唯一让华生为难的是，要不要让曲杰继续走下去。从理性的角度来讲，让曲杰把计划说出来，甚至把以前的事情承认了，让他继续去作案，这样才能抓到他，才能把之前的那些案子了结掉，罚归其罪。但从感性的角度来讲，华生觉得有点舍不得，甚至有点保护欲，他也想不清楚是因为对曲杰在家族中所处的位置而产生的怜悯，还是对他所做的那些惩戒行为的认同。

华生问他："一定要继续做杀人这件事吗？"华生用了"继续"。

这本是个简单的问题，答案也只有"是"或"不是"两种选择，这对曲杰来说毫无难度。然而就是这么一个问题，却让曲杰如同被针扎了一样。他试图继续用凶狠的目光盯住华生，但眼轮匝肌却无力收缩，只能不断地颤抖，就连瞳孔也无法聚焦在华生认真的面孔上，不由自主地试图回避。

华生判断得没错，表面狂躁的他现在六神无主，心里乱得很。当然不是因为华生的问题很难，而是曲健云给他的压力太大了。为了继承曲家的产业而像曲思那样一心做个左右逢源的商人，不能再按照自己的价值判断来肆意惩戒恶行、快意恩仇，恐怕才是他心中的梦魇。曲杰的眼神里刚刚还充满凶狠，此刻却变成了困兽，想要坚持自己的欲望，却被沉重的压力压得抬不起头。

曲杰的手终于松了，声音也变哑了，他跌落在沙发上，眼中的光芒消失了，好像突然进入了无尽的沉沦中。小九儿很懂事地递上矿泉水，同时还有一小瓶药片。曲杰吃过药后，小九儿才接过药瓶走开，眼神中满是关切和焦虑。

华生看向赵乾，发现他并没有愤怒或者焦虑的情绪，对眼前的一切置若罔闻，这让华生觉得很奇怪。他见曲杰的愤怒峰值已经过去，也许是药物起了作用，也许就是情绪本身的规律，曲杰变得安静了，呼吸也平静下来。华生重复了自己的问题："一定要继续杀人吗？"问完这句，华生的心跳悄然加快了，感觉心脏在胸腔中被提得高高的悬着。

他真希望曲杰放弃，但又害怕他真的放弃了。

曲杰平静地说："要。"

华生的心一阵悸动，跳得很快，又怕又兴奋。他顺势问道："你想杀谁？"

曲杰看了他一眼，竟然拉住他的手，华生以为是要他坐下，但发现曲杰的力量还在往下，是在让他蹲下或者跪下。这个举动着实吓到了华生，他不知道曲杰要做什么，只好顺着他的力量做了个妥协，没有跪，没有蹲，干脆坐在了地上。

曲杰看他这样子，不由得笑了起来，端详着华生，竟然用手抚摩着他脸上的红肿，脸上呈现出愧疚的表情，轻声问道："还疼吗？"虽然动作让人感觉有点出乎意料，但这表情却让华生放了心，如果是出于取向和情感的缘故，表情里一定会有轻佻和爱意。华生猜测，这也许是因为前面的愤怒过于强烈，经过药物的干预之后快速回落，反倒出现了愧疚这样的悲伤类情绪。同时，这样的情绪状态，也特别适合输入关心和帮助，没有比这更合适的时机了。

华生大咧咧一笑，把手放在他膝盖上轻轻拍了拍，说道："无论你做什么，我都愿意帮你！"

曲杰见他笑，自己也笑了起来。不知是不是自己也觉得有点尴尬，便拉他起来让他坐在对面，又对赵乾说："赵乾，你把计划告诉华生。哦，你坐嘛，别光站着，坐在那儿。"

赵乾一直微微皱着眉看两人对话，现在听到他召唤，方才眉头一松，快步走过来坐下。

曲杰吩咐道："给华生介绍一下情况。我想听听他的想法。"

赵乾的状态像极了执行任务的军人，即使刻意压制着激动的心情，眸子中仍然透着兴奋和谨慎："这次，少爷选中的人叫作贺平，57岁，是益阳区的农民。3年前因为杀人未遂，被判处10年有期徒刑。今年因为查出肺癌晚期，已经办理了保外就医。"他的这个样子，华生上次见还是在刑警支队的时候，已经很久没有出现过了。

华生非常好奇:"益阳区的一个老农民,而且还是肺癌晚期?"

益阳区是本市最偏远的一个郊区,基本上是蔬菜水果的种植和采摘基地。华生万万没有想到这次曲杰要动手的对象,会是一个要死的病人。

赵乾回答他的疑问:"是的。这老东西又穷又瘦,还有绝症,但3年前干的那件事情却穷凶极恶!他因为几百块钱跟医生闹矛盾,当场被制止之后,出去就跟踪人家小孩,在公交车上差点用刀把孩子捅死。"

赵乾这么一说,华生立刻想起来了这个案子。当年这个案子被曝出来之后,网络上还疯传过凶手在大巴上作案的监控录像。一个瘦小干枯的老头,穿的衣服又旧又脏,尾随着孩子一起上了车,坐在孩子的前面一排。车开了一段时间之后,老头从座椅上站起身,淡定地从随身的布袋子里抽出一把跟小臂差不多长的宽刃刀具,跑到后排突然按住孩子的身体,疯了似的猛插了十六七下。孩子当时就摇摇晃晃倒在血泊中,若不是被人拦住,不知道他还要继续多久。

更多的细节华生已经记不起来了,却始终清楚地知道这个案子的起因——早些时候,那病人治完病后想多报销300块钱,但自身并不符合报销规定的政策,便死缠烂打地在医院闹事,还差点砸了医院的电脑,是医院里的某个工作人员拦下了他。没想到,他竟然记恨在心,随后跟踪那工作人员的孩子,最终实施了那段疯狂行凶的兽行。

想到这里,华生心里特别复杂。他能体会到自己的原始愤怒,尤其是他还亲眼看到过那段视频,更加觉得行凶者十恶不赦。但是,现在曲杰把他选作惩戒的对象,意味着要夺取他的性命,这种非法的手段又让华生觉得扭曲,从价值观的角度不能接受。可是现在他费尽心力终于融入曲杰的圈子,等待的就是这样一个机会,要亲手抓到曲杰和他身边这些人犯罪的证据,否则包括和肖依分手在内的一切付出,都会付之东流。华生不知道该怎么办,也不知道该说什么,只好把目光投向曲杰。

曲杰正闭着眼睛,仿佛在思考事情。他脸上的肌肉却偶尔跳动一下,再加上明显隆起的咀嚼肌,显示了他内心的愤怒又重新燃起。

作案的意义

华生问赵乾，同时也是说给曲杰听："那老头不是已经判过刑了吗？又是肺癌晚期，为什么还要杀他？难道他作假脱狱？"

赵乾一耸肩，解释道："他还没有那个本事。病是真的，杀人之前就患有肺气肿，在监狱里查出的肺癌。只是他做的事情实在是可恨……"

华生顺口接道："可他都要死了……"

曲杰猛然睁开眼睛："他的命没有价值，要不要死又有什么关系？他有没有认识到自己做错了事才是关键。况且还有那么多丑陋罪恶的灵魂行走在这世间，杀了这个垃圾，也可以警告那些潜在的垃圾收敛一点，少作恶！我不杀他，你觉得他会有愧疚吗？他会因为要病死了，就认识到自己是个十恶不赦的浑蛋吗？赵乾，你告诉他，这老东西出来之后的第一件事情做了什么！"

赵乾说："这老头一出来，就去了区医院，要求住院治疗，赖在医院不走。那孩子的爸爸看到他，差点冲上去杀了他。要不是人多拦住了，还报了警，恐怕场面不堪设想。老头现在每天都去医院待着，蹭病号饭吃，警察也管不了，医院领导给那孩子的爸爸放了假，不敢让他们见面。"

赵乾说到这儿，曲杰已经不耐烦地站起了身，俯下身来凝视着华生的眼睛，问他："你说这样的人该不该杀？"

华生不知道该怎么回答这个问题。事实上，他有一瞬间因为愤怒的确是犹豫了，他很想回答"该杀"，但他很害怕自己的这种恍惚，只好推到另外一个问题："可是，董事长已经下了最后通牒，我们能怎么办？"

曲杰也因为这句话眼睛里一下子失去了光彩。他叹了口气，站直了身体，沉默良久方道："我知道爷爷的意思，他就算知道了我做的事情也无所谓，因为他其实不太关心我杀不杀这些垃圾，只关心我能不能继承这么大一个家业。可是，他从来就没有关心过我的感受，从小就没有拿我当一个人来看待。训练、批评、教育、责罚，循环再循环，永远没有认可，永远没有表扬。我最多就是一台机器。如果像曲思那样每天伪装成积极干练的样子去干活儿，他就会满意了。"语气中透尽了无奈。

曲杰忽然转头问赵乾："赵乾，你说呢？如果刚猛体育就此关门大吉，他们的投资我不要了，这桩生意我也不做了，你能接受吗？"

赵乾没有丝毫犹豫："少爷，我没问题，一切都听您的！"

曲杰下了决心，重重一跺脚："好！那就去他的融资吧！福叔那边都准备好了，没有问题。小九儿，带上我的东西。华生，我们一起去。"

华生站起身，迟疑道："但是，到时董事长那边问责的，恐怕不仅仅是刚猛体育一家的事情……"

曲杰眉头紧紧皱在一起，眼中闪动着火焰："没关系，老爷子那边，我将来再想办法搞定吧。"

赵乾驾车，最终停在亿通集团开设在益阳区的商场里。为了躲避监控，小九儿去厕所换上了一套中学校服，出来后头顶着一丛乱蓬蓬的男生款假发，在唇上贴了并不精致的胡须，一转眼变成了刚进青春期的小男生模样。华生和曲杰也分别在不同层的厕所里换上了不起眼的衣服。

衣服换好后，曲杰和华生留在商场里喝咖啡，赵乾和小九儿先后借着人流走出商场。小九儿骑了一辆自行车先行走开。赵乾拦了辆出租车，吩咐司机开到鲜果园酒店。曲杰和华生则先是往反方向步行了10分钟，随后也上了一辆出租车，稍晚到了鲜果园酒店。

鲜果园酒店的背后，就是区医院急救中心的停车场。曲杰带着华生从酒店的后门悄悄溜入停车场，来到一辆急救车后厢，用力拍了拍厢门，开门的正是赵乾。他已经换好了急救中心的工作服。曲杰和华生二人赶忙上车，也换好衣服，戴好橡胶手套和口罩，赵乾则去了驾驶位。华生和曲杰两人在后厢中等待，曲杰问他："刚刚跟你说的，都记住了？紧张吗？"

华生强行笑了笑，那笑容根本就不必伪装。他声音有点发颤，说道："嗯，其实我特别紧张。我从来没做过这样的事情。不过我想好了,一会儿你让我做什么,我就做什么,只要你确定我能做得到就好。"

曲杰看着他的眼睛,笑了笑,淡淡说道:"有过这一次,后面你就会爱上这种感觉。"

三人在车上等了约莫20分钟,曲杰看了看表,舒一口气道:"时间差不多了。"

果然,赵乾在前面发动了车辆,这辆车堂而皇之地从急救中心开出门了。

出门一右转就是区医院的大门,赵乾先是把车停在路边,似乎在等待什么。华生想问,见曲杰闭着眼睛,便犹豫要不要开口。曲杰自言自语道:"看来出了点小意外。我们的计划没错,是他们比平时晚了。不过也没有别的办法,现在去绕圈肯定来不及了。我们安心等着吧,急也没用。"

不一会儿,华生感觉到车开始缓慢前行,他问曲杰道:"车动了,应该是公交车来了?"

曲杰抿着嘴唇一笑,点点头没作声,只竖起大拇指。

华生又说:"这是我第一次看到小九儿不在你身边跟着,赵乾又在前面开车。"

曲杰翻开眼皮看了他一眼,又闭上眼睛微微一笑,很轻松地答道:"福坤说你不敢也不会做伤害我的事情,我相信他。其实,我更相信你。"

车厢里又是一阵沉默。

突然,车辆猛地向前蹿出,又是一个拐弯急停,差点把华生和曲杰甩出了座位。曲杰一拍华生肩膀,吩咐道:"跟我拿着担架下车,快!"

两个人迅速进入勤务工状态,抬起担架冲出车厢。一见阳光,华生立刻看清楚了眼前的景象。打扮成中学生模样的小九儿两只手拉扯着一个干瘦老头的衣领,正在从公交车上往下拖拽。老头身上的数处出血点还在往外涌着鲜血,口中干涩的声音大喊:"救命!有人杀人!"

小九儿一见急救车上下来了人,撒腿就跑,飞快地隐没在小巷的尽头。曲杰带着华生立刻奔到公交车门口，把老头往担架上一扔，抬起并快速往急救车上跑。车上的乘客则都离得远远的，全都是受到了惊吓的样子。有大胆的朝窗外喊："那个学生杀人了，别让他跑了！"还有的嘀咕："这么快急救车就来了，动作真迅速。"

直到急救车快速驶离现场，公交车也没有发动，车上的人们还处在慌乱之中，等待着警察的到来。

急救车拐了几个弯之后停下，后厢门打开，竟然是小九儿上车了。她的假发和胡须早已不见，不知在哪里脱去了校服上衣，又用一袭长裙遮住了校裤。华生透过车窗向车外细看周围，这才发现又回到了急救中心。小九儿见担架上躺着的老头，便莞尔一笑，对曲杰说："一共17刀，跟原版的一样。一开始拽这老头他还不配合，一刀下去之后，就松了劲儿。位置是在摄像头底下，肯定能拍到。"

曲杰瞥了一眼那个满身是血的老头，嘴角现出一丝狞笑，道："接下来就看福坤的了。"

那人躺在地上正在呻吟，听两人对话这才意外地睁开眼睛，看到小九儿的样子，一瞬间有点蒙，再仔细一看她那双眼睛，才意识到了什么，满脸的恐惧一瞬间被激发出来，扯着嗓子就准备要叫出声来。不过，曲杰的手法更快，在他发出声音之前一下捏住颈部两侧，老头没几秒便昏了过去。这个手法让华生记起了那个虐待养子的记者，他是不是就死在这样的手法之下？如此轻松，如此不着痕迹。

华生下意识地想去摸兜里的手机。这次没有人收他的手机，甚至没有人检查他的装束。单是让他一个人一直陪在曲杰身边的安排，就已经足够让华生感到意外了。现在后车厢里只有他们三个，还有地上躺着那个满身是血的家伙，华生动了念头，考虑是不是要找时机拍摄录像或者照片。也许，暗中录音就可以起到证据效力了？不过，现在他还不知道曲杰后面安排了什么样的计划和步骤。直到目前，曲杰和赵乾也只是跟他讲了急救车这一个模块。很明显，现在这样并不是曲杰计划中最后的结果，还不值得涉险开始采集证据。

工整的复刻

华生在说服自己，这个理由是适当的，心里却惴惴不安。

华生看着那人遍布全身的伤口问道："这家伙挨了这么多刀，不会失血过多吧？"

曲杰冷笑一下，淡淡地道："不会，小九儿没他那么狠。都不是冲着大动脉去的，扎得也不深，只是动作狠，为了监控好看，对吧？"

小九儿笑笑道："那是！练了挺久的，应该很像吧。"

华生问："很像什么？"

小九儿朝着地上的老头一努嘴，嫌弃道："像他当初杀小朋友那样凶狠。"

曲杰接道："一会儿福坤那边就会把监控发到网上，两段一起发，人们都会看出来的。"

华生急道："监控会拍到我们的，还有这辆车……"

曲杰轻松道："这事不需要你操心。"

车辆只停了几分钟，也不知道赵乾在车外搞了些什么，不一会儿又启动了，似乎驶出了急救中心，速度也快了起来。开了一段路之后，华生透过窗户望去，应该是出了小镇，因为两边的房屋越来越少，取而代之的是大片的果园和农田。

小九儿换好防护服，铺好工具包，又把老头用担架上的粘布紧紧固定好，向曲杰点头示意。这种粘布可以把人全身像木乃伊般裹紧，让所有关节因为失去力矩而无法发力，即使力量再大也无法挣脱大面积粘扣的束缚。

曲杰眼睛亮了起来，用镊子夹住老头额头的一个伤口，均匀用力地向一方拉扯。撕裂的疼痛让老头浑身一颤，苏醒过来。他睁大眼睛的一瞬间便发现曲杰清隽的面孔上隐隐透露着得意的狞笑，瞬时间开口大喊。

小九儿就在等他这个动作，他刚一开口，便向他口中注射了一股黑色黏性物质，那声音便停留在他喉咙深处，戛然而止。老头本能地向外吐，却怎么也吐不出来。曲杰在他耳边道："咽下去会进入食管，凝固后会噎死你，大声喊会流入气管，凝固后会呛死你，所以，最好的办法是闭上嘴。"

老头就算听不懂，也能感受到想吐吐不出、想咽咽不下的难受，立刻就闭了嘴含住那东西，只用一双眼睛恐慌地望着曲杰和小九儿，鼻孔剧烈地喘息着。他望向华生的时候，华生避开了目光，不敢看他垂死哀怨的眼睛。

曲杰拿出手术刀，没等他躲闪，便在他咽喉的气管左侧轻轻一戳，轻笑着说："气管上不会很疼，也不会出很多血。你害怕吗？"

老头吓坏了，却也只能拼命试图扭动身体，当然是徒劳。他不敢开口，眼睛里充满了慌乱惊恐。

曲杰在对侧又是一戳，继续跟他聊天似的说道："你死不了，之前那孩子捅你17刀都只是皮外伤，没伤到神经和内脏。放松，放松！刚刚这两刀，3年前被你捅伤的小孩身上也有，不过没有我这么精致。"

曲杰摇头叹了口气，轻轻道："我知道你现在很害怕。对了，刚才那学生捅你的时候，你怕了吗？你不是总说，就快死的人了，不能拿你怎么样了吗？现在你来体会一下，当年那个被你捅成重伤的小朋友是什么感受！你慢慢体会……"

说罢，他又给老头开了两个小口子。

华生很好奇曲杰究竟要干什么。

做完这些，曲杰松了口气，喃喃道："4个了，应该够了。"他先伸了个懒腰，随后把手伸向小九儿，小九儿从包里拿出一把比她小臂还长的尖刀，递到曲杰手中。老头一看，吓得全身一震，再也忍不住又要挣扎，张开嘴想要大喊，刚刚嘴里的黑色黏胶此刻似乎变作了有弹性的一团。

小九儿按住他的头，让他不能发声，只能闭着嘴唇发出"呜呜"的声音。

曲杰的动作很流畅，一边缓缓地把刀尖抵在他身上，一边说道："这是你当时捅那小孩的第一刀，伤在那孩子的支气管上。"

"噗"的一声轻响，刀尖已经进入老头的身体。那老头张开嘴瞪大眼睛，似乎不敢相信自己的遭遇，还没等他明白过来，曲杰便又开始说："当年你的第二刀，在那孩子胃部的正中间，刺伤胃壁。"话音还没落，刀已经拔了出来。

"第三刀，右侧肋骨末端，伤及那孩子的升结肠和横结肠……"

曲杰就这样一边说着，一边实施着完美的复刻。老头到后来只能发抖，从喉间发出些不成形的声音，泪水流在肮脏的脸上，滑落到更加肮脏的耳窝里和头发上。

曲杰讲完第十四刀的时候停了下来，看着这个吓尿了的肮脏老头子，问他："你现在能明白，当时那个小孩子是多么害怕了吗？他什么都不知道，他跟你那点事情什么关系都没有，开开心心地在去上学的路上，突然被一个陌生人疯狂地用刀扎，躲也躲不了，刀刀朝着要命的地方去。他看到自己满身鲜血，直到被送到医院的时候，都还不明白为什么会遭此灭顶之灾，还惦记着自己的书包是不是被弄坏了，衣服是不是弄脏了，还惦记着要向老师请假！"曲杰喘息了一下，双目炯炯地逼问这个已经陷入绝望的老头，"现在换作是你了，你都体会到了吗？怕不怕？"最后三个字的时候，已经出现了野兽般的声音。

老头哪能回答他的问题？只是一味地哆嗦着，翻着白眼，眼泪和鼻涕弄得满脸，恍若未闻。

曲杰吩咐小九儿："给他把脸擦干净，不要这么恶心。"然后突然转头朝向华生说道，"你知道这老家伙当初一共捅了那小孩多少刀吗？"

华生还处于深深的震惊之中，他未曾想到曲杰在作案的时候竟然如此冷静，又如此疯狂，他不能理解这两种截然不同的状态是如何出现在一个人身上的。华生此时此刻没有办法理性地梳理曲杰的心理状态，因为他被那股阴冷的狠劲儿吓蒙了，毕竟现在在这里挣扎的是个活人，不管他做过什么，这样体会着自己被一刀一刀慢慢扎入身体的感受，都异常恐怖。看着曲杰的理性疯狂，再看着老头的惨状，华生竟然感受到身体被利刃侵入的冰冷和抽搐，胃间有些抽搐的恶心感，那感觉冲击得大脑有些眩晕，衣服早已被冷汗浸湿。

曲杰看他震惊的样子，淡淡地说："警方通报是15处刀伤。大巴上的监控录像里，这老东西做了17次劈刺的动作。好在，这些伤后来大多都慢慢治好了，只是右手连接拇指、食指和中指的神经和肌肉受损极为严重，手术虽然接上了，但仍然后遗症严重。唉！好好的一个孩子，就被这种浑蛋……"他踢了一脚快要昏迷的老头，愤愤道，"毁了一辈子！"

说完这句话，他把刀柄递向华生，扬了扬下巴道："最后这一刀，你要不要试试，我给你留着呢！"

最后的犹豫

小九儿把包裹老头身体的强力粘布解开，露出他的右臂，再把其他部分重新裹好。老头的右臂没有意识地动了动，软绵绵地伸直摊在地上。

华生曾经无数次预想到这种情况，如果曲杰、赵乾或者福坤让他动手参与作案应该怎么办。但他万万没有想到今天会在一辆密闭的车上，面前又只有曲杰和小九儿两个人，没有更多的环境和人可以用来开脱。他接过刀，怔怔地不知该说什么。曲杰看他模样，呵呵一笑，用手在老头的右手和小臂位置比画了一下，口中说道："就这样，一刀劈下去就好了，最后一刀了。"

华生拿起刀，朝着那只手臂比画了一下，嘴唇开始哆嗦，用眼神向曲杰和小九儿求助的时候，看到的都是浅笑的面孔。华生闭上眼睛，又睁开望向曲杰的脸，仔细看他的眼睛，那表情里没有轻蔑和考验，不是在考验他的意思，那眼神里有着期待和鼓励。华生握刀的手臂开始因为用力而抖动，他猛然闭上眼睛，高高举起那把刀！突然，华生猛然转身向后跪倒，趴在地上，从嘴里哇哇地大口大口吐出污物。

小九儿见状，嘴角一扬，轻轻笑了笑。曲杰也笑了，摇头叹息道："毕竟是第一次啊！心理学博士也是人，也逃不掉这个必经的过程。九儿，你来吧，让我们的心理学家缓缓。"

小九儿从地上捡起刀，眼睛都不眨一下，直接劈了下去。

躺在担架上的身体像是被炸到了，突然剧烈地想弓起身，但被那医用粘布束缚住，只两下便又动弹不得。本来已经神志混乱的老头因为疼痛瞬间睁大眼睛，鼻孔剧烈地喘息着，想张开嘴说些什么，或者他只是想喊，却因为口中被塞满了东西而无法出声。

待他安静一些，曲杰不慌不忙地拿出一支注射器，里面灌满了黑色的胶状液体。他按住老头的脑袋，一边往老头鼻孔里推射，一边跟他说："15处刀伤已经还原了，我想你应该能知道自己错了吧？我给你认错的机会。我要问你几个问题。我已经把你的鼻孔和口腔都封起来了，人类只能通过这3个通道呼吸。不过不要担心，你当初给那小孩儿的脖子和胸口留了5处重伤，我也给你留了5个口子。为了防止血液凝固糊死创口，我还体贴地插上了小管子，这样你可以通过它们把空气直接吸入气管。所以，一时半会儿死不了。"

两个鼻孔都注满了黑色胶状物，且开始慢慢凝固起来，老头的脸色变得赤红。他习惯性地想张开嘴呼吸，用力用鼻孔呼吸，却发现这两处平常不起眼的地方被堵死之后竟然会这么难受。他能感觉到脖颈间和胸口有清凉的空气渗入，便努力地鼓动着横膈肌，让胸腹腔一涨一缩，贪婪地从那5根细管中吸入空气。

曲杰看他的样子，轻蔑一笑："看看你的样子！你当初杀完人不是很英雄吗？警察来抓你，你喊什么来着？'有本事打死我'是不是？法庭上说什么来着？'这是那家人活该'，是不是？出了狱还敢去医院蹭便宜赖着，说什么'反正我要死了，什么都不在乎，你们能拿我怎么样'。这些是不是你说的，啊？"

那老头自顾自地收缩着胸腔，抢着一点点可怜的空气，恐惧地盯住曲杰的脸。

曲杰满意了些，对他说："你为什么不直接去找那个和你闹矛盾的人呢？为什么要对小孩子下手呢？"

老头根本没办法回答，嘴里被逐渐变硬的东西塞满，舌头都没有知觉了。

曲杰替他说："因为你在医院里跟人家闹过矛盾了，发现大人比你强壮，你打不过，是不是？所以你怀恨在心，拿人家孩子下手。你没听过'祸不及家人'这句话吗？"

老头拼命摇头，不知道要表达"没听说过"，还是简单表示害怕和躲避。

老头的脸开始发白，胸腔鼓动的频率也越来越高，幅度越来越大。

华生完全呆住了。他见过这一幕，不久之前在曲杰的办公室里，那只兔子正是这样被活活折磨死的。他没有想到曲杰拿那些兔子做实验，最终是为了在人身上实施这种闻所未闻的窒息方式。别说拿手机进行录音录像，这会儿他只是想跟上曲杰的思路和行为，就已经困难重重，大脑仿佛被慢慢冰冻起来，又冷又硬。

曲杰冷峻地注视着老头的惨状，仿佛在看的并不是一个行将就死的人。老头越害怕，他的感觉就越厌恶。曲杰继续问道："你还挺有心机的，作案之前花了10天的时间跟踪孩子的生活轨迹，摸清了规律之后才下手。你说你这么聪明，为什么不去干点正经事呢？种点果树，种点蔬菜，搞点采摘，还用吃低保？为什么心思都要用在这些害人的地方呢？你穷你有理？你懒你英雄？你要报销那几百块钱，全世界都得顺着你是吗？不按你说的来，全世界都错，你就可以要了那孩子的命，是吗？"

曲杰嘴里不停地质问，眼睛不停地看他的样子，想从他脸上找到愧疚，可是哪里能找得到！没用几秒曲杰便失去了耐心，骂道："老无赖！不但不认错，还发狠，真是不知死活。你说你活着有什么用？你为什么还要活着？死皮赖脸地活着还要祸害别人，还要欺负弱小？你还好意思继续活下去吗？"

不知道是因为缺氧，还是什么其他原因，那老头的身体开始剧烈地抽搐，右手蜷缩起来，想要往口鼻的位置抓挠，被裹在粘布里的左手和躯干也不断地扭动，力气大得惊人。

曲杰恨恨地说："老东西，你就好好反省吧，死亡之前的寂静会帮你想明白很多问题，不要临死之前还这么闹腾，想想你害的那个孩子，不要光想着活命！你不配！"

老头根本就不知道曲杰在说什么了，他的脑袋开始变硬、变疼，简直要炸开了一样，但又似乎非常沉重，沉重得像被浸泡在水银中。他眼中仿佛看到一道道大门由远及近逐渐关闭，把光线吞噬掉。大脑被生生抽离的疼痛、扭曲和憋闷，比刚刚目睹刀刃扎入腹腔所感受到的恐惧还要强几百倍。

曲杰看他这样子，知道差不多了，突然一把拉过华生，问他："你缓过来了吗？好了就帮我问他最后一个问题。你想问什么都行，随便问吧，我对他已经失望透了。"

华生其实早就不再呕吐了，他见到小九儿斩了老头的手，便一直瘫坐在地上。他看老头痛苦地垂死挣扎，知道曲杰从一开始就没打算放过他，就像那些用来做实验的兔子一样。

现在曲杰突然把最后一个所谓提问的机会交给华生，华生当然明白曲杰的用意。他哆嗦着爬到老头身边，看着那垂死挣扎的枯朽身体，突然想起他用刀把一个10岁大的男孩按在椅子上疯狂劈砍的凶残，心中便一点怜悯也没有了，反而充满了发自内心的厌恶。

华生问老头的最后一个问题是："你现在后悔了没有？"

老头接近窒息，根本没有办法回答什么问题，只是出于本能地苟延残喘。华生从没有真见过濒死之人的挣扎，看得心里难受极了。他一边用手把塞在老头嘴里的那坨东西抠出来，一边加大声音问道："现在，你后悔了没有？"

一声长长的吸气呻吟声，老头翻起的白眼逐渐复回原位，身体的颤抖和痉挛也慢慢平静下来。他贪婪地大口地吸着奢侈的空气，根本不搭理华生的问题。华生耐着性子，拎着衣领拉起他的身体，逼视着他的眼睛问道："我最后问你一遍，你现在认不认错？"

老头斜着眼瞥了一眼华生愤怒的脸，有气无力地道："小孩又没死……你有种弄死我。"

那十几次手起刀落和男孩无助恐惧的挣扎瞬间在华生的大脑中炸开，他大声嘶吼道："你到现在还嘴硬？"他看到老头的脸上又浮现出生理痛苦和惊恐，但始终没有流露出一丝的愧疚、悔改，甚至连认输和服软这样的表情都没有。

曲杰走到华生身边，蹲下拍了拍他的肩膀，道："你还指望着这种垃圾后悔愧疚呢？他要是能知道后悔，就不会有今天。还需要我再给你放一遍那段录像，看看他当初杀那小孩儿的时候是如何穷凶极恶吗？"

华生摇头，他完全不需要。他只能失神地望着曲杰，双眼中尽是茫然。曲杰用下巴指了指老头的身体，向华生道："你自己去吧。"

华生缓慢地伸出手，想一把把胶状物死死地塞回他的口中。在生与死的面前，在罪与非罪的关键时刻，他迟疑了起来。曲杰突然拿起他的手，帮他一起完成了这个过程。这个动作让华生完全没有办法躲避，只能眼睁睁地看着自己和曲杰的两只手一起动作。老头已经不怎么动了，几秒钟之后，突然整个身体剧烈地抽动起来，吓了华生一跳。那只血肉模糊的右手突然抓紧华生的手臂，竟然那么有力，吓得华生忙甩动着手向后躲开。

小九儿在华生震惊不已的过程里，已经开始利索地收拾东西了。她从死老头的鼻腔和口腔里，用镊子夹出了三坨黑色胶状物，依旧保持了鼻腔和口腔的形状，突突地微微颤抖。车辆停了下来，赵乾打开后车厢门来接他们下车，看到华生失神的样子，只拍了拍他的肩膀，没有说话。

曲杰带着小九儿和华生换了辆车，赵乾在救护车上忙活了一会儿，也换到这辆车里来，依旧负责驾驶。曲杰问他："福坤那边的视频发出去了吗？"

赵乾道："已经发出了，目前是 400 万的播放量，还在飞速增长。据说警方已经开始找人了，估计傍晚就能找到尸体。"

曲杰不再说话，看了一眼坐在身边的华生，闭上了眼睛，仿佛不再关心这件事。

华生倚在车窗上，看着那辆急救车莫名着起火来，知道这里也就没有什么痕迹物证能被找到了。他的心里开始琢磨自己究竟扮演着一个什么角色，甚至开始怀疑自己到底是什么人。不要说用手机录音录像，这次案件不会有任何痕迹会留下，没有任何监控会留下，甚至这辆车都不会留下。后面怎么办？这些情况要跟戴猛汇报吗？警察会发现疏漏的证据吗？

自己之前所有的努力都白白废掉了吗？还要按照初心，继续努力吗？

59　侍魔或礼佛

开篇语：

福叔，你说我到底够不够聪明？我们设计的这个作案和操控舆论的过程，是不是很完美？一切都达到了我们想要的结果。但是，为什么我还是这么倒霉？为什么我不想惹事，却总被这些没完没了的事情往下拖？

By 曲杰

乌合之众的狂欢

贺平的案子果然"炸"翻了网络！

曲杰设计的作案节奏非常之巧妙。

他先是让小九儿在公交车上尾随贺平，并精准控制好时间，让小九儿砍杀他与急救车"接走"他无缝对接。益阳区分局一接到报警就立刻赶往案发现场，却惊奇地从目击者口中得知受害人已经被急救车救走了。等到分局刑警查到停在急救中心的那辆车时，却发现那辆车似乎从来没有被动过，不但车上没有任何血迹和使用过的痕迹，就连轮胎都是最近几天冲洗过的，几乎没有沾染任何泥尘。可是，根据传达室的停车场进出记录，明明拍到了这辆车出去又回来过。

就在警方百思不得其解的时候，曲杰他们已经把人拉到郊外完成了"惩戒"，并把那辆换回牌照的同款急救车焚烧成了残骸。

福坤按照计划，在案发之后不久就先放出了贺平在公交车上被狂砍17刀的监控录像，立刻引发一波声势浩大的网络舆论。作案人手法太过高调，光天化

第三卷·无间　267

日之下明目张胆地砍人，画面血腥残忍。更让网民震惊的是，那个拿刀砍人的凶手居然是一个初中生模样的孩子，这种反差让很多"意见领袖"展开了深度探讨，包括应试教育和素质教育究竟哪一个对健全人格的影响更大，网络游戏中的暴力色情场景对青少年模仿行为的恶劣影响。

当地警方被这一轮视频发布和舆论狂潮搞得非常尴尬，因为视频在他们远远来不及响应的时候就已经被分布式提交，且提交的IP地址来自全球各地，发布频率也是随机的，毫无规律可查。即使各大网络平台配合警方删除或屏蔽，也总是有新的视频源在全网流出。

益阳区警方一边仔细核查急救中心内急救车的勘验结果，一边调取案发地点周围的监控录像，一边还要应付网络上的舆情。他们手忙脚乱地忙活到第二天，才发现急救车的牌照被调包过，因为在停车场的那辆急救车上发现了牌照螺丝有新鲜拧动的痕迹。

尽管在华生看来，福坤的操作手法比较常见，但这种震荡套路对于那些着急要表达情绪和意见的网民来讲，节奏却非常高明。

福坤跟踪着益阳区警方的节奏，在他们刚刚宣布案情有重大发现的同时，便把贺平当年行凶砍杀儿童的录像同步放出。这一下不要紧，之前所有批评抱怨青少年暴力行凶和警方侦办不力的导向，瞬间反转。网络上立即爆发了新一轮的争论高潮，各路言论者的面红耳赤状跃然屏上。网民除了对死者贺平当年所犯恶劣罪行怒斥批判，也没忘记对昨天还雄赳赳、气昂昂进行各种批判的"意见领袖"进行无尽的嘲讽和唾弃。有好事的网友还制作了两组录像的比对播放，大家对那校服少年复刻贺平行凶的做法大为关注。

贺平的尸体被媒体曝光，那辆作案用的急救车成了没有丝毫意义的废物，网络上汹涌如潮般的争吵，最终结论统一指向"恶有恶报"的多重重压，让益阳区警方不得不向市局刑警支队汇报，市局当即列为重大案件，由市局支队亲自牵头，组织加强侦破力量。

贺平的被"惩戒"，自然让人想到了前面几起未侦破的"惩戒"案件，并引发了对作案少年动机的猜测。一时之间，那个神秘的"正义使者"再度归来，"惩戒"那些本来应该伏法的恶人是合理行为的观点，渐渐出现在很多讨论帖之下。不过，更让大众在意的，显然是校服少年砍得多凶以及被打脸的空谈"意见领袖"有多傻，就连贺平当年砍杀小学生的凶残手法以及这次复刻，都不能算是大众最感兴趣的话题。

李支的压力非常大，因为这次的尸体惨状又是先见诸媒体和网络，当法医的结论放置在李支的桌上时，死者身中多少刀、死状有多惨等信息，已经被网民讨论了一轮。

当然，死者口中的填充物残迹成分鉴定，颈部和胸口的特殊伤口的鉴定，网民们是不知道的。让李支头疼的是，除了那辆被烧毁的急救车残骸，车上和犯罪现场附近，没有任何有价值的指纹、足迹、毛发，微量鉴定也没有发现有价值的线索。凶案发生之前的监控也没有，因为刚好负责那个路段的崭新摄像头失灵，没有拍到数据。当地交管部门倒是报修了，只是售后维修还没到位的时候，案件就已经发生了。所以，案发过程之前的情况无从知晓，只能找目击者进行走访调查。在案发过程中，那个校服男生自始至终并未露出完整面部，也和公交车内的摄像头完美错过。案发后，警方逐一细致地在方圆两公里内的监控录像中寻找具有相似特征的男生，未果。急救车行驶到郊外之后，就更加没有了监控的踪迹。那些随机分布在全球各地的IP地址显然只是一只只傀儡"肉鸡"。这一切反馈回来的结果都让警队很崩溃，支队又陷入了久违的僵局。

一波未平，一波又起

华生久久不能忘却贺平最后的那副嘴脸，他也不能理解，这样的人为什么在巨大的生理痛苦和濒临死亡的恐惧面前还是不肯悔改。难道他们仅仅是因为懂的道理少，过于自私吗？为了几百块钱去杀害一个无辜的孩子，自己能捞到什么好处？在窒息和疼痛的双重压力下，仍然仇恨地叫嚣和谩骂，难道他们真的不认为自己做了错事，真的不害怕自己会死吗？

他更加不能忘怀最后曲杰执他的手致贺平于死地的感受。那一刻，他并没有犯罪的恐惧感，也没有罪恶感，有的只是解恨，甚至还有点兴奋。从他内心深处的价值观来判断，贺平这样的人对于社会而言的确毫无价值，尽管法律赋予他平等的生存权利，但他自己都不珍惜，旁人又为什么要替他惋惜呢？

华生心中对自己的这些感受非常不安，他不希望自己变成坏人，也不相信自己真的能变成了一个敢于残忍杀人而不知悔改的坏人。他反复确认过，自己没有杀人，真正杀人的是曲杰。但这个看似"坚定"的结论也让他辗转反侧，夜不能寐。

他斟酌了很久，最后还是在自己的自媒体视频节目里讲道："不知道最近发生的那起公交车砍人案大家是否关注？这个事情告诉我们，功夫再高也怕菜刀。而且，还有一点值得我们所有习武之人思考，那就是自己的武功到底用在什么地方。一开始看到学生砍老头，我们都很惊讶，也很愤怒：为什么现在的学生会变成这么残忍的坏孩子？但随后，老头当年砍学生的视频被曝出，就让很多人无所适从，不知道该同情谁，或者该批评谁。就像我们知道的，国外某些著名的格斗运动员，的确有打架、吸毒的劣迹，即使他们已经功成名就、已经不缺钱、衣食无忧，但仍然会沾染这些恶习，做出那些让培养他们的教练和热爱他们的'粉丝'所不齿的事情。我们究竟为什么要训练格斗技术？仅仅是为了打架能打赢吗？还是为了让自己变得更加完美？又或者只是为了一时的痛快？有观点的朋友，请在本期节目下评论留言。"

戴猛看到这段视频的时候，可以明确知道这起案件又是"少爷"所为，但又一次没有获得证据。他更加困惑的是，华生这段话里其他内容又指的是什么意思。

有些变化，既在意料之外，又在情理之中。

贺平案件的喧嚣很快被国内知名富商凑齐一线大牌演员拍的一部动作片的

上线给冲得烟消云散。人们尽管多在调侃、多在骂，但仍然让这部120分钟长的影片的票房轻松过亿。谁也不会再去讨论前几天砍人的事情。网民们的记忆大概只有一周，最"high"的网民甚至盼着每天都能有新的爆点出现。无论什么情况，在他们的认知中，都会只是一句："嘁！那不是太常见了吗？"然后无情地抛弃掉。

果然，即使是这部土豪大片，其影响力没过一周也被新的事件冲散了，而且这次的冲击，是一层一层地来，源源不绝，暗流汹涌。

先是中牟省一批商界大佬突然闹起了眼病，情况十分诡异。

中牟省是富庶和发达的省份。可是短短十几天的工夫，全省几十个身家数亿的老板毫无任何征兆地出现了双眼或者单眼视力丧失的状况。更加诡异的是，有传言说，他们都被诊断为"非动脉性前部缺血性视神经病变"，这么整齐的成批确诊，让他们开始怀疑自己被人动了手脚，甚至遭遇了集体投毒。这可是天大的事情，因为这些巨商的社会关系极其复杂，牵扯到社会从高到低很多层面，也牵扯了很多的人。他们究竟为什么会像商量好了似的集体犯病？此事被各个圈子传来传去，慢慢地变成了互联网上的热点话题。有了网民的参与，整件事情和牵连出来的一些传说，就变得丰富多彩起来。

当然，在他们这些富商的小圈子里，当事人和家人，以及一些核心人物也在不断地努力猜测。一来二去，网上就有人提出疑点，怀疑到了在中牟省非常流行的保健品"天罡强肾散"上，说是因为遍布全省的富商巨贾，唯一的共通点就是都服用过这款功效非凡的流行保健品。

不过，这款保健品至少已经流行了两三年，不但在中牟省，在全国范围内都极具知名度，过去几年的效果和口碑都很好，各级电视、报纸、杂志、网络上也随处可见它的广告。其说明书中说，该方源自汉代宫廷秘方，精选36味养元气、通血脉、固本培元、蓄积罡气的中草药，经过七七四十九道现代工艺提纯淬炼，方得成药。这保健品价格虽然奇贵，但效果的确明显。这些挥金如土的人根本不在乎那么点钱，只要吃了之后能大展神威，又没有什么副作用，便都整箱整箱地买，按照方中所嘱稳稳地来积蓄并施展自己的"先天罡气"。怎么中牟省这几十个人就突然集体失明了呢？

塌方和崩溃

在中牟省的集体失明怪案发生和引发讨论的同时，陆陆续续在其他地区也出现了类似的现象，很多有钱的商人、艺术家、明星、金融精英，集中爆发式地出现了各种奇怪的症状，有的是和中牟省相似的视力丧失，有的是突发性头疼，还有的是肠胃消化不良。这些层出不穷的群体性异常病症，尤其还是一帮有钱、有地位的人出现异常病症，让"天罡强肾散"遭到越来越多的怀疑和指责。这些负面评价和猜测流传了一段时间，因为传播渠道仅限于网络上的各种八卦，未见有什么官方调查结果出现。

直接导致事态"塌方"的，是一个"降魔神"的"授杖"仪式出了意外。

有个骗子不知从哪里找来了一个据说有神通的"上代降魔神"，硬要给自己做一场非常隆重的"授杖"仪式，并全程进行直播。他的算盘打得很精，这个新时代传播手段如果一切顺利，便可以让很多人相信这世界上又出现了一个所谓的"降魔神"，否则，一个骗子哪里敢这么大张旗鼓地造声势呢？

但是，偏偏就在直播过程接近结束的时候，接受"权杖"的那个骗子突然心脏病发作，手底下人赶忙给他吃了硝酸甘油以图保命。没想到，这药一吃下去，那个骗子竟然短时间之内就死了。所有参加仪式的人都乱作一团，那几个原本准备接受新"降魔神"加持开光的女弟子，也都惊慌失措。

这么大的事故引得有人报警，观看了直播过程的几十万人又迅速炸开了一轮强大的涟漪，各种猜测和讨论直到法医公布验尸结果，才有了第一阶段的结论——那个骗子在仪式开始之前一个小时左右服用过"天罡强肾散"，而过度的兴奋和疲劳意外引起心脏病突发后，助手给他服用的硝酸甘油引起血压骤降，人就再也没救回来。但这个尸检结果立刻就让懂行的人破解了——硝酸甘油和西地那非共同服用，就会引发血压骤降。

顺理成章地，那个倒霉鬼服用过的"天罡强肾散"也被警方进行了检验，结果发现，这个假"降魔神"在仪式之前服用的"天罡强肾散"单位剂量中含有过量西地那非，也就是说，警方在这款号称汉代秘方的中医药保健品中查出了过量的"伟哥"的有效成分。

"天罡强肾散"正是曲杰的保健品公司生产的爆款保健药品，光是去年一年创造的纯利润就超过20个亿。"天罡强肾散"被查出西地那非的消息一经爆出，瞬间点燃了互联网上核爆一般的舆论狂潮，连同意外死亡的骗子，再加上前期长时间酝酿发酵的种种富商身上发生的诡异事故，让这个话题引发了空前关注！很多不知道从哪里冒出来的人呐喊自己被骗了，认为这种给中医药保健品里悄悄添加西药有效成分的做法非常无耻！而奇怪的是，这个话题又引发了两拨人的无休止争论：一拨人认为这是对中医药的冒犯，如果不添加西药的成分，必定不会出事；另外一拨人则认为，如果不添加西药，那些所谓的汉代古方根本就是骗人的垃圾，毫无效果。一桩由个案引发的意外事件，短时间之内上升为中药和西药的文化争辩。

曲杰接到爷爷电话的时候，华生就在他旁边，听得到曲健云在电话里严厉地呵斥曲杰，声音大得吓人，华生也听得出，曲杰说话的声音都在发颤。曲杰向爷爷乞求信任并解释说，自己的确在药品中添加了西地那非，什么36味中草药只是借古中医的名胡乱编制了一帖药方，所有功效其实全都依赖每份"天罡强肾散"中的50毫克西地那非。但是，这个剂量是经过严格计算的安全值，绝不可能像检验结果说的那样超过安全摄入量的5倍，而前两年火爆的销售效果和零事故就是最有力的证明。但曲健云根本就没有允许他把话说完，曲杰挂电话的时候，脸色发白，全身止不住地打战，裤子已经被不知何时涌出的液体自上而下浸湿了。

小九儿见他开始变得面色狰狞、全身发抖，赶忙给他拿了药和矿泉水，又搀住他吃下药,才扶着他坐到沙发上,手脚利落地帮他换裤子。华生看曲杰的样子,知道这一次巨大的打击让他进入了濒临崩溃的状态,也感觉到事态的严重。他赶忙劝慰道:"曲总,你先不要着急,我们赶紧把福总叫来,跟他商量对策。我相信你,肯定是有人陷害你!如果是这样,问题一定出在你的保健品公司内部,当务之急是要把它查出来!"华生之所以相信曲杰不会自寻死路地添加过量药物,道理很简单——那样对他一点好处都没有。有了前面岳非松的事情,华生第一时间能想到的可能性就是曲思暗中用了狠招,想一刀致命。

曲杰吃过药之后,情绪逐渐恢复正常,人也冷静了下来,剩下的就是对曲思不可遏制的愤怒。他让福坤赶紧过来,而在要不要叫赵乾的问题上,却先征求了华生的意见。华生摇摇头,只说道:"现在还用不到赵总,叫他来可能更麻烦。"曲杰目光闪动,明白了华生没有说出来的意思。

福坤还没到,市局刑警支队的电话却先打进来了。电话里对方语气虽然很客气,却听得出要求不容拒绝,他们要请曲杰去支队配合调查,了解一下"天罡强肾散"的问题,毕竟这款药引起了死亡事故,还在检验结果中确认添加了说明书中没有声明的药物成分。

曲杰刚刚平复的情绪被这电话一激,又瞬间失控。他的眼神一下子变得阴毒起来,胸口起伏得越来越厉害,喉咙间开始出现低沉而反复的痉挛呼吸,似乎刚刚吃过的药已经变得没有丝毫作用。

华生立刻抓紧他的手,非常理智地安慰曲杰道:"第一,我们先等福总来商量。第二,警察那边定性是'事故',现在还不是案件,你不用多想,更不必着急。第三,既然是打电话来而不是书面通知,说明警察那边也不是按照正式流程来工作。对方这么客气,应该只是非正式的约谈。放松,不要紧张,不要盲目树敌,不要思维失控。在这件事情里,你千真万确也只是受害者。"华生也不知道自己为什么会说出这些话,但他看到自己的话让曲杰慢慢安静下来,极度愤怒的精神状态也变得稳定,不禁松了一口气。

曲杰用双手握紧华生的一只手,认真地看着华生,眼睛里流动着信任和感激。

随后，他恨恨地说道："我不是怕警察。我是恨，恨曲思那个女人，竟然敢这么过分地捅我一刀。哼哼！这些麻烦，都会算在她头上！"无论如何，光是舆论的压力和爷爷的暴怒就已经够曲杰受了，警方的"邀请"又让他产生了巨大的压力。华生知道他说"不怕"是假的，无论是那双用尽全力的手，还是咬紧的牙关，以及拼命抑制住的呼吸，都不是纯粹的愤怒表现，里面还有大量的恐惧。华生完全能够理解曲杰的感受，也从心底里可怜他。因为，这一次的风浪袭来，曲杰不可能再获得爷爷的帮助和护佑，甚至可能会失去所有来自爷爷方面的支持。

福坤很快就到了，在听说公安局要曲杰过去配合调查之后，立时皱紧了眉头，想都没想，脱口而出道："不能去！"

曲杰反倒被他激起了不服气，脖子一梗反驳道："我又没有做错事，为什么要躲着他们？"说这话的时候，太阳穴两边的血管竟然凸起，怦怦直跳。

曲杰话音刚落，福坤和华生两人异口同声抢道："不可以！"

他们两个的"不可以"，其实是完全不同的两个意思。福坤比较直接，说的就是不允许曲杰去公安局"配合调查"，华生的意思则是让曲杰不要在福坤面前这么任性。

两个人互相看了一眼，在电光石火的眼神交汇之后达成一致，福坤先说道："少爷，你要仔细思量一下。'天罡强肾散'的事情，就算要找你调查也不应该是现在。警方应该先去厂子里取证，证明是批量生产的配方出了问题，才能找人担责任。再说，你只是投资人，不是实际管理者和经营者，差了这么多层，公安为什么现在就要直接找到你？很明显，这个侦查手续有问题。"说完这些话，他的双眉依旧紧皱，眼睛开始盯住华生看，目光中仿佛跳跃着火焰，时燃时熄。那目光是典型的复合情绪，里面有怀疑、有愤怒、有担心，但还有很多期待。华生知道，即便是福坤，也被这一连串的事情搞得措手不及，他的思路已经乱了，虽然依旧不能完全信任自己，但他现在惶惶的心态里，真的多了很多对自己的期待和依赖。

华生的天人交战

刚才，华生在听说市局刑警支队来电话的那一刻，心脏狂跳得几乎出腔。

这是他这么长时间以来看到的第一缕光明。那一刻，他真的激动得希望促成此事，带着曲杰回到自己久违的地方，跟伙伴们一起巧妙切入，势如破竹地拿下这个犯罪团伙。

但那一点点光明维系了不到一分钟，华生便又沮丧地冷静了下来。因为他完全没有办法想清楚，如果曲杰真的去了刑警支队会是一个什么场面。直到今天，他花了这么大的代价，仍然颗粒无收，除了他的耳闻目睹，没有丝毫实际的证据能够提交给警方，证明曲杰和他的团伙犯罪。更何况他也参与到数起案件之中，就算是他拼尽全力提供口供，也未必会有理想的结果。

这一切都说明，现在时机还没有成熟。

更深的一个问题，华生根本不敢去碰。他一直打断自己去触碰这个问题的思路，那就是——真的要把曲杰犯罪的事实证据交给警方吗？华生每次一想到这个问题，都会非常坚决且武断地告诉自己，必须这样做，只能这样做，没有其他选择，不允许自己想第二种可能性。他真的不敢认真去想这个问题。

福坤的提问打断了华生的思路。

福坤问他："你究竟是怎么想的？"

华生这才回过神来，命令自己快速厘清思路。他本能地把思考"去或不去"以及"去了之后会发生什么"先抛在脑后，而是意识到应该有更重要的问题。

一瞬间万般闪念，华生对福坤和曲杰两人说："曲总，福总，我想当务之急必须先解决以下问题：药为什么会出问题？有多少药出了问题？这些药接下来还会闯出什么祸？必须立即止损。在去警察局之前，我们自己一定要心里先有数。"

华生抛掉了杂念，他尊重了自己最真实的想法，并坦诚地和盘托出。

当务之急，应该先还原这么大的乱子背后究竟是什么状况，如果不清不楚地决定了"去"或者"不去",即便真的到了支队,华生依然觉得心里极度不踏实。支队那边会怎么处理,华生完全没有头绪,就目前的情况来判断,支队不可能有什么极其过硬的证据来证明曲杰犯过罪,在这种情况下,如果他的想法过于冒进,不但可能会无功而返、打草惊蛇,还可能导致他自己陷于危险。另一种可能性,如果支队真的就是请曲杰去聊聊,然后再礼貌地送回来,反倒会让狂傲的曲杰认为自己"开了眼界",觉得其实也没什么了不起,可能会刺激得这位少爷从此更加骄纵,让后面的行事变得更加疯狂。

所以,他没有办法直接说"去"还是"不去"。

福坤被华生的话提醒之后,眼中闪过一丝敬佩。他太着急了,面对着警察的"邀请",他失去了往日的淡定。华生今天的表现,让他不但认同和佩服,还有点感激。在这个最艰难的时刻,他一直怀疑的人给出了更加合理的建议,这是他没有想到的。他深深地看了华生一眼,对曲杰说:"华生说得对。我去查药厂监控、原料库管、物流分发,还有……"他沉吟了一下,继续道,"曲思和药厂里最近通信比较多的人。"

曲杰两只眼睛有点发红,眉毛皱得紧紧的,眼睛周围的肌肉也收紧在一起。他的恨意从整个身上散发出来,给福坤补充道:"配方是我亲自定的,知道的人就那么几个,能领用西地那非的人就更少。每次领用西地那非都是保密的流程,能有权限在生产线上动手脚的人不超过四个人。这件事是最近才出的,你按照时间倒序查找,不难把这王八蛋挖出来。"说到最后,目光中几乎喷出了火。

他每说一句,福坤就点一下头,一个排查方案已经在他的头脑中生成。他嘱咐道:"少爷,公安局那边,你还是先不要去,等我查清楚之后,我们再商量对策。搪塞的理由,可以随便找一个,他们没有权力硬要求。"

曲杰却说:"不,你去查你的。我倒是想先去看看,看看这帮警察究竟有什么意图,会怎么跟我聊。我还没见过警察怎么办案呢!"

福坤仍是不同意,视线投向华生,看他怎么说。华生心里此刻已经想得通透,便笃定地看着福坤说:"如果福总去查,内部的问题肯定能够很快清楚。这样的话,我同意曲总的意见,倒是真的可以先去看看。"

福坤当即睁大了眼睛,话语停在一半:"你……"目光在华生的脸上游移不定,想要看穿这个摸不透的年轻人究竟在想什么。

曲杰显然很感兴趣,微笑着看着他,吩咐道:"说说看。"

华生就是要让福坤对这件事情着急,要控制他和曲杰两人之间的心理平衡。华生稳稳地娓娓道来:"警方现在的借口是'天罡强肾散',只凭这件事他们对曲总什么也做不了,因为曲总还不知道究竟发生了什么,那么无论说什么,都是最为真实的表现。那些警察有的很老到,你心里有事藏着,他们总能看得出来。所以,真要等到福总什么都查清楚了,尤其是找到了罪魁祸首,或者落实了曲思这样做的原因,曲总再过去,有可能让局面变得更复杂。现在去,一张白纸面对警察,顺便摸摸他们的套路和动机,再积极表态愿意配合调查,怎么样都不会吃亏减分。"

福坤直接问:"如果只是'天罡强肾散'这件事,你说得对。但如果警察以这个为借口,问少爷前面的那些事呢?怎么可以让少爷主动送上门去置身险境?"

华生笑了,看着福坤反问道:"前面的什么事情?"然后他模拟着少爷曾经玩世不恭的语气说道,"他们真要敢问,'不知道,没听说过',或者直接反问对方究竟调查什么案件,用的是什么手续,需不需要叫律师。警察如果真的这么愚蠢,我倒是要看看到时候究竟是谁会落下风。"

听完华生的这些话,福坤神色很复杂,他暗暗咬起了牙,瞳孔中冒出阴冷的光芒,并没有说话,心中却对华生这段无可挑剔的话起了警惕。这么多事情突然压在一起,福坤不由自主地收紧了心,想着心里那件思量已久的事情。他暗道:"张华生,在这个节骨眼儿上,你要是敢有些许异心和造次,就别怨我心狠了。一切结果,都是你咎由自取。"

曲杰却笑了,直接下了命令:"华生陪我一起去。福叔,你那边尽快查,我回来后咱们再商量怎么收拾这个内鬼。"他脸上虽然在笑，也笑得真诚，只是那笑容没有几秒钟便消失在那张充满怨念的脸上。药厂出事，爷爷的暴怒，再加上警方的电话，层层重压几乎击垮了这个委屈的年轻人。

华生暗自叹息，心里收得紧紧的。

福坤终究是不放心的，他见少爷已经做了决定，只好叮嘱小九儿一定要保护好少爷。小九儿一直在认真听他们三个人的对话，现在见福坤的神情，又听他这样说，非常认真地点点头，抿起嘴唇来冲他笑笑，让他放心。福坤也笑笑，但那笑容有些不自然，因为他也知道，在当前这个节骨眼，如果警察真的要借机做出些什么行动，小九儿根本就起不了什么作用，就算是赵乾也起不了什么作用。一旦曲杰到了刑警支队的地盘，在警察那边真能起到些作用的，也只能是华生了。但他始终担心……想到这个死结，他更加怨恨曲思用出这么阴狠的招数造成了今天的局面。

当天晚上，福坤便开始仔细查找数据库里的任何一点可疑之处，他要尽快挖出究竟是谁犯下了这么大的罪过。面对当前董事长的震怒，曲思的暗中黑手，以及曲杰独自去面见那些警察这个状况，福坤平静的心真实感受到了心烦意乱，久久无法安心入睡。肖依的手机定位显示，她还在家里。福坤盯着那个闪烁的信号，眉头深深地锁紧。

同样是那天夜里，华生也是彻夜未眠。他在即将入睡的模糊状态中，突然想到一个问题，那就是支队让曲杰去配合调查，会不会有什么特定的意图。从那之后，他便睡意全无，一直反复思考着种种可能性。他总觉得，就算刑警支队没有特殊的动机，他是不是也应该利用这个宝贵的机会，和久违的李支、任支，以及参与办案的戴猛，有一个绝对安全的空间和时间，用一个极为合理的借口，进行充分的信息互换呢？

警察的询问

次日,赵乾负责开车,曲杰带着华生和小九儿,还有福坤要求随行的一名律师,按照约定好的时间来到刑警支队。

接待他们的人华生没有见过,并不熟悉,这倒让华生松了一口气。因为在华生反复模拟的见面过程中,一开始如果遇到李支、任支,哪怕是小孙警官,都会让局面变得复杂。即使他刻意做到行云流水,那些老熟人的表现也不知道是不是会引起曲杰的敏感和怀疑。

现在,第一次可以放轻松了。太长时间没到这个地方来了,太久没见到这些熟悉的建筑物和制服了,华生甚至不由自主地挺直了腰板,深深地吸了一口干净到毫无杂质和压力的空气,眼睛中闪出星星点点骄傲的光。但他立即意识到自己的本能反应有所偏颇,赶忙收敛了精神,警惕地跟在他身旁。

接待的警官特意向曲杰说明,非常感谢他能来配合调查一些情况,这次谈话不是正式的侦查程序,所以局里也没有下达询问通知书。要不是头绪太多,警方肯定是上门了解情况,而不必邀请他们专程跑一趟。警察笑得很客气,最后直说:"都是为了协调办案,提高效率,感谢曲总支持。"这样一来,曲杰带来的律师就很尴尬,也忙收敛起那副"谁也不能害我委托人"的神色,做出一副客气得体的样子。

警察邀请他们一起进入接待室,而没有按常规流程让曲杰单独接受询问,甚至让赵乾、小九儿、华生和律师都在现场。这一点让华生非常意外。

这间接待室,赵乾和福坤之前都来过,只不过那时华生在单向玻璃的那边,而现在他和曲杰一起坐在这边。华生甚至感觉到自己对那面单向玻璃是有感情的,他猜测此刻在那面玻璃后面,也许李支在,戴猛也在,甚至姜老师也在。

虽然说是邀请帮忙的非正式手续,但负责接待的两位民警提起问题来倒是很正规,先从身份核实开始,再到案情询问,先后对曲杰进行了一些提问。没有那种剑拔弩张的感觉,但也不是嘻嘻哈哈地随便聊天。曲杰也非常配合,有问必答,态度诚恳。当他们问到"天罡强肾散"引发的命案和检验结果的时候,曲杰发自内心地愤然道:"警察同志,我可以用我的人格担保,我们公司的配方绝对没有添加过什么西药!如果我们那样做,就是侮辱了老祖宗留下的好东西,是对中华传统医药文化的大不敬。我们从古书中找到了这张方子,经过反复研究实验,下大力气去芜存菁地改进了配方,现在已经向国家申请了专利。我们是希望造福国民,弘扬传统文化,不会乱加东西搞出人命来,这是自寻死路的事情。我得知消息后,也在第一时间立刻启动了内部调查,全部在库产品停售,全部已售产品召回,一定要把原因搞清楚!如果是有人捣乱的话,不但是毁我的名誉和产品,更是对广大消费者生命健康的不负责任,我一定从重严惩!"

曲杰的这番话说得义愤填膺,语气坚决,表情和动作完美无瑕。这番话也是之前推演过的,反正是有人捣乱,干脆就把添加西地那非的事情全都推到做手脚的人身上,正好让他当替罪羊。真到了那时候,他说曲杰的配方中本就含有西地那非,就是打击报复和诬陷,而且没有实际证据,警察不会信他,所有的锅都得他背。如果这家伙真的敢供述,他的家里人都是禁不起折腾的,想必也没什么人敢!

华生坐在他侧方观察,竟然找不到任何破绽。这就是有意思的地方,华生知道曲杰控制添加了特定剂量的西地那非,只不过这次酿成祸事的过量药剂不是在他的控制之下。这样一来,他是受害者心态,他的愤怒就是真实的,他要查清楚的决心也是真实的,所谓"九真一假"是最难破解的谎言的原因正是如此。观察情绪破绽,通过微表情和应激反应来判断真相,前提是必须问对问题。如果单向玻璃后站着姜老师或者戴猛,此刻应该会提示警官重点提问"真的没有添加过任何一点西药的有效成分吗",以曲杰的能力,就算有心理准备,也未必能像现在这样表演得这么完美。

可惜,警官没有追问这个问题,只是按照流程继续询问一些关于药品的专利申请情况、货品生产销售流程以及保健品公司内部的责任分工等等。华生清楚地感受到自己内心渗出的小小失望。

一场谈话很快就结束了，曲杰也很顺利地完成了自己的首次被询问。他对自己的表现很满意，主动站起身来伸出手，向警察保证自己会全力配合调查，有任何结果也会第一时间和警方共享并沟通。小九儿见即将结束，也松了一口气，笑容又恢复到脸上，只留着一双眼睛保持警惕。

华生在想：支队这件事安排得过于简单了。无论如何，不应该是仅仅问这些无谓的问题吧？他甚至一度以为，支队也许会偷偷让他当面给出更多平常不方便说的信息，时间、空间、人员都由支队掌握，是难得的脱离福坤监视的好时机。然而这一切都没有发生。华生甚至想过要不要提出去厕所，但他还是忍住了。

或者说，他不是在忍，而是松了一口气。真的要见到李支、任支或者戴猛，他要告诉他们什么……他能告诉他们什么……他愿意告诉他们多少……

他还在出神的时候，小九儿拍了拍他的肩膀，华生这才匆匆起身，跟在曲杰身后向外走去。临出门之前，他深深地望向单向玻璃之后，仿佛自己能够看穿一样。单向玻璃的后面，则是李支深锁的眉头和戴猛忧虑的目光。

突来的噩耗

华生刚刚走出接待室门口，就发现走廊里多了一块移动信息板，上面贴着很多通缉令。华生确定这块板在他们来的时候并没有出现在这里，便快速扫视了一下上面那些人的照片。没想到，竟然一眼看到了肖依！

华生不由得停下脚步，睁大眼睛仔细看了一遍，才发现那是一张《失踪人口信息登记表》，表格上的照片的确是肖依，名字、身份证号也都是肖依无疑，失踪日期那一栏填写的是今天！

华生一下子觉得自己有点头晕，看不清四周的东西。恍惚之间，只能看到前面几个人影影绰绰地晃动着身形越来越远。华生觉得头晕目眩，脚下步履沉重，双腿发软，几乎站不直腰。他努力睁大眼睛，甩了甩头，想让自己恢复清醒，但效果并不理想。华生怕身旁的人看出异样，一边赶忙闭上眼睛深呼吸，一边强行迈开步子，勉力朝着曲杰的背影追赶上去。他握紧了拳头，睁开眼睛用力吸气，让一片浑浊的大脑逐渐清醒下来。当他走到曲杰身后的时候，小九儿看他难受的样子，问了一句："没事吧，怎么突然脸这么白？"

华生勉强笑笑，悄声答道："刚才有点紧张。"然后用尽心力驱动着脚下的步子，尽管脸色惨白，却还要恍若无事般地四下打量。一路上，他在三块公共显示屏和两块展板上，反复看到了有肖依的《失踪人口信息登记表》，那张可爱的笑脸混在一大堆通缉令和失踪人口单子中，是那么刺眼，那么让华生心疼。他不知道发生了什么，他炸裂般地想知道究竟发生了什么，却什么也不能问，只能茫然地跟着曲杰出了支队的大门。那短短的几十秒，在华生心里却犹如身体被按倒在坑坑洼洼的地上拖行了一万年。

律师和曲杰寒暄后自行离开。赵乾依旧驾车上路。

曲杰松开了自己的衬衣领口，长长出了几口气之后，不无得意地向前探身问副驾的华生道："今天我表现得怎么样？"

华生扭过头，有气无力地勉力笑了一下，答道："表现得很好。"答完这句话之后，眼神便不由自主地失焦了，一头栽倒在赵乾的手臂上。

60　二心重臣

开篇语：

赵乾啊，你究竟是因为什么？是因为敬畏曲杰传授给你的"大日神脉"，还是因为你自己身体里的欲望和兴奋？要不然，做这些"惩戒"的事情本就是你心中所喜？你知不知道曲杰告诉你的这些东西，都是胡乱拼凑的？现在你身处曲家姐弟之间，希望不会被他们磨得头破血流。

By 华生

心急如焚

隐隐约约，华生听到曲杰的声音说："心跳有点快，体温略高，不过呼吸稳定，瞳孔散得不厉害，死不了。这小子不应该是被吓着了吧？"

华生这才觉得自己紧紧收缩在一起变得僵硬的大脑逐渐缓解开，恢复了正常的意识和思考能力。他决定继续佯装昏迷，借用这宝贵的时间思考刚才看到的一切：

肖依不是失踪，而是很有可能被人控制了！如果真的是普通失踪，支队的人一定会找机会当面告诉我，而不用这么屡次三番地暗示。之前就觉得，和曲杰来支队接受调查，支队应该会利用这次机会跟我单独碰面，在曲杰被单独询问的时候来充分了解情况，甚至交代后面的行动策略。

但，他们没有一点动作。

现在看来，刚才支队的零接触，应该是在收到肖依失踪的消息之后，为了保护肖依，更是为了保护我不受任何怀疑而临时制定的决策。

从肖依失踪这件事的风格看，一定是福坤的手笔。

福坤既然无法阻拦曲杰来见警察，也就无法掌控我在这段时间会做什么，对于福坤这种算无遗策的人来讲，眼盲心盲的失控感自然是大忌讳。但万万没想到，福坤这么久了还是一直戒备着自己，而且一直就没放过肖依，哪怕自己从分手后一次都没有联系过她，连偷偷摸摸看她微博都没敢，就是怕福坤起疑。今天，在这么个节骨眼儿，最害怕的事情还是来了。显然，福坤掳走肖依肯定是为了防范我和警方有什么扯不清楚的瓜葛。福坤没有明确告诉我任何威胁，他只是藏在阴影里暗中观察。如果我老老实实的，表现良好，就可以相安无事；如果我毫不知情地主动去联系警方，或者接受李支他们安排的会面，就算没有实际证据说明什么，但以福坤的阴险缜密，恐怕也会拿肖依对我进行心理上的折磨和威胁，甚至让我所有的努力前功尽弃，还可能害了肖依的性命。

这种悄无声息的威胁，让华生喉头发紧，想吐又心如刀剜。他闭着眼睛皱紧眉头，暗中收紧双臂的肌肉来扼制内心的恐惧和愤怒。那双手恨不得现在就去扼住福坤的喉咙，捏得他吐出舌头脸色发紫，让他为自己的所作所为感到恐惧和后悔。

肖依失踪的时间应该是昨天。那个时间可能是曲杰决定来刑警支队之后，也可能是福坤决定去调查曲思之后，更有可能是在自己整夜未睡思考对策的同时！华生感觉到自己的大脑在燃烧，那是复仇的熊熊怒火。但他现在身后坐着曲杰和小九儿，他只能强迫自己断掉所有念想，先不要去细想肖依可能遭受的苦难。尽管福坤应该不会伤她性命，但是……华生不敢往后想。这一次，他真的遇到了困难。他完全没有办法控制自己的恐惧感，肖依的面容总是跳出来，而且一会儿是那张熟悉而可爱的笑脸，一会儿是分手时愤怒又无助的怨恨，一会儿又是面目全非的惨烈、痛苦以及绝望。

这件事真的是福坤做的吗？会不会是其他人的主意？曲杰、赵乾，还是小九儿……

这些光速的信息闪点在华生大脑中无法联结成清晰有序的网络，正在繁乱地闪动时，华生又听耳边小九儿的声音响起："还没醒啊？不用管他吗？他自己会缓过来？"

曲杰无所谓道："没事的。要是不放心，你给他来一针。"

小九儿笑道："你说没事就一定没事喽！"

接下去就没了声音，只有车轮摩擦地面的安静，以及赵乾轻微的干咳声。

华生安抚了自己的情绪，确信不会失控爆发之后，故意让身体一震，长长地从喉咙里舒出一口气，然后睁开了眼睛，恍若大吃一惊的样子向四周看看，做出困惑状再次确认地用力眨了眨眼睛，才说道："难道我刚才晕倒了？"

曲杰观察着他，脸上带着轻蔑的笑。学了这么多年的医，再加上自己强烈的兴趣，他对于昏厥的刺激原因和症状了如指掌。华生刚才所有的生理症状以及现在的表现，他都觉得很有意思。

造成人体昏厥的原因有很多种，除了缺氧、缺血、强光和剧烈震动等纯粹的生理成因，情绪过激也是常见成因，比如急得要死又没有办法，气到爆炸又不能动手，难过到绝望却又无处宣泄，等等。它们都会造成神经系统的过载和自我拮抗，无论是着急、生气还是难过，那件激发情绪的事情本身就已经给中枢神经造成了超负荷的强刺激，雪上加霜的是，限于能力或规则，这些问题又都解决不了。这样一来，两种认知之间会发生彼此对抗和牵制，就会让神经系统处理的信息量呈几何倍数增长，负担循环增加，迅速超过极限值之后，大脑会因为自我保护而强制临时关机。如果失去这种自我保护的机制，神经细胞也许真的会"燃烧干涸"，造成疯、傻、痴、呆或深度抑郁。

华生知道曲杰在观察他，应该还在判断他的昏厥究竟是真是假，是什么成因。换成旁人，可能第一时间会挤出一个尴尬而呆板的假笑来缓和气氛，然后一副等候审判的心态被动地看着对方是否相信自己。那样会非常煎熬，也很危险，导致普通人或者如履薄冰，或者夸张放大，内心却会越来越失控和惶恐。华生也不想用电视剧《潜伏》里孙红雷的演法，内敛而迟缓，那样倒是容易给自己留时间进行心理建设，但那方法不符合自己所处的情境需求。如果在曲杰这里装傻扮忠厚，早就没机会了。

所以，华生问出第一句之后，看到曲杰在笑着看他，就马上说了第二句话："我梦见曲思招了，她承认了！"

话音刚落，随着长长的一声鸣笛，赵乾握紧了方向盘飞快地从前车车尾旁边划过，车速快得把整车人甩向一边。赵乾怒骂道："妈的，前面没车还开这么慢，差点撞到。"

曲杰脸色一沉，坐稳后把身体向前挤过来，笑眯眯的审视目光消失了，认真地问华生："你梦到她招了什么？人吗？是不是招了谁添加的剂量？"

曲杰知道华生的心跳频率是无法伪装的，体温升高同样无法刻意伪装，所以他相信华生是真的晕倒了，只不过好奇原因。华生的话一出口，就立刻吸引了他全部的注意力。从刑警支队出来之后，和警察见面这个最重的包袱就被曲杰扔到了脑后，现在他全部的注意力都在华生的引导下，聚焦在对付曲思的事情上，全神贯注。

华生摇摇头："我梦见她承认了，说是自己去药厂投的毒，但你不相信，她就又说了些什么，可不知道为什么后面的话我听不清了，她说的好像不是人名，是一长串话，脸上还有眼泪。哦，对了，Daniel 就蹲在你脚下。我昨天琢磨了一晚上怎么问出那个'投毒'的人，但一想到询问的对象是曲思，就一点思路都没有了。"

信口胡编之后，加了一句给自己的解释，悄悄地把怀疑吹散在疾风密雨中。

曲杰失望地向后坐回去，眼神中射出凶狠的光，反复握紧拳头道："这也是我担心的事情，曲思不是别人，确实不太好弄。"

华生道："我们回去先听福总怎么说。也许我们搞错了，根本就不是曲思搞的事情。"

曲杰没有再说话，眼睛望向车窗外，只从嘴角挤出了"哼"的一声冷笑。

华生不再说话，他刚才的话已经把自己放在了安全的境地。前面讲得模模糊糊，结尾的时候又提出了一个连曲杰也解决不了的难题，曲杰就不会再无故追问那些有的没的。他不断安慰自己，既然支队已经知道了肖侬的失踪，李支和戴猛一定会拼尽全力帮自己去寻找和保护肖侬。只有想到这些，他的心跳才能不那么快。

停车入库，众人上了电梯。华生一想到马上就要和福坤面对面，就全身发烫，却不敢流露出半分。他斟酌了一下，提醒曲杰道："要不要问问福总那边的进展？"

曲杰头也没回，轻轻道："不用催。他做好之后，自己会跟我联系的。"

赵乾和小九儿两个人都没作声。赵乾只看了华生一眼，便又眼观鼻、鼻观口。

调虎离山

一行人回到办公室还没坐定，福坤的电话就到了。曲杰叫过一声"福叔"之后，便只是听着，不再说话。两三分钟之后，先是看了赵乾一眼，又看了华生一眼，目光阴沉，只"嗯"了一声便挂了电话。

华生刚要开口问，曲杰的目光正扫过来，做了噤声的手势，示意他等一等。

一屋子人都在沉默。如果不是小九儿主动来给大家递水，又去安抚有点躁动不安的 Daniel 和 Howard，再逐一检视笼子里的兔子，恐怕福坤到来之前的十几分钟会让这三个男人非常难熬。赵乾就一直保持着一样的坐姿，动也不动，眼睛始终看着地面，思虑仿佛比曲杰的还要深重。

福坤一进门，华生的目光就牢牢跟在他那张死人脸上，一秒都不离开。他尽量克制自己目光中的怒火，却无论如何都只能做到冷冷的脸色和目光，怎么也无法弯起嘴角挤出客气的笑容。令人没想到的是，福坤却一改常态地满脸笑容："少爷，赵总，你们不必担心了。刚才药厂给我打电话说，他们已经找到了有问题的货品批次，并且通知当地库管锁定并召回，事态控制住了。您放心，可能是控制配方的机器出现了异常的数据错误，才导致剂量失常，是个意外。"

福坤竟然能笑着说话,简直是非常奇怪的事情,连小九儿都歪了头,睁大了眼睛,露出匪夷所思的神情。

曲杰却道:"那就好!那就好!害我担心半天。"

福坤拿出两个封装好的文件袋,对赵乾说:"赵总,我还有一个好消息是给你的。"

赵乾的神情轻松了一些,也对福坤笑笑,说道:"哦?什么好消息?"

福坤把其中一个文件袋递给他,说道:"我的一个老朋友,风险投资界最著名的投资人许大平,听说过没有?他对你的刚猛体育和'极斗'赛事B轮融资极有兴趣。昨天给我打的电话,说要见见你,我就帮你约了今天的时间。这里面是他可能会需要看的材料,我已经替你准备好了。你看今天有没有空啊?"

赵乾不由得奇道:"上次董事长不是说要放一放了吗?"

这一句话,让华生心里"咯噔"一下,"放一放"三个字从曲健云口中说出来的时候,赵乾并不在场。赵乾啊赵乾!你是真的不知道我们已经猜到了吗?

福坤却说:"董事长当时一是因为生少爷的气,二是想让亿通集团的董事会更积极,所以当时才说'放一放'的。现在药厂的事一查清,气肯定会消,又有外面的优质资金感兴趣,难道你还不抓住这个机会?等董事长开金口重新开启融资的时候,你已经把准备工作都做好了,那是多给少爷长脸的事情!"

赵乾望向曲杰,问道:"少爷,您看我要去见吗?"

曲杰眯起了眼睛,笑着说:"见!必须得见啊!你现在就去见见老许,说我全力支持!看看他能给多少钱。我跟你说啊,至少5000万元人民币起才可以让他领投,要不然就别凑热闹了,省得我还得跟爷爷那儿费劲儿求情。"

赵乾脸上终于泛起了充满希望的笑容,忙不迭地拍着胸脯说:"好咧!那,要不我现在就去?您给许总打个电话?谢谢福总!"说完之后,刚才的肃穆和紧张已经完全消失了,整个人变成跃跃欲试的状态。

福坤拨通了电话,寒暄几句之后,便把电话递给赵乾,示意他接听。

赵乾接过电话之后,一边频频点头称好,一边非常谦恭热情地跟电话中的人道谢,问明了时间地点之后,非常兴奋地把电话还给福坤,目光中流露出感激之情。

福坤摆摆手,笑着让他不必客气,又拿起另外一个文件袋,对赵乾说:"我还得麻烦你老兄一件事。这是给工商总局的自查说明情况报告,已经盖好了公章,附上了相应的解释和数据,得麻烦你老兄找个人送一趟,答应他们今天下午交的。现在查清楚了,没事了,我心里也松了一口气。"

赵乾接过掂了掂,拍了拍那文件袋道:"小事一件,别跟我客气。"他又转头向曲杰道,"曲总,那您看还有什么事没有?没有我现在就去操办这两件事,中午约好了我请许总吃饭。"

曲杰笑着看着他,热情道:"去吧,去吧,辛苦啦!"

赵乾刚刚还心里凝重得很,现在看到曲杰久违的笑脸,不由得心里涌出一股暖流。事实的逐一澄清和解压,让他松缓下来,他赶忙道:"哪里,哪里,好不容易有个好机会,我必尽全力。您放心!那我就出发了。"言罢,脚步生风地出了屋。

赵乾刚一出门,福坤示意所有人不要说话。他从包里拿出两部小巧的仪器,交给华生和小九儿,示意他们安静地搜索屋内的边边角角,自己则打开电脑观察仪器返回的信号。直至两人搜索完毕,仪器也没有发出异常警报信号,福坤才开口道:"药厂的事已经查清,是总工柯静干的。"

曲杰眉毛一拧,恨道:"我猜到了可能是他。"

福坤一摆手,说道:"等一下。"然后把电脑的声音调大,电脑里传来了一阵轻微的杂音。

曲杰问:"这是什么?"

福坤把食指放在唇边,示意大家安静。几个人凑过来盯着屏幕看,华生看到的是一个波纹显示软件,耳边听到的是轻微而稳定的噪声,很像车里的声音。过了一会儿,又传来了汽车的鸣笛声。波形一直在微微抖动,但始终没有什么有意义的声音，大家就这样等了五六分钟，突然听到了电话接通的声音，一个女子应道："喂？什么事？"

曲杰脱口而出："曲思！"

福坤示意他安静地继续听。小九儿看曲杰的脸色开始发青，赶忙走上前来，搂住他的左臂，把自己的手塞在他的手里握住，不断地摩挲他抖动的后背。曲杰勉强笑了一下，轻轻拍拍她，忍住愤怒继续凝神仔细听。

尽管有些变声，但还是能听得出是赵乾的声音在说："少爷已经从警察那边回来了，没有事。"

那女子道："好。你怎么给我打电话，之前不是说好最近不要联系吗？"

赵乾的声音有点沉，道："他们刚刚查清楚，药厂的事情是配方机器出了问题，是意外。"

那女子道："嗯？他确定是意外？"

赵乾应道："是。福坤刚刚查清楚的。他给了我一份药厂给工商局的自查报告，让我今天给工商局交过去。有问题的货品召回之后就应该没事了。"

曲思沉吟了两秒钟，对赵乾说："你把材料交给小阮，我也看一下才放心。但你自己不要送过来。"

曲思的要求让赵乾犹豫了一下，但最后回应道："好，让小阮找我来取，但你得快一点，看完后送到工商局去。我现在要去见人。"

那女子道："好的。辛苦了。爱你！"

赵乾也道："你自己小心……"他沉吟着犹豫了一秒钟左右，才继续道，"爱……"

电话被挂断了，接着便又是轻微的噪声，像是车辆里的路噪声，没有其他动静了。

福坤继续让软件后台运行并进行监听，方才抬起头来，面色阴沉地说："这就是我要把赵乾支走的原因，刚才你自己都听到了。"

曲杰早已经气得浑身发抖，咬紧牙关狞笑道："哼哼，我也不是没想到过，现在看来还真是。"

华生向后退了两步，惊慌失措道："连赵乾都被曲思买通了？"

曲杰看了他一眼，目露凶光道："你也听见了，看来，这女人是非要逼我动手了。"

你敢承认吗？

华生最早是从福坤那里引起了警觉。从上次杀完老马之后，在曲杰和福坤争吵的时候，华生就觉得福坤的视线总是在讨论有关曲思的问题的时候转向赵乾，赵乾则是一副不接招的样子。但福坤每次一提到曲思，赵乾都表现得很不自在，甚至后来紧张到汗流浃背。强化这个判断的则是上次审讯岳非松的时候，询问岳非松和曲思有没有不可告人的关系时，赵乾表现得非常关注，也很愤怒，直到最后爆发。那股狠毒的杀气并不是出现在岳非松承认背叛之后，这就说明不是忠诚和立场激怒了他。最近一次去找董事长开会之前，赵乾的一脸平静让华生猜到赵乾可能提前知道了结果。有这么多逻辑指向一致的判断，华生对赵乾的怀疑已经很深，但今天亲耳听到对话，还是让华生非常震惊。无论如何，他没有想到这两个人之间会说到"爱"这个字！

不过，华生一直没有想明白的是，赵乾被曲思收买是有可能的，手段也可以无所不用其极。但关键是曲思要赵乾干什么？是潜伏在曲杰身边收集情报，比如曲杰杀人"惩戒"的事情，还是会狠毒到让赵乾伺机伤害曲杰？

赵乾为什么会同意呢？他真的会听命于曲思来暗害曲杰吗？

福坤说："这屋里没有窃听盗摄的设备，说明情况还没有我想的那么糟。我们需要商量一下对策，现在赵乾的背叛已经落实，我们该怎么处理？药厂的事情，其实倒也简单。数据库里没做什么复杂的手脚，很容易就发现了踪迹。现在已经查清楚，违规添加的这批产品共 5000 箱，分别发往本市、上户市、中牟省。虽然总量并不大，但因为都是一线城市和最发达的沿海省份，容易引起最大的关注以及恶劣影响。其实说起来,以往购买'天罡强肾散'最多的其他几个省,倒是没有发现货品流入。看得出来,这件事的阴谋就是为了制造舆论毁掉你的心血,所以先挑概念上影响最严重的省份投毒。"

曲杰阴恻恻地问道:"这也是曲思让做的吧?"

福坤点头:"是。老柯实在是不应该……不过曲思也真的是用心到可怕。"

曲杰的样子看起来挺无所谓,但让华生看着害怕。华生知道,那种轻松的玩世不恭和摇头晃脑只是表面上做出来的样子,眉头眼睑的愤怒和嘴角的凶狠无不显示出了他内心极度的愤怒。他越是生气和发狠,就越会想要掩饰自己,却总也掩饰不住。他看似漫不经心地甩出一句话:"曲思给了这个胖子什么好处?总不会连这个癞蛤蟆她也能睡吧?"

福坤答道:"这不好说,他俩睡没睡我没找到证据。我去查了曲思的手机,他们俩之间打过电话,但也不是很密切。老柯不是最近刚又找了个新老婆吗?那女的是个小有名气的网红,之前做过模特和电竞主播,也做过一段时间的外围,只是有点贵,外面不太常见,后来有半年左右销声匿迹。我查到曲思的一个手下定期给她打款,应该是蓄养的色情工具。老柯前不久娶了她,现在看来当然会对曲思言听计从。"

曲杰闭上了眼睛,仰起头深深地吸了一口气,喃喃道:"真是无所不用其极啊!"

福坤平静地克制着自己的愤怒,向曲杰建议道:"少爷,现在局面有点乱,我们要稳住,一件一件处理妥当。如果曲思搞定了赵乾,那么前面我们做的那些事情,需要假设她都能知情,这会带来什么影响?赵乾可是从几年前救出小九儿开始就始终参与的角色。她如果什么都知道了,会不会明里暗里地去告诉董事长?这是悬在我们头顶上的利剑。如果董事长真的追责,恐怕我们所有的事情都没有了希望。就算她不告诉董事长,会不会暗中给警方透露什么,给我们找麻烦,借刀在董事长面前杀人?即使她顾忌亿通集团的麻烦,只是现在所做的事情,也可以把你精心经营的几个亮点都毁掉,而且药厂出事告诉我们,她一定会继续加速破坏行动。如此一来，如果你业务上漏洞百出、麻烦不尽的话，就没有办法在董事长那里挽回局面了。"

福坤每说一句，曲杰眼中的杀气就重一分，说到最后，他已经难以按捺住自己的火气了，只问福坤道："查到赵乾都说过些什么吗？"

福坤镜片的光芒一闪，说道："杀掉老马之后，我曾细细查过，但这两个人很小心，没查到什么有效信息，几年里电话都没打过几通。"

曲杰怒吼道："华生，你给他打电话，让他现在就滚回来！"

赵乾刚刚停好车，就接到了华生的电话让他迅速赶回。赵乾犹豫道："你跟少爷说，我刚到地方，还没见到许总，稍晚些打过招呼就回，不耽误。"

华生说"好"，赵乾便挂了电话。

当赵乾再接通电话的时候，听到的却是曲杰在电话里阴恻恻地命令他立刻回来，语气听着不对劲儿，赵乾不由得皱起了眉头。华生在那边接过电话，声音也有点慌："快点回来吧。许总那边的事情先放一放，曲总遇到困难了，有非常着急的事情等你处理。"

赵乾无奈，只好给许总打个电话，找了个借口，千千万万地道歉之后，方才怀揣着心底的挣扎把车从停车位又开了出来。他轻声骂了一句："去你的吧！"自己也不知道是在骂谁，一踩油门让车辆飙上了归途。在他心里倒也没有什么遗憾和不安，没见到许总就算失礼，自己也不过是个办事的，老福肯定会跟人家解释。如果这次投资没成，也怪不到自己身上，反正那是曲杰的事情。主要是曲杰这种突然阴沉下去的状态，以及长久以来的肆意妄为，让赵乾觉得恍惚和可怕，再加上不知道这通催命的电话是不是跟曲思有关，他的心中隐隐地产生了对危险的自我防卫感。

当他打开房门的时候，立时就感觉到了危险的信息。屋里的四个人都用眼睛逼视着他，福坤的目光是冰冷，华生的目光是关心和忧虑，小九儿的目光是直白的怒火，而曲杰的目光则变换闪烁，一股杀机时隐时现。

赵乾的心跳不由得加快了。他暗自握了握拳头，又绷紧腹肌感受了一下别在腰间的短匕首，感觉到了那锋利的存在之后，心中才稍微安稳一点。屋里的这几个人，恐怕还不能让他有丝毫损伤。他的目光自然地转向了狗舍，却听到那两条大丹犬的呼吸非常奇怪。那种声音他以前听到过，每一次都出现在训练大丹犬捕猎活物之前，那是兽性的兴奋。但这时这两条狗为什么躲在狗舍里如此蓄势待发？赵乾觉得颈后有点发凉。

曲杰发话道："坐下。"他指了指华生旁边的位置。

赵乾见是指向华生那边，略微松了一口气，如果是命令他坐在离小九儿近的位置，麻烦还是有的。现在离小九儿远些，华生的功力他是清楚的，想到这里，他便大方地坐下，一只手撑在膝盖上，保持躯体坦然打开，脊梁笔直，另一只手却放在大腿与髋关节的相交处，离短匕首近一些，几乎可以摸得到了。

当他用一口呼吸调整好自己的身体之后，坐在旁边的华生发问了："赵总，你是不是给曲思打电话说了药厂的事情？"

这句话的声音虽然轻，却似滚滚轻雷碾动着乌云压迫而来，让屋里每个人都不由得放慢了呼吸。

赵乾额头上的青色血管突突地跳了两下，一双眼睛睁大，猛地看向华生，又忙转向曲杰。小九儿瞬间站在了曲杰的身后，只用一双眼睛看着他，却没做出任何其他动作，连防备的姿势都没有。他发现曲杰并没有动作，小九儿也没有动后，才敢仔细观察曲杰的神色。曲杰那张清隽的面孔上有点阴沉，但并没有自己之前无数次见过的凶狠，他竟然只是在审视，间或隐现丝丝难以遏制的怨念，但也都转瞬即逝。曲杰就那么等着，等着看自己怎么回答，似乎就算是自己大方承认了，也不会突然暴起、翻脸冲突。这时，狗舍内的一条大丹犬，仿佛再也耐不住压抑，低沉地吠了一声。

赵乾大脑中好似有电流嗖嗖乱窜，他不知道自己该不该开口，该怎么开口。他又看向福坤，发现那张脸上充满了厌恶。福坤眯着眼睛，还微微抿着嘴唇，让本来就很冷的脸变得更加没有生气。赵乾始终摸不透福坤究竟藏着什么意图。

他用极短的时间辨识了安危之后，才最后迎上华生的目光，闪动着眼神打量身旁这个心理学博士。他想搞清楚华生为什么会这么问，究竟是谁让他问的，回答过后会有什么结果，但他完全无法管理自己的思绪，不由自主地开始思考应该怎么回答这个简单的问题。答"是"，还是答"没有"？如此简单的一道题目，在赵乾这里却如同引爆了大脑中深埋的层层叠叠的触雷，让他的姿势停住了，呼吸又浅又密，连嘴都保持半张着，除眼球外，全身动弹不得。

重臣二心

其实，屋里所有人都早已知道结果了。现在看赵乾的样子，没有在第一时间突然暴起，大家都预感到也许不会有什么惨烈的事情发生。

华生看得更明白一些——赵乾的恐惧太强烈了，严重压制了他自保的进攻性。

对于普通人来说，这么严重的立场性问题，倘若真没有做过，当即就会断然否认。赵乾这种状态明明白白地说明了两个结果：第一，相当于承认了他和曲思暗中有来往的事实；第二，他在纠结和犹豫。

赵乾的眼球在微微转动，方向变得很快，绝不是可以通过意志控制六条眼外肌实现的高频运动。能驱动如此复杂运动的只能是情绪，是恐惧情绪。他的呼吸，他身体的冻结，他面部肌肉的僵硬，他额头上渗出的汗珠，无一不是恐惧情绪催生出来的表现。

诚然，"通敌"与否这个问题会让赵乾恐惧，毕竟他实际上做了这么背信弃义的事情，即使是从他自己的价值观来看，这件事也是不应该被原谅的严重事件，更何况曲杰和福坤的手段他又深深熟知。但华生看到的细节是，在问题问出之后的一瞬间，赵乾的第一反应是调整和戒备，华生看得到他那只手摸向了腰间，双脚也往后缩至可以瞬间支撑身体启动的位置，眼中闪过精光。如果那一刻有任何人一动，就会引发他的自卫甚至毁灭性进攻。但几人按照商议好的办法，都在看，都在等，没有人动，只有小九儿暗中做好了吹口哨的准备。

愤怒而警惕的赵乾在这警惕之后产生了恐惧情绪，那份不安从眼神和呼吸中透出得越来越多、越来越明显。华生便知道那份恐惧是赵乾自己的思考所激发出的，是对整件事情思考所产生的恐惧，而不是对屋里的人所产生的恐惧。华生更加确信，自己之前对赵乾的预判是准确的，也猜到了赵乾会怎么回答自己的问题。

华生的确是对的。

赵乾突然一声长长的哀号，魁梧高大的身体"扑通"一声跪在地上，一双膝盖砸在地面上的声音沉闷而决绝。他再抬起头的时候，眼中已经没有了恐惧，而是两道泪水从中静默地长流下来，眉头蹙起，嘴角向下弯曲，不住地颤抖，呼吸已经哽咽。

他挺直躯干，跪在地上，将身体正面朝向曲杰，双手依次在头顶、眉头、喉间、心脏、肚脐、脐下和阴部摆出不同造型，每完成一轮便双手掌心向上摊开，全身伏在地上叩拜，如此反复三次，才开口道："少爷，我知错了，罪该万死！请您责罚处置。"

见他如此，华生不禁深深皱起了眉头，却发现福坤和小九儿都不约而同地放松了神色。

曲杰看到赵乾的反应后，深深吸入一口气，眼球向上翻起露出眼白，从桌上拿起一只精致的小茶杯，突然猛地向赵乾的额角甩去。不超过2厘米的距离，根本就容不得赵乾闪躲。当然，赵乾也纹丝未动，仿佛真的进入任凭宰割的状态，结结实实地挨了那一下。薄薄的瓷杯快速地撞击在赵乾的额头上，瞬间碎裂，四散飞溅。赵乾只是闭上了眼睛，微微皱了皱眉，用来承受那杯子带来的冲击力量。鲜血从额头的裂口处一下子流了出来，绕过眼眉，从颧骨开始向下滴滴答答地滴落。他的嘴角竟然连丝毫疼痛的表现都没有，身体平静得像泥塑一样，只在口中轻声说道："请少爷息怒。我甘愿接受任何责罚。"

曲杰长长呼出了胸中闷气，甩了甩自己的手腕，不慌不忙地坐回沙发上，努力平顺着自己的呼吸，吩咐道："福叔，你和华生问他。"

华生和福坤四目相视，两个人都在对方的目光中寻找着什么。

华生一触到福坤的目光，心中的怒火立刻就从胸膛开始迅速向全身蔓延，他多希望能从福坤的眼神中看到愧疚，哪怕是几分怯懦，也可以让自己寻得蛛丝马迹。华生有点怕看到福坤的眼神中出现威胁或者是挑衅，那样的话他会为肖依的处境而担心。但是，这些情绪并没有出现。福坤的面孔像冰一样冷，一双黑眼球更是深不见底，华生只能从里面看到丝丝寒气。

福坤却清晰地感受到了华生目光中的审视，仿佛还能在他瞳孔深处感受到藏得极深的恐惧。他知道少爷在赵乾身上铺垫了好几年的把戏在这一刻生效了，心里是轻松的，看到华生如此复杂的神色，心里只是轻轻一笑，略微觉得得意。不过，他这些情绪都被深深锁定在肌肉之下，面孔上没有泛起丝毫涟漪。

两人的目光几下短兵相接之后，是福坤先开了口。

福坤道："赵乾，你知道的，少爷其实刚才已经原谅你了。你自己讲吧，从头到尾，跟曲思是怎么回事，有过什么往来。"

赵乾先是向坐在那里调整呼吸的曲杰叩拜一次，全身贴地，庄严肃穆，然后才挺起躯干，双手撑地，低下头说："刚才福总交给我药厂的材料之后，我给曲思打了电话，让她手下人取走了材料，想在交工商局之前给她看一眼。"

福坤问："为什么？"

赵乾姿势没动，答道："这段时间，您的'天罡强肾散'被投毒的事闹得沸沸扬扬。几天前曲思给我打过电话，问我查清楚原因没有。我知道她做了很多对不起您的事情，但听她问的时候还是很恳切。今天在车上，华生说梦到曲思承认给药厂投毒，我想少爷一定非常生气，也许会认为这件事又是曲思在暗中捣鬼。我心中疑惑，真的不希望出现姐弟相煎的局面，我很担心。刚刚福总说和曲思无关，我便动了心思，想跟她说一声，让她放心。"

曲杰本来呼吸已经平顺了许多，一听赵乾这么说，陡然睁开眼睛，从盘坐的姿势猛地蹬出一脚，踹在赵乾的肩上，同时喝道："你他妈让她放心！"赵乾只是身体颤了颤，忙伏低身体，将头放在两手掌心上，沉声道："我知错了，不该背着您和她联络。"

小九儿一只手很大力量地抚摩曲杰的后背，生怕他又失控，另一只手给曲杰捏肩捏颈，又帮他把腿盘好，见曲杰不再动了，才改成柔和的力道给他缓缓放松肩部的肌肉。

福坤见曲杰又闭起了眼睛，方才继续问道："我告诉你，药厂的这件事，就是曲思买通了人做的手脚，暗中陷害少爷的。"

听他这么一说，赵乾猛地抬起头，眼神中先是震惊，然后是慌乱，最后变成了绝望的哀伤。他只能伏低身体，把头狠狠地撞向地板，一边撞一边泣声道："我知错了，我知错了。"

福坤让他停下来，安抚他说："我相信你并不是故意背叛少爷。这件事你应该并不知情，那其他事情呢？曲思为什么要跟你私下相交？"

赵乾又给曲杰叩了三次头，方才撑直双臂，将头颅深埋在双臂之间，沉声说道："最早是在您刚刚成立刚猛体育时，曲思总突然打电话给我……"

曲杰鼻孔里的重重一声"嗯？"立时让赵乾意识到自己习惯性的称谓犯了忌讳，忙改了称呼重新说道："曲思突然打电话给我，询问我成立刚猛体育的事情。我是您选来做这家公司的人，她又是您的姐姐，也是董事会的领导，我很恭敬，也有点紧张，不知道为什么会直接给我打电话，但还是按照她问的，跟她说了您的计划。"

曲杰睁开眼睛，怒喝道："这件事为什么没跟我说？"

曲杰的突然发怒吓得赵乾又是一顿首，犹犹豫豫的，声音还有点发颤："那时我在香港联系泰拳协会，筹备比赛选手和场地的事情。曲思说她也在香港，可以介绍我认识香港体育总会的领导。当时我就去了，心里想着忙完所有事之后一起向您汇报。结果她带我见完人的当晚，便请我吃饭，跟我说会去说服董事长和董事会支持您，给刚猛体育投资。吃过饭之后……吃过饭之后……"

赵乾的脸涨得通红，连说了两遍"吃过饭之后"，便说不下去了。曲杰的嘴角流露出轻蔑的狞笑，语气反倒轻了些，鼓励道："敢做就该敢说，支支吾吾的干什么？"

61　红颜的薄命

开篇语：

福坤！你要是敢动肖依一根汗毛，我就手撕了你！

By 华生

温柔乡里的刀锋

赵乾艰难地咽下一口唾沫，很努力地继续道："吃过饭之后，曲总邀请我去了她的酒店房间，说要教我如何做董事会里各位董事的工作。她让我先坐，给我拿了啤酒，再出来的时候就……"

曲杰眼中的笑意和杀气又盛起来，咬着牙齿轻蔑道："就怎么？"

赵乾把头重重地撞向地面，发出"咚"的闷响，方才说道："她再出来时，就只穿了件浴袍，里面……里面没有衣服了。"

曲杰爆发出了瘆人的笑声，"哈哈哈"地笑了好久，像捕食的野狼一样红了眼睛，狞笑道："她这手段，你没扛住？"赵乾只"咚咚"地磕头，不敢再答话。

福坤看不下去了，轻声喝道："够了。所以你才没敢告诉少爷？"

赵乾继续用头重重地撞击地面，对福坤的话置若罔闻。曲杰问道："那女人表现得怎么样？你喜欢吗？"这语气仿佛是在说外人，根本听不出来是在谈论自己的堂姐。

赵乾不敢直接回答曲杰的问题，停下动作说道："我当时心里非常清楚不应该，而且您那时已经开始传授我'大日神脉'，我更不应该……何况那又是您的姐姐，但我当时不知道怎么回事……"

曲杰问道："她要你用什么交换的？"

赵乾惶恐道："她没问我要什么东西，也没看出有其他企图。她只是说替弟弟高兴，能找到我这样的人。从香港回来之后就没怎么联系了。她很忙。后来她和董事长果然给您投资，成立了刚猛体育。我见承诺兑现，便给她发了一个短信表达感谢，她也没回过。我知道也许这只是浮萍一聚，反倒松了一口气，就忙于做'极斗'赛事的事，找选手、做赛事，这件事在心里也就渐渐淡了。"

一口气说到这儿，他才不安地抬起头来看了一眼曲杰的脸色，忙又把头埋低，不作声了。

曲杰的身形未动，脸色也没有什么变化。福坤看了他一眼，便继续问道："后来呢？"

赵乾舔了舔嘴唇，仰头看曲杰没有动怒，便保持着伏低的姿势，讲道："后来，您让我多做几场漂亮的比赛，把数据做漂亮点，为 A 轮融资做好准备。那个时候她打过一个电话给我，夸奖我'极斗'赛事做得好，很有名，给您争了口气。但让我不要告诉您，说是正在劝董事会加大对刚猛体育的投资，想给您一个惊喜。那时候我就听了她的，再次没跟您汇报，只是一边努力做好公司比赛，一边等她的消息。她后来让人问过我关于刚猛体育的很多情况，但也没问过其他事情。我记得……是在董事长同意 A 轮融资的那天，她很高兴地说要请我喝酒，要为我庆祝一下……"

福坤皱眉沉思了一下，问道："那次你去的是天际大酒店，去年 5 月 22 日？可是那天你下午 6 点左右就离开酒店了呀……哦，是下午。那是我大意了。"

赵乾睁大了眼睛，不敢相信福坤的话，正在发怔的时候，就听曲杰问话："那次你又没忍住，还是她……"语气里尽是羞辱，但神情却让人看着害怕。

曲杰眯着眼睛盯住赵乾，看他不知所措的样子，又看向福坤，福坤缓缓点点头。华生这才知道，福坤也在监视赵乾，并不只是提防自己。

赵乾忙再次伏低身形，说道："我怎么敢主动？曲思还是像上次一样，只是直接了很多。我念了'往生咒',但最终没能生效……少爷,我觉得很愧疚,恨又没能控制好自己,对不起您传授的念力。"说到这里,赵乾的神色变得复杂起来。

华生看他讲曲思主动勾引他的时候,双眉头蹙起、嘴角向下、颏肌隆起,脸上尽是愧疚和愁苦的悲伤类情绪。这表情很难伪装,脸又是朝下的,华生可以确认赵乾并没有撒谎,并没有把责任推给曲思,心中对曲思的手段暗暗吃惊。后面赵乾再说起"没能控制好自己"的时候,脸上不但有愧疚,而且眼睛也表达出来不安,抿紧的嘴唇和紧握的双拳又把内心的为难表现得淋漓尽致。华生甚至能感同身受地体会到他内心的挣扎与为难,那是他对曲思的纠结。

曲杰问道:"你刚才说念过咒语?当时什么感觉?除了她勾引你,还有什么其他感觉?"

赵乾回忆了一下,喃喃道:"应该不是喝过酒的问题,我的酒量不会醉,也不可能失控。也许真的是因为白骨观修行不到位吧,当时觉得海底轮汹涌润滑,脐轮以上有邪魔冲撞。"

曲杰看了小九儿一眼,小九儿正好也在看他,两人的眼神一碰就立即闪开。曲杰轻轻咬牙,问道:"她当时……都跟你说什么了?"

赵乾伏首,声音低沉,微微发颤:"曲思的确很努力地……魅惑我,我只记得当时很受宠若惊……现在想来,她在完事后问过我融资之后的打算,还问我平时给您做些什么事情,问过我之前在部队的事情,对我的遭遇感到很惋惜。我说了刚猛体育的工作,也告诉她我还给您做些随身安保。"

福坤问道:"你没有告诉过她任何关于'惩戒'计划的细节?"

赵乾惊得抬起头来,睁大双眼望向福坤,急声道:"没有,绝对没有!我知道这是万万不能的,'惩戒'计划不但是少爷的心血,也是我自己的修炼,绝对不能对外人讲。"

华生心中一惊,原来居然还有一个"惩戒"计划,不知道这计划里到底有多少事项还没付诸实施。赵乾猛然抬头时,高高扬起的双眉不但紧皱,而且内侧还明显蹙起，这是典型的恐惧表情。这是对什么感到害怕？是因为已经泄露了曲杰杀人的事而逃避责任的恐惧？还有另外一种可能性，他实际上的确没向曲思泄露过，但怕曲杰和福坤不相信他，这种事关重大的信任与否，足够让人害怕了。

逃避责任的害怕，身体会闪躲；怕不被信任，身体会趋前。所以当华生看到他两只膝盖微微向前挪动之后，便判断赵乾的确没有泄露过所谓的"惩戒"计划。

华生一直在想：曲家这祖孙三人的底线到底在哪里？

曲健云和曲思到底知不知道曲杰杀人的事情？上次开会的时候曲健云说的那些话，语义含糊不好琢磨，但华生更加倾向于认为他根本不在乎那些"蝼蚁"，包括老马死掉这么大的事，也没见他再追究。今天看来，至少赵乾没有说过，那么理论上曲思应该还不知道曲杰他们一伙杀过人，至少没有什么过硬的证据。

这样一想，所有事情便能顺理成章地解释清楚了。如果曲思真的知道曲杰杀过人，也不必费尽心机去搞各种暗中破坏，又是构陷网红，又是设局电竞，还要费心去药厂投毒。她很有可能直接去找曲杰犯罪的证据，或者在曲健云跟前递话来排挤打压。

刚刚想到这里，华生感到心底一阵寒意蹿上来。他突然又想到，如果曲思够聪明的话，她应该也能知道爷爷不会在乎曲杰杀了几个人。从她的角度来讲，曲家出了个杀人犯，对亿通集团的影响会很大，就算赢了竞争，也有可能得不偿失。更何况，曲健云的态度如果真的是不在意，那么曲思如果利用法律把曲杰法办了，也许会触怒曲健云，对她而言，结果更是得不偿失。所以，她只有在生意上整垮曲杰，名正言顺地毁了老头子想让曲杰接班的念想。

华生不敢想象自己身处的局面到底有多么复杂，遍体寒意，仿佛寒气来自眼前的无底深渊。他便问赵乾："赵总，其实你早已经知道了刚猛体育的B轮融资会被董事长'放一放'，比我们所有人都知道得早，对不对？"

曲杰的目光变得发冷，像闪着寒光的薄刃。赵乾惭愧地答道："是，曲思悄悄告诉我的。她说董事长对少爷手下公司的几件事情很不满意,又听说了老马突然死亡,认为是少爷没处理好,融资的事就只能放一放了。我当时以为她是为了安慰我。"

曲杰皱起眉头,沉思着问道:"之前捅了炸鸡协会的人,是不是你告诉了曲思说是我让你做的?"

赵乾赶忙答道:"没有,我没有出卖过您,我没有跟她说过这件事的原委。"

见曲杰的眉头紧锁、目光狐疑,华生便道:"曲总,阿里兰炸鸡店那件事并不难查,毕竟,赵乾一时冲动,给那两人找了律师。这事我估计是曲思暗地里通过其他渠道打听到的,直接在董事长那里打了小报告。"

赵乾投来感激的目光,华生便顺着他的目光再问道:"你好好想一下,曲思还问过你些什么。她肯投怀送抱地来接近你,总不会真的是因为爱你吧?"

赵乾神色一阵尴尬,低下头躲过几个人的视线,思考了一阵后回应道:"对了,曲思还问过我小九儿的事,问她的身份,问我为什么她会一直跟着你。"

小九儿一惊,也凝神听了起来。

福坤抢道:"你是怎么说的?"神色不禁紧张起来。

赵乾道:"关于小九儿的事情,我除了跟'惩戒'计划有关的没说,身世是如实讲的,说小九儿是少爷从卖淫团体里救下来的孤儿,之后便一直留在身边,还找人教了格斗和射击,算贴身保镖。"

小九儿松了一口气,福坤也恢复了原来的神态。曲杰喃喃道:"这些倒也没什么要紧的。但是,这些东西她要想查应该很容易查到,不必专门问你吧?"他的神色间,并不完全相信。

华生解释道:"也许就是因为她查过了,才又问赵总,看看他是否有所保留。"

福坤和曲杰的目光同时投向华生。华生这一提醒,曲杰才意识到,倘若曲思果真有如此心计,真是让人担心。福坤也皱起眉来,他认同华生的猜测。尽管他对自己的运筹能力很有把握,但暗自思量自己在这种小心思、小伎俩方面,未必能赢得了曲思。

曲杰身体向前一探，突然问："她有没有提过什么要求，比如，让你来害我？"

曲思的手段

赵乾摆起双手，连连道："没有，没有。从头到尾，她就是问了前面那些问题，之前还问过我您和老马之间的冲突，问要不要帮忙。我知道这件事的重要性，不能透露，就说闯了祸之后您很生气，不怎么让我管事了，后面的事情我不知道。其他事情，她没有让我做过。"

华生在观察他的神色，并没有发现异常的表情。

福坤追问道："那前几天她突然问你关于药厂的事，你不觉得奇怪吗？"

赵乾再次伏首顿地，沉声道："少爷，我对不起您。药厂的事是我不该。不怕您责怪，之前从岳非松嘴里知道那么多她暗地里害您的事，我的确很生气。但一来想着她不至于这么赶尽杀绝，连药厂都要动，毕竟还是您的亲人。二来……二来……我也的确有些私念，便多事了。我心里盼着药厂的事与她无关，这样我的心里也能好受些。"

不用华生提示，一名彪形大汉说到这里咧了嘴角，满脸痛苦，几乎要委屈得哭出来，曲杰和福坤也能确认，赵乾此刻说的是真话。

福坤只轻声说了句："可是药厂的投毒的确是她干的。"

赵乾虽然已经知道了这个事实，但此刻他的双眼开始失焦，无法看清眼前的事物，只能残存几个人模糊的影子。他喃喃道："我想错了！我想错了！"说到后来的时候，语气中已经咬牙切齿。

华生见他进了魔障状态，曲杰和福坤又一时没了思路，知道他们陷入临时情感障碍，这是人类很难摆脱的情绪影响，便突然转换了方向问赵乾："曲思有没有跟你问起过福总的什么事情？"

赵乾伏在地上听到这话，抬起头看了一眼华生，模糊的视线逐渐变得清晰。

但他突然又把头伏低在地，口中喃喃道："这……也算不上……"脑海中却不由自主地想起上一次他和曲思床笫之欢后的情形，顿时感到脸红发热，心跳加速……

曲思是问过的，但赵乾觉得那应该不是认真的。

在天际大酒店的顶层总统套房，阳光照进了半个屋子。曲思不喜欢拉窗帘，她总说这是顶层，只能他们俯瞰别人，别人想仰视他们都望尘莫及。阳光透过薄纱洒在圆形的大床上，曲思温顺地窝在他怀里，突然打趣道："你说福总会不会也能有反应？"

赵乾当时就笑了起来，轻轻摇了摇头，他不愿意讨论这样的问题。

曲思又问："福总平常有没有什么爱好？听说他很喜欢那个什么小九儿？"

赵乾正色道："啊？他连笑都不太爱笑，成天一副深沉的样子，不知道在想些什么，哪有心思喜欢小九儿？再说一个瘫子，动都动不了，岁数又那么大，喜欢小九儿做什么？"

曲思眼睛里是一层雾气，看得赵乾很是爱怜，也就没注意到她嘴角的轻蔑。曲思一翻身，压在赵乾身上，用手指轻轻地在他胸膛上挠痒，一边调皮一边问道："那你说，他又不缺钱，又不喜欢女人，还是个计算机高手，他能服气我弟弟？曲杰还那么年轻，很多事都不懂，凭什么让福坤听话啊？"

赵乾并不喜欢福坤，又被她撩拨得心痒痒，便敷衍道："我不知道。为什么不服气呢？毕竟董事长那么看好福坤，而且我看他还挺忠心的。"

曲思面带坏笑，轻轻咬了一口赵乾，抬起头挑衅道："那你俩谁更忠心啊？"

赵乾把她拉上来抱在怀里，气息已经开始急促了，匆匆答道："我俩互相看不上，但你放心，我们都对少爷很尽心，算是一文一武，相得益彰吧。"

曲思一听这话，立时坐起身骑在赵乾身上，用手撩拨他笑道："那你是更喜欢曲杰呢，还是更喜欢我呢？"说完，便开始用尽本领。赵乾原本觉得这话奇怪，但无法抗衡阵阵欢愉激发的原始快乐，便慢慢闭上眼睛，不断重复着："当然是你，当然是你……"

这段场景在赵乾的脑海中回放，让他伏在地上的身躯因呼吸急促而起伏明显起来。曲杰等得不耐烦，催促道："到底问没问过？你在想什么，都问了些什么？"

赵乾忙打断自己的念想，抬起头，面色上还有刚才激动的潮红，惶恐道："问过一些很普通的问题，我对福总也不了解，所以都说不知道，她也就没有再深问。"

华生见他脸上的血液循环异常，瞳孔也放大得离谱，心里更对曲思的手段深深感到忌惮。华生问他："岳非松死了之后，她找过你吗？"

赵乾这才逐渐缓过神来，情绪中渐渐有些愤然，他答道："找过，问我知不知情，她知道那天是我请岳非松喝茶吃饭。但我就是那天才知道，她一直在打少爷的主意，一直在憋着害人，我心里很惶恐，也恨她，便什么都说不知道。再后来就是她告诉我融资的事情要停，没有再说其他。"

曲杰问道："她没问你关于岳非松的细节？"

赵乾摇头。

曲杰又问："那天你杀岳非松，是不是因为怀疑他也跟曲思睡过啊？"

这一问，让赵乾怔在那里，眼睛动了动，又快速眨了几下，艰难地咽下一口唾沫，才开口否认道："不是，不是，就是觉得那人对不起少爷，心思太歹毒了。"

曲杰呵呵冷笑一声，问道："你不嫌弃曲思自轻自贱？"

赵乾咬紧牙关，脸上的咀嚼肌绽出明显的棱纹，鼻息甚重，没有说话，向下的目光中却似喷出火来。

曲杰为什么能约束赵乾

曲杰看他的样子便知道，时机已到。他突然开始调整坐姿，将双腿盘坐在一起，两脚脚心朝天，将右手虚握成拳，左手掌水平摊开承接住右手，一起放在脐下位置，神色肃穆地闭上眼睛，唤道："赵乾，你上前来，历经劫难，真神还窃，是时候接受金刚乘加持了。我现在给你灌顶，传授你无上神通。"

赵乾立刻听命，神情庄严肃穆，随着他的召唤开始调整身体姿态为双膝全跪，双手支撑起身体，若小猫小狗般仰人鼻息，眼中满是虔诚，不敢有半分失敬和随意。

曲杰这才正色道："前面这些事，我不怪你。你的前代本尊实为怒目金刚，因不禁女妖诱惑，才堕入凡间经受劫难重修。这一世我授你'大日神脉'法门，修大日如来本尊大乘神通，但仍需突破前代业障。曲思前代本是阴湿厉鬼，念力远超于你！"说到最后，突然睁大眼睛，怒目而视，紧紧盯着赵乾的面孔，两条眉毛几乎要斜插入鬓角。

赵乾一脸惊恐，忙叩首道："上师息怒，弟子万万没有想到，现在已经知晓了。"

赵乾竟然称呼曲杰为上师！曲杰的动作、姿势还有几分模样，但口中所说的这些，却混杂着正经神学和封建迷信的内容，让华生大为震惊！

曲杰继续道："不必惊慌。怒目金刚唯有啖魔食妖，神通方能不断精进。我授你秘法三年，功力精进已至结界。如果今日深陷厉鬼纠缠诱惑而不能自拔，则不但耽误自己精进，还会前功尽毁，以致损我功业。但若突破这次结界，则可以涅槃重生。这是你和我的一劫。"

赵乾将头深深埋低，脊背微微发颤，随着曲杰的话语，抖动也越来越强，到最后就连呼吸都急促起来："弟子未收财物，不贪富贵，只是不知为什么，仍未能抵住女妖色相的魅感。我以为她是您姐姐，又是为您好，不会是魑魅魍魉，便大意了。"

曲杰神色肃穆地道："天下阴湿厉鬼皮相各不相同，但都无过温、香、软、滑、荡五相。那邪魅既然想要诱惑你，自然更加卖力。即使你行白骨观想，也无法突破道行高深的厉鬼献媚。"

赵乾抬起头，双眉深皱，眼角含泪，颤声道："弟子知错。"

曲杰眯起眼睛仰着下巴，恨恨道："这一世，你随我修行，伴我左右降妖伏魔，度尽天下妖魔，修成正果。你根骨奇佳，我所教授你的'大日神脉'，自能助你提升神力，勇猛精进。只是突破结界除勇猛外，还需智慧。此次时机已经成熟，你可以假中厉鬼魔障，而后反向吞噬，便可以突破结界，得正见、得定见、得正果神通。所以，此刻虽有劫难，却也是你修行路上难得的机遇，你明白吗？"

赵乾再度伏低身体，以额头碰地道："弟子明白。"

在华生听来，曲杰这些东西明显是七拼八凑来的，有的还能在万卷经典中找到依据，有的则纯粹是胡说八道。但赵乾的神色却异常庄重，恍若进入了无我的境界。

曲杰拿出一盒药丸，对赵乾说："我们一起布下法阵，由你来约那厉鬼入阵，我授予你本教无上双修秘法，炼化妖魔。这盒丹药采自昆仑双脉，锦集天地精华。每天一颗，寅时服用，辅你双修秘法修炼。炼化妖魔之时，可助你免于魅惑，七脉畅通，于厉鬼露出真面目吸食精气之时，将其炼化，必得大神通。你可愿意？"

赵乾抬眼望向那盒丹药，眼睛登时放出了亮光。华生光看他这神色便知道，他以为那是好东西。赵乾皱着眉，目光向下沉吟了片刻，最终俯首行礼道："弟子愿意。"当他再次抬起头的时候，面孔上仿佛放出光来，眼神里流动着的虔诚和渴望像火焰一样跃动。

曲杰满意地点头，神色依然庄重，用拇指和无名指从盒中捏了一颗药丸，放在赵乾口中，嘱咐道："这粒天罡醍醐丸，我亲自予你服下。它与你日常所服用的大威德白丸药性相冲，不可同时服用。所以，你今日起停食大威德白丸，只服用这天罡醍醐丸。万不可过量，否则会让服用者精血满溢而死。目前，你已灭除六只恶鬼，冥柱渐成。精进修行，谨慎服药，可助你渡过双修凶险难关。降伏阴湿厉鬼后，得无上正果。"

赵乾虔诚地收起那盒药丸，再次行叩拜礼，伏在地上口中称是。

曲杰看了一眼福坤，福坤轻轻地摇了摇头，透过鼻孔微微叹了气。曲杰几不可见地笑了笑，又继续说："这次，你不要再让我失望了。"

赵乾深深叩首。

华生看得出，赵乾已经完全被洗脑了，深深地相信了曲杰的说法。他暗自哀叹赵乾的命运，想到自己上次被蛇咬过之后的感受，猜想那粒药丸中可能正如"天罡强肾散"一般做了什么手脚，但华生还是对曲杰和福坤说道："曲总，福总，接下来就是具体如何布法阵了。"

曲杰看华生的眼光，有点意外，更多的是欣赏。福坤则皱了皱眉。

赵乾用膝盖向前挪了两步，急切道："少爷……上师，我现在已经知道真相，您不必费心。我自己去把她约出来，降伏她的魂魄，毁灭她的肉身，不给您添麻烦。即使真的有一天被警察查到，也是我一人承担，跟其他人无关。"

福坤不由得皱紧了眉头，鄙夷道："你说得倒是轻巧！且先不说曲思会不会上当，能不能约出来，你有没有机会杀得掉。就算你悄无声息地杀掉了，你让董事长那边怎么办？老爷子要是突然知道孙女没了，死了或者失踪了，还不得急疯了？那么大岁数，受得了这个？"

赵乾听他这么说，也急了起来，顶着福坤的话回应道："那不是正好吗？这样一来，曲思那厉鬼手里的股份和产业，就都可以交给少爷打理。这个结果，不但能让少爷消了气，还能让董事长不再犹豫，给少爷调整股份，一举两得。"

福坤真是看不上赵乾的这个脑子，不禁怒道："混账话！亿通集团几千个亿的资产，那是能说调整就调整的吗？造成不良社会影响怎么办？董事长这么大岁数，就算一点都不关心曲思的生死，光是处理这个突发情况，也得累脱了力！你呀你呀！真的是……"说到后来，福坤竟然说不下去了。

华生非常能理解福坤的感受，那种对赵乾的愤怒与无奈让福坤胸膛起伏得剧烈。要换作自己，跟赵乾这种说不明道不白的人，也会一点解释的耐心都没有。

曲杰的脸色变得异常难看。

他眯起眼睛，空气在齿间被吸入，发出轻微而细微的"咝"声，显得有点为难。他一副桀骜不驯的性子，对曲思又恨之入骨，但真要他拿主意的时候，却偏偏感到束手无策。首先第一个为难的地方就是，是杀掉她，还是做其他处理。

杀曲思不是"惩戒"计划的一部分，不能流露出任何痕迹，不但要对警方保密，更要对爷爷以及董事会的所有人保密，因为那些纷繁复杂的利益关系，不是一桩刑事案件能够解决的。光是亿通集团的股票和产业，一旦乱起来，可能都会造成成千上万的人失业、破产。更何况亿通集团还有着千丝万缕的社会关系，各种乱子一出来，政府必定介入，商业伙伴和竞争对手也一定会各怀鬼胎。外部的压力和内部的分崩离析，这些都不是曲杰所能够承受的。

最好的状态，应该是悄无声息地杀掉曲思，没有人能查出具体原因，比如伪造成自然死亡，然后使爷爷迫于无奈接受这个结果，只能重新分配她的资产。用毒是曲杰擅长的技术，像蓖麻毒素那种致命的玩意儿，也并不难提炼。但只是偷偷地用毒并不能解除曲杰心中的恨意。

曲杰的决定

曲杰沉思了很长一段时间，长到福坤和赵乾都不再说话，华生也安静地看着他一言不发。最后，曲杰还是做了最终决定，他要利用赵乾，让曲思死于羞愧，并让人们在她死后，依然不断地贬低她、议论她，让她死不瞑目。如果做得干净，应该可以规避法律风险，让警察抓不到任何把柄，但还是一定会让曲家、让爷爷遭到巨大的打击，很有可能，亿通集团的名誉从此扫地。但那是第二步的事情，到时候只要兵来将挡、见招拆招就好了，还不到操心的时候。

这就是曲杰的取舍！

虽然这份重担曲杰担负不起，但是，曲杰暗中咬了咬牙，下决心道："如果我不主动，只会被她逼死。这些想不清的后果，就先不想了，做了再说。大不了，一死了之，也不是没有死过。至于爷爷和福坤他们担心的事情，都不能成为羁绊我的理由。只是小九儿……小九儿这孩子可怜，不舍得让她受苦，不过，又能怎么办呢？想必那一天真的来了，小九儿也不会在意吧？"

他想到这里，抬眼望向小九儿，却看到小九儿正凝眉苦想，发现少爷看自己，赶忙迎上目光，笑了起来，即使那笑容中有愁容，但依旧坚定灿烂。

小九儿的笑容让曲杰坚定了起来，他转向华生问道："你怎么看？"

华生看到了他的犹豫，看到了他的为难，知道他不像赵乾那样冒进，他怕，他有心理负担，但更知道他心里的恨，他绝不同意福坤的思路和禁锢，他还是要敲掉曲思这个刺骨之钉。华生低下头，用食指和中指缓缓敲着自己的额头，缓缓道："少爷，说实话，我的想法，能不杀就不杀。"这是他第一次当着曲杰的面称他为少爷。

他顿了一下，看曲杰的反应没有打断的意思，才继续道："正如福总所说，真杀了她固然能出一口恶气，但造成的动荡不可估量。最好是能让她不敢再做任何侵犯您的事情，不管明的暗的，都得让她乖乖听话。这样的话，表面上什么都不用动，却可以掌控整件事情的走向，甚至连董事长都会明白您的良苦用心。"

福坤松了一口气，深深点头。

曲杰的眉头却还是紧紧皱着，不知道是因为觉得难，还是因为不满意。以他的性子，特别希望一了百了地结果了曲思，以雪前耻。但是，他听华生说的话，便知道福坤的担心没错。倘若他真的闯了那么大的祸，内心深处又担心无法承担接下来的惊涛骇浪。如果按照华生的说法，进行高级别的心理钳制，就只能搜集一些曲思不能见人的证据，然后再加上时时对她生命的威胁，才有可能实现。在曲杰看来，这件事的难度不亚于杀掉曲思之后不让爷爷生气并重新分配股份。

福坤倒是兴致高涨，他迫切地问道："华生你细细说说看，如果想让曲思不敢闹事，以后恭恭敬敬地听话，能用什么办法呢？"他的脸向来冷得如同死人一样，说这句话的时候却带了一点笑容，目光中也满是期待。

华生不想搭理福坤，尤其是看他这么迫切，心里恶心得不得了，也恨得不得了。但他克制了自己的情绪，仔细看到了福坤笑容中藏着的一丝得意，他的目光中虽有期待，但眼睑却并未睁大，这说明福坤心里其实已经有了大致的思路，只是在等华生说出想法。华生故意深深地吸了一口气，在福坤看来那是紧张，其实他是为了释放掉心中对福坤的怨恨。华生应道："当然是找到她的痛点，扯一根线在手里，只要她敢乱动，就拉一拉那根线，警告一下。真的不听话，就扯断那根线，让她受伤流血。"

小九儿脱口而出："就像用鱼钩！"

华生突然记起，之前在支队看过的第三具尸体的手指上，就有疑似鱼钩造成的撕裂伤，心中一紧。

曲杰和小九儿对视了一眼，眼中充满默契。

福坤对华生抽象的回答并不满意，继续问："那具体需要做什么呢？"

华生反问他："福总，您觉得她怕什么？"

这下轮到福坤不说话了。他不是不知道，而是觉得有点复杂，也不希望就这样被华生问出来之后被动地回答。

曲杰眉头锁得更深，也问向福坤："福叔，您觉得她怕什么？"

这下福坤避不开了，只好斟酌回答道："她怕身败名裂。这么多年，她一直处心积虑地把自己塑造成一个完美的女强人形象，无论是职业还是外形，都接近完美。只有我们，以及那些被她拉拢或迫害过的人，才知道她私下里是什么样子。对吧，赵乾？"

赵乾被突然问到，说不出话，只好低下头去。

曲杰受到了启发，补充道："她应该也怕爷爷，怕爷爷看不上她，不重用她。她做了这么多的事情搞我，不就是想爷爷不再期待于我吗？哼哼。"

华生"啪"地拍了一下手掌，说道："这两件事，其实是一件事。如果我们不杀人，只用一点点小鱼钩，钩住她最疼的地方，是不是就可以掌控她的所有了？比如，不涉及业务层面的私生活之类的道德问题。就是不知道董事长不喜欢、不接受、看不上的道德问题都有哪些。不妨利用这个弱点布阵，交给赵总实施，怎么样？"

华生说完，看向赵乾，然后又看福坤。

福坤当即明白他的意思，嘴角也旋起一丝狞笑，心里对华生这个顾全大局的方案由衷赞叹。

曲杰眨了眨眼睛，又看了看他们两个人神神秘秘的表情，猜测道："华生，你是说……"

华生知道曲杰已经明白了自己的意思，便点点头。

曲杰俯视着赵乾，用庄严口吻问道："赵乾，你愿不愿意……"

赵乾还没等曲杰说完，便叩首抢着道："弟子愿意以身献法，割肉喂鹰是大慈悲心，得上师灌顶加持，降伏妖魔，证得无上神通。"

曲杰非常满意，点头道："很好，今天跟你讲的事情，务必严守秘密，不得外泄。你先撤下吧！这几天加紧修炼，也要休养身体，法阵布好之后，我会再通知你所有细节。"

赵乾恭敬地行叩首礼，口诵真言后，才站起身来后退出房间。

赵乾走后，曲杰和福坤又跟华生细细商定一阵。计划妥当之后，曲杰非常高兴，对福坤说："福叔，这个计划又要辛苦您了，我提前表示感激，您一定要注意身体，也要注意安全。现在曲思不一定会做出什么事情，我会让赵乾给您全天 24 小时提供 4 个人的安保。来，我送您下楼。"

福坤擦了擦眼镜，淡淡道："少爷，您自己也小心。我这里请放心，一切都在监控之下，普通手段还碰不到我。您也尽量多想，想得尽量细些。我这就撤了。"

曲杰的手还没碰到福坤的轮椅，华生却一步抢过来，说道："曲总，我来送福总吧。您歇着！"

是不是福坤？

曲杰乐得看到两人今天的默契和信任，便笑笑，说道："好，随你，随你。福叔，那我就不远送了。"

华生推着福坤的轮椅进了电梯，猛地按下紧急键，一下把轮椅转了 180 度，让福坤和自己面对面,紧紧地盯着他的眼睛,用冷冷的声音问他:"福坤,你是不是把肖依抓起来了?"

福坤对华生这个突然的举动大为吃惊,听他的问题后更加震惊,脱口而出:"肖依出什么事了?"

华生死死地盯住福坤的面部,捕捉着他细微的反应,连呼吸都屏住了。

他看到福坤那张木然的脸上明显地扬起了双眉,两只惯常眯着的眼睛也陡然睁大,并且眼睑保持着那么大幅度张开的状态后没有再变化,呼吸也出现了阻断。当他开口说话的时候,眼睑依然睁得很大,但双眉皱了起来,呼吸中有轻微的颤动。

华生很意外,福坤是千真万确地惊讶,没有阴险,没有得意,没有轻蔑,这说明他真的不知情,真的对这个情况很意外。当他反问出来的时候,则出现了强烈的关注,看起来比华生还想知道发生了什么。

但华生还是继续施压道:"福总,我把话放在桌面上说。虽然肖依已经不是我女朋友了,但我不希望你碰她,更不要伤害她,毕竟她曾经是我的女人,我们彼此相爱,就算彼此伤了对方的心,那也是我们两个人的事情,跟其他任何人无关!你一直不信任我,我已经处境艰难,失去了所爱之人,也只有自己难过自己吞下去。现在你居然还要对不相干的人下手,已经触到了我的底线!我不求你相信,我只管全心全意给曲总做事情,我问心无愧!我警告你,不要伤及无辜,伤人多了容易伤着自己!我还想踏踏实实给曲总卖命,希望你悬崖勒马,不要再无事生非!"

福坤一直盯着华生,看他神情,听完他说话才冷冷道:"华生,你想错了。我相信你刚刚说的是实话,但肖依失踪不是我搞的事情。你情急之下容易做出错误判断,比如分手这件事情就是昏招。既然这么爱她,真的就把小九儿当成导火索跟她分手?跟着少爷做事情,是有常规意义上的风险,但我们这些人同心同力,就会想得很细,错得很少。爱她的话,就把她找回来,让她踏踏实实地陪着你过日子,少爷和我都不会亏待她。不爱的话,就不要多事,牵肠挂肚的妇人之仁没有意义。"

华生咬紧牙齿，声音从喉咙深处挤出来："你再说一遍，肖依失踪不是你干的？"

福坤淡定地摇摇头，微微笑道："肖依的事情，的确不是我干的。"

华生看他的表情，没有发现任何伪装的情绪表露，他又俯下身贴近了福坤的面庞，仔细看了他的瞳孔，并没有发现变化，连呼吸和心跳都感受不到异常。华生有点迷茫，不知道该怎么办了，怔在那里失了神。

福坤看他的样子，认真地对华生说："我理解你的心情，我帮你查。也许未必有你想的那么糟糕。另外，你也不要太狂妄，没有谁是不可替代的。现在这个节骨眼儿，我还要查少爷身边的这些人，能看见、听见他每天在干什么的这些人都要查，所以之前倒也不是纯粹针对你。包括你在内，所有人都不重要，所有事也都不重要。我只在意董事长的心愿，那会比我的命还重要。但有些人和事，如果让董事长的心愿落空，就没有什么存在的必要了。我知道你心里放不下那个女娃，所以再跟你说一遍，那女娃真不是我弄的，我会帮你查。你自己不要乱，还要给少爷做事情。"他沉吟了一会儿，继续说道，"我最近一次看她的手机定位，应该一直都在家里，也没有什么通话，也许是我大意了。"

华生不知道听没听到福坤的话，眼神直勾勾地看着福坤的脸，恨恨地说道："别让我知道是谁。敢动我女人，我就要了他的命！"

62　嗜血的陷阱

开篇语：

曲杰，你不会真的这么幼稚吧？派赵乾来勾搭陷害我，我就会心甘情愿地往圈套里钻？你那点小心思在我这儿简直就是小儿科。你还不知道我已经知道了你的计划吧？来，姐姐教你一个词——"将计就计"。

By 曲思

苦肉计

一夜之间，几乎整个风投圈子和体育圈子的人都知道了一件耸人听闻的事情。

刚猛体育的老总赵乾在跨年盛典上被运动员当众讨伐，几个在拳迷心目中颇有分量的著名运动员比赛前公开讨债，在直播过程中突然向赵乾发难，称赵乾不发出场费，克扣奖金，安排虚假比赛，还参与赌拳，甚至操纵赛事结果。

赵乾在现场面如死灰，疯了一般想扑上去殴打运动员，被一众工作人员拦下，才没有让事态更恶化。由于是跨年盛典，所以合作方电视台并没有其他备播计划，整个混乱的场面持续了十几分钟才被替换成肥皂剧。

那么大一个赛事，就这样在一片喧闹声中夭折了。曲杰努力过的刚猛体育，也陷入一片冷嘲热讽中。

第二天，虽然这种格斗比赛的受众不多，但看热闹的不怕事大，出事的时候又是跨年直播，又涉及风险投资的脆弱与骗局，话题又是操纵比赛和赌博，现场还有那么多功夫明星差点大打出手，这么一个小众圈子的事故还是闹得沸沸扬扬，刷了各大网络媒体的屏。

赵乾当然第二天就被刚猛体育董事会开除了，后来还有人拍到他右手受伤，短暂出现在医院里，从缠满白色绷带的包扎来看，伤势不轻。这个曾经风光一时的创业公司 CEO，一位曾经雄霸国内格斗圈的赛事老板，现在的境遇让很多人唏嘘。当然，也少不了那些冷嘲热讽的人围观评论。

曲思也没想到刚猛体育突然发生了这么重大的变故，她认为这个突发性的事件可能会给曲杰带来致命的打击，正犹豫着要不要派人去打听一下，就看到自己的手机有了来电，竟然是赵乾的号码。她清了清嗓子，用非常关心和温柔的语气接通了电话："喂？你没事吧？报道我都看到了，究竟怎么回事？"

赵乾声音很轻，但语气明显着急地道："我被曲杰那小王八蛋害了，断了一只手臂。上次我给你传递药厂报告的事，不知道被谁泄露了，他要杀了我。"

曲思大为震惊，不敢相信地重复道："他要杀了你？"

赵乾的语气里怨念十足，咬牙切齿地说："对，我们吵起来了，没想到他居然放狗咬我！幸亏我跑得快，但还是被他的狗咬断了右手。"

曲思微微皱起了眉，思考了两秒钟，才问道："你现在在哪儿？有没有危险？需要我帮你做什么？"

赵乾在电话那端好像很警惕，犹豫道："我躲着呢，不知道现在还有谁能帮我，只想到了你。我需要你帮我。我逃出来之前，拿到了一个曲杰的秘密，能让这小子死无葬身之地，不管我是生是死，必须告诉你。"

曲思一听，立刻认真起来，重复确认道："什么秘密？你先在电话里告诉我。"

赵乾的声音变得急了起来，断然道："不能在电话里说，只能见面给你。"

曲思有点怀疑了，她的语气开始变得冷淡："你这么急迫却又不说究竟是什么事情，你说的秘密是什么东西？曲杰他做了什么？"

赵乾好像很急又没有更好的办法，只好说："我偷偷看到他电脑里的录像，发现他正拿刀解剖一个人，那个人还在动！他杀过人，我必须把证据交给你，这样才能让你拿来保护自己。"

曲思立刻命令道："你马上到我办公室来。或者，我让人去找你？"

赵乾急道："不行！我逃出来之后，这小子现在到处找我，想杀了我，把东西拿回去。曲杰第一时间就会在你那里埋伏着找我，他现在最恨的人就是你，能猜到我会去找你。"

曲思听到这里，语气变得怀疑："他恨我干什么？再说了，他还能光天化日地动手打人、杀人不成？"

赵乾急得声音都变了调："你忘了我找自己兄弟在阿里兰炸鸡店门口捅人的事了？他自己自然不会动手，但他什么都能做得出来。"

曲思斟酌了一下，便道："那你说怎么办？"

赵乾把自己的想法说了出来："这几天我一直在想什么地方最安全。我去天际大酒店等你，那是你管的地方，对面就是公安局，曲杰不敢明目张胆地找人来闹事。我们还在上次的总统套房里见面，我把东西交给你，立刻就走。你提前跟酒店打声招呼，我在楼上等你。"

曲思还没来得及说话，赵乾那边居然挂断了电话。曲思再拨过去的时候，发现电话已经关机。

曲思并不完全安心，她有她的顾虑。药厂出事之后，爷爷的身体本就不好，精神状态大不如前，如果能拿到这份证据，只要给爷爷看看，爷爷也不能再明着护他。实在不行，就说要交给警察！看看到时候爷爷还能怎么偏心！到时候，让爷爷拔光他的羽翼，如果他还能听话，就乖乖地圈养着，如果敢不听话，随时随地可以悄无声息地除掉。

但是，事情能是这么简单吗？前面那么长时间的暗中运作和铺垫，每一个小项目的破坏和影响，应该快把这小子逼疯了吧？保健品一出事，他基本上山穷水尽，也的确是要到崩溃的时候了。但是，解剖录像是怎么回事？他真的在国内也敢杀人？会不会是福坤和那个什么张华生设计的圈套？赵乾这种莽夫，应该没有这么深的心机吧？

无论如何，赵乾已经没有价值了，不管他说的是真是假。万一是真的，曲杰就算被捏在手里了，爷爷那边就是我的天下，亿通以后也是我的天下。就算是假的，那就当作给曲杰一个下马威吧，看他还能耍出什么更高明的花样来。

曲思笑着扭头问："小阮，你说这会不会是曲杰他们给我设的陷阱呢？"

旁边一个短发姑娘也笑笑，操着一口台湾腔说道："你能想到这个，很厉害啊！不过不用怕，狡兔三窟，不怕赵乾搞事情，叫他过来再说。那份证据要是真的，你看着办。他要敢拿假的来耍我们，我活体解剖了他！"

曲思笑道："好啊！那我们定一下细节，来个瓮中捉鳖。"

小阮邪恶地坏笑道："那你要怎么报答我呢？"

赵乾踏空

赵乾在天际大酒店的总统套房里等了很久，过了约好的时间，依然等不到曲思的消息。他用酒店房间的电话打给曲思，收到的却是关机的信息。这下子赵乾没了主意。福坤已经控制了曲思暗藏在这个房间的监控系统，无论发生什么都能看到和听到，但他此刻也没什么办法。福坤来之前交代过，他在看的同时，曲思也能看到，不能断掉曲思监控视频的信号，否则会被她发现。所以，赵乾无论做什么，一举一动都会同时被两边的人看到，任何异常的举动和声音，都会引起不必要的失误。

他不耐烦地走来走去，隔着落地大窗看向街头往来如蚁的行人，太阳穴的血管一阵跳动。此刻，他仿佛进入了执行任务时的热血状态，却突然找不到敌人的踪迹。一想到自己的一切行为都在敌我双方的共同监视之下，连是站是坐都那么不自在，不禁感到一阵燥热。好在华生嘱咐过他，任何紧张和不安的状态，都可以释放出来，不要刻意隐藏，只要做他自己就好，因为他所有的紧张表现都可以解释为在逃避曲杰的追杀。想到这里，赵乾才稍稍安心。

正在魂不守舍的时候，房间的电话铃突然响了，赵乾感到大脑被刺痛了一下，赶忙扑过去接起。

电话中传来曲思略微着急的声音，说她出来之后感觉路上有人跟踪她的车，便不敢直接去天际大酒店。司机现在已经甩掉了跟踪的车，正载着她赶往望鹤亭国宾馆，那里级别高，又有朋友熟识，让赵乾设法快些赶过去。挂电话之前，曲思变成温柔的语气道："快点来，见到我，跟我在一起你就安全了。我现在非常非常想你，爱你！"

这是计划之外的变故，让赵乾一瞬间大脑一片空白，他不知道接下来该怎么办了。什么人在跟踪曲思？是真的还是假的？之前为了这计划那么精心准备，就差这一步，竟然突然断了。这种一脚踏空的感觉让赵乾气急败坏。这女人最后竟然还说了"想你，爱你"！赵乾觉得她越发可恶，脑海中幻化出妖女的丑陋和恶臭，咬牙沉声说道："好的，我尽快赶过去。"

挂了电话之后，赵乾不敢在房间里多耽搁，速度飞快地离开酒店。心里太憋屈了，先不管其他，需要消耗一下快要爆炸的体能。赵乾也不管路人的目光，全速奔跑了有二三公里，呼吸才开始急促，腿上的肌肉有点充血膨胀，心跳也快了起来。只有这样的体能消耗才能让他的头脑清醒，口鼻中凛冽的空气让他清新爽利，感觉稍微好受了一些。

他找了个隐蔽的角落拨通了福坤的电话，跟他说了曲思的变动，焦急地询问现在应该怎么办。

福坤依旧冷静，只是声音用力了些："看来……曲思起了疑心，计划有变。我跟少爷马上商量一下，你稍等，注意安全。"

赵乾问道："跟踪曲思的那些人，是不是少爷和你安排的？"

福坤立刻告诉他："当然不是！我们都商议好的计划，怎么可能不通知你就胡乱改动？现在看来，我估计也没有别的办法，只能立刻在望鹤亭国宾馆那里找找机会了。那里安保的级别比普通地方高，也不是我们坤睿科技中的标，需要费些功夫了。你现在知道是哪个房间了吗？"

赵乾摇头，道："不知道，她没告诉我。我现在怎么办？"

福坤说:"尽量缓缓向望鹤亭前进,避开公共摄像头,做出很谨慎的样子,多倒几次公交车。这样可以争取些时间,我们好安排应对策略。如果见到她没机会安装摄像头,就只能用无人机了。你不是说曲思不爱拉窗帘吗?我定位了你的手机,你只要保证到位之后,不要拉窗帘就好了,最好离窗户很近,越近越好。"

赵乾道:"明白了。那其他人呢?"

福坤沉吟道:"我先通知其他人从天际大酒店撤出来吧。安排他们进望鹤亭有难度,需要重新计议。你先赶过去,看起来要着急,但尽可能拖延点时间,以便我安排那些人就位。对方已经警惕起来,你要小心,随机应变。"

赵乾最后问道:"福总,我不是怕死,但我想问一下,现在这局面一定要去吗?"

福坤答道:"一定要去。以你现在的身份,今天不去的话,以后曲思就不会再给你任何机会了。"

赵乾的后背蹿起一阵寒战,刚刚跑出来的遍身大汗仿佛一瞬间被收进皮肤,顿时觉得通体寒冷。他应了一声挂断电话,登上了最近的一辆公共汽车,朝着望鹤亭国宾馆的方向驶去。

距离那里还有两千米左右,赵乾便下了车。他在人不多的小巷里一阵快速跑动,躲避着人多的区域和公共摄像头,实在没法避开的十字路口,则缩起肩膀用衣襟遮住口鼻,小心谨慎地随着人流行走。越接近望鹤亭国宾馆,他越是做出警惕和狼狈的样子。这些执行任务中接受过的训练和任务经验,对于他来讲熟稔于胸。

望鹤亭国宾馆在市中心的位置占了一大片地,里面亭台楼阁,大部分房间都是不过6层的老式建筑,不像都市酒店那样的摩天大厦,只有新建的主楼独栋耸立,约莫有20层,显得不甚合群。门口站岗的武警站得笔直,但并未配枪。毕竟,这是一个招待高端客人的地方,除了在特定的时候由政府征用,平常还是对外营业的高档场所,出入者非富即贵。

赵乾先给曲思拨了电话，告诉她自己到了，问她在哪儿。曲思告诉他，到主楼大堂等就好，会有人来找他。

赵乾到达主楼大堂的时候，藏进一个角落，悄悄观察着周围就座和进进出出的人群。2点钟方向的那两个人是职业安保，从他们的眼神和坐姿来看，便知道他们受过基础训练，但入行不超过两年，而且明显能看得出没有出过什么实战任务。他们的眼神和表情太凌厉了，是那种自以为神秘和不可一世的凌厉，应该仅仅受过训练但没有经历过危险的考验。那些人可能就是曲思带来的吧？赵乾微微皱了皱眉。看来，曲思是做了防范的，但如果就是这几个人的话，完全可以忽略。

正思考着，手机发出短信来了的响声，打开一看是福坤告诉他已准备就绪，赵乾便放了心。

他再一抬头的时候，看到一个打扮干练、身形利落、目光炯炯的女孩子已经走到自己跟前。赵乾身体立刻摆出警惕的防护性姿态，让自己看起来更像一个惶惶不安的逃难者。那是个短发女生，看年纪30岁左右，长得很帅气，指许长的短发精心梳理在头顶，更加衬托了傲气和精明。从体形和步态来判断，赵乾一眼就注意到了她的腰、髋和大腿肌肉都很紧实有致，不似普通女生那样纤细或臃肿，再加上手指关节的轻微凸出，应该有功夫在身上，可能是个擅长摔跤或柔道的重竞技选手，只不过那张脸很有迷惑性而已。不过，这样的人他还是交手过很多的，只要手里没有刀和枪，赵乾便一点都不担心。

那女生走过来时倒是没有任何敌意，只是笑笑，一口明显的台湾腔调问道："请问您是赵乾先生吗？"

赵乾点头，并未答话，用眼神询问她的意图。

那女生俯下身在赵乾耳边悄声说了一句："曲总在楼上等您，您跟我来。"

赵乾跟着她乘电梯上了18楼，那是老宾馆经过翻新后的行政层，平常只给重要领导和政要休息的，普通住客不能抵达。赵乾被领到1808房间，他轻声念道："1808啊，就是这里吗？"他知道福坤可以听到他报房号，心里轻松了一些。

短发女生敲门后，赵乾听到从门内传来曲思的声音："来了。"

赵乾的心在胸腔中狂跳起来。

反杀

门一打开，曲思精致窈窕的身躯包裹在剔透的睡衣中，映入了赵乾的眼帘。曲思一把拉住赵乾的手，看了一眼那女生，吩咐道："小阮，你开我的车回公司吧，明早来接我。今晚我住这里不走了。"

小阮点头道："是。"答完便转身向电梯走去。

赵乾还没来得及反应，只感觉一阵温香软玉裹挟着自己进了房间。门在身后发出"咔嗒"一声的时候，曲思已经一头扎进了赵乾的怀中，把他抱得紧紧的，声音有点颤抖，气息也很急："你终于来了！担心死了！"说完这句话，她仰起头用双手捧着赵乾的脸，闪动着目光又道，"苦了我的小老虎了。"

赵乾完全没想到会这个样子和曲思见面。他还记得计划，本来以为还需要费一番口舌功夫，没想到见面之后她根本就没问曲杰杀人的事情，也没有找自己要证据，而是对自己如此关心，心里一暖。

两个人的个子差了一头半，曲思把脸紧紧贴在赵乾胸膛上，轻轻地摩擦着，又用手摩挲着赵乾的右臂，轻声问道："伤口还疼吗？"大片的香软体温贴在赵乾的胸口，头发和皮肤的香味丝丝地钻入赵乾的鼻孔，再加上周身温暖的浸润感，让赵乾一阵神迷。

赵乾赶忙闭上眼睛强行控制呼吸，心中默念真言，并努力警告自己不要再次神乱。他刚刚在意识深处开始清醒，却感觉到曲思一双手臂把自己的脖颈箍得紧紧地向下拉，嘴唇贴上了柔软而温湿的双唇，口唇间含混不清地喃喃道："担心死我了。"

赵乾只感觉到鼻孔中的香气更甚了。

曲思吻得很急很深，呼吸变得急促而凌乱，喉间还发出柔弱而渴望的呻吟声。赵乾感觉自己的大脑开始陷入混沌的沸腾，和前两次见曲思的时候感觉一样，心中欲望升腾，不愿意去想那么多烦心事，只想品尝面前的美人。他稍一挣扎，希望自己清醒一点，但很快又被欲望吞噬。他勉力看向身边的巨大落地窗，却看到窗帘紧紧闭着，如果是这样，福坤的无人机什么也拍不到。赵乾心中一惊，忙挣扎着推开曲思，急道："不可以，我现在很危险，你也很危险。你先听我说！"

曲思恍若未闻，像一头发了情的小兽，一时间那张完美的面庞让赵乾有点恍惚，不知道骑在自己身上的这个，到底是优雅的人，还是饥渴的妖。尽管他心底仍然保持着警醒，但最终也未能把她甩下去，半推半就地变成了曲思想要的姿势。

那一瞬间，赵乾闭上了眼睛，大脑中产生了美妙的幻觉。他觉得自己身陷天堂，处处美景飘香，周身温暖惬意。他真切感受到了来自海底轮的能量像一股激泉，以极为强劲的力量涌入脐轮并一路向上，快速散布到全身的每个角落。赵乾想：也许，这一刻只是两个陷入尘世的普通男女在体会难得的快乐呢？

于是，赵乾闭上眼睛，开始享受曲思的认真，也认真地配合她。他记得，当他第一次见到曲思的时候，也有这样的美好，只不过那时更多的是惶恐，是受宠若惊，而此时此刻，自己却是奉命来彻底毁掉这个女人的。

曲思的节奏激发了赵乾的欲望。他不再纠结于那窗帘是不是闭着的，他相信即使身处危险的阴谋之中，这一刻的他和曲思也都是纯粹的。这不是一件很凄美的事吗？

赵乾感受到了身体里的欲望强烈到几乎脱缰，他下定了决心，把那些烦心事和想不明白的复杂通通抛到脑后。少爷传授的功法和药，果然让自己的神力越来越强盛，完全没有疲劳和失控的感觉，他很喜欢自己现在纵情驰骋的状态，他渴望给曲思一个最后的深爱，猛烈的深爱，然后便降伏这红粉骷髅的精魄。这之后，他坚信自己会突破结界，证得大神通。

突然，他觉得颈下刺痛，赶忙用手抚摩疼痛之处时，却摸到了冰冷而纤细的钢针。一瞬间，赵乾全身血液倒流！他立刻意识到中计了！他想要腾身而起，躲避危险，却已经感受不到了自己的腰和腿，当他扭头望过去的时候，竟然只看到个模糊的短发身影，便失去了眼前的所有景象。

嗜血的陷阱

赵乾是疼醒过来的。

他一恢复意识，立刻暗道一声"不好"，想要抽身转入防御姿态，却发现无法动弹。旁边有人呵呵笑道："别枉费心机了，我的赵连长。"一口台湾腔。

赵乾睁开眼睛，看到自己全身赤裸地被绑在一张木质的椅子上。他忙想挣脱，但惊悚地感觉到自己的脖颈上竟然绑了细细的扎带，被牢牢地固定在椅背上，头部哪怕是轻微地转动，也会被那细细的扎带摩擦，并被勒得越来越紧。除非椅子坏掉，否则他不可能脱身。更可怕的是，所有被扎带勒紧的位置都在疼痛中夹杂着发胀发麻。赵乾暗道不好，这种绑法时间长了可能会因为血液循环不畅而导致肌体局部坏死，到时候无论供不供，人都废了。

赵乾的大脑中渗出一股寒意。

左侧肩胛骨内侧的剧痛覆盖了身体的其他异常感受，那里肯定受伤了，从疼痛来判断，恐怕比较严重。他尝试着耸了耸肩，没想到一动左肩，便被剧烈的疼痛牵起全身的神经收缩，疼得他忍不住大叫了一声！

赵乾想起少爷制订的计划，对自己中计感到焦虑。屋里光线昏暗，也没有钟表，无法判断从自己昏迷到现在究竟过了多少时间，只能凭借窗外的天色来判断，天空已经一片黑暗。这房间很陌生，之前从未见过。他看不到小阮人在哪儿，但能听到身后有擦拭金属的微微震动的声音，那是非常锐利的金属薄片才能发出的声音。

小阮在他身后，声音阴冷："醒过来就好，清醒的疼痛更容易让他说真话。"

他身手有点厉害的,所以我可不敢大意。我先把他几处大关节的肌腱都断了,以防万一。"话音刚落,赵乾感觉到自己右侧肩胛骨的内侧也极为尖锐地疼痛起来。

这一次,赵乾清楚地感觉到了背上肌肉的离断感和一点一点蔓延开的失力感,甚至还能听到纤维断裂的"嗞嗞"的声音。他心中一阵悲鸣。人体背侧链的肌肉看似不起眼,但其实负担了身体几乎所有的发力,如果附着在肩胛骨上的肌肉被切断,两条手臂就彻底无法再做拉和推的发力了。

疼痛还在继续,就那么冷冷地,一毫米一毫米地推进,仿佛小阮是在故意折磨他的心智。突然,赵乾听到背后传来了曲思的声音:"你不要玩儿得太过分啊,差不多得了。问话重要,避免夜长梦多。"

小阮呵呵一笑,应道:"好吧,我们在这里,应该安全的吧?"不过还是停下了手里的动作。

血液不断流出,赵乾感觉到身体开始发冷。

小阮问了一句:"说说看,曲杰到底让你来干吗?"

赵乾不理她,侧头向后方的曲思问道:"曲思,你干吗?为什么要这样对我?"

只听到曲思冷笑的声音。

小阮见他不答话,便将刀尖抵在他右侧肩后,提醒了一句:"我跟你说哦,你要回答我的问题哟。这一刀过后,这条手臂就不能向后运动喽……啧啧啧,肌肉练得这么壮,真的好可惜!"

赵乾竟不觉得疼,只是继续低吼着:"曲思,我是来告诉你曲杰秘密的,你为什么要这样对我?"

曲思忍不住哈哈笑了几声,转到赵乾身前,揶揄地问道:"那你倒是说啊,是什么秘密呢?"

小阮将刀锋深深地刺入,抵到了骨头。赵乾本能地收紧肌肉对抗疼痛。那刀锋依旧移动得很慢,每移动一毫米,对赵乾来说都是极大的痛楚。这种折磨,除了生理上的疼痛，心理上的煎熬更让赵乾崩溃。

赵乾咬紧牙齿，脖颈两侧的血管全部绽出，显示着愤怒的力量，也显示着生命的无奈。

小阮口中带着轻蔑的笑意，继续着手里的动作："快完成了哟！再不回答问题，三角肌后束就全断喽！"

赵乾像一头濒死挣扎的困兽，连挣扎都不能大动，眼角几乎瞪出血来。他那么大的力量，却只能让勒在脖颈上的扎带在肌肤中越陷越深，手腕和脚踝已经被扎带磨得血肉模糊，最终也只能发出愤怒而无奈的哀号："我来给你送U盘的，里面有曲杰杀人的录像！有好多相似的文件夹，里面都是这种证据。而且，他正计划着要杀你！"

赵乾这么说并没有背叛曲杰，这内容是之前准备好的一部分，只不过赵乾没有想到是在这么惨烈的情况下说出来的。华生教他这么说，原本是用来做后备方案的。华生怕曲思问得细、起疑心，才说服曲杰和福坤，让赵乾在不得已的时候抛出这个炸弹，获得曲思的信任。华生告诉赵乾，如果曲思再追问细节，就说明曲思已经开始相信他了，剩下的问题好解释，比如可以说，"我一听就急得赶紧逃出来，第一时间提醒你当心，不知道他的具体计划是什么"。

赵乾估算着自己身上已经受了三处重伤，万般无奈之下，才急急抛出了救命的话。

曲思果然让小阮停下了手里的动作，款步走到赵乾面前。此刻的她竟然只穿着一件大号的白色衬衣，晶莹的曲线和肌肤在赵乾面前若隐若现，修长丰盈的双腿露在外面。

赵乾咬紧牙关忍住剧痛，震惊地看着面前的精致女人。她的发型已经整理过了，脸上的妆容似乎也恢复了往日的精致。曲思吩咐道："我自己来问吧，毕竟他曾经是我的人，现在也还是，哈哈！"然后她弯腰俯下身，一只手抬起赵乾那张因为愤怒和绝望而扭曲的面庞，笑盈盈地说，"我的小老虎，你受苦啦！"

赵乾几乎要爆发了！他努力抑制住自己的悲愤，压低声音嘶吼着请求道："快让这疯子放开我！"

无间地狱

曲思假装认真地说："你带来的证据呢？你的U盘里除了一个压缩文件，什么都没有啊！"

赵乾急道："那个压缩文件就是证据。你先给我松开，我给你输入解压密码。"

小阮在旁边插嘴道："好啦！别装了，那个压缩文件我已经破解过了，里面只有大堆兔子的录像，哪有什么曲杰的解剖录像？"

赵乾没有想到事情会发展成这样，剧烈的疼痛让他的大脑更加凌乱，不知如何作答。

曲思又问道："你手臂上的伤呢？被狗咬伤这么快就愈合得没有伤痕啦？好神奇啊！"

赵乾只好疼痛地向后仰起了脸，放任疼痛的表情在脸上肆意蔓延，以回避曲思的追问。

曲思双手捧着他的脸，在他额头上轻轻一吻，莞尔道："看你急得，满额头的汗。你要说曲杰是疯子还差不多，小阮可不是疯子，毕竟跟你一样，也是特种兵出身。你慢慢说，别着急。还有什么秘密吗？曲杰打算怎么杀我啊？是不是派你来杀我啊？还是他其实没打算杀我，只是想让你来勾引我，给我下药，然后趁人家神志不清的时候，做那些羞羞的事情？嗯？"说完，拿出一小瓶透明的液体，在赵乾的眼前晃了晃。

那瓶药就藏在袖子的内侧隐形兜里，现在被曲思发现了，难怪下手这么凶残。

赵乾听她这一说，头脑中恍若爆了一颗震荡弹，一阵尖锐的耳鸣刺痛得眼前的景象出现了模糊和晃动，他努力地睁大眼睛，却怎么也看不清曲思的脸庞和身体。那一瞬间，他像个傻子一样，张开了嘴，任由渗着血液的口水垂落下来。曲思的这句话让赵乾异常震惊，心跳快得乱了序，恍若感到自己的身体在急速下坠。

"这怎么可能？"赵乾不理解，心里乱成一团，"她怎么能注意到这么细致的地方……哦，那个女特种兵。这是她找到药之后胡乱猜到的……也许还有余地……"

曲思看到他这样子，得意极了，"哈哈哈"地大笑了起来，引得身体上的圆润曲线颤抖起来，散发出奇异的光泽。曲思笑够了，才撩拨了一下头发，用调皮的神情眨了眨眼睛，问赵乾："你在想我是怎么知道的，对不对？"

赵乾听到曲思这么问，心里一震！他想到一种可能性，如果真是那样，就太可怕了！

他努力想从震惊中回过神，用力地摇晃自己的头，想把眼前那些模糊晃动的场景和耳边的刺耳啸叫声甩掉，但收效甚微。他抬起头，茫然地看着曲思，两只瞳孔变得异常大，不知道该不该回应曲思的话。他想说话，可是根本想不清楚要说什么，因为曲思的第二个问题，让他本来就四分五裂的思路变得更加混乱，仿佛每一丝试图理性的思绪都被烧成了灰烬在头颅中旋转飞扬。

曲思竟然跪倒在赵乾的脚下，刻意做出一副楚楚可怜的样子，模仿着哀求的语气，继续揶揄道："你们不是还请了美国和日本的导演，还准备了十只小'鸭子'，准备给我拍片子放到网上去吗？不要啊！那我不就身败名裂了吗？我好害怕啊！不能这样毁我啊！"

曲思说完这段话后，赵乾感到自己的脑袋被重重地一锤，这次他完完全全确定有人泄露了计划给曲思，因为这些布置好的陷阱绝不是随便能猜到的。一瞬间，赵乾觉得万念俱灰，已经完全无力面对脚下这个看似无助的女人了，他知道这张皮囊之下藏着的是一个食骨吸髓的阴湿厉鬼。他此刻只能死死地抓住一件事——到底是谁泄露了这个计划？福坤，还是小九儿，又或者是华生？

曲思看他那副魂飞魄散的样子，轻笑着站起身来，用手指杵了杵他的脑门，娇嗔道："你呀！也就是有副好身体吧，到底还是笨，被人卖了都不知道究竟。你说你要真是好好地给我当药渣，不也能活得挺好吗？非得去给曲杰卖命。哦，不过，其实你也就是银样镴枪头，当药渣我也看不上。"说罢，妩媚地给小阮使了个眼色，然后点了点头。

小阮冷笑着操起了那柄锐利的尖刀，从赵乾右肩前侧的位置上刺了进去。

剧烈的疼痛一下子惊醒了还在浑浑噩噩中的赵乾，他知道自己已经毫无必要再继续做戏，便大吼一声，仅用脚尖的一点点力量和体重，猛地向后方摔倒，连人带椅子重重地砸在地面上，后背上的两道深深的伤口再次涌出鲜血，除了引起一阵头晕，还有内脏的震荡，疼得发闷，嘴里一阵血腥味涌了上来。他的动作太快，小阮伸手去抓都没能抓到。但因为手脚被交叠固定，毫无逃脱空间，所以赵乾仰面朝天地倒在地上，身体被紧紧捆绑在椅子上保持着之前的姿态，丝毫动弹不得。

小阮狞笑起来，一只脚踩在下面的椅子腿上压住，居高临下地俯视着牢牢被捆绑在椅子上的彪形大汉。任凭赵乾如何用力，奈何手脚都撑不了地，无法改变这个完全被动的位置。

63　戾气的源头

开篇语：

我跟你说哦，当年在美国的时候，你家少爷就傻乎乎的，有钱、任性、聪明却又愚蠢。偏偏他有个厉害到吓人的姐姐，女人里算是最好的，心计也是最狠的。说到狠，像我这种玩刀的，根本就是太粗糙了，像她那种玩钱、玩关系、玩计谋、玩布局的，才是真的冷血。你就别扛了！你今天就是来送死的，难道还不知道吗？早点把曲杰的杀人证据交出来吧，也好少受点苦。

By 小阮

刀伤

赵乾倒下去的时候，曲思吓了一跳，惊叫着向后退了几步，见赵乾兀自努力挣扎却无济于事，最终无法动弹了，才轻轻拍着自己的胸脯，吐了两口气道："死之前还瞎折腾，真的是人笨万事休。"说完，袅袅婷婷地走到赵乾身边蹲下，笑盈盈地看着他，伸出手掌从小阮手里要过那柄锋利的薄刃，问道，"我知道你是他派来陷害我的，不过你太笨了，不是我的对手。现在我给你一个机会，问你两件事，你讲清楚，我就留你一条性命。拒绝合作的话，我没有耐心问第二次，会毫不犹豫地杀掉你。第一件事，炸鸡协会的那个马老头，是不是被他杀掉了？尸体呢？有没有录像？"

赵乾死命地瞪着她的脸，没有说话，只有粗重的呼吸。

小阮问："还要再加几刀吗？"

曲思用手指杵了杵赵乾肩上的伤口，继续饶有兴致地逼问着赵乾："别光顾着疼，回答我的问题。现在是给你个机会。即使你不说，对我来说也不重要。我还在耐心地等你，主要是看看你的态度。"

赵乾满眼血丝，愤怒地看着面前的这两个人，用短促的呼吸试图减缓钻心的疼痛，嘴角边泛起了白沫。他猛地向曲思吐出带血口水，一下子吐到曲思的脸上，她立时皱紧了眉头，起身去找纸巾把自己的脸擦干净。曲思气急败坏地回来用脚向赵乾的面孔踩去。

小阮一把搂住她的腰，把她拉到怀里，哄道："哎呀！这么生气是不管用的，像他这种人，根本不怕打脸，你这样踢也根本踢不疼他的。来，我教你。"说着，拉着曲思一起蹲下，用手里的刀尖指着靠近膝关节外侧的部分，告诉曲思道，"喏，这里鼓起来的肌肉叫作股外侧肌，主要负责身体的站立和支撑，还有这根很有弹性的、硬硬长长的筋，叫作'髂胫束'，摸到了吗？"小阮一边指导着曲思摸索着赵乾的大腿，一边给她解释道，"你可以把这条筋和肌肉末端，也就是和膝盖骨的连接部分切断，这样他的腿就没法站起来了，更别说跑了。把两条腿都切断了之后，我们就可以给他解开了。到时候再把反面的股二头肌肌腱也切断，这条腿就再也没法弯曲和伸直了。要不要试试？"

曲思接过刀，笑眯眯地拍了拍赵乾的脸，问道："你都听见啦？别坚持了，为了那个小子不值得的。现在我问第二个问题，也是最后一个问题喽！曲杰是不是回国之后一直在杀人？他一共杀了多少人？在哪儿能找到你说的录像证据？你和福坤是不是都跟着他一起去杀人了？还有那个叫张华生的小子。福坤那里是不是有录像啊？告诉我呗，只说曲杰的就行。我会替你保密的。"她一边说着，一边用刀尖戳了戳小阮刚才说的那个地方。

赵乾已经被小阮刚才说的话气得快炸了！他满面通红，脖颈间的血管清晰地胀出形状，全身的肌肉剧烈地抖动，粗重的气息让喉间的低吼声若猛虎，背下的座椅靠背已经被暗红色的血液浸透，鲜血仍然在滴答滴答地向地面的血泊中汇集。一想起面前这个柔柔弱弱的女人之前还在自己身下，甚至可以随手扼死，现在却如此戏谑地不把自己当回事，更是让赵乾后悔得几欲爆炸！

他双眼通红，不顾后背伤口的绽开和血流，一挣一挣地鼓动着身体的力量，做着徒劳的挣脱动作，最终于事无补。这些扎带的锁扣都是越挣扎越收缩的设计，反而让扎带更深地勒进了皮肉。

曲思看他这样子，撇撇嘴，扭头问小阮："我切了啊？"

小阮吐了吐舌头，翻了个白眼道："切吧。他不会回答你的，看他的样子就知道是个傻蛋！当然，用你们的话讲叫'忠诚'。"

曲思耸耸肩，叹道："好吧。"转过头来拍了拍赵乾的脸，又叹一口气，"这可是你没抓住机会，咎由自取啊！看着我的脸，美不美？记住这张脸，死之前还能看见这么漂亮的一张脸，是很多男人毕生的梦想呢！别怪我哟！要怪，就怪你不但傻，还敢琢磨着害我。死之后别找我报仇啊，我比较忙，没空搭理你。"说到这里，又扭头看向小阮，蹙起眉头做出楚楚可怜的样子，问她道，"真的切了啊？我心里有点慌啊！"

小阮笑笑，配合她的演出，做出鼓励的样子，竖起大拇指道："你试试看嘛！"

她的话音还没落，曲思突然将那柄锋利的尖刃横在赵乾膝关节的外侧，狠狠压下去一划！

赵乾被曲思犹豫迟疑的样子迷惑了，完全没想到她真的会突然下毒手，眼睁睁地看着她的动作，一惊之下倾尽全身的力量猛然向旁侧翻动，试图将椅子翻向旁边的墙壁。即使不能撞碎座椅，也可以避开那令人胆寒的尖刀和对受伤的恐惧。

小阮见他大力挣扎，担心他伤到曲思，一把夺过曲思手里的刀，朝着他颈部的方向递去。这个动作是为了威胁赵乾，让他停下身体的动作。没想到赵乾的应变极快，沿着刀刃的方向一蹭，捆绑住脖颈的扎带立时就断了，只在脖颈上留下一道不深的伤口，但也极为凶险，那伤口距离动脉只有不到 2 厘米。

赵乾的头部可以自由活动了，他猛然向侧探身，一口咬住了小阮拿刀的那只手，瞬间把千斤的力量灌注在牙齿上，像狮虎捕猎似的猛地左右甩动，最后狠命地一仰头,两只眼睛中闪烁着复仇的快感。小阮发出了杀猪般的号叫,睁大眼睛看着眼前的场景,不敢相信重伤被缚的赵乾还能伤到自己。她惊得赶忙捂住伤口试图止血,脸色开始发白,不知是恐惧震惊还是因为缺血,呼吸已经凌乱了。

当她从错愕中缓过来的时候,赵乾已经不断地挪动着身体,凑近掉落在地上的匕首。

深深的恐惧让小阮变得疯狂,她拿起桌上的铜质台灯,凶狠地尖叫着朝赵乾的面部砸去!尽管左手没有受伤,还有气力存留,但准确度却不像右手般精准,这一下沉重的打击只砸在了赵乾的肩上。赵乾只是闷哼了一声,没有理会她,抓紧时间拼命地用左手去抓地上的锋刃。小阮见他没有反应,再次高高举起台灯,写满戾气的脸已经狰狞得变了形,她努力瞄准赵乾的面门,猛地砸了下去!

这样的地面砸击在赵乾看来并不危险,他随着小阮的动作再挪了一下身体,扭头躲过了台灯,同一时间,赵乾用左手抓住匕首一挑,切断了两手之间的扎带后,一把抓住了用力过猛的小阮脖颈。

但是,他刚一发力,就悲哀地发现因为后背的伤,他全然无法发力控制对手,这一下猛地抓捕还是出于无意识的习惯,也让后背的伤口剧烈拉扯了一下。

小阮逃掉赵乾的抓捕,看他已经解开了双手的捆绑,心生恐惧。右手腕上的伤口还在不断地向外涌血,这一切让她变得绝望和恐惧,感觉到头开始发晕,全身开始发冷,肌肉也开始打战,力量和意志都在迅速流失。她看着赵乾用尽最后的力气把脚上的扎带划断,还想追上来试图做最后的进攻,但她一迈步便知道自己的力量已经没法对逃生出来的赵乾形成有效的打击了!这个家伙太可怕了,受了那么重的伤,竟然还有这么大力气逃脱!

小阮扔下台灯,一边用牙齿帮忙撕扯衣袖,紧紧绑住自己的手腕止血,一边跟跟跄跄地朝屋外逃去。一直以来,都是她在折磨别人,自己从来没有经受过这样的惨烈,意志力的崩溃和赵乾的狰狞竟然让她像普通女人一样开始哭泣。

赵乾这时已经站了起来,虽然手臂没有力量,但手指还有力气握住那刀。

他忍着肩部、背部的剧痛向小阮追去。每跃一步，便发出一声威风凛凛的怒吼，吓得本就头晕目眩的小阮哭了出来，双腿一软跌倒在地上，手脚并用地向后爬着倒退，大声哭着求饶道："求求你，不要杀我，这些都是曲思的主意。我在台湾生活得好好的，都是她，一定要求我来陪她、帮她做事。我没有想过要害你，都是曲思的主意。求求你，饶了我吧！"说话的工夫，再也无力后退，全身瑟瑟发抖。

赵乾三两步地追到她的身边，不再听她絮叨，把自己的头对准小阮，猛地一扑，整个魁梧的身躯重重地撞在小阮的脸上。小阮惨叫一声仰面躺倒，鲜血糊了满脸，看不清五官。赵乾的手里紧紧握住那刀，但因为肩胛后侧肌肉断裂无法发力，便慢慢地、慢慢地，用刀尖靠近小阮的颈部。

小阮见那刀锋逼过来，涌起最后一股力气，混乱地手扒脚蹬，甩脱了赵乾的身体，没命地向门外跑去，消失在赵乾的视野中。赵乾想勉强站起身来，才发现自己的身体已经一点力气都没有了，虚弱得连眼睛也睁不开了。他在脑海中最后记得的一件事是"究竟是谁出卖了我"。

在听到两声熟悉的狗叫声之后，赵乾彻底昏迷过去，不省人事。

一触即发

赵乾的头昏昏的。他隐约感到在后背的大面积疼痛中，间或地冒出一点点刺痛，倒是让赵乾感到非常奇怪。他努力抑制住自己的眩晕感，小心地睁开眼睛，看到的是地面，以及一双踏在血泊中的皮鞋。

曲杰见他想抬头，知道他醒了，忙轻轻按住他的脖颈，嘱咐道："先别动，我正在努力给你止血。她们下手也太重了，肌腱几乎全断了，神经也受损严重。不过动手的家伙特意避开了大血管，估计是为了折磨你，不让你死得太快。你能挺到现在，还活过来了，实在是奇迹。"

赵乾听到是曲杰的声音，一股热流从脊柱逐渐涌向眼窝，竟然流出泪来，尤其是曲杰那句带着关怀的话，让他此刻百感交集，强忍着疼痛哽咽道："少爷，我对不起您，没有完成计划，反被那厉鬼所治，耽误了您的精进。"

曲杰叹了口气，手里活计不停，无奈道："赵乾，说实话，你的伤太重了，失血太多。后背和这个肩膀的伤口，恐怕我也无能为力，只能暂时做紧急处理，止血用药。现在你能醒过来，是因为平时修炼的功力深厚，还能护住七轮运转。刚刚我的这些手段并不能救活你，很抱歉，这里是曲思的别墅，我们的行动又涉及这么多秘密，我不能叫救护车来带你走……"

赵乾明白他在说什么，心中一阵悲凉，又迅速被涌上心头的强烈怒意而取代。他本能地想缩回双臂撑起身体，但背部肌肉却完全无法收缩蓄力提供他需要的动作支持，他只能趴在那里悲鸣道："少爷，您不用管我，我这一世的性命本来就应该奉献给您。曲思呢？抓到她了吗？我要亲手杀了她！我还能动！"

曲杰听他这么说，停下手里的动作，蹲下身体在他耳边道："我抓到了。你现在还能亲手杀了她吗？"

赵乾的眼泪止不住地从脸上滴落，他努力地点头。这么一个简单的动作对于现在的赵乾来说，却难于上青天，每一次运动脖颈都会牵拉到后背引起钻心的疼痛。他咬牙切齿地恨道："对，我求求您，让我在临死之前亲手杀了她，收服了她的厉鬼灵魂。虽然我自己的结界突破不了，但也算为您的修为和弘扬密法进献一份业力。"

曲杰眼睛睁大盯着他，道："你会死的！"

赵乾的神志渐渐弱了下去，闭上眼睛，大脑中的恍惚与眩晕正在加剧。他仍然顽强地用虚弱且低哑的声音说道："我知道，这就是您常说的往生界。这不是死，是破界提升，弟子愿意。"

曲杰示意华生递过他的随行包，左手从中拿出一支针剂，对准赵乾的后心位置，说道："好！现在我就用大神咒加持给你神力，驱动七轮，帮你慑服妖邪，破往生界，证得正果。"说罢，将右手按在赵乾后脑上，口中默默念起"六字真言"；同时，左手在赵乾的心脏后方缓缓推进了肾上腺素、血凝酶和吗啡的混合药物。

赵乾感觉到后背有一股强烈的疼痛，来势汹汹并迅速地遮盖了之前的所有伤口疼痛。很快，他又发觉眩晕和恶心的感觉快速消退，大脑开始变得清醒，渐渐变得耳清目明、神清气爽，心跳强劲有力，疼痛感也减弱很多，全身的肌肉似乎渐渐充满了力量，和他之前每次突破结界被少爷灌顶之后的感觉一样。他知道，少爷给他加持的"神力"来了，心下一阵感激。他试了试收缩双臂，想再次撑起自己的身体。这一次他的意念已经清晰到可以控制自己的双臂了，但因为肩部肌肉、肩胛提肌和上后锯肌严重受伤，无法完全牵动自己的手臂进行准确发力。只有左臂因为肩部肌肉没有受伤，还能抽至肋下，勉强开始用力，但他一撑，就立刻引得肩胛骨内侧的伤口剧烈地疼痛，只得停下，趴在那里喘息抽泣。

赵乾一阵长长的悲鸣，呜咽着哭泣道："弟子对不起您啊！啊！"最后一声悲鸣听得华生皱起了眉头，见他犹如死尸般的样子，心中也不禁泛起哀伤。

曲杰喊华生帮忙，两人一起在赵乾的一手一腿配合下，把他翻转过来并站起身。赵乾此刻感觉身体并不沉重，扶着华生的肩膀问道："少爷，曲思现在在哪里？"

曲杰冷冷答道："在楼下的厨房里，让狗看着呢！我让福坤追踪了你和曲思的手机，一路追踪到这里，刚才在外围稍加布置了些必要的准备工作，就立刻赶过来了，没想到还是让你身受这么重的伤。刚刚曲思想逃，正好被我们碰到，被我关进了厨房，这会儿 Daniel 正看着她。还有一个往山上逃跑了，小九儿和 Howard 正在追。"曲杰一边说一边捏着纸巾从地上捡起那把刀，轻轻笑道："好刀啊！卡巴，美国海军陆战队的配发刀具。"说完，走过来把刀塞在赵乾手中，又搀住他的一侧身体。

厨房就在游泳池边，曲思缩在一个角落，身体在衬衣里微微发抖，Daniel 安静地坐在厨房门口，但眼睛却牢牢地盯在曲思身上，只要她有任何动作，就会立刻扑上去。

曲杰把赵乾交给华生搀住，自己向厨房走去。他的步子很稳，脸上带着惯

第三卷·无间 |339|

有的轻蔑和笑容,但后背和双臂都在微微颤抖,可见心中的激动。他在门口站定,用复杂的目光看着瑟瑟发抖的曲思,牙齿间挤出一句话:"堂姐,你好啊!终于见面了。"Daniel凑过来贴在他腿边,摇了摇尾巴示好,复又坐下,高昂起头颅,警惕地注视着里面的猎物。

曲思看到曲杰,反而不那么恐惧了。她怕狗,但不怕曲杰。

曲思用手指整理自己的发型,走到餐桌边优雅地坐下,用手肘撑住微微抬起的下巴,嘴边扬起弧线道:"你这样看着姐姐,自己不觉得尴尬吗?"

曲杰的视线果然避开了她的身体,眼睛望向别处,深深吸了一口气,悠悠说道:"都到今天了,我们还要多说什么呢?你这几年来背地里做的事情,是不是够把命赔给我了?"

曲思却"扑哧"一声笑了出来,说道:"我才做了几件事啊?不就是你开一家公司,我找个漏洞,你再开一家,我再找个漏洞?这些本就是你做的事见不得人,关我什么事?为什么要赔命给你?要说毁人,我这一辈子被你毁得才叫身心交瘁吧!"讲到最后的时候,瞳孔中散发出了冰冷的怨念。

曲杰一怔,反问道:"我什么时候毁过你?"

积怨

曲思那张素来美丽的脸渐渐变得扭曲,轻蔑和恨混杂在一起,眼睛里闪动着寒光,她几乎一字一句地咬着牙齿说道:"你没有毁过我?我上小学的时候你出生了,我考一百分敌不过你学会走路,我得了三好学生不如你学会叫爷爷,我以全市第一名考上了最好的初中,还不如你在幼儿园里背首诗!我自己一路上最好的大学,读研究生,毕了业给爷爷干活儿、挣钱,应付那么多恶心的人和事,你倒好,优哉游哉地去美国读书玩乐,不务正业!然后呢?然后你就回来了,大摇大摆地要钱、烧钱,说什么搞新产业,爷爷就那么宠着你,要什么给什么,而我所做的一切都被当成是应该的,最后还要把产业留给你!你看看你自己，脑袋里都是些什么？你和我除了性别器官不一样，你有什么地方比我强？你的确是真的什么都没做过，但我的一辈子算什么？傀儡吗？"说到最后的时候，她已经红了眼睛，声色俱厉。

曲杰突然就被曲思说愣了，张开嘴想说什么，又觉得没话需要说，也没有话可以说，他就木讷在那里，目光呆呆地出神，半晌才道："原来是这样……我……其实我并不想继承什么，你可以要你想要的。"

曲思也一愣，但很快冷笑道："你的意见重要吗？你的想法有用吗？我要对付的，从来就不是你。但我不能对爷爷怎么样，他太强大了，无论我做什么，他都会比我提前知晓。所以，你不要怪我，我只能从你这里开始，而不能直接去面对爷爷的目光。你……比较简单。"

这句话若在往日，可能会立刻激得曲杰暴怒起来，但今天却没有激起任何涟漪。曲杰在那一瞬间竟然想起了姐姐小时候给自己讲故事的样子，想起了那么多次哄自己睡觉时的歌谣，爷爷忙，总不在家，只有姐姐是最贴心的人，是他每天放学被接回家时的唯一亲人和精神依赖，还有姐姐因为自己调皮撕碎了作业本之后，怕爷爷生气赶忙悄悄重写一遍时安慰自己的笑容。曲杰突然觉得眼前的一切都很无趣。这么辛苦地争斗，为了什么呢？就为了爷爷和亿通集团的产业，毁掉两个人的生命？

他低下头叹了口气，摸了摸 Daniel 的头顶，那狗舔了舔自己的嘴，表达服帖。曲杰看了一眼赵乾和华生，用低低的声音说道："就这样吧。我不跟你争了，我真的对这些没有兴趣。你比我更适合继承亿通集团的产业，爷爷那里我会自动消失。我会过好我的生活，你给我留条活路就好。"

曲思眼睛里闪烁着光，恢复了神采。

远处传来一声狗吠，Daniel 也应和着吠了一声。小九儿扛着一个人，带着 Howard 回来了。见她的脸上竟然有一道深深的伤口，曲杰忙迎上去关切地问道："怎么搞的？被这个人伤的吗？"小九儿把那人扔在地上，迎着少爷的目光笑了起来："没问题，皮外伤，缝几针就好了。这女的藏了把小刀，没注意到。

第三卷・无间　　341

幸亏 Howard 帮忙，要不然还真危险。赵乾，没事吧？是不是她伤的你？"

赵乾看了一眼地上的人，正是小阮，目光中露出杀机，对曲杰说："少爷，先把这个人交给我，好吗？"

曲杰蹲下去擦干净小阮的脸，一下子惊呆了，失声叫道："Angelina！"

曲思看到曲杰认出了她，挪到刀具盒边上，悄悄抽出一把刀藏在小臂后面。Daniel 注视着她的一举一动，看到她的动作，喉咙里低低地吼了一声。

小阮失血过多，脸色灰白，歪着头，闭着眼睛，呼吸微弱而急促，身体在发抖。手腕上的伤口还在滴血，但已经不似之前那样汹涌了。不知道她听没听到曲杰说话，只是躺在那里，没有什么反应。

曲杰指着小阮问赵乾道："是她把你弄伤的？"赵乾点头。

曲杰疑惑地看着垂死的小阮，又望向曲思，非常困惑地问："你认识她？她怎么会在你这里？"

曲思嘴角几不可见地向下弯曲，目光一闪，随口答道："台商朋友介绍的，就是个保镖。怎么，你也认识她？"

华生却注意到，刚刚曲思说这句话的时候，并没有真正的惊讶出现，而是在上眼睑内侧出现了轻微提升的褶皱，再加上她闪动的目光，那明明是恐惧类的情绪表现。而且，曲思说完这句话之后的几秒钟，视线凝结在曲杰脸上，连口型都保持着尾音的姿态没有变化，这是对曲杰的反应非常关切的表现。没有惊讶、轻微恐惧、关切反馈，这些都说明，曲思的话有问题！

曲杰听她这么说，眉头皱了皱，但并没有继续问什么。他走到小阮身边，认真地打量她的神情和伤势。小阮闭着眼睛，睫毛卷翘起来微微发颤，脸色惨白，没有任何反应。曲杰竟然伸出手拨弄她额前的几缕乱发，眼神中似乎唤醒了某段往事。

过了一阵，曲杰从自己的思绪中回神过来，咬了咬牙，最终做出决定，对赵乾说："这个人不重要。如果是她伤了你，我就交给你，随你处置吧。"

赵乾本来有气无力的，听到这句话之后不知哪里来的力气，对华生说道："兄弟，帮我个忙，扶我过去。"

华生犹豫了一下，他知道赵乾会做出什么举动。他和小九儿都看了一眼曲杰，曲杰点点头。无奈，华生只好和小九儿搭手，把赵乾扶到小阮身边，帮着他蹲下身体。

仇人相见，分外眼红。

赵乾今天之前无论如何也没有想到，自己日复一日努力修炼出的猛虎般的身体，竟然被这个女人毁灭殆尽。一瞬间，他的怒火烧穿了头顶，捏紧手里的刀，嘴角狞笑一下，话都不说，刀尖直接戳进了她的肩胛骨内侧，沿着边缘向下一划，整个动作一气呵成。

小阮尖叫一声，从嗓子里发出了凄惨的叫声。

曲杰见赵乾停了动作，才开口说道："Ange，我可真没想到会在这里碰见你。耽误了你在美国的学业，我非常愧疚。出事之后你不辞而别，应该是对我失望伤心了。后来我把事情摆平了，却再也找不到你了，听说你后来回了台湾。在学校的那段日子，是我很开心的一段时光，谢谢你的陪伴。"

小阮微微抬了头，似乎想说点什么，但只有轻微的呻吟声。

曲杰定了定神，问她："你今天为什么跟曲思在一起？把我的人伤成这个样子，我念不了旧情，也不能帮你什么，只能说是你的命不好，咎由自取吧。"说到最后几个字的时候，声音里透出淡淡的无奈。

小阮停止了低吟声，吃力地抬起头，想要望向曲杰，但后背的伤势让她无法实现这个动作，她只能鼓足最后一口气道："求求你，救救我，我还不想死。我从学校离开之后就回了台湾，原本已经没事了，是曲思一定要叫我过来帮她做事！这些事都是曲思让我做的！包括当年在美国的事情，也是她让我做的。你救救我，我补偿你……"说到后来，已经气若游丝了……

曲杰听她说当年在美国的事情也是曲思让她做的，异常震惊，整个人仿佛瞬间凝固在空气中。过了一会儿，他吃力地把视线转移到曲思身上，一瞬间似乎明白了什么！

华生看到曲杰脸上一阵青、一阵白，神色游移不定，双眼瞳孔放大，嘴角渐露狰狞，知道他彻底愤怒了，而且几欲发狂。

赵乾拎着刀蹲在小阮身边，目不转睛地看着曲杰，只见他阴沉的目光注视着曲思，微微一点头，立刻一刀了结了小阮的性命。那女人已经不再有力气挣扎了，惨白的面庞上也没有什么表情的变化，只一阵抽噎，便耷拉了头。

"当啷"一声，刀跌落在地上，赵乾也累得瘫倒在地，生命的光芒在他的眼中逐渐减弱，人也变得极其虚弱，呼吸急促而微弱。

曲杰阴沉沉地向厨房门口迈近了一步，逼视着曲思道："Ange 刚刚说的，你听到了，是真的，对吗？"他的手在颤抖，无论多用力都无法控制住，因为胸腔里的一颗心跳动得剧烈，大脑中刚刚熄灭的火焰又燃起，烧得整个人都快沸腾了。

曲思把拿刀的手藏在背后，迎着曲杰的目光，没有说话。华生不知道曲杰是不是能看得出来，曲思的牙齿咬得紧紧的，眼轮匝肌微微收紧，眉头皱起的动作几不可见，下巴扬起的同时，吞咽了一口口水。这个复杂的表情里面，蓄积着警惕和进攻的力量，掺杂着恐惧和高傲，只能说明，刚刚那个叫 Ange 的人说的是真的！

曲杰重复了一遍，但脚步没有再向前，语气也变得更加阴沉："她说的是不是真的？"

见曲思仍然不答话，曲杰大吼一声："赵乾！给我杀了她！"

赵乾听到召唤，努力想撑起身体，但失血、疲劳和神经系统的消沉，让他无力完成这个基本的动作。曲杰气疯了，从随行包里拿出一支针剂，一针扎到赵乾胸口的位置，快速推进了整整一管药物。

赵乾只感觉到胸口一阵剧痛传来，汹涌而惨烈，根本无法忍受。随即，立刻感到心脏剧烈跳动，血液流动得异常快，快到全身的肌肉仿佛有使不完的力量，那一瞬间几乎所有的疼痛都不存在了。赵乾捡起地上的刀，应声而起，强撑着背上的剧痛，依然气势撼人。他几步迈进厨房，左手紧握着刀看向曲思。曲思纤瘦的身体如果在往日定是非常优美的诱感，但此刻在赵乾眼中，仅剩下不堪一击的瘦弱。赵乾回头向曲杰请示："少爷？"

曲杰简单命令道："杀！"赵乾点头行礼，转身向曲思逼近。

事情的变化，远远超出华生的预估，他扭头看曲杰的表情时，心里暗自吃惊。

真相

当时曲杰设计要杀曲思，华生提出建议保留曲思的性命，不必一定杀人。曲杰斟酌之后，终于同意让赵乾用"秘密""证据"和"色相"去勾引她，让福坤安排好线路偷拍录像，然后以此为条件要挟她，否则就让她在世界上身败名裂。

但是，在赵乾走后，曲杰、福坤和华生三人又把计划从头到尾细细地梳理了一遍，福坤很谨慎地提出了一个问题："曲思会这么简单地上当吗？最近那么多事情层出不穷，按照曲思的性格，肯定会变得谨慎多疑，一个赵乾的投靠和示好，也许并不能让她直接就上钩。如果她有防备怎么办？"

曲杰听福坤这么一说，怎么想怎么觉得曲思不会那么容易上当，不由得焦躁起来。华生心里却一动，快速梳理了自己的几个关键思路，斟酌着建议道："如果曲思有防备也很正常，但没有关系，可以将计就计。除非她不应，只要她答应见赵乾，那么所有的防备便都成了自己的落井石。只要能跟住赵乾的位置和她的位置，无论他们在哪里，有福总在，都是我们的主场。就算曲思警惕，改了见面地点，我们也来得及黑进那里的监控，就算不像天际大酒店那样有专门的摄像头可以利用，还可以用周边的公共监控，或者无人机，到时候无论拍到什么，都是曲思作恶的证据。只是……"

曲杰追问道："只是什么？"

华生道："只是赵乾要难熬了。"

曲杰当时的回答令华生心生畏惧，他说："赵乾不怕，他要真的连曲思都搞不定,也就不用再给我干活儿了。更何况,我们还有这么多人在帮着他呢!如果他真的失手栽在了曲思手里,那也好,拍到的东西就更加震撼了,我要拍她杀人。"那一瞬间,曲杰脸上的表情让华生终生难忘,凶狠、鄙夷、得意混杂在一张面孔上,丝毫没有担心和愧疚。

一路追踪而来,华生真的担心赵乾的命运,毕竟他掌握了大量曲杰犯罪的证据,是重要的人证。而且他自己也担负着好几条命案,不能就这么凭空断送了性命。华生很疑惑:曲思究竟是怎么判断出天际大酒店有问题的,真的就那么警惕吗?在望鹤亭的时候,无人机也无功而返,更是让华生产生疑惑。好在福坤心细,这才一路跟踪小阮的轨迹,追踪到了这里。没想到,赵乾已经身受重伤。

现在整座别墅都在福坤的监控之下,每个人的一举一动,都被记录在视频里。当曲杰下命令让赵乾动手杀人的时候,华生看到了曲杰的表情。那张脸上的表情,正如当时曲杰说"我要拍她杀人"时一样,冷漠而残忍,得意又凶狠,仿佛对眼前这一幕非常满意。

曲思看到近乎血人的赵乾过来,手里还握着那把刀,从他的眼神来判断,便知道他比那两条狗更加凶猛和瘆人。但他始终是人,曲思缓缓向后退,露出楚楚可怜的神情,用一只手掩住胸前,流出眼泪哀求道:"你来啦?你疼不疼?身体难不难受?快点打电话给医院吧,或者打电话报警也行。再这样下去,你的伤会变得特别特别重的。"

赵乾听到她这些话,立时想起之前她用刀刺在自己身上时的毫不留情,现在的楚楚可怜,正如先前跪在自己脚下时的那副模样,而那时她一翻脸就变成了邪恶的魔鬼。赵乾的左手不禁握紧了刀柄,心中的恨意和肾上腺素的药效,让他的力量猛增,一步一步地向曲思逼近。

曲思看到他神情后,知道不对,自己的惯常表演并没有起到紊乱心神拖延时间的作用,便立时变了嘴脸,歇斯底里道:"你要干什么?你要杀了我吗?

是曲杰让你来杀我的吗？他一直在骗你，你知道吗？你不要听他的！你帮我把曲杰杀掉，我救你！我找最好的医生给你做手术，帮你恢复以前的威风！"

赵乾脚步只停了一下，便更加快速地向曲思移动，手中的刀也握得越来越紧。

他的动作吓得曲思的脚步开始零乱，她判断着赵乾的方向，一边躲闪，一边尖叫道："你是个大傻子！你就是个大傻子！曲杰一直在骗你，一直在利用你。他对你见死不救，你还这么给他卖命？"

赵乾听到这里，停了下来，略显迟疑之后怒意更盛。他握紧手里的锋刃，跟跄着扑向曲思，拼尽最后一口力气，强弩之末般地追着曲思。曲思无奈，只好亮出手里的刀挡在胸前，脚下不停地躲闪。看到她手中的刀，赵乾更加确定，面前的这个女人是阴湿厉鬼，便更加凶猛地扑上去，但毕竟伤太重了，移动时保持平衡都很吃力，被曲思几次躲过，倘若不是两条大狗堵在门口，以曲思的灵敏早就逃过了他那跟跄的沉重身躯。但现在，曲思已经被赵乾逼到了角落里，手里拿着刀遮挡着自己的要害，惊声尖叫道："你不能杀我！张华生，肖依在我手上！杀了我你就再也找不到她了！"

64　肖依的磨难

开篇语：

真没想到，曲思的一点小心思，再加上一个没轻没重的小阮，竟然毁了少爷的一辈子！她也没料到最后会闹到杀人这么严重的地步吧？世事虽难料，原罪也难赎。少爷让赵乾钓曲思，曲思有防备反制赵乾，少爷再将计就计，故意透消息给曲思，让她杀赵乾，既解了背叛之恨，又录到曲思杀人，真的是一石二鸟！只是，这么层层叠加的复杂计划，会不会有什么纰漏？

By 福坤

犬决

曲思这一句话如同晴天霹雳一样，让华生瞬间失去了意识，惊呆在当场！

这是万万没有想到的局面。华生一直以为肖依是被福坤掳了去。真落到福坤手里，虽然令人焦虑，但只要自己对曲杰还有用，表面还是合作的，只要自己没有什么把柄被福坤抓到，肖依就不会有危险。戴猛那边也接到通知了，正在全力搜救。

现在曲思却说肖依在她手里，全身的血液仿佛一下子灌进了华生的心脏！他的大脑一片空白，心跳快得几乎出了胸腔，一口气凝滞在胸口，上不来下不去，眼前的时空仿佛分崩离析地飘散在空气中，只感到处处刺眼眩晕。

恍惚中，华生看到赵乾正扑向曲思，把对方逐步逼向墙角。曲思的身体已经瘫软，几乎站立不住，盲目地举着手里的刀，用尖叫声唤回了华生的魂魄："肖依在我手上！杀了我，你就再也找不到她了！"

华生猛地惊醒，立刻要冲进屋里去阻止他。万一赵乾真的杀掉了曲思，肖依从此不知下落，消失在这世界上的某个黑暗角落里，自己会后悔一辈子啊！

但他的身形刚一动，小九儿便拦在了他面前，也不说话，只是不允许他进那屋子。这种时候，华生根本来不及去辨识什么表情，身形停都不停，猛地推开挡路的小九儿，大声喊道："滚开！不要挡我的路！"小九儿被他推得倒退了几步，也是一惊！面色一寒，又立刻冲回来，下潜抱住华生的双腿，脚下再一旋，顺势到了华生后位，想要摔倒并拦住他的脚步。华生对这个位置再熟悉不过了，他全身的血脉偾张，力量大得出奇，完全没有像以往训练的时候那样见招拆招，而是脚步不停地继续向前冲，只一转身，翻转过来压制住小九儿的身体，一只手箍颈，另一只手揽住小九儿的腰，再继续旋动脚步，利用向前的转动力量，一下子把小九儿的身体抛了出去。

曲杰也被曲思的话惊呆了，更被华生的举动惊呆了！他眼睁睁地看着小九儿落入游泳池，皱起眉略加思索，便喝止小九儿："够了！"又警告华生道，"房间里正在录像，你不管了？"

华生硬生生地停下了脚步，一口气几乎要炸了，大声吼道："她抓了肖依！"接着又突然央求曲杰道，"不能杀，不能杀！我的命都给你，但暂时先留下曲思的性命。我问出来肖依在哪儿，你再杀也不迟。"

曲杰看他急得发疯的样子，犹豫了一下才说："好。到时候，你来杀她。"

此刻的屋中，赵乾已经发了疯。他行动不便，力量也大受影响，但庞大的身躯却笼罩了曲思能够逃生的大方向，再加上一柄尖刀和凶狠的战术意识，曲思再也撑不住了。

华生想都没想就答应道："好！到时候交给我来杀她！"这一刻，复仇的恨意如同熊熊烈火，燃烧着华生的大脑和全身，没有一个字是假的。

曲杰的嘴角一笑，向赵乾喊道："赵乾，停下来，暂时饶她一命！"

可是赵乾已经杀红了眼，根本就听不进曲杰的话，他感觉到自己体内的能量正在快速流失，不但速度和力量在锐减，就连呼吸也开始变得困难，意识渐渐模糊起来。他知道自己快不行了，却突然听到曲杰让自己停！

他很困惑。他不知道为什么少爷会下达这样的命令——难道就是因为这女人刚才说了几句话，自己的性命和即将拼死得到的正果就可以被忽略吗？赵乾此时依然深信，自己面对的是收服厉鬼的涅槃结界，因为自己再一次感受到了死亡的气息。此前每次在少爷的指导下有了这种濒临死亡的体会之后，少爷都会亲自进行灌顶加持，再辅以丹药疗伤化息洗髓，那种突破死亡的力量提升感和心智提升都让赵乾异常享受和迷恋。

他决定不能在这个时候停止。他知道自己面对的是非常凶险的处境，自己已经接近奄奄一息，如果不能突破这个结界，慑服那个厉鬼，可能就会被永远困在结界中，再也无法涅槃重生了。赵乾在心里怒吼："少爷？上师？他为什么狠得下心让我在这时候停下来？难道他忘记了我浑身的重伤吗？不能停，不能停，我要倒下了，我要困在混沌中了！"

赵乾手里动作变得更加狂乱，没有丝毫停止的意思。华生再次要往房间里冲，曲杰拉住他，说道："里面还在录像，你不要进去添乱。小九儿，让 Daniel 拦住赵乾，把他拖出来！"

小九儿浑身湿漉漉的，听到曲杰的命令一怔，又看曲杰的神情，便没再犹豫，喝道："Daniel，赵乾，去！"说完，吹出一阵尖锐的口哨声。

Daniel 听到命令，身形立刻蹿了出去，没有丝毫犹豫，在身体里蓄积和膨胀的兽性终于等来了主人的恩赐。它像一只黑色的幽灵，悄无声息地钻进厨房，对着赵乾的小腿一口咬住，甩动着脖子死命向后拖动。这是千锤百炼的技术，位置和动作都准确无比，力量又大得出奇。赵乾疼得大叫一声，意识已经混沌的头脑被疼痛击穿了，扭头望向自己的身后，看到的竟然是 Daniel！那是他溜过很多次、喂过很多次的大丹犬，那是他曾经可以抚摸着头说笑的爱宠，同时也是令人敬畏的巨兽。赵乾的意志崩溃了，他没有能力再思考，只能本能地一刀挥动下去。那狗脖子上和后背上立刻开了一道血口子，但它仍旧死死地咬着赵乾的小腿不放松，继续甩动着，喉间持续着野兽的低吼。赵乾混沌的大脑里只剩下了悲哀和疯狂，再也无力判断和思考，机械性地一次又一次挥动着刀。

门外的 Howard 变得烦躁不安，它频频回头望向小九儿和曲杰。小九儿看得也着急，皱紧眉头望向曲杰，张了张嘴唇又没敢发声。曲杰终于点了点头，小九儿一声呼哨，Howard 立时冲了进去，跳起来咬住赵乾的手腕。赵乾根本就躲不了，他只能感觉到眼前黑影一晃，手腕处传来碎裂的声音和疼痛，一股热热的液体传来最后的感受，眼前一黑，耳边听到的最后声音，就只剩下自己绝望的号叫了。

两条狗把赵乾拖出屋外，Daniel 无力地趴在地上，开始舔舐自己的伤口，口中发出阵阵低沉的悲鸣，Howard 也过来帮忙舔舐，但 Daniel 还是流了太多的血。坚持了一会儿之后，Daniel 的头慢慢放低，无力地趴在了地上，只有两只眼睛和鼻孔在动。Howard 凑过来嗅嗅它的鼻子和额头，一声不吭，继续舔舐着自己伴侣的伤口。

赵乾已经躺在一旁一动不动了。他本就遍体鳞伤，被狗新咬的伤口里也没有再渗出大量的血液。他闭着眼睛，只剩下胸腔还在微弱地起伏。

肖依的下落

曲杰背着双手对华生说："本来，无论曲思和赵乾谁杀了谁，都挺好的。现在为了你，这场好戏毁了，接下来要看你的了。"言罢，他向厨房门口走去，经过赵乾和 Daniel 身边时看都没看一眼，走到门前向曲思道，"这狗本来是给你准备的。赵乾杀了你，或者你杀了赵乾，最后都应该是喂给这两条狗吃。不过算你有手段，临死之前抓住一根救命稻草。也不奇怪，这是你一贯的风格。看看你现在，像什么样子，哪还有点掌管着上百亿资产的曲家大小姐、曲总裁的风范。坐下吧，喝杯水，缓口气。不过今天，你就不要幻想了，早晚都得死。华生，你问吧，都会录下来哦！"

华生几步冲到曲思面前，一把抢过她手里的刀扔在一边，两只眼睛里几乎喷出火来，双手卡住她的脖子，直直把那娇媚的身躯拉起来，大力摇晃着："你把肖依藏在哪儿了？"

曲思被他捏得喘不过气，脸涨得通红，但还是勉强笑了笑，指了指华生的手，示意他松开，然后就闭上了眼睛。华生手下用力，曲思开始露出痛苦的表情，不断地咳嗽，但并没有睁开眼睛的意思，仿佛知道华生是不敢掐死她的，甚至在脸上露出了一抹轻蔑。

华生知道，这样不是办法，是自己乱了方寸，赶忙打起精神，排除杂念，松开捏住曲思脖子的手，示意小九儿拉过一把椅子，让曲思坐在上面。曲思深深地看了华生一眼，没作声，没拒绝，就那么安静地坐着，等着华生的下一步举措。

华生的一双眼睛紧紧地盯着曲思的周身上下，开口换了个问题："肖依还活着吗？"

曲思明显一怔，随即微微蹙起了眉头，嘴角上扬，抿着嘴唇笑了起来，眨眨眼睛回道："你猜。"

如果曲思已经杀害了肖依，或多或少都会有得意的表情，甚至会很明显。现在曲思脸上只有惊讶、疑惑、不解和不含轻蔑的笑容，华生心里大安。

没有停歇，直接问出了第二个问题。严格来讲，这句话不能算是问题："她要是身上有一丝一毫的伤，我就亲手剐了你！"

曲思一开始还笑吟吟地等着看华生抓狂，但后来认真起来，歪着头，皱着眉，打量着华生凶狠的眼神，嘴唇挤在一起嘟了起来。这样子倘若让别人看到，恐怕会觉得很可爱，但在华生看来，写满了有用的信息。忽然，曲思饶有兴致地问道："什么样算受伤啊？划破口子、磕青一块，算不算？还是找几十个男人轮奸了她，或者从楼上扔下去摔成残废？"

听完这个问题，尽管有些表演的逗弄和得意，但曲思的表情中没有轻蔑，没有已经给人造成了伤害之后的居高临下，而是很感兴趣华生的状态。真要是已经造成严重伤害，会流露出胜利者的凶狠和威胁。

华生更觉安心，问出了第三个问题："你为什么要抓她？她跟整件事情都没有关系！没有关系！"最后四个字一字一顿，语气重得吓人。

曲思倒是一笑，终于回答问题了："好吧。为什么抓肖依啊？因为我喜欢她啊！你看，曲杰身边的这些废物，一个傻姑娘，一个瘫痪的……"说到这里，抬起下巴向外面地上的赵乾扬了扬，继续道，"还有那个猛张飞，虽然上了我的床，但终究没给我什么有用的信息，傻是傻了点，也还算硬气。这些人里面，就你还像个人样，我能不调查你吗？结果，你猜怎么样？"她自己讲得眉飞色舞，没人搭理她。华生知道她在演，就等着她自己继续。

曲思自己继续说道："我一看你的简历，真不错啊！比那傻人和残疾人强太多了，身体又好。可惜呢，好像对曲杰特别好，帮他解决了好几个难题。我就想，怎么才能对付你呢？"讲到这里，曲思眯起眼睛，抿着漂亮的嘴唇一笑，显得有点调皮，"药厂的事情终于爆发了。我知道曲杰要疯，爷爷一病倒，就是决一死战的时候了，我就把你心爱的小美人抓起来喽。"

曲思一边说，一边打量华生的神色，看他眉头越皱越紧，便更加得意："你别说，她可真是可爱！我们女人一过三十，身体就会自然老化，前面越漂亮，老化贬值得越快。肖依今年多大？年轻的身体真好！"

最后一句话真刺耳，让华生不由得咬紧了牙齿，握紧了拳头，皱紧了眉头，全身气得发抖，问道："你究竟把她怎么样了？"

曲思扑哧一笑，说道："泳池边上的那个死人，你知道是干什么的吗？她可是全台湾最特别的连环强奸杀人犯，因为她是女的，死在她手里的漂亮女孩有十来个了吧。不过至今台湾警方还没有找到线索。现在你的小女朋友，唉，不说也罢……"

曲思声情并茂，故意要让华生乱了方寸。华生盯着她那张面孔，看到曲思双眉扬起，眼睑故意耷拉下来，摆出一副愁容，又用撇嘴、摇头和叹息表示无可奈何。华生没有细想曲思的话，他心里全是肖依。

华生快速问道："她流血了？"曲思依旧扬着眉，只是一抬眼睑，睁大了眼睛，没有说话。

华生又问："她挨打了？"曲思歪一下头，抿嘴一笑。

华生再问："你给她下药了？"曲思眉头一紧，双眉皱了下来，但愁容又随即消失在笑容里。

华生还要问问题，曲思打断他道："当初你突然跟人家分手，那姑娘自己坐在路边哭成泪人，现在怎么这么关心啊？"

华生的嘴里泛起苦味，舌根和鼻尖发酸，他赶忙用问题遮掩住自己的情绪："你抓她有什么用？要挟我，让我出卖曲总？"

曲思抬手整理自己的头发，得意地笑了起来："对啊！不抓白不抓，谁知道什么时候用得到呢？你看现在不是挺好？抓错了也没关系，等你们死光了，随便找个地方一埋。"

曲杰和小九儿同时屏住了呼吸。

华生不中她的激将法。他知道曲思现在暂时回到了她所熟悉的情况，慢慢变得自信，觉得可以随心所欲地调拨他，这很好。在这个节骨眼上，曲思如果收紧策略，对华生不利；让她松弛地肆意为之，放得越多，有用的信息流出得就越多，对华生就越有利。他也笑笑，问道："你要是弄错了呢？"

曲思竟然哈哈地笑出声来："你当我傻啊！刚才你都急成什么样了，是个人都能看出来，好吗？曲杰连猛张飞都牺牲了，也要听你的话，那小丫头对你来说不重要，我会信吗？"

曲杰插口道："赵乾敢背叛我，我本来也没打算留他的活口。"

华生又把话题转回来，对曲思说道："你先把她放了，我可以放你一条生路。"

曲思好像根本没听见他说的话。她仿佛想起什么，翻着眼睛看了华生一眼，想起身，华生伸手阻拦。曲思莞尔一笑，嫌弃道："你怕什么？你们这么多人，还能让我跑了？"说完，用眼神示意餐巾纸盒。华生去给她拿回来，她擦拭着自己脸上的污渍和血液，恢复了往日端庄美丽的神情，对着华生媚道："我好看吗？"

华生不知道她为什么要拖延时间，正色地重复自己的条件："你只要告诉我肖依在哪儿，我现在就可以放你一条生路。"

"呵呵，你？答应我放我一条生路？"曲思看了一眼曲杰，脸上轻蔑得很明显，说道，"好吧，好吧，我相信你，你能放过我。但是我现在没有兴致回答你的问题。我更关心你是不是觉得我很漂亮。"说罢，把身体往前探，故意挺起了胸脯，用手托腮，摆出一副期待的撩拨神态。

华生看她这样子，真的如同吞了苍蝇，但又不得不和她周旋，只好忍耐道："你之前的样子很漂亮，现在就别勉强硬撑了，真的没法看。从这里走出去，洗个澡，吃点东西，好好睡一觉，也许又能魅惑众生了。何必非要现在自讨没趣呢？"

曲思脸色一沉，随即做出不高兴的样子，落寞地说："啊？我不美了吗？"她竟然拉住华生的手往自己的身上放，问道，"我真的不美吗？你对我一点兴趣都没有吗？"

华生像被电到一样，飞快地挣脱开，低下头去，看不清是不是红了脸。

曲思哈哈大笑，侧目看向曲杰，曲杰脸上泛起不屑的反感，那种从骨子里流露出来的反感。曲思的脸上却露出了胜利者的神情，又继续妩媚道："你对我都不感兴趣，我不开心。我就这么没有吸引力吗？哪有臭男人会不喜欢我的身体呢？是吧，弟弟？"

不能由着她再胡搅蛮缠了，曲杰一旦被惹到爆发，局面会变得更加复杂。

华生问道："你把她藏在哪里了？你家里？公司里？天际大酒店？"每个选项间都有个短短的停留，目光把曲思的每个微笑动作都捕捉进了大脑。

曲思觉得有点突然，认真地看着突然提问的华生，听他的每一个问题，自始至终没有说话。华生最后问道："那个死人知道，对吧？"曲思怔住了，随即笑出了声，直笑得上气不接下气，喘息着说："对对对，那个死人知道。有什么用？你还能让她开口不成？"

曲杰在一旁失去了耐性，嫌弃地看着曲思，说道："没用的，你这么问可问不出来。需要的话，狗可以借给你。"

华生笑道："好的。"

小九儿一声口哨，趴在地上休息的 Howard 跑了进来，有点无精打采。小九儿蹲下去，用力地抚弄它的头，在它耳边说话，又抱在怀里蹭蹭，那狗才打起精神，渐渐恢复了神采。

曲思不由得紧张起来。她收起自己的媚态，把身体缩起来，眼睛偷偷地打量那条狗，却摆出一副无所谓的轻松笑容，口中道："张华生，我提个条件，你答应我，我立刻打电话放了肖依。"在华生眼中，那笑容难看得很。

曲杰生怕华生上当，代替华生拒绝道："什么条件？到现在还妄想着蒙混过关。让狗咬住你的脸，恐怕就什么都说了吧？"他一脸阴沉地看着华生，逼问道，"你还要白费口舌吗？"

华生双手一摊，笑笑道："不用，我已经不需要她了，我需要给福总打个电话，让他帮我的忙救肖依。虽然她和你同样姓曲，同样血脉，但跟你完全不是一个性子，真是可恨。"

曲杰把手机递给华生，狞笑着对曲思说："没有筹码了，你现在还能耍出什么花招？小九儿，替我看好她。我不愿意碰她，嫌脏。后面的事情，交给华生来完成了。"

华生先在小阮的尸体上找到手机，查看了号码后，用曲杰的手机发了短信给福坤，然后拨通了福坤的电话，说道："福总，我发给您的号码，是最近跟在曲思身边的那个台湾女人的电话号码，麻烦您追踪一下它最近去过的位置。曲总接到电话通知要去警察局的那天，如果这个号码到过肖依住的地方，看看它后来又去了哪里。有停留 30 分钟以上的位置，麻烦您筛选出来告诉我。"每说一句，华生的心就紧得疼一下，他希望自己的判断是对的。

美国往事

见华生挂断了电话，曲杰对他说道："现在该你了，兄弟！"

华生记得，刚才为了阻止赵乾杀掉曲思，自己情急之下答应了曲杰，会亲手杀掉曲思。现在曲杰这么认真，华生便咬了咬牙，下定决心顺势为之，点头道："当然，我要亲手杀了这个暗害自己弟弟的禽兽。"

曲杰不由得好奇起来，问他道："你好像比我还恨她啊？"

华生讪笑了一下，答道："你会变成今天这样，恐怕都是拜她所赐吧？她刚刚不是说，专门找来了那个小阮，就是为了对付你。而且，小阮只是颗棋子，你在美国出的事，应该都是她特意安排的吧？"

曲思急道："你——"

她话没说完，曲杰眼中闪过一道寒光，呼吸急促起来。

华生现在的这一步，是没有包括在原有计划之内的。一切的急剧变化，都源自曲思绑架了肖依，这大大超出了他的掌控能力。

在最初版本的计划中，是曲杰希望借助赵乾设立圈套，再把赵乾和所谓的圈套透露给曲思，这条计中计就可以拍到曲思的种种不堪，甚至是杀害赵乾的录像。然后以此为要挟，让她永久保持安静和顺从。当然，如果是赵乾这个饵料反弑了曲思，结果也不差。

但在赵乾杀曲思之前，华生竟然发现肖依被曲思绑架了，他也没细想，直接废止了所有计划。

经过对曲思的连续盘问和判断，华生找到了肖依可能的踪迹，却也把自己逼到了必须杀掉曲思的境地。事情发展到这个地步，想说服曲杰放弃是万万不可能的。但要他真的动手杀人，还要被拍下来，更是万万不可能。

最后，也就是现在，能让他不动手杀人的办法只有一个——焦点转移。只能是这样，曲杰最在意什么，华生就引导他将全部的注意力放在那儿。

华生刚才就觉得奇怪，曲杰在美国究竟发生了什么事，让他好像被那一句话戳了肺管子，立刻就气急败坏地让赵乾杀了曲思，竟然把此前制订好的计划都置之脑后。回想起曲杰刚刚见到小阮时的反应，完全是一副毫无怨恨的惊讶，这只能说明曲杰对小阮陷害他的过程一无所知。现在再次提及在美国期间遭遇的事情，曲杰的情绪果然又立刻激动起来，那眼神中有着明显的委屈和愤怒。

华生计算着时间，他需要一段时间等待救援。

他决定要利用曲杰的情绪，把之前的谜底揭晓出来。

华生用关切的目光看着曲杰，看到他眼睛里的委屈，看到他因为激动而微微颤抖的身体，看到他将手指紧紧攥成拳头，像是要捏碎什么，又像是在拼命忍耐什么。华生用最温和的声音安慰他道："少爷，有些心理上的疙瘩，解铃还须系铃人。你现在已足够勇敢，可以当着曲思的面把前面那些事问清楚。知道了前因后果，无论是爱还是恨，是阴谋还是误会，也许就能消灭你心里那个惶恐不安的自己，可以让你变得更加自信和强大。虽然我可以一刀结果了她的性命，但是，那个藏在她心里的秘密就会被永久封存起来。对你而言，因她而起的所有恐惧和委屈，就会一直在你心里，影响你的状态。我想见到一个完全自由和强大的曲杰。"

曲杰随着他的话语，眼里泛起了泪光，继而突然抽噎起来，后背开始剧烈地抽动，随后伏在桌上失声痛哭起来，泪水、鼻涕和口水失控地倾泻而出，呼吸几度抽噎。小九儿赶忙低下身安抚他。

曲思看他这个样子，脸上满是轻蔑，只是她现在身处险境，又被绑住不能随意动弹，不敢表达得那么明显而已。华生抓住她的这个情绪问她："你看曲杰，他现在这样子可不可怜？"

曲思撇撇嘴，没作声，心里盘算着能有什么机会脱身。

今天的一切对她来说太冒险了。为了避开曲杰的陷阱，她设定了美人计，迷晕了赵乾，又转移阵地来到这栋远离市区的秘密别墅。当时想着有小阮在，又废掉了赵乾的基础运动能力，断不至于有什么危险。能拿到不利于曲杰的证据最好，即使拿不到，神不知鬼不觉地把赵乾埋在山里也就是了，反正他现在是丧家之犬，没有人关心。谁知道，曲杰他们竟然能追踪到这里，赵乾还这么能扛，不但小阮死掉了，自己也成了阶下囚。

但现在看来，问题都出在福坤身上。他们能追踪到这里来，想必也是福坤的手段，也许就是小阮的手机暴露了破绽。这个张华生是真的聪明，竟然能想到通过追查小阮的手机位置顺藤摸瓜。无论如何，这张牌是肯定废掉了。现在只希望能说服对面的任何一个人，让那个人放了自己。

曲思想不到的是，福坤不但动用了手机定位的追踪技术，还启动了几乎所有他能控制的监控系统，通过视觉图像的自动搜索功能，几乎是一路看着这辆车行驶的路线。甚至在曲思的车驶入国道 807 之后，就已经预判出了它最大概率的停靠地点，就是这片还没有公开出售的别墅区，因为这片依山而建的豪华别墅区正是曲思旗下房产公司的产品。这也是福坤可以在很短时间之内黑入别墅周围的监控系统并派出无人机的原因，曲思所做的大部分工程都会采购坤睿科技的监控系统。在这个时代，如果不依靠步行并加入大量的干扰，是不可能遁踪隐迹的。

华生见曲思并不搭理自己的问题，而是微微皱着眉，眼睛看着地面，知道她在盘算着对策。华生只好加大了刺激力度，大吼一声道："他现在这么脆弱，像白痴一样在哭，是不是特别合你的心意？你当初做了些什么，才能把自己的弟弟变成这副可怜的样子？你知不知道，曲杰每次去见董事长，都要穿上纸尿裤，都会被吓得尿裤子？"

这一句话立时让曲杰止住了哭声，他的脸涨得通红，怒目盯向华生，怎么也想不明白为什么他要把这么丢人的事情说出来，而且还是说给这个本就看不起自己的姐姐听。小九儿在一旁也很震惊，她替曲杰感到尴尬，虽然曲杰换纸尿裤的时候从来不避讳她，但毕竟这是一件令人羞耻的隐私。

曲思却再也忍不住了，她在想张华生是不是疯了，怎么会把这种事情说出来。她不由得用目光打量曲杰的档部位置，脸上的笑意终于绷不住了，最后甚至狂笑了起来。她的笑令曲杰更加不堪，怨毒的目光中又燃起了冰冷的杀机。

曲思一阵大笑过后，上气不接下气地说道："原来，哈哈，原来你还有这毛病呢？不会是从美国回来就一直这么尿吧？爷爷，爷爷，您看看，您挑的这是什么人！一个大男人，连尿尿都管不住，还算男人吗？为什么就不能看看我！"笑声中夹杂着凄厉的质问，在深夜的山上让人听起来感到毛骨悚然。

曲杰已经怒不可遏了。他一把推开华生，冲上去左右开弓连续抽了曲思十几个耳光，抽得她嘴里全是鲜血，脸也迅速肿了起来。曲杰愤怒地咆哮道："你还有脸笑，这不都是拜你所赐吗？"

曲思愤怒至极，从小到大没有人敢动她一根手指，就算是爷爷，也找不到任何教训她的理由，哪里经受过挨耳光的滋味。听完曲杰的话，她反倒笑了起来，用胜利者的目光轻蔑地看着曲杰，口齿不清地说了一句话："你自己放浪形骸，怨得了别人？你在认识 Angelina 之前，不就已经跟你那帮狐朋狗友一起，染上瘾了？这件事你要赖我？"最后一句的质问声音尖得可怕。

曲杰被她的态度激怒了，疯狂地挥舞着手臂大吼道："我只是随便玩玩。我喝酒，我混派对，我偶尔尝一点，但我在学校的成绩从来没差过，我也绝对不会乱来，我不会……"突然，他仿佛恶魔附体一样，瞪大了眼睛问曲思，"那段录像，是你让 Angelina 拍了故意害我的，你现在终于承认了吗？"从喉咙深处发出来的嘶吼声，几乎要吞了她！

曲思看到他的样子，笑得更加得意了。她对华生说："华生啊，你知道你老板最贱的时候是什么样子吗？吸毒吸'嗨'了，媚态百出，不停地装作自己是个宝宝！也就是小阮有办法吧，竟然能哄他一整夜。录像还在我那里，你要不要看看？看看他对那些窒息高潮有多喜欢，多迷恋！"

曲杰脖子上和额头上的血管几乎要爆了。他怒吼一声，红着眼睛，从华生手里抢过刀朝着曲思的腹部深深地扎了进去。

曲思似乎不觉得疼，还在滴血的嘴角露出了笑容，继续含混道："这件事，你要怪也只能怪我一半。我最初只是想拍你吸毒的视频，学校只要知道了你吸毒，就会开除你。你本来就沾染了这毛病,拍到没拍到有什么差别?怨我吗?我根本没想到事情后来会变得那么不堪!我找到Angelina,给了她一笔钱,只是让她带你玩儿得更疯一点,谁知道你自己玩成那样!录像传上去你嫌丢人,那又是谁让你冲着镜头浪来着?赖得着小阮吗?你那两个吸食过量永久致残的同学,岂不是更可怜?最后还不是我找律师把你保释出来?法官因为没有证据判那个卖药的小喽啰,你竟然蠢到去动手杀了他!其实那种药是小阮找来的,根本不是你平常用的那些,你到现在还没搞明白?哼哼……"曲思一阵冷笑,满脸的失望表情,微微摇着头,也不知道是不是因为疼痛,牙齿一阵阵打战。

她的话让曲杰丧失了最后的理智。曲杰从曲思的身上抽出刀来,再一次深深地扎进去,牙齿都快被咬碎了似的一句一句地问她:"你竟然找人跟到国外来害我?你就为了自己的前途,不惜废掉自己的同族弟弟?你还装作高贵优雅的样子,却背地里对我做这样的事!你知不知道那段录像让我被多少人嘲笑?从那以后,我就是个废人了,连尿尿都管不好!你知不知道,这三年来我一直做同一个噩梦,每天都会惊醒过来?你知不知道我根本就不想跟你争,你却毁了我一辈子!"每一句话都配合着曲杰透满恨意的动作,说到最后的时候,他已经没有力气站立,瘫倒在地上。

曲思耗尽最后一丝力量,气若游丝地说:"我的确没想到最后会这样……但我又能怎样呢?爷爷还不是不在意?连你杀了人也要帮你潜逃回来,仍旧希望由你来……"眼中闪过最后一丝羡慕和不屑之后,她的头慢慢低了下去。

小九儿泪流满面,听到最后的时候用双手捂住耳朵,尖叫着冲上来扶住瘫倒的曲杰,把他的头搂在怀里,似乎要用身体把他包裹起来保护他,不断在他耳边低声地安抚"没事了,没事了"。

华生的计划

电话铃响起时,曲杰只呆呆地躺在地上呼吸,仿佛没听见一样。他的眼睛一眨也不眨，没有眼泪，也没有表情，恍若已经进入了另外一个世界。小九儿跪在他身边，伏在他胸膛上大哭，口中不断叫着"少爷，少爷"，晃动着他的身体，不知所措。

华生接起电话，那边传来的是福坤焦急的声音："我的监控显示，有六辆警车正在靠近别墅区，你们快撤。我这边也快被警察包围了。我先销毁资料，你们快撤！"

华生心里的一块石头终于落了地。他把电话拿到曲杰耳边，让他直接听福坤的声音，对曲杰说："少爷，有警察要来了。"

曲杰没有动，只是调整了呼吸，长长地吐出一口气，对着电话说："福叔，我不想跑了，我累了。我也没必要跑了。您看到了吧？曲思已经死了，我亲手杀掉的，我的人生也算圆满了。我就是对不起您，让您白费了那么多心思，可能这次还会牵连到您，真的对不起。您帮我一个忙，那些之前我做的案子，录像不要销毁，我想让这个世界知道，我存在过，让那些做错事和想犯错的人知道，这世上还有正义，秩序还有人维护，不能为所欲为。至少这一辈子，我做过对的事情。但是，请您一定一定，帮我把华生和小九儿的部分毁掉，不要让警察发现，这是我临死前最后一次求您的事。"

不知道福坤在电话那头说了些什么，曲杰说道："您一定要听我的。我谁也不恨，其实连曲思也不恨，要恨就只能恨爷爷，从小这样教我、养我、逼我。但我也知道，恨不着他，我和曲思的爸爸都死了，他有他的难处。所以，最后一切都不重要，我的性命也不重要。我的心太累了。您一定要听我的，把所有关于华生和小九儿的录像和证据都删掉，他们是无辜的。"说完，挂断了电话，眼角淌下一串泪珠。

他揽住小九儿的后背，抚摸着她的头发，命令道："九儿啊！哥哥不能陪你一辈子了，哥哥累了，没劲儿了。你赶紧跟华生走，趁着警察还没来，赶紧走！无论你做过什么，都是无辜的，哥哥知道，你是好孩子。"说到这里，他又再度哽咽起来，眼泪扑簌簌地滴落在地上，再也说不下去了。

小九儿发了狂似的摇头，拼命地想要拉起曲杰，大声哭喊着："不，跟我们一起走！"

曲杰不禁急道："你要听话！跟着我不行的，我没有本事，我太不了解人心了！你记得吗，我们讨论过的，华生特别懂我，也特别懂你，他是和我们一样的人。他不但和我们一样同仇敌忾，他比我更加厉害的地方在于，他懂人心，他不会像我这么幼稚和冲动。你只有跟着他，我才能放心。"

不等小九儿同意，曲杰的眼神突然变得凌厉起来，握住华生的手对他说："华生，福叔说，这结局是你搞的，警察是你叫来的，让我杀了你。"

小九儿一听，立刻拿起刀，就要冲着华生刺过去。

曲杰喝道："放下！听话！我不怪华生。"

小九儿困惑地看着曲杰，不明白他的意思。

曲杰对华生说："我不在乎警察是不是你叫来的。我一点都不想为难你，也不杀你。小九儿，你华生哥哥做得对，是他帮我解了心结，让我这么多年来，第一次舒服下来，放松下来，踏实下来，这是非常美妙的感觉！你要是真心疼我，就能懂我，不要怪华生。华生，我求你一件事，替我照顾好小九儿，她是好孩子，真的，你一定要照顾好她，能答应我吗？"

华生此刻不知道该说什么，他也不知道自己为什么会哭，滚烫的热泪滴在曲杰和自己的手上，变得冰凉，他也不知道自己是否后悔，利用曲杰的计划，提示警方从天际大酒店开始，截获实时的监控数据流和无人机数据流，反向追查福坤的服务器所在。因为他知道这些高速传输的大体量视频数据，是不可能再通过伪装IP的方式放到世界各地跑一遍的。为了效率和稳定，福坤只有在实时监控作案过程中，才会露出狐狸尾巴，让这些视频数据直接回到他的手里，而那里除了干活儿的福坤，还可能存放了曲杰之前所有的犯罪证据。

华生目睹了一切的过程，现在又面对着曲杰的嘱托，完全没了主意。曲杰愤怒地坐了起来，揪住华生的领子，拼命地催促他："听到没有，赶紧走，带着小九儿走！你要替我照顾好她，拿她当亲妹妹那样看待。如果这些警察是你叫来的，你就当欠我一条命，用好好照顾她来还给我！如果不是你叫来的，你就记着，保护好你自己，更要保护好她。我唯一不放心的，就只有她了。"

华生一把搂过他，紧紧地抱在怀里，任由他哭，不断轻轻拍着他的后背，口中只重复念叨两个字："放心，放心……"

远处响起了警车急促的鸣笛声，在黑暗的夜空中格外刺耳。曲杰一下子从地上跳起来，连推带搡地让华生赶紧带上小九儿走。华生心中记挂着肖依，便一把抓住小九儿的手，向山上跑去。

曲杰望着他们的背影，说了一句话："福坤说，肖依他找到了，现在在京山医院，快去吧。"

华生回过头看曲杰，在嘴边轻轻说了两个字："保重。"便带着小九儿一头扎进了黑暗之中。

65 大结局——惩戒无间

当李支亲自带队赶到别墅的时候，曲杰正在用拖布擦洗着地面的血迹。他看到警察进来，面带笑容，不慌不忙地把最后一块地面拖干净，然后把拖布丢进游泳池，双手递出。戴上手铐之后，领着刑警队员在每一处地点详细地解释着当时发生了什么。当然，他从没有提及华生和小九儿也在场。警察问他为什么要破坏现场，他回答说，他嫌脏，嫌血腥味太重，有点晕血，还没有破坏得很严重，只是刚刚开始。当走到曲思尸体之前，他向李支请求，能不能麻烦女警察给曲思穿上件衣服，他不想让她那么狼狈地被这么多人看到。

当任支带领刑警冲进福坤的机房时，福坤已经安静地坐在轮椅上等了一段时间。他礼貌地向任支问候，说道：“我们又见面了。姜老师的眼睛应该没事了吧？如果可以的话，请代我向他道歉，当初出此下策，实在是不得已而为之。你们能够用这个倒推数据流的方法找到我，我心里实在佩服，输也输得过瘾。看来我还远远称不上算无遗策，真的是人外有人，天外有天啊！少爷交代过我，我手里的这些录像都交给你们。当然，我也在 P2P 网络上放了一套备份。如果日后还有人要作恶，这些录像就会冒出来，时不时地晒晒太阳，让这世界上的人知道，作恶就要承担责任，法律不管的，自会有人来惩戒。到时候，麻烦你们不要删得太勤。”

当刑警支队在曲杰和福坤的指认下，来到昌宁镇朝野大墅的时候，所有警员都惊呆了，几个刚入职的小伙子哇哇直吐。在赵乾用来练功的地下室里，发现了六具已经白骨化的尸体。令人毛骨悚然的是，这六具尸体都保持着头朝下、脚朝上的方式，被垂直倒置埋在土中。地下室里还搜到了修炼秘法，那里面注明，如果聚齐九具尸体，五男四女，头朝下脚朝上倒置于土中呈莲花状，即可建立冥柱之阵，开启冥界的大门。修行者坐在莲花宝座的正中间，可以炼精化炁，将冥界无穷无尽的魂魄力量经由冥柱之阵炼化为自己的精气，得大神通，获得无穷无尽的修为。曲杰撇撇嘴，对李支说："不用太当真，那些都是我编出来骗赵乾的。他身体太好了，每天都变着花样地追求神功，其实没什么鸟用。所谓冥柱之阵，是我上大学的时候看过的一部恐怖小说里的东西，正经的密宗经典里根本就不会有这种胡扯。"

曲健云的死，并没有掀起太大的风浪，甚至从某种程度上来讲，几乎悄无声息。他的孙子、孙女，被媒体报道为意外丧命，语焉不详，并未有细节披露出来。老爷子死后，董事会的变革进行得有条不紊，财产的重新划分也无比顺利。生意嘛，做得再大，也还是生意，总有人能接盘，能牢牢地管住；越大的资产，越不会出那些家长里短的小乱子。

只有肖依让人心疼。曲思把她关在精神病院里；为了保证她不吵不闹不反抗，不惊动任何人，每天都强迫她服用过量的镇定类药物，让她昏昏沉沉地睡觉。虽然只有几天的工夫，但被戴猛和华生解救出来的时候，她已经神志不清、反应迟缓。华生满脸愧疚的泪水，一把把她抱在怀里，使劲儿地亲她的脸蛋，不断地呼唤她"亲爱的""媳妇儿"。肖依只是本能地抗拒，想努力推开这个轻薄她的人，但身体软得厉害，根本使不上劲儿。华生嘱托戴猛安排好肖依的治疗，让肖依出院后就在家安心等待，他一定会尽早回来陪着她、照顾她。

都安排好了之后，华生带上小九儿，约上了姜老师和戴猛来到刑警支队。支队安排了司法鉴定中心给小九儿做了全面的鉴定，确认她患有双相人格障碍和精神分裂症，交由精神病医院治疗监护。随后，华生主动向支队承认了自己参与的所有事实经过。他把自己的所见、所闻、所做、所想，一五一十地都讲给支队刑警听，并在征得李支和任支的同意后，和姜老师以及戴猛交流了非常多印象深刻的表情分析。李支告诉华生，在案发现场，曲杰其实毁掉了很多痕迹，包括脚印、指纹，福坤那里也并没有发现他的任何相关证据。但是，现场毕竟有被打扫过的现象，只有模糊不清的痕迹，福坤提交的那些录像也有剪辑处理的痕迹，如果华生不来自首，这些可疑的物证就会悬而不决，让这一部分案情成为新的悬案，甚至永远没有出头之日。现在华生的口供和这些模糊不清的部分全部对得上，支队就可以安心结案了。

所有人都很惋惜，尽管华生的动机是善意的，但毕竟亲身参与了几次犯罪行为，例如岳非松、贺平的死亡案件，还有最后曲思、赵乾和小阮的死亡案件，都有他的存在。有的是参与策划，有的甚至直接参与杀害行为，即使事出有因，但法律会用统一的标准来衡量所有人的行为，不能因为这样或者那样的特殊性而给某一个人网开一面。华生表示理解，只希望如果肖依的治疗有进展，不管是好消息还是坏消息，都能第一时间通知他。他也拜托姜老师和戴猛安排小九儿同院治疗，方便相互照顾。

几个月后，这一系列案件的判决结果下来了。

曲杰被判处死刑，福坤被判处无期徒刑，华生被判处三年有期徒刑。关押期间，三人没有再见过面。据说福坤由于身体的原因，一直保外就医，后来没了消息。

有一天，华生正在跟同号里的几个盗窃惯犯吹牛，突然听到管教喊自己的编号，便规规矩矩地立刻站直，等待管教命令。管教说有人来看望他。他来到探望室，见是小九儿，便笑了起来，露出整齐的牙齿。小九儿看他全身吊儿郎当的样子，有点意外，便跟他说道："喂，这里你还住得惯吗？有人欺负你吗？

这才几个月，你怎么变成这副模样了？原来不是挺正经的吗？"

华生的笑容一敛，回嘴道："怎么就不正经了？不正经管教得训，还得罚，我可不敢。至于有没有人欺负，你猜！哈哈，我要是被这些笨蛋给欺负了，那不是'白经历风雨，没看见彩虹'了吗？放心吧！对了，姐姐呢？"

小九儿白了他一眼，没好气地答道："我还好，一直吃着药呢。姐姐不想见你。她记起你来了，但跟我说她不会原谅你的。今天虽然跟着来了，但在外面等我。哦，对了，你要的《解剖学教程》刚刚我已经交给管教了。"

华生打趣道："不想见我还跟着来监狱看我啊？"一脸坏笑。

小九儿"喊"了一声，顶回去道："那是因为姐姐不放心我一个人。她是为了照顾我才来的。"也不等华生再纠缠什么，便接着说，"姐姐还说，不让我多搭理你，省得将来再把我也搭进去给坏人害了。"

华生的眼神落寞了一下，但还是无赖地硬生生地笑道："我不做坏人就算便宜他们了！谁还敢有动我的念头？"

小九儿不接他话茬，只说道："少吹牛！不过我这次来确实有正经事。戴猛叔昨天通知姐姐和我，福叔去世了。我收到一封邮件，邮件里面是个链接，他说那链接里存了好大一笔钱。"

华生不动声色，继续一副吊儿郎当的样子，问小九儿："你福大爷临死了都还对你这么好！"

小九儿眨了眨眼睛，告诉华生："少爷不是留了一份单子给你吗？那单子上都是他生前的愿望，就看你能不能替他实现。福叔说，如果过程中需要用钱，就可以随时动用。他说他相信你，没问题。"

华生明白了！他闭上双眼，表面惬意地往椅子上一靠，默默地思考了一分钟。然后，他笑眯眯地站起来，对小九儿摆摆手，说道："探视的时间到了，你赶紧回去治病吧。好好照顾姐姐，保护好她。你们俩好好地过日子，等着我出来。我肯定好好改造，好好学习，重新做人，努力减刑。用不了三年时间，我会提早出来找你们的！"